古典文學研究輯刊

十八編

曾永義 主編

第 7 冊

宋代「說話」伎藝的商業化運作模式研究

李啟潔 著

國家圖書館出版品預行編目資料

宋代「說話」伎藝的商業化運作模式研究／李啓潔 著 — 初版
— 新北市：花木蘭文化事業有限公司，2018〔民 107〕
目 4+276 面；19×26 公分
（古典文學研究輯刊 十八編；第 7 冊）
ISBN 978-986-485-508-7（精裝）
1. 宋元話本 2. 文學評論
820.8   107011621

ISBN-978-986-485-508-7

9 789864 855087

古典文學研究輯刊
十八編 第 七 冊   ISBN：978-986-485-508-7

宋代「說話」伎藝的商業化運作模式研究

作 者	李啓潔
主 編	曾永義
總 編 輯	杜潔祥
副總編輯	楊嘉樂
編 輯	許郁翎、王筑　美術編輯　陳逸婷
出 版	花木蘭文化事業有限公司
發 行 人	高小娟
聯絡地址	235 新北市中和區中安街七二號十三樓
	電話：02-2923-1455／傳眞：02-2923-1452
網 址	http://www.huamulan.tw 信箱 hml 810518@gmail.com
印 刷	普羅文化出版廣告事業
初 版	2018 年 9 月
全書字數	227953 字
定 價	十八編 15 冊（精裝）新台幣 29,000 元

宋代「說話」伎藝的商業化運作模式研究

李啟潔　著

作者簡介

　　李啓潔，女，漢族，1970 年 1 月出生於北京。師從於首都師範大學文學院張燕瑾先生，於 2010 年 7 月獲博士學位。現任首都師範大學國際文化學院副教授。

　　主要從事中國古典文學元明清戲曲小說研究，先後發表學術論文十餘篇。自 1999 年起於首都師範大學從事教學科研工作，並於 2005 年及 2011 年兩次赴美訪學，分別於杜克大學和明尼蘇達大學從事研究工作。2014 年回國後繼續在首都師範大學從事教學科研工作。

提　　要

　　兩宋時期，經濟持續發展，城市中消費性人口數量逐漸增加，文化政策相對寬鬆，爲通俗文藝的發展提供了契機。本書的前兩章追溯了從北宋到南宋，娛樂市場緩慢成長的過程，以「說話」爲代表的娛樂業也經歷了一個商品化程度由低到高的發展歷程。

　　本書的第三章考察了話本小說生產、傳播和消費過程中體現出來的文化商品供求關係。「說話」伎藝最初只是口耳相傳，隨著「說話」市場的繁榮，書商將「說話」資料搜集、整理推向市場。但由於市場規模小，缺乏版權的意識，作者創作的趨動力不足。此外，對於觀眾來說，「說話」表演比故事本身更具吸引力，藝人更願意在表演上下工夫，而不是創作新的故事。這些因素使得話本的生產過程顯得過於漫長。

　　本書第四章是研究「說話」的題材來源、審美傾向、價值觀念。作爲娛樂大眾的文化商品，「說話」在選材上遵循經濟性原則按聽眾的喜好來選擇題材，虛構故事。

　　第五章和第六章是研究「說話」的結構模式和程式化的創作手法。話本小說在文本層面上爲讀者提供了可靠的敘事形式，作品的結構、敘事手法、敘事語言具有標準化、公式化、符號化的特點。

　　本文的最後一章討論「說話」所獨有的「書外書」結構，及「現掛」表演手段存在的可能性。

目次

緒　論

一、選題的緣起與意義

　　「說話」在宋代成爲一種娛樂商品，既是宋代商品經濟繁榮、城市規模擴大的結果，同時也是經濟發展、城市人口激增的需要。從北宋初期到中晚期，以「說話」爲代表的娛樂業逐漸擺脫了封建經濟的附庸地位，大中城市、甚至小城市中都建立起了規模和數量不等的娛樂場所——瓦舍，而且「說話」的表演還不僅限於瓦舍，更擴大到了茶樓、酒肆、通衢、鬧市、私人宅第，甚至宮廷之中。「說話」表演也不再是年節之間的特殊點綴，而是成了城市中的日常娛樂項目。「說話」不再爲特權和富裕階層所獨享，它的愛好者遍佈城市中的各個階層。「說話」藝人不再是宮廷弄臣或者上層社會的家伎，「說話」成了一種新興的職業，「說話」表演也作爲一種娛樂產品開始在市場上流通。孕育「說話」伎藝成長的商業化土壤，使得宋代話本小說先天獲得了通俗文學的特質，其口頭傳播的模式又使其表現出很多突出的民族化特點。

　　宋代話本小說的獨特的文學品質，引起了研究者的極大興趣，一直以來都是研究的焦點。不同時代的研究者從不同的角度出發，都試圖爲話本小說的特質尋求一個合理的解答。沿著胡適創立的雙線文學觀念，研究者從「雅與俗」、「白話與古文傳統」、「貴族文學與平民文學」這三組二元對立的概念入手，描繪宋代話本小說的文學品質。代表了以往宋代話本小說研究的三個角度：一是從作品運用的語言出發，將宋代話本小說歸入白話文學。一是從話本的作者和讀者的社會階層入手，將話本小說歸入市民文學。還有一種是

從社會文化的角度入手，認爲話本的特異品質其實是俗文化的烙印。但是從這些角度入手，只能簡單地將話本藝術特色的產生歸於宋代城市的高度商業化、市民階層的出現、講唱文學的特色、以及民族化藝術形式這些表面化的因素上，沒能切中本質。

事實上，作爲一種文化商品，宋代「說話」是當時活躍在舞臺上的商業性演出，是藝人謀生的手段，與供文人遣興抒懷案頭文學有著本質的區別。「說話」藝人追求的主要的是「說話」表演所產生的經濟效益，注重的是舞臺表演所產生的現場效果，作品的藝術性已經退居次要地位。鮮明的商品化印跡滲透到了「說話」的創作、演出、傳播和消費的方方面面，而商品性才是通俗文學區別於純文學的本質屬性，也正是宋代「說話」秉賦特異的根源所在。至於宋代城市的高度商業化、市民階層的出現只是「說話」繁榮的外在誘因，講唱文學的特色、以及民族化藝術形式則是「說話」表現形態上的特點，只有從宋代「說話」的商業演出模式入手才能真正揭示問題的本質，這一點恰爲以前的研究者所忽略，這也正是本文將「說話」伎藝放在宋代文化消費的大環境下進行研究的原因。

因爲對「說話」的商業演出模式缺乏足夠的重視，以前的研究者大多沿習了文獻考訂的老路，在話本研究上做文章，卻忽略了一個事實——現存話本多爲「說話」演出的底本，而「說話」是一種講唱文藝，其傳播模式與紙本小說有很大差異，話本是研究「說話」的重要資料，但絕對無法代表「說話」表演的真實面貌。雖然存世的宋代「說話」音像資料近乎於零，但自宋代以來「說話」的餘脈卻一直活躍在舞臺上，由於其師徒口耳相傳的特殊傳承方式，使得「說話」的很多表演程序、藝術手法、傳統段子、固定套語都在今天的北方評書和揚州評話中保留了下來，這對於我們今天研究宋代的「說話」很有啓發和借鑒意義。因而本文除了採用文獻考訂、文本分析這些傳統的「目治」方法，還在合理的範圍內，有限度地參照了北方評書、揚州評話的表演實踐這一「耳治」的方法，並將二者結合起來，對宋代「說話」伎藝進行再認識。

二、研究現狀綜述

在 20 世紀以前「說話」伎藝一直受到正統文學研究的排斥，所以未能得到學術界的重視，保存下來的相關文獻資料又很少，所以學術界少有問津。直到 20 世紀初，由於社會體制和文學觀念的大變革，小說的地位得到了大幅

度的提升，話本小說的研究也隨之升溫。二十世紀的二十年代到四十年代可算作宋代話本小說研究的第一階段。這一階段是宋代話本小說研究的開創期，雖然研究者主要是因襲經典文學研究的老路，考定話本小說的版本年代，分析話本小說的藝術成就和思想傾向。但是這一階段的研究梳理了宋代「說話」的源流與傳承，對宋代話本的年代進行了粗略的考定，還首次提出了宋代「說話」家數的問題，並對宋代話本的體制和藝術成就進行了初步的研究。這些研究成果涉及到了宋代話本小說的各個方面，爲後來的研究提供了基礎。

這一時期的研究者首先注意到的是宋代話本小說通俗的口語體和大眾化審美取向。早在十九世紀末日本學者笹川種郎就在他的《中國小說戲曲小史》中提出「謔詞小說開創了小說史的新時期。」他所謂的「謔詞小說」就是以俗語體寫成的小說。1918 年鹽谷溫的《中國文學概論講話》承襲了笹川種郎的說法，將宋代話本小說稱爲「謔詞小說」，他還注意到了宋代話本小說的大眾審美取向，認爲「眞正有國民文學意味的小說是創始於宋代。」

王國維的《宋元戲曲考》單闢「宋之小說雜戲」一章，他第一次提出了「說話」研究中的一個重要問題——「說話」的家數問題，家數的劃分反映了「說話」伎藝專業化的趨向，從通俗文學傳播的角度來看，其實是「說話」商品性的重要特徵之一。這個問題後來也成了宋代話本小說研究中的一個焦點。

繼王國維之後，1925 年出版的魯迅的《中國小說史略》堪稱是古典小說研究的開山之作。他第一次對宋代話本小說進行了較爲全面的研究。首先，魯迅指出了敦煌俗文學與話本之間的源流關係，並更合理地對「說話」四家進行了分類。還對話本小說的體制進行了分析，第一次把話本的體制分爲「引首」、「頭回」和正文。注意到了宋代話本小說興起於市井之間，「以俚語著書」的特點。更爲可貴的是他還談到了宋代話本在創作思路和手法上表現出來的迎合聽眾心理的傾向，他認爲「以意度之，則俗文學之興，當由二端，一爲娛心，一爲勸善，而尤以勸善爲大宗」，他還注意到了通俗文學對嚴肅文學的影響，宋代話本「習俗浸潤，乃及文章。」〔註1〕《青瑣高議》和《青瑣摭遺》都是受到了宋代話本小說的影響。

〔註 1〕魯迅《魯迅全集》，第九卷《中國小說史略》，人民文學出版社，1995 年，北京，頁 110〜119。

　　幾乎與魯迅同時，胡適在他的《白話文學史》（1928年）中認為「這幾百年來，中國社會裏銷行最廣，勢力最大的書籍，……乃是那些『言之不文，行之最遠』的白話小說」〔註2〕他認為白話文學是流傳於民間的文學和一些語言較為平實的正統文學。可惜該書只完成了上卷，未能論及宋代話本。

　　1938年鄭振鐸的《中國俗文學史》中把話本小說歸入俗文學。他說：「所謂『俗文學』裏的小說，是專指『話本』，即以白話寫成的小說而言的」〔註3〕他在《插圖本中國文學史》裏，對宋代話本小說作了很高的評價，「到了宋人的手裏，口語文學卻得到了一個最高的成就，寫出了許多極偉大不朽的短篇小說。這些『詞話』作者們，其運用『白話文』的手腕，可以說是已到了『火候純青』的當兒，他們把這種古人極罕措手的白話文，用以描寫社會的日常生活，用以敘述駭人聽聞的奇聞異事，用以發揮作者自己的感傷與議論；他們把這種新鮮的文章，使用在一個最有希望的方面（小說）去了。」〔註4〕同魯迅一樣鄭振鐸也注意到說話人對聽眾心理的迎合，話本中充滿了「講談」的口氣。他還注意到了話本在結構上的特殊之處，認為這種特殊的結構是為了適應說話人職業上的需要。〔註5〕

　　進入五十年代宋代話本和「說話」的研究趨於系統化和專門化，可算作是第二個階段。孫楷第總結出了幾個「說話」的特性，一是「說話」伎藝的職業化特徵，「說故事在宋朝，已經由職業化而專門化。」〔註6〕他的證據是《夢華錄》和《夢粱錄》所記「說話」的門派頗為細緻嚴格。他進一步推斷：「因為專門化，所以伎藝更精。」而且「宋朝人說話，把書場由寺院移到市場，更是面對大眾說話，更需要口才。」〔註7〕二是「說話」作品的娛樂功能，「既然專講故事，故事必須新奇動人，而個人直接經驗，這類故事並不能多。因此，中國短篇白話小說作家所寫的故事，除少數是直陳聞見外，大多數還取材於歷代的舊文言小說。」〔註8〕繼魯迅之後，他更為細緻地對話本的

〔註2〕　胡適《白話文學史》，團結出版社，2006年，北京，頁1。

〔註3〕　鄭振鐸《中國俗文學史》，團結出版社，2006年，北京，頁5。

〔註4〕　鄭振鐸《插圖本中國文學史》，上海世紀出版集團，上海人民出版社，2005年，上海，頁586。

〔註5〕　鄭振鐸《插圖本中國文學史》，上海世紀出版集團，上海人民出版社，2005年，上海，頁595。

〔註6〕　孫楷第《俗講、說話與白話小說》，作家出版社，1957年，北京，頁4。

〔註7〕　孫楷第《俗講、說話與白話小說》，作家出版社，1957年，北京，頁10。

〔註8〕　孫楷第《俗講、說話與白話小說》，作家出版社，1957年，北京，頁7。

結構形式進行了分析，並進一步分析了這種程式化寫作手法與大眾接受能力之間的關係。他把中國短篇小說的特點歸結爲三點：故事的、說白兼念誦的、宣講的。故事是內容，說白兼念誦是形式、宣講是語言工具。說白兼念誦的形式是「初開場有詩歌，是教人精神收斂，好聽講。正講入文前有開題，是先釋大意，使座下人有正式聽講的準備。講罷有詩歌，是怕聽講人臨走心亂，使他在走以前精神鎮靜。這一時的鎮靜，可能對方才講過的想一下，如吃美食，覺得有回味。當時定這些辦法，是有意義的，是合乎心理學的。即在短篇小說中，這種布置，對讀者也還有誘導作用，是一種作小說的技術。」〔註9〕

　　七十年代末陳汝衡的《宋代說書史》，是第一本「說話」史。陳氏在這部著作裏也注意到了話本的創作是基於當時流行的審美趣味，不同於一般的說故事。「說話人必然有著一定的藝術安排：如故事的逐步引人入勝，人物性格的刻畫淋漓，語言的活潑，都是藝術成功的必要保證。」他還對宋代話本小說的刊行的過程做了全面的勾勒。「（一）最初是說話人自己當作秘本應用，尤其在師徒授受時，師父是作爲一件瑰寶或財產留給徒弟使用的；但是日子久了，經過輾轉傳抄，也就會流落到社會上公開出來。（二）書坊老闆爲著謀利，就把它們刊板，自己文化程度淺，就請教文士們把這些話本整理加工，重新編寫，這便是話本中間有一部分很是雅馴可誦的原因。（三）宋元之際，頗有些讀書人（或者是帶有職業性的書會先生），他們經常代說話人和伶人們編撰話本和劇本。這些話本就是他們聽說唱回來，根據藝人講說的故事內容，改頭換面，大力加工，使成爲今日現存的文字優美、情節生動的短篇話本的。」〔註10〕解釋了話本文字參差、體例不一、文白相間的現象。

　　自從魯迅提出了「說話」的家數問題，這個問題就一直爲研究者所關注，王古魯在《南宋說話人四家的分法》〔註11〕引用翟灝的《通俗編》卷三十一「俳優」條所引耐得翁《古杭夢遊錄》記載，從《都城紀勝》的讀法入手，認爲「說話」四家應作如下劃分：

〔註 9〕　孫楷第《俗講、說話與白話小說》，作家出版社，1957年，北京，頁10。
〔註10〕　陳汝衡《宋代說書史》，上海文藝出版社，1979年，上海，頁84。
〔註11〕　凌濛初著，王古魯校《二刻拍案驚奇》，附錄一，1983年，上海古籍出版社，頁805。

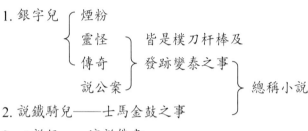

4. 講史書——講說前代書史文傳興廢爭戰之事

後來的學者，包括胡士瑩大多支持這一分法，程千帆、吳新雷在《兩宋文學史》，考訂元陶宗儀所編的《說郛》中的《古杭夢遊錄》即爲《都城紀勝》一書，並以此爲據支持王古魯之說。〔註12〕

七十年代末成書的《話本小說概論》是一部話本小說研究的集大成之作。在該書中胡士瑩對話本小說的成就進行了全面的研究。對前人開創的話本小說研究的論題，比如說話伎藝的娛樂性和職業性、源自民間的特性、宋代都市的繁榮與「說話」業的空前盛況之間的關係等，都進行了更爲細緻深入的研究。收集了很多與「說話」演出的地點、演出的程序、「說話」人和書會相關的珍貴資料。他對話本小說的體制研究也可謂細緻入微，他把話本分爲「題目、篇首、入話、頭回、正話、篇尾」六個部分，同時他還對這六個部分進行了細緻的分析。這部書是對前人話本研究成果的系統化和深化。

從九十年代開始，宋代話本的通俗文學品質日益引起了研究者的重視，他們分別就話本小說創作者的社會地位、話本的服務對象、話本內容和審美取向的世俗化、話本的商品化特徵等方面提出了自己的見解，這些見解對「說話」的研究很有啓發性，但是由於研究者普遍對通俗文學本體的認識還很模糊，所以未能從細部深入開掘，只是粗略地將話本定位成通俗文學、市民文學。

1994 年歐陽代發在他《話本小說史》中認爲宋代是中國文學史上的一個極重要的時期，作爲通俗文學的戲曲和白話小說出現了，正統文學的統治地位逐漸爲通俗文學所取代。他認爲「這種轉變從根本上說是世俗化、人文化

〔註12〕 程千帆、吳新雷《兩宋文學史》，《程千帆全集》，第十三卷，河北教育出版社，2001 年，合肥，頁 563～566。

的轉變，是文化從面向上層到面向下層的轉移。」〔註 13〕他把話本小說定性為市民文學，認為話本小說的創作主體是生活在市井小民中間的「俚儒野老」，小說的內容主要是反映市民的世俗生活，話本敘述故事、評價事物所採用的也是下層市民的視角。宋人話本小說屬娛人之作，完全以普通市民的興趣愛好為依據。〔註 14〕而且作為一種訴諸聽覺的藝術，它時時要考慮觀眾的接受效果。

1997 年蕭相愷在他《宋元小說史》第一章中總結了說話的四大特性——平民性、娛樂性、世代累積性和商品性，他還特別把商品性提出來作為說話的基本特徵。「『說話』這門伎藝，從其誕生的那一天起，便是一種精神商品：聽眾付出一定酬勞，以換取精神的愉悅與寄託；藝人憑著這門伎藝，收取一定的報酬，以維持自己的生活。」「藝人的強烈的商品意識，使得他們著意揣摸其主要服務對象——平民、尤其是市井細民的文化素養、文化心理、審美習性、思想願望，以期贏得更多人的歡迎，賺得更多的錢財。」他抓住商品性無疑是抓住了話本小說通俗文學性的關鍵，對「說話」的研究是很有啟發性的。可惜對此他只是在第一章中一點而過，在後面的章節中沒有展開分析。

1998 年程毅中的《宋元小說研究》中一個突出特點是對話本小說與文言小說的源流關係著力進行了考證，對話本故事的本事考訂做出了貢獻。另外他對《武林舊事》中「說話」藝人名單的分析也有一定的啟發性，首先是他認為名單中開列的「說話」藝人成分很複雜，其中既有在內廷當差的藝人，也有出身於小商販的下層市民和潦倒的知識分子；既有男藝人，也有女藝人。這說明源自民間的「說話」藝術已經為社會各個階層所接受，而出身於小商販「說話」藝人，給「說話」作品帶來了更多的市民氣息。程毅中也將話本歸為市民文學，認為「從宋元話本開始，才出現了大量的市民文學」。〔註 15〕另外他還把話本分成兩類，一是提綱式的簡本，是「說話」人自己準備的資料摘抄，另一種是語錄式的繁本，接近於演出本的樣式，〔註 16〕他的研究對話本的傳播過程研究是一個補充。

蔡鐵鷹在他的《中國古代小說的演變與形態》中著重提出了話本寫作的

〔註 13〕 歐陽代發《話本小說史》，武漢出版社，1994 年，武漢，頁 83。
〔註 14〕 歐陽代發《話本小說史》，武漢出版社，1994 年，武漢，頁 87。
〔註 15〕 程毅中，《宋元小說研究》，江蘇古籍出版社，1998 年，杭州，頁 231。
〔註 16〕 程毅中，《宋元小說研究》，江蘇古籍出版社，1998 年，杭州，頁 241。

程式化現象，「話本小說最特殊的地方，就是它的形態的確定性，或者說程式化。在之前的小說發展進程中，似乎沒有見到這個問題，到宋人話本中卻突然表現得很真切。」〔註 17〕程式化是「說話」表演商業化運作模式的一個重要方面，但在具體分析中他主要還是利用前人的成果，將小說從主題上分成煙粉等類，從結構分成入話、頭回、正文、收場詩等，沒有更多的突破。

　　還有值得一提的是最幾年發表的一些研究論文，將一些新的思考帶入了「說話」研究中來。於天池和李書在他們的《宋代說唱伎藝的演出場所》一文中通過對「說話」表演場所進行分析，得出了「說話」表演具有隨意、自由、流動性、分散性的特點。〔註 18〕於天池在他的另一篇文章《宋代小說伎藝的文本形態》一文中認為《醉翁談錄》是一部「說話」藝人專業用書，其收錄的傳奇體文言曾是宋代小說伎藝的語體形態。從而對宋代「說話」的演出程式作出了推測。〔註 19〕李曉暉在《宋代『說話』藝人分類考辨》中通過文獻記載中的「說話」人姓名，對他們的身份進行了推測。〔註 20〕余江寧在《論宋代京城的娛樂生活與城市消費》中，對北宋開封和南宋臨安的娛樂消費水平進行了研究，認為這兩個城市的娛樂消費水平是超前的。〔註 21〕張兵提出了準話本的概念，「本文所說的『準話本』，是指那些可作話本看待的非話本類作品。」〔註 22〕他引入這個概念是為了比照著說明宋元話本的文本來源問題，界定了從口頭說話伎藝到話本小說的過度性文本形式——準話本，並把準話本與擬話本區別開來，從而更為科學地描繪了話本小說的演進過程。而劉曉明的《『合生』與唐宋伎藝》〔註 23〕和於天池的《宋代文人說唱伎藝鼓子詞》，〔註 24〕則都是對與「說話」關係密切的一些藝術形式的研究，有

〔註 17〕　蔡鐵鷹《中國古代小說的演變與形態》，中國文史出版社，2003 年，北京，頁173。

〔註 18〕　於天池、李書《宋代說唱伎藝的演出場所》，《文藝研究》，2006 年第 2 期。

〔註 19〕　於天池《論宋代小說伎藝的文本形態》，《北京師範大學學報》（社會科學版），2005 年第 3 期。

〔註 20〕　李曉暉《宋代『說話』藝人分類考辨》，《福州大學學報》（社會科學版），2008年第 3 期。

〔註 21〕　余江寧《論宋代京城的娛樂生活與城市消費》，《安徽教育學學報》，2004 年第2 期。

〔註 22〕　張兵《『準話本』芻議》，《蘇州大學學報》（哲學社會科學版），1998 年第 1 期。

〔註 23〕　劉曉明《『合生』與唐宋伎藝》，《文學遺產》，2006 年第 2 期。

〔註 24〕　於天池《宋代文人說唱伎藝鼓子詞》，《北京師範大學學報》（社會科學版），1999 年第 5 期。

助於我們瞭解「說話」與其他表演的形式之間相互影響的關係。

　　張毅的《宋代文學思想史》從文學理念的高度對宋代話本的藝術成就進行了描述，可以看作是對九十年代研究觀點的總結：「宋代話本小說作爲民間『說話』藝術的產物，是適應當時市民階層文化生活需要而發展繁榮起來的。直接認同於市民的思想行爲和審美趣味，滿足聽眾的娛樂要求，就成爲『說話』人首先必需考慮的問題。其創作動機，既不是以補史爲目的，也不是作者個人的抒情遣興，而是以直接取悅於大眾爲目的。這就使小說創作從題材內容、表現手法到體制和文體，都發生了顯著的變化，全面地體現了具有市民文學特點的世俗化了的小說觀念。」「這種小說觀念的變化首先體現在對小說的社會功能和性質的看法上。在正統文人的觀念裏，小說之所以被視爲『小道』和『叢殘小語』而被排除在『可觀者』之外，一個主要因素是小說缺乏嚴肅的資治和教誨的功能，藝術上不夠高雅。爲了提高小說的品位，宋代文人往往強調其具有『資治體，助名教』的社會功能，以爲小說不含有寓善懲惡的道德教訓便不足稱道。這樣做的結果只能使宋代的文人小說創作越來越不具備小說的特點，成爲無所不包的雜拼。與此相反，出自民間的說話藝人的小說創作一開始就把娛樂大眾視爲小說的主要功能，根據市民的喜好來選擇題材，虛構故事，反映芸芸眾生的喜怒哀樂，爲市民寫心，替普通人立傳。不僅明確了小說創作應以講述故事、塑造人物的方式反映社會生活，也體現了小說創作所應具備的大眾文學的性質。使小說創作從供文人閱讀的各種瑣語雜記的狹小天地裏走出來，深入民間，成爲塑造各種人物形象爲中心，全面地反映世俗生活，供一般市民消閒娛樂的藝術樣式，爲小說藝術的發展奠定了廣泛的群眾基礎。」〔註25〕

　　縱觀一個多世紀以來的宋代「說話」和話本的研究，其焦點主要集中在：（一）話本小說的年代考定、（二）「說話」四家之說、（三）話本小說的體制、（四）話本的藝術成就、（五）話本的起源、（六）話本是否爲說話底本、（七）《京本通俗小說》的眞僞問題、（八）宋代話本小說的評價、（九）話本故事的本事考證幾個方面，第一階段的研究解決了很多基礎性問題，爲話本和「說話」的進一步研究廓清了障礙。到了第二階段，話本和「說話」的研究不斷被引向深入，並有不少研究是有啓發性和建設性的。但是由於研究者依然是沿著胡適創建的雙線文學觀，從市民階層的興起、俗文學、白話文學這幾個

〔註25〕　張毅《宋代文學思想史》，中華書局，1995 年，北京，頁 301。

角度對話本和「說話」進行闡釋，所以無法觸及「說話」伎藝的商業化本質。
同時由於對「說話」研究更多的還是停留話本研究上，囿於話本資料的饋乏，
研究者難有創新，基本是以胡士瑩《話本小說概論》的研究成果爲基礎進行
的一些局部擴充和修改。

三、本文的寫作思路及研究方法

　　爲了突出「說話」是活躍在宋代娛樂舞臺上的演出，明確其文化商品的
本質屬性，分析宋代「說話」秉賦特異的根源所在，以期更加深入準確地勾
勒「說話」獨特的文學風貌，筆者沒有沿習單一文獻考訂、文本研究的老
路，而是在採用文獻考訂、文本研究這些傳統的方法之外，還從「說話」是
一種講唱文藝的事實出發，結合今天仍然活躍在舞臺上的北方評書和揚州評
話的演出實踐，爲研究「說話」的表演程式、藝術手法、傳統段子、固定套
語等方面提供了一個補充和參照。也就是說，在研究中採用了吳小如先生提
倡過的「目治」與「耳治」結合的方法，〔註 26〕對宋代「說話」伎藝進行再
認識。當然筆者也注意到了，雖然「說話」與現代評書、揚州評話之間存在
源流關係，但是由於「說話」傳承的年代久遠，現代評書和揚州評話到底保
留了多少「說話」的傳統其實很難準確估價，所以筆者在使用「耳治」的方
法進行研究時採取了審愼的態度，只是將其作爲一種輔助的手段，有限度地
使用。也就是說只在第五、第六和第七章的「說話」結構模式和表現手法和
非敘事成分研究中使用了這一方法，而且只是作爲「目治」研究結果旁證，
或是作爲宋代「說話」對後世說唱文學產生的影響，沒有將其作爲主要或者
直接的證據。

　　此外本文還結合文化學、歷史學和社會學的理論與方法，以前人文獻研
究的成果爲基礎，把宋代「說話」作爲一種前工業化社會中的商業娛樂活動
來進行動態研究，挖掘其通俗文學品質形成的社會歷史根源，並通過對話本
小說的生產、傳播和消費進行考察，總結規律，勾勒其作爲文化商品運作的
全過程。同時，運用文本細讀的方法對話本進行靜態研究，對「說話」的深
層結構模式、表層結構模式、程式化創作手法及外掛結構進行窮盡式分析，
以發掘其文化商業品的特點。

〔註26〕吳小如《中國評書藝術論》序言，見汪景壽，王決，曾惠傑，《中國評書藝術
　　　論》，經濟日報出版社，1997 年，北京。

　　本文的前兩章從宋代的社會經濟基礎、文化背景入手分析了宋代社會娛樂市場形成的原因，並通過分析宋代城市經濟的繁榮、城市娛樂消費人口的構成、官辦娛樂業的衰落和民間娛樂業的興起、國家慶典和年節、大型活動對娛樂業的刺激、固定和流動娛樂市場的形成、職業藝人的出現、「說話」家數等問題，對宋代「說話」的商品化程度進行了客觀評估。

　　本文的第三章考察了話本小說生產、傳播和消費過程。「說話」伎藝最初只是口耳相傳，最多是有一個大綱式的記錄在師徒間流傳，供藝人表演之用。但是隨著「說話」市場的繁榮，以及印刷術的發明與不斷改進，「說話」業出現了行會組織，中下層知識分子開始參與整理、編輯和創作，經他們手加工過的底本，又被藝人根據表演要求進行再加工，然後又有人據之整理成另一個書面版本。經過多次如此往復之後，話本先是以抄本行於市，終於有書商看到其中的賣點，將其搜集、整理、排印，推向市場，成為流行於大眾中的文學樣式。應該說話本小說的生產、消費環節始終體現著文化商品的供求關係。當然話本的製作水平還屬於作坊式的，不具備現代化工業生產的規模性、計劃性和時效性，所以不能等同於現代社會中產業化的文化商品。這其中的緣故除了不具備現代社會的傳媒業、出版業和龐大的消費群體之外，還有兩個很重要的原因：一是按照當時的觀念話本小說的作者恥於署名，更談不上版權的意識。他們偶而的創作收入並不能養家糊口，所以話本的作者缺乏創作的經濟趨動力，創作很難形成規模。二是「說話」伎藝吸引觀眾的不只是故事本身，藝人的表演才能更加重要。藝人們往往在表演上翻新出奇，使同一個故事世代累積出不同的版本，而不是花更多的工夫去創作新的故事。這一切都使得話本的生產過程顯得過於漫長，以至於產生於宋代的小說到了明代，在稍加修改之後仍然為大眾所樂於接受。這都說明「說話」中的通俗文化因素雖然存在，但還處於原生狀態，遠未達到成熟。

　　第四章研究「說話」的題材來源、審美趣味和價值觀念。首先，「說話」藝人貫徹了選材的經濟性原則，也就是大量地從文人著作或史籍中尋找合適的故事素材，將之修改充實，納入「說話」的敘事框架之中，以降低創作成本。其次，是創作觀念的轉變。主要體現在對小說的性質和社會功能的看法上，與傳統的文學觀念相比，「說話」作品的創作目的發生了很大變化，讀者的鑒賞能力和文化需求決定著作品被接受的情況，同時也直接影響到作者的創作。作為娛樂大眾的文化商品，上座率是衡量「說話」作品成功與否的標

準。這使得藝人必需依據聽眾的喜好來選擇題材、虛構故事，或者爲市井細民寫心展現他們的喜怒哀樂，或者滿足他們情感宣洩的娛樂需求。所以宋代話本小說大都選擇性愛、鬼神、武俠、發跡變泰等題材，來滿足受眾的基本情感要求。最後，爲了迎合受眾的審美能力和接受心理，「說話」人設置了話本小說獨特的價值觀念。「說話」故事中的主要矛盾通常是由一系列二元對立的敘事要素組成的，這種對立包括作品中人物之間關係所代表的不同價值標準。例如理想與命運的衝突、道德與欲望的矛盾等。簡單的二元對立關係是推動故事情節發展的內在動力，而與之配合的則是複雜多變的情節給聽眾帶來出人意表的驚險刺激。大眾審美傾向與聽眾的接受心理和審美標準暗合，作品中單純的二元對立的價值觀念給聽眾帶來審美上的輕鬆感，使他們不必接受審美過程中的挑戰，通俗文學的受眾樂於盲從這種程式化的東西。

　　第五章研究的是「說話」的結構。爲了迎合受眾的審美能力和接受心理，同時也爲了降低創作成本，縮短創作過程，話本小說在文本層面上爲讀者提供了可靠的敘事形式，作品的結構、敘事手法、敘事語言具有標準化、公式化、符號化的特點。話本小說的基本體例從唐代俗講演化而來，經過逐步的改進，得到了聽眾的認可，也就是說通過長期的演出實踐培養了聽眾的審美心理定式，到了宋代已經固定了下來，成爲話本小說的凝固格式。「說話」正文的敘事，體現了線性結構的彈性與塊狀結構的相對獨立性。所謂線性結構是指「說話」藝人在演出前按時間順序提煉出來的一個故事情節的框架，作爲表演的提綱，而塊狀結構則是指藝人表演時會依據需要將線性結構拉長或縮短，在熱鬧處，「敷衍得越長久」，使其成爲眾多情節和人物集中的結點。這一章的最後對「說話」中獨特的「扣子」設置進行了研究，並分析了其作用及種類。

　　第六章研究程式化的創作手法。這一章先是討論了程式化創作手法的特點主要在於替代性、通用性、系統評價性和明晰性。從功能的角度來看，「說話」中的很多韻語、套語是相似甚至雷同的，具有通用性，類似於戲劇表演中的「預製件」。這樣做既能降低創作的成本，又能降低聽眾理解上的難度，可謂是一箭雙雕。

　　本文的最後一章討論「說話」所獨有的「書外書」結構。這個部分游離於「說話」敘事主體之外。與閱讀不同，「說話」的傳播模式是線性的，藝人的口頭敘述和身段表演稍縱即逝，且不可重複，而作爲一種商業性質的演出，

藝人又必須使出渾身解數讓聽眾能夠理解「說話」的內容，並始終牢牢地抓住聽眾的注意力，盡量保持聽眾對「說話」的興趣。爲了幫助聽眾理解，「說話」人常常會跳到故事之外，對其中的典章制度、歷史背景進行引證注釋，爲聽眾解惑；對故事中的事件人物指點評說，代替聽眾發表感想。而且爲了調整「說話」的節奏，防止聽眾產生聽覺疲勞，「說話」人還會偏離主題加入一些插科打諢的噱頭，以及一些或唱或白的韻文作爲調劑。這些都是爲了進一步降低受眾接受的難度，也逐漸成了「說話」的特色之一。

四、本書的難點及創新點

　　本論題的難點主要是宋代小說話本的年代認定。宋代話本小說的斷代和眞僞辨識，始終困擾著研究者。現存的宋代小說話本，除極少數是留傳下來的單行本外，大多散見於明人所輯的《熊龍峰小說四種》、《清平山堂話本》、《古今小說》、《警世通言》、《喻世明言》、《醒世恆言》等書。由於宋代話本小說包含著很多通俗文學因素，長期以來一直受到正統文人的歧視，極大地影響了話本的流傳和保存。據譚正璧考證，《醉翁談錄》所錄宋人話本小說有108 種之多，「108 種話本中，現在尚存的共有 18 種，內容可考的約 24 種，在疑似之間的約 28 種，其餘的須待再考。」〔註27〕黃進德據《醉翁談錄》、《寶文堂書目》、《也是園書目》考證，宋人話本小說篇目有 140 多種。〔註28〕但由於宋代話本小說散佚的作品爲數甚眾，流傳下來的話本遠達不到這個數目，小說話本大概只在 30 到 40 篇之間。而這三四十篇話本也很難確定爲宋代的作品。因爲在明代，洪楩、馮夢龍等人對宋代話本進行了收集、整理和刊印，大量的作品得以保存，但他們爲了迎合當時大眾的審美心理，不惜點竄制度、變更時代、修飾文字、甚至調整結構，現存的話本都或多或少地偏離了原貌。而且上述話本集中的宋元明三代作品又混雜在一起，使得後人難辨眞贗。

　　嚴格地說起來，一紙刊於元代的《紅白蜘蛛》的殘頁，我們現在根本無法見到眞正的小說宋代話本，現在所謂的宋代小說話本，其實是宋、元、明三代累積的結果。在沒有新的文物被發現之前，我們很難通過傳統的文獻研究和資料考證確定作品的眞實年代。本書不打算將主要的精力花費在作品年

〔註27〕譚正璧《話本與古劇》，上海古籍出版社，1985 年，上海，頁 41～42。
〔註28〕黃進德《論宋代的話本小說》，《揚州師院學報》，1990 年第 3 期。

代的考訂上，而主要是借鑒前人考訂的成果，劃定本論題的研究範圍。具體地說來，就是以話本小說研究的集大成之作——胡士瑩的《話本小說概論》中確定的篇目爲基礎，再依據當代學人的研究成果對其進行必要的調整。

至於宋代的講史和說經話本《五代史平話》、《宣和遺事》和《大唐三藏取經詩話》的成書年代雖然也不無爭議，但學界還是比較一致地認爲這三部作品基本是宋人舊編元人增益後刊刻的本子。從成書年代上看，這三部作品保留了更多的「說話」原始風貌，爲了嚴謹起見，本文將這三部作品，特別是能體現「說話」表演特色的《五代史平話》、《宣和遺事》作爲文本研究的基礎，再以小說話本中的資料爲參證。

本書的創新之處主要在於以下幾點：

第一、從文化消費這個全新的角度切入，對宋代「說話」進行再認識，對其產生的歷史背景、經濟基礎、創作和傳播過程、話本小說題材內容、結構模式、程式化表現手法、複製性創作特點、「書外書」幾個方面進行了全面深入的研究。透過「說話」這一獨特的文學現象挖掘其產生的根本原因，並更爲準確地評價了「說話」從創做到演出，再到話本出版整個過程中的商業化成分。這不但豐富了宋代「說話」伎藝和宋代商業文化的研究的內涵，而且揭示出中國白話小說與生俱來的通俗文學品質，源自於其文化商品性，文化商品的供求關係決定了中國小說民族化的藝術個性，由於宋代「說話」對後來的通俗小說創作產生了深遠的影響，因而對通俗小說的總體研究也具有啓發意義。

第二、大膽創新，從研究方法上突破了以往話本研究中的一些窠臼，採用「目治」爲基礎，「耳治」爲補充的方法，既廣泛利用傳統文獻研究的成果，又審慎地在合理範圍內，有限度地參照了現在仍活躍在舞臺上的北方評書、揚州評話的表演實踐，作爲「說話」研究的旁證。

第三、在「說話」結構形態研究中，提出了「書外書」這一全新的概念，以便更準確地界定「說話」中包含的引證、評說、注釋、噱頭和描寫這些游離於敘事之外的成分，並對及其文體形態、演出形式、商業和藝術功能、與敘事主體之間的關係幾方面進行了研究。還對「書外書」的表演手段——「現掛」手段進行了推證。

第一章　宋代城市娛樂業的產生與繁榮

「說話」的歷史很長，這種古老的娛人的方式可以上溯到上古時代，到了宋代「說話」發展到了鼎盛階段。在唐代以前，講故事的藝人可分爲職業的、民間的兩類。出自民間的藝人，他們將講故事作爲在勞動之餘的娛人與自娛；職業藝人則是作爲封建經濟的附庸而存在的，他們只爲統治者和有閒階層提供消遣。《淮南子·繆稱訓》中載：「侏儒瞽師，人之困慰者也，人主以備樂。」〔註1〕《韓非子·難三》中也說：「而俳優侏儒，固人主之所與燕也。」〔註2〕

這兩類藝人都不靠賣藝營利，講故事還不是一種商業行爲。但是到了唐代，寺院俗講盛極一時，流風所及一些民間藝人開始把「說話」表演作爲自己謀生的手段。唐吉師老的《看蜀女轉昭君變》詩中就記載了唐末齣現職業「說話」的事實。〔註3〕

到了宋代，由於當時商品經濟發展的刺激、城市人口的不斷增加，娛樂業已脫離了封建莊園經濟的束縛，逐漸成爲一種獨立的行當，「說話」成爲一

〔註1〕　何寧校注《淮南子集釋》，「繆稱訓」，中華書局，1995 年，北京，頁 711～712。
〔註2〕　韓非、陳奇猷校注《韓非子集釋》，「難三」，中華書局，1998 年，北京，頁372。
〔註3〕　韋縠輯《才調集》卷八，吉師老《看蜀女轉昭君變》，文淵閣四庫全書，1332，集部，總集類。上海古籍出版社，2003 年，上海，頁 522。

種新興的職業，「說話」伎藝也作為一種藝術商品開始在市場上流通，這對於「說話」業來說是一個質的改變。

關於藝術生產與經濟基礎的關係，袁勇麟和李薇有一段較為精當的論述：「藝術作為特殊的精神生產是在一定的經濟基礎上產生的，它不能脫離一定時代的物質生產條件，特別是物質資料的生產方式的制約。藝術的高度發展，儘管有其社會的、政治的原因，但通常總以經濟因素為最終根源。它或作為經濟繁榮的結果，或由於經濟發展的需要。而這兩種情況往往又是結合在一起的，一定的社會生產方式的經濟發展水平會造成與這一方式和水平相適應的某種藝術生產方式的產生。」〔註4〕「說話」在宋代的繁榮和發展正好說明了這一點，「說話」是一種以商品形態存在的藝術形式，其生產過程完全是由娛樂市場的規模決定的，只有出現了大量對娛樂產品有需求的消費者，形成穩定的市場，才能出現相應的藝術商品和職業藝人。這與宋代娛樂業賴以生存的社會經濟、文化環境是分不開的。

第一節　宋代娛樂業產生的社會背景

一、宋代都市經濟發展的水平

（一）宋代農業、手工業和商業的繁榮

宋代是中國古代社會的重大轉折時期。兩宋三百年間，由於先進的生產工具得到了推廣和普及，農業生產總水平有了大幅度的提高。宋代的官營和私營手工業與前代比較，分工更細，規模更大，技術更先進，產量也有了成倍的增長。在當時的世界上，宋代的經濟文化和科學技術發展水平都居於前列。

在農業、手工業生產發展的基礎上，宋代城市商業出現了前所未有的繁榮。我國早期的城市主要是政治中心或者軍事要塞，所以城市的建設也有大體固定的格局。到了宋代由於商品交換的活躍和經營規模的擴大，城市原有的封閉式商業格局被打破，大城市中舊有的坊市制度逐漸崩潰。由於商業的發展，早在宋建國以前坊市的格局就已無法適應城市發展的要求了。周顯德年間，汴京已是「華夷輻輳，水陸會通，時向隆平，日增繁盛」，「加以坊市

〔註4〕袁勇麟、李薇編著《文學藝術產業：趨勢與前瞻》，成都，四川大學出版社，2007年，頁40。

之中，邸店有限，工商外至，絡繹無窮」，當時「人戶侵佔官街」的現象就已經十分嚴重了。〔註5〕到了北宋，坊市制度便更加難以維持了。宋神宗年間，用來宣佈開市、閉市的禁鼓已經名存實亡了，「二紀以來，不聞金鼓之聲，金吾之職廢矣。」〔註6〕這意味著京師大小鋪面的營業時間不再受限制了。商業區和居民區之間也不再有高牆相隔，出現了很多商業街，甚至還出現了夜市和早市。到了宋仁宗中期以後街鼓被廢，坊市制度徹底崩潰，商業網點遍佈全城。張擇端的《清明上河圖》也生動地表現了坊市制度成為歷史遺跡後，城市商業的繁榮的新格局。「除汴河兩邊的大量店鋪外，專門畫街市店鋪的部分，約占全圖的三分之一多一點。鬧市可分為兩部分，城樓以東，尚不甚熱鬧，以西則商店林立，屋宇雄壯，門面廣闊，人群熙熙攘攘，沿街字號，琳琅滿目，生意興隆。」〔註7〕而且由於店鋪開設越來越多，有的店鋪還要擴大營業面積，連通衢大道、橋樑也遭侵佔，影響交通，因而朝廷不得不屢次下詔干涉，「在京諸河橋上，不得百姓搭蓋鋪占欄，有妨車馬過往。」〔註8〕在居民區沿街設置店鋪，打破了前代都城對商業活動在空間和時間上的限制，極大地促進了商業的繁榮。〔註9〕

（二）宋代城市的發展

宋代城市商業繁榮的另一個有力證據是城市數量的增加和城市規模的擴大。隨著都市商業的發展，舊城區已經無法容納不斷增加的商戶，城郭的限制也隨之被打破了。北宋之初的大、中城市主要是政治中心或者軍事要地，故而城市建築規模不大，限制了商業的發展。隨著商業的發達和人口的膨脹，為了滿足城市人口的需求，在一些大、中城市的近郊，出現了一些定期貿易的場所──草市，並逐步發展成為新的商業城市，從而在商業上取代了舊城的地位。如南宋前期鄂州（武昌）城外的南市就是一個突出的例子，這個由於鄂州商業發展的需要成長起來的新城，緊鄰在鄂州城外，成了周邊地

〔註5〕 王溥《五代會要》卷二十六，中華書局，1985 年，北京，頁 320。

〔註6〕 宋敏求《春明退朝錄》卷上，中華書局，1980 年，北京，頁 11。

〔註7〕 周寶珠《試論〈清明上河圖〉所反映的北宋東京風貌與經濟特色》，遼寧省博物館編《〈清明上河圖〉研究文獻彙編》，萬卷出版公司，2007 年，瀋陽，頁 598。

〔註8〕 徐松《宋會要輯稿》方域，卷三一之二一，中華書局，1957 年，北京，頁 7540。

〔註9〕 關於宋代坊市制度的崩潰參見漆俠，《中國經濟通史‧宋代經濟卷》下，經濟日報出版社，1999 年，北京，頁 1064～1066。

區貨物交換的集散地。據范成大的《吳船錄》所載:「南市在城外,沿江數萬家,廛閈甚盛,列肆繁如櫛,酒壚樓欄尤壯麗,外郡未見其比,蓋川、廣、荊、襄、淮、浙貿遷之會,貨物之至者無不售。且不問多少,一日可盡,其盛壯如此。」〔註10〕鄂州的現象並不是孤立的,在全國的大中城市周圍還出現了一批這樣的衛星城市。

除了依附於大中城市的新興衛星城市,由於商品經濟的繁榮,宋代還出現了一批鎮市。依據宋代設鎮的標準,許多的自然集鎮由於定居人口和稅收的增加升格為鎮市,有的鎮市甚至成為新的縣治所在地。「杭州有縣者九,獨錢塘、仁和附郭,名曰赤縣,而赤縣所管鎮市者一十有五。……今諸鎮市,蓋因南渡以來,杭為行都二百餘年,戶口蕃盛,商賈買賣者十倍於昔,往來輻輳,非他郡比也。」〔註11〕「鎮市自北宋初年以來即不斷發展,到元豐年間全國鎮市已發展到 1871 個。」〔註12〕

隨著宋代城市經濟的繁榮,出現一系列由大中城市、鎮市和村落墟市組合而成的區域性市場,這些區域性市場大體上可以分為以汴京為中心的北方市場、以東南六路為主的東南市場、以及以成都、梓州為中心的蜀川市場,雖然尚未形成統一的國內市場,宋代國內市場開拓的廣度也已經超越了以往。

除了國內市場以外,政府還積極開拓海外市場,在廣州、明州、杭州三地設市舶司,與南宋進行貿易的國家達五十多個,商品達上百種。宋朝的最高統治者也頗感市舶利厚,貿易額巨大,動輒百十萬緡,神宗熙寧五年,詔書中提到:「東南之利,舶商居其一。」〔註13〕因而把對外貿易看作是政府財政收入的重要來源,所以宋代的對外貿易無論在數額上還是在範圍上都大大超過了前代。

貨幣的發展也從一個角度反映了宋代商業發展的程度。除了主要貨幣銅錢以外,金、銀、鐵也都成為宋代的通貨。作為主要貨幣的銅錢,宋神宗元

〔註10〕 范成大《范成大筆記六種》,《吳船錄》卷下,中華書局,2002 年,北京,頁 226。

〔註11〕 吳自牧《夢粱錄》卷二,「兩赤縣市鎮」條,《東京夢華錄(外四種)》,上海古典文學出版社,1956 年,上海,頁 238。

〔註12〕 漆俠《中國經濟通史·宋代經濟卷》下,經濟日報出版社,1999 年,北京,頁 1071。

〔註13〕 脫脫等《宋史》,志第一百三十九,食貨下八,中華書局,1977 年,北京,頁 4560。

豐年間的鑄造額達 500 萬貫以上，是唐代的近 20 倍，銅錢年流通總量達 1 億貫以上。同時貨幣流通的範圍也隨著與周邊國家的貿易交往擴大了，宋代的貨幣不但在國內和周邊的金、遼流通，而且還在南海諸國之中流通。〔註 14〕除了發行金屬貨幣，宋代還產生了紙幣和有價證券，即會子、交子。〔註 15〕伴隨著商品貨幣經濟的發展，還形成了商業資本和高利貸資本。

　　另一個能反映宋代商業發展水平的數字是商業稅收額的增長。宋代規定「凡州縣皆置務，關鎮亦或有之……行者齎貨，謂之『過稅』，每千錢算二十；居者市鬻，謂之『住稅』，每千錢算三十。」〔註 16〕據全漢昇的《唐宋政府歲入與貨幣經濟的關係》一文中統計，從宋太宗至道年間到宋神宗寧熙年間全國的鎮市商業稅收呈逐年增長的態勢，而且占政府貨幣財政收入的 17% 以上。而據寧熙十年商稅記錄材料統計，全國 71 座大中城市的商品交換量又占全國商稅總額的 36%，也就是說商品交換的中心是中等以上的城市。〔註 17〕

　　綜合起來看，宋代城市開放式格局的形成、城市規模的擴大、數量的增加、區域性市場的形成、貨幣種類和發行量的擴大以及商業稅收額的增長，都表明城市經濟發展水平遠勝前代。此外，還有一個重要的現象——城市人口的大幅度增加，可以說明城市的發展和城市化的進程，關於這一點將在第三節中進行專門論述。

二、經濟發展對社會觀念的影響

　　宋代商業空前發展，對傳統的價值觀念產生了極大的衝擊，在主流的儒家文化之外，又形成了一個商業亞文化。

（一）享樂之風對「農本商末」觀念的衝擊

　　宋代社會物欲橫流，對金錢和物欲的追求滲透到了社會生活的各個角落。宋太祖策劃陳橋兵變，奪取了後周天下之後，聽從趙普的建議，在飲酒

〔註 14〕　漆俠《中國經濟通史・宋代經濟卷》下，經濟日報出版社，1999 年，北京，頁 1060。
〔註 15〕　脫脫等《宋史》，志第一百三十四，食貨下三，中華書局，1977 年，北京，頁 4403。
〔註 16〕　脫脫等《宋史》，志第一百三十九，食貨下八，中華書局，1977 年，北京，頁 4541。
〔註 17〕　漆俠《中國經濟通史・宋代經濟卷》下，經濟日報出版社，1999 年，北京，頁 1156。

談笑間輕而易舉地解去了石守信等人的兵權，他勸諭石守信等人「人生駒過隙爾，不如多積金，市田宅以遺子孫，歌兒舞女以終天年。」〔註18〕宋太祖加強了中央集權，又沒有像漢高祖一樣留下殺功臣的惡名，手腕可謂高明，卻在客觀上助長了社會上奢靡享樂之風的氾濫。另外宋朝歷代皇帝都在物質上優待官吏，本意是要換取官吏的效忠，但實際情況是官員們「假享上之名，濟營私之欲，漁奪百姓，無所不至。」〔註19〕吏治敗壞，制度紊亂。陳與義在《書懷示友》一詩中說：「有錢可使鬼，無錢鬼揶揄」。〔註20〕士人不再諱言錢財，更有一些士人不惜與商賈聯姻，甚至直接經營獲得錢財，朱彧《萍州可談》卷一載：「近歲富商庸俗與厚藏者嫁女，亦於榜下捉婿，厚捉錢，以餌士人，使之俯就，一婿至千餘緡」。〔註21〕論財娶妻的風氣愈演愈烈，以至於哲宗時丁騭上疏專論此事，「竊聞近年，進士登科娶妻論財，全乖禮義……市井駔儈，出捐千金，則貿貿然而來，安以就之」〔註22〕世風如此，宋代的一些高官權貴也開始販鬻經營，與民爭利。如宰相趙普，看到經營邸店利潤頗豐，就「遣親吏詣市屋材，聯巨筏至京師治第；吏因之竊貨大木，冒稱普市，貨鬻都下」，張永德曾派屬下「販茶規利」，熙寧間有魏繼宗上言：「京師百貨無常價，貴賤相傾，富能奪，貧能興，乃可以為天下。今富人大姓，乘民之亟，牟利數倍，財既偏聚，國用亦屈。」〔註23〕面對著日下的世風，羅大經曾感歎：「今世儒生，竭半生之精力，應舉覓官。幸而得之，便指為富貴安逸之媒，非特於學問切己事不知盡心，而書冊亦幾絕交。」〔註24〕由於他們無饜地牟利，積累了大量財富，「今之所謂錢者，富商巨賈閹宦權貴皆盈室以藏之」。〔註25〕「兼併豪猾之家，居物逐利，多蓄緡錢，至三五十萬以上，

〔註18〕 脫脫等《宋史·石守信傳》卷二百五十，中華書局，1977年，北京，頁8810。

〔註19〕 脫脫等《宋史》，志第一百三十二，食貨下一，中華書局，1977年，北京，頁4363。

〔註20〕 陳與義《簡齋集·書懷示友》卷二，文淵閣四庫全書。1129，集部，別集類，上海古籍出版社，上海，頁672。

〔註21〕 朱彧《萍州可談》卷一，叢書集成本，中華書局，1985年，北京，頁16。

〔註22〕 丁騭《請禁絕登科進士論財娶妻》，呂祖謙《呂祖謙全集·皇朝文鑒》卷六一，浙江古籍出版社，2008年，杭州，頁162。

〔註23〕 脫脫等《宋史》，志第一百三十九，食貨下八，中華書局，1977年，北京，頁4548。

〔註24〕 羅大經《鶴林玉露》，乙編卷二，《宋元筆記小說大觀》，上海古籍出版社，2001年，上海，頁5259。

〔註25〕 脫脫等《宋史·楊萬里傳》卷四三三，中華書局，1985年，北京，頁12866。

少者不減三五萬。」〔註 26〕不少官僚經營商業追求利潤達到了不擇手段的地步，王安石在《上仁宗皇帝言事書》中就說：「今者官大者，往往交賂遺，營資產，以負貪污之毀；官小者，販鬻乞丐，無所不爲。夫士已嘗毀廉恥，以負累於世矣，則其偷惰取容之意起，而矜奮自強之心息，則職業安得而不弛，治道何從而興乎。」〔註 27〕南宋的循王張俊豪富，曾遣一老卒赴海外諸國貿易獲利幾十倍。〔註 28〕這些例子都從不同的方面，說明了金錢在宋代社會生活中所起的重要作用。

社會商品等價交換的原則更帶來了「等貴賤」新道德規範，使得魏晉以來士族階層所享有的特權變成了歷史陳跡。張載在他著名的《西銘》中也曾闡述過這種平等的新觀念：「乾稱父，坤稱母。……民，吾同胞，物，吾與也。大君者，吾父母宗子，其大臣，宗子之家相也。尊高年，所以長其長；慈孤弱，所以幼其幼；聖其合德，賢其秀也。凡天下疲癃殘疾，煢獨鰥寡，皆吾兄弟之顚連而無告者也，於時保之，子之翼也；樂而不憂，純乎孝者也。」〔註 29〕

工商從業人員的地位得到了提高。秦代以來，工商業者一直被視爲末技遊食之人，封建統治者一方面在經濟上對他們進行盤剝，另一方面在政治上對他們進行歧視。到了宋代，工商業者的社會地位大爲改觀。居住在城市中的中小工商業者，在宋代第一次被列入封建國家的戶籍，得到了封建國家的承認。宋代官辦工業中，出現了越來越多拿雇值的『和雇匠』，封建國家對獨立工匠的控制相對削弱。宋代工商業者有了自己的組織——行會。宋代廢除了科舉等級限制，廢除了官位世襲，教育和科舉向下層轉移，百姓無論貴賤，皆可應舉入仕，甚至准許工商業者的子弟應試。因連中三元被時人稱爲「馮三元」的馮京，就出身於一個小商人的家庭。〔註 30〕更突出的例子是宣和年間升任宰相的李邦彥，他本是一個名叫李浦的銀匠的兒子，他於大觀三年（1109 年）及第，進入仕途。李浦死後，北宋朝廷還追贈他龍圖閣直學士，

〔註 26〕　宋祁《景文集》卷二八，「乞損豪強優力農箚子」，中華書局，叢書集成本，1985 年，北京，頁 358。
〔註 27〕　王安石《臨川先生文集》卷三十九，中華書局，1959 年，北京，頁 416。
〔註 28〕　羅大經《鶴林玉露》，丙編卷二，《宋元筆記小說大觀》，上海古籍出版社，2001 年，上海，頁 5335。
〔註 29〕　張載《張載集·正蒙·乾稱篇第十七》，中華書局，1978 年，北京，頁 62。
〔註 30〕　羅大經《鶴林玉露》，乙編卷四，《宋元筆記小說大觀》，上海古籍出版社，2001 年，上海，頁 5285。

諡曰『宣簡』。這件事雖然被傳爲笑柄，但卻說明宋代工商業者社會地位的明顯提高。後來的王安石在推行新法的過程中，又從實踐上進一步破除了傳統的等級尊卑之分，大膽破格提拔青年才俊，甚至經常將「市井屠沽之徒，召而登政事堂」。仁宗時的茶商陳子城欲將其女送入宮中待選皇后，幾乎運作成功。一些宗室也甘願屈尊降貴與富商結親，「富家多賂宗室求婚，苟求一官，以庇門戶，後相引爲親。京師富人如大桶張家，至有三十餘縣主。」〔註31〕一家之中竟然娶了三十多個宗室女兒，足以說明商人地位的。

（二）義利之爭

在社會風氣的薰染之下，學術思想領域在壓倒眾聲的重農輕商觀念之外，出現了代表新興商業文化的呼聲，雖然呼聲微弱而零星，但畢竟是可貴的。如陳亮在《四弊》一文中，把官、民、農、商並列，認爲四者的關係是「古者，官民一家也，農商一事也。上下相恤、有無相通，民病則求之官，國病則資諸民，商藉民而立，農賴商而行，求以相輔而非求以相病」。〔註32〕這是宋代商品經濟發展在意識形態中的反映。

在商業文明的發展中，與傳統的儒家道德格格不入的利己主義開始抬頭，產生了宋代學者的「義利」之爭。宋仁宗初年，李覯是其中最爲激進的一個，公開肯定了「利」在道德評價中的作用。並指出了儒家道德的虛僞。他說「利可言乎？曰人非利不生，曷爲不可言！欲可言乎？曰：欲者，人之情，曷爲不可言！言而不以禮，是貪與淫，罪矣。不貪不淫而曰不可言，無乃賊人之生，反人之情，世俗不喜儒以此。孟子謂『何必曰利』，激也。爲有仁義而不利者乎？其書數稱湯、武將以七十里、百里而王天下，利豈小哉？孔子七十，所欲不踰矩，非無欲也。」〔註33〕李覯的義利並生的觀念與儒家思想針鋒相對，給宋代的思想界帶來了不小的震動。大部分思想家試圖在儒家道德原則與李覯的觀點之間找到平衡。張載、王安石從民本的思想出發對他的觀念進行了修正，如張載認爲「義」是「公天下之利」，「利，利於民則可謂利，利於身、利於國皆非利也。」〔註34〕王安石基本贊同張載的觀點，只是王安石認爲不能把爲國謀利歸於私利，因爲爲國謀利並不只是爲君主一

〔註31〕 朱彧《萍州可談》卷一，叢書集成本，中華書局，1985 年，北京，頁 2。
〔註32〕 陳亮《龍川文集》卷十一，叢書集成本，中華書局，1985 年，北京，頁 117。
〔註33〕 李覯《李覯集·雜文·原文》卷二十九，中華書局，1991 年，北京，頁 326。
〔註34〕 張載《張載集》，《拾遺·性理拾遺》，中華書局，1978 年，北京，頁 375。

人，而是爲了整個國家，「因民之利而利之」。〔註 35〕主張存天理、滅人欲的二程、朱熹，也不得不承認「利」的存在。「夫利，和義者善也，其害義者不善也」。「凡順理無害處便是利，君子未嘗不欲利……不遺其親，不後其君，便是利。仁義未嘗不利」。〔註 36〕

宋代思想界的義利之爭中的兩派：一是以李覯爲代表的一派，直接傳達來自市民階層的呼聲，認識到了儒家道德的虛僞性，敢於公開承認利的合理性。二是以朱熹爲代表的一派，雖然極力指責「人欲之私」，但在商品經濟空前發達的社會背景之下也不得不承認利存在的合理性。而且宋代理學大興的局面也正好從反面說明了，由於市人的趨利情況，已經危及了儒家傳統的道德在人們心中的穩固性，社會大眾的道德生活尺度發生了新的變化，出現了新的道德規範。從而引起了儒家思想家的警醒，紛紛起來維護封建道德的權威性，試圖將人們心中萌生趨利的欲望扼殺掉。〔註 37〕

三、城市人口的構成

（一）城市人口的增長

自唐至宋，由於都市商業的發展，城市人口急劇增長。北宋的汴京在徽宗崇寧年間，城市總人口達一百七十萬左右，是當時世界上人口最多的大城市，其中工商業和其他服務行業的人口約占總數的十分之一。〔註 38〕建炎初年南宋政府把杭州作爲臨時都城，「故都及四方市民商賈輻輳。」〔註 39〕發展到南宋後期臨安的人口也達到了一百五六十萬，〔註 40〕而且經過南宋百餘年的經營，其繁榮又遠勝當年的東京汴梁，「自六蜚駐蹕，日漸繁盛。湖上屋宇連接，不減城中。『一色樓臺三十里，不知何處覓孤山。』」〔註 41〕

〔註 35〕 王安石《王文公文集》卷八，《答曾公立書》，上海人民出版社，1974 年，上海，頁 98。
〔註 36〕 程顥、程頤《二程遺書・伊川先生語五》卷十九，上海古籍出版社，2002 年，上海，頁 302。
〔註 37〕 姚瀛艇主編《宋代文化史》，河南大學出版社，河南開封，1992 年，頁 12～14。
〔註 38〕 周寶珠《宋代東京城市的發展及其在中外經濟文化交流中的地位》，《中國史研究》，1981 年第 2 期。
〔註 39〕 陸游《老學庵筆記》卷八，《中國歷代筆記精華》上，京華出版社，1998 年，北京，頁 161。
〔註 40〕 徐吉軍《南宋都城臨安》，杭州出版社，2008 年，杭州，頁 313。
〔註 41〕 周輝《清波雜志》卷三《錢塘舊景》，《清波雜志校注》，中華書局，1994 年，北京，頁 117。

　　除了都城，武昌、建康、揚州、成都、長沙都是萬戶以上乃至 10 萬戶的都市。據初步估計，宋代 351 州，州城人口總計 42 萬戶，縣城總人口爲 71 萬戶，鎮市戶口總計 66 萬戶。加上汴京、臨安等大都市的人口，全國城市人口當在 200 萬戶以上，占宋神宗元豐年間全國人口的 12%以上。〔註 42〕這 12%的城市人口的確給娛樂業帶來了商機，也的確造就了城市娛樂業的繁榮。

　　一些研究者因此認爲宋代出現了一個新的社會階層——市民階層，〔註 43〕並且出現了供市民階層娛樂消閒的通俗文化。但是「市民階層」只是一個從西方歷史中借用過來的概念，宋代的城市居民成分十分複雜，無論從政治上還是從經濟上，籠統將之歸爲「市民階層」都欠妥當。只有對宋代城市居民的組成及他們的經濟地位、消費能力作出切合歷史的分析後，才能更爲準確地評估宋代文化市場的發育程度。

　　我國城市的起源比歐洲早得多，城市的規模也大得多，很多研究者喜歡將歷史上的中西城市發展進程進行比較：「中國早在戰國秦漢之時就有了數十萬人口的大城市，而在西方，直到十四世紀，兩萬人口的大城市就可以被稱之爲大城市。」〔註 44〕但是中國的城市發展從一開始走的就是一條與西歐各國不同的道路。從西歐的歷史上看，封建統治者並不居住在城市裏，而是住在封建莊園裏。城市的主要居民是手工業者和商人，城市是商業與手工業發展的產物，是商業貿易中心，手工業者和商人都屬於生產性人口，城市人口的增加、城市規模的擴大意味著商品經濟發展，這與我國古代的城市有著很大的差別。

（二）以消費人口為主的城市人口構成

　　中國早期的城市主要是政治中心或者軍事要塞，並不是工商業的中心，城市中的人口雖多，但居民成分主要是消費性人口。由於城市對農村保持著政治上的統治和經濟上的剝削，消費性人口的基本生活必需品可以通過賦稅地租取得。「杭州人煙稠密，城內外不下數十萬戶，百十萬口。每日街市食米

〔註 42〕漆俠《中國經濟通史・宋代經濟卷》下，經濟日報出版社，1999 年，北京，頁 1066。

〔註 43〕謝桃坊《中國市民文學史》，四川人民出版社，1997 年，成都，頁 14。

〔註 44〕孫自鐸《中國歷史上的商品經濟發展與思考》，合肥工業大學出版社，2004 年，合肥，頁 68。

除府第、官舍、宅舍、富室，及諸司有該俸人外，細民所食，每日城內外不下一二千餘石，皆需之鋪家。」〔註45〕這裡說得很清楚，居住在城中的皇族、官吏、富室大戶吃的米並不是在市場上賣的，而是直接通過實物地租獲得的。

　　宋代有大量的消費性人口居住在城市裏，例如北宋的都城汴京和南宋的都城臨安都是皇室、豪門、官僚和被稱爲「遙佃戶」的鄉紳的聚居地，此外還居住了大量的軍隊、宦官、宮女、娼妓、僧侶等，這些人寄生在城市裏，不事生產，沉於享樂，從而帶動城市奢侈品和娛樂業的消費，造成城市商業和娛樂業的病態繁榮。「表現爲奢侈品販運貿易的空前興盛和城市消費水平遠遠超過其商品生產水平的虛假繁榮。」〔註46〕據孟元老，《東京夢華錄·大內》記載東京「東華門外，市井最盛，蓋禁中買賣在此，凡飲食、時新花果、魚蝦鱉蟹、鶉兔脯臘、金玉珍玩衣著，無非天下之奇。」時令荣蔬新上市，每對價值高達三五十千，卻不愁沒有賣家，「諸閣分爭以貴價取之」。〔註47〕南通巷上的金銀彩帛買賣更是「每一交易，動即千萬，駭人聽聞。」〔註48〕各種奢侈品從全國各地源源不斷地湧入大城市，「海南收稅，較船之丈尺，謂之『格納』。……買物自泉、福、兩浙、湖、廣至者，皆金銀物帛，直或至萬餘緡。」〔註49〕

　　有研究者根據相關史料研究認爲：天禧五年（1021 年）東京約有十一萬戶，崇寧二年（1103 年）約有 13.7 萬戶，按照每戶 7 口計算，崇寧年間東京的人口已達百萬，其中皇室（包括宮女、宦官等依附人口）不下萬人，駐軍和家屬約 40 萬人，官營作坊和衙門中的工匠近 10 萬人，而眞正從事工商業的人口大約只有 1.5 萬餘戶，也就是說工商從業人員僅占城市人口的十分之一。〔註50〕南渡之後臨安又迅速發展成一個超大城市，其城市人口的構成與

〔註45〕　吳自牧《夢粱錄》卷十六，「米鋪」條，《東京夢華錄（外四種）》，上海古典文學出版社，1956 年，上海，頁 269。

〔註46〕　梁太濟《兩宋階級關係的若干問題》，河北大學出版社，1998 年，保定，頁 3。

〔註47〕　孟元老《東京夢華錄》，「大內」，《東京夢華錄（外四種）》，上海古典文學出版社，1956 年，上海，頁 9。

〔註48〕　孟元老《東京夢華錄》，「東角樓街巷」《東京夢華錄（外四種）》，上海古典文學出版社，1956 年，上海，頁 14。

〔註49〕　脫脫等《宋史》，志第一百三十九，食貨下八，中華書局，1977 年，北京，頁 4544。

〔註50〕　周寶珠《宋代東京城市的發展及其在中外經濟文化交流中的地位》，《中國史研究》，1981 年第 2 期。

汴梁也很相似，「姑且假定城內（臨安）居住 90 萬人，城外分住 60 萬人。城外職業人口的主體是 12 萬左右的工匠、商業、運輸業勞動者、蔬菜專業農戶，而軍戶、種糧農戶、官戶、吏戶、僧道戶（包括家屬）約 48 萬人；城內則爲工商業勞動者、其他從業人員 16 萬人，皇族、官戶、吏戶、僧道戶、軍戶、士紳、工商經營者階層約 74 萬人。」〔註 51〕

上面這些數字說明無論是東京還是臨安的居民絕大部分都是消費性的人口。「由於非勞動人口占很大比例，大多數城市成爲消費中心，而不是生產中心。消費性城市的基本特點是商品的大量輸入，較少的商品輸出。」〔註 52〕城市中的娛樂業消費與奢侈品消費被這些消費性人口烘抬起來，使其出現了超乎經濟發展水平的繁榮景象。大量皇室、貴族、官僚、胥吏、軍隊和一些遙佃戶構成的消費人口，加上坊郭戶中的上、中戶，在他們居住的京城中形成了一個很大城市娛樂消費市場，也爲「說話」在宋代的空前興盛提供了社會經濟動力。

第二節　城市娛樂群體的形成與社會經濟結構之間的內在聯繫

在城市經濟空前繁榮的社會背景以及寬鬆的文化政策之下，宋代的城市，特別是大中城市中逐漸建立起來一種新的文化娛樂供需關係，並最終導致了娛樂市場的形成。

娛樂產品應該屬於無形的服務性產品，它是指生產者按特定的手法、程式生產出來投入市場的精神產品。娛樂產品能否被看作商品主要是看其能不能在市場上流通。關於宋代繁榮的娛樂市場《東京夢華錄》、《武林舊事》、《夢梁錄》等書中有很多記載，但是如果我們細緻地考察一下，就會發現娛樂市場的繁榮並不能簡單地等同於娛樂業的高度商品化，從北宋到南宋娛樂市場的發育經歷了一個從無到有緩慢成長的過程，以「說話」爲代表的娛樂業也經歷了一個商品化程度由低到高的發展歷程。

〔註 51〕　〔日〕斯波義信《宋代江南經濟史研究》，江蘇人民出版社，2001 年，頁 330～331。

〔註 52〕　魏天安《宋代東京工商戶數比率考》，《宋代歷史文化研究》，暨南大學中國文化史籍研究所編，人民出版社，2000 年，北京，頁 389。

一、由特權階層和軍隊構成的特殊娛樂群體

「說話」市場從發育到成熟有賴於娛樂消費群體的形成，兩宋時期在全國範圍內出現了一些大、中城市，甚至還出現了汴梁、臨安這兩個超大型城市。在這些城市中居住著不同身份的居民，他們由於經濟地位的不同而對當時的城市娛樂業起到了大小不等的推動作用。

在宋代，除了像景德鎮這樣的少數手工業者聚居的中等城市外，大中城市中普遍居住著大量消費人口，在宋真宗時期王旦進言「國家承平歲久，兼併之民，徭役不及，坐取厚利。京城資產百萬者至多，十萬而上比比皆是」〔註 53〕。不但汴梁、臨安居住著皇室、貴族、官僚、胥吏、軍隊，一般大城市中聚居著現任官吏和軍隊，就是中小城鎮中也有不少官戶定居。

宋代的城市中居住的皇室、貴族、官僚占城市人口的比例雖然不大，卻掌握著巨大的財富，消費水平驚人。皇室和貴族這樣的特權階層的奢華揮霍自不待言，就是上至宰相下至縣令的各級官員也是城市中具有相當經濟實力的階層。宋朝優禮文官，俸給豐厚，按品級大小將官員分為四十一個等次，在朝京官中宰相、樞密史一類的高官月俸高達三百千，以下逐級遞減，各有等差，但即使是下級官員的俸祿也不低：「東京畿縣七千戶已上知縣，朝官二十二千，京官二十千；五千戶已上知縣，朝官二十千，京官十八千；三千戶已上知縣，朝官十八千，京官十五千；三千戶已下知縣，止命京官，十二千。」〔註 54〕一個京城周邊的縣令月收入是一萬兩千錢，這在宋代的消費水平上是一個什麼概念呢？據《鶴林玉露》所載太守仇泰然的一個幕僚，「十口之家，日用一千。」平均每人日用一百錢，即被仇泰然視為靡費，驚訴其為不廉之士，當時的「李若谷為長社令，日懸百錢於壁，用盡即止。東坡謫齊安，日用不過百五十。」而張無垢、鄭亨仲更為節儉，每日用度不過數十錢，「亦自足」，〔註 55〕在士大夫中傳為儉約的美談，說明日用二百，月用六千在當時已能維持一個官僚家庭溫飽的生活。也說明當時宋代的官俸遠遠超出了城鎮居民平均消費水平。

〔註 53〕　李燾《續資治通鑑長編》卷八五，「大中祥符八年十一月己巳記事」，中華書局，2004 年，北京，頁 1956。

〔註 54〕　脫脫等《宋史》，志第一百二十四，職官十一，中華書局，1977 年，北京，頁 4108。

〔註 55〕　羅大經《鶴林玉露》，乙編卷五，《宋元筆記小說大觀》，上海古籍出版社，2001 年，上海，頁 5295。

　　以城市中居住的皇室、貴族、官僚的經濟實力來看，他們應該是最有消費實力的一部分居民。他們在閑暇時的消遣娛樂無疑推動了包括「說話」在內的各種娛樂業勃興。宋高宗就是一個不折不扣的「說話」愛好者，在他晚年就有不少在德壽宮行走的「說話」藝人。關於這位皇帝對「說話」的特別愛好有過很多記載，綠天館主人《古今小說·序》「南宋供奉局，有說話人，如今說書之流。其文必通俗，其作者莫可考。泥馬倦勤，以太平享天下之養。仁壽清閒，喜閱話本，命內璫日進一帙，當意則以金錢厚酬。」

　　愛好「說話」的不僅是宋朝的最高統治者，在貴族、士紳中也頗有人樂於此道，劉克莊曾在詩中提到「猴行者」：「一筆受楞嚴義，三書贈大顛衣。取經煩猴行者，吟詩輸鶴阿師。」〔註56〕詩中猴行者即《大唐三藏取經詩話》中的白衣秀才猴行者，這不但說明他本人聽過這個話本，而且這段話的內容在士大夫中間也是人所共知的。陸游也在他的《老學庵筆記》裏談及自己幼年時聽「說話」的經歷。〔註57〕又《類說》卷五十六《劉貢父詩話》《赤松贈張良詩》條載「楊安國為翰林學士，以老欲求外官，告人曰：『赤松子贈張良詩曰：「不如閒早歸山去，免事君王不到頭。」吾猶是矣。』」程毅中認為劉攽所引的詩出自於當時流行的話本，〔註58〕這個觀點很有道理，元刻本《前漢書平話》裏有張良詩：「老臣若不歸山去，怕似韓彭劍下災。」《清平山堂話本》中的《張子房慕道記》也有詩：「不是微臣歸山早，服侍君王不到頭。」可互為參證。這些都是「說話」在城市上層社會流行的佐證。

　　周密自謂青年時代「既而曳裾貴邸，耳目益廣，朝歌暮嬉，酣玩歲月。」〔註59〕這在當時官戶家族生活中應該說是具有代表性的。而南宋豪門世家出身的張鎡則更是一個突出的例子，他的曾祖就是以豪富稱世的循王張俊，張鎡家資鉅萬，為人風流倜儻，對一年中節物變遷，自然界的花鳥泉石，人世間的賞心樂事領會無餘，曾作一篇《張約齋賞心樂事》排列出一年十二個月中的燕遊次序，以備遺忘，說自己「非有故，當力行之」據他的這份娛樂明

〔註56〕 劉克莊《後村先生大全集》卷四十三，《釋老六言十首》其四，四部叢刊初編，集部，212，上海書店，1989年，上海，頁18。

〔註57〕 陸游《老學庵筆記》卷六，《歷代筆記英華》上，京華出版社，1998年，北京，頁141。

〔註58〕 程毅中《宋元小說研究》，江蘇古籍出版社，1998年，南京，頁222。

〔註59〕 周密《武林舊事》序，中華書局，2007年，北京，頁1。

細，一年之中宴遊之日十之八九，幾無虛日。〔註60〕像周密、張鎡這樣有權有閒的特權階層應該說是娛樂業的主要消費者，他們終日嬉戲遊樂打發光陰，故而能發出「伎巧驚人耳目，侈奢則長人精神。」〔註61〕的感歎。

居住在城裏的軍隊也是娛樂業的一個重要市場。宋代雖然是中國有史以來武備最爲廢弛的一個朝代，但卻擁有一支龐大的軍隊，而且有大量的軍人居住在城中。宋太宗就曾提到過，「東京養甲兵數十萬，居人百萬。」〔註62〕宋人祖取得帝位後不久，就將全國的二十萬精兵一分爲二，「京師屯十萬，足以制外變；外郡屯十萬，足以制內患。」〔註63〕兩宋的歷代皇帝都奉行養兵的心傳家法，爲了鞏固政權，將失去土地的農民召募參軍，到北宋仁宗皇祐之初兵已一百四十一萬。政府以「廩給」的形式雇傭禁兵和廂兵，而且是終身雇傭，很多「老弱怯懦」的士兵只是坐食而已，造成了嚴重的冗兵冗費。「蓋嘗率計天下之戶口，千有餘萬，自皇祐一歲之入一億二千六百餘萬也。而耗於兵者常什七，而留州以供軍者又數百萬也。」〔註64〕宋仁宗寶元年間，富弼曾指出：「自來天下財貨所入，十中八九贍軍。」〔註65〕軍費開支也極爲浩繁，占政府收入的百分之七八十。「蓋朝廷用度，多靡於贍兵。……歲入絹者率百四十萬，以緝計之率一千萬，給遣大軍，居什之七，宮禁百司祿賜裁三。」〔註66〕

爲了保持強幹弱支之勢，宋代駐紮在京城的禁軍數量之大都是空前絕後的。據《宋史》所載宋軍開寶之籍總三十七萬八千，而禁軍馬步十九萬三千；至道之籍總六十六萬六千，而禁軍馬步三十五萬八千；天禧之籍總九十一萬二千，而禁軍馬步四十三萬二千；慶曆之籍總一百二十五萬九千，而禁軍馬

〔註60〕周密《武林舊事》「張約齋賞心樂事」條，中華書局，2007 年，北京，頁 250。

〔註61〕孟元老《東京夢華錄・序》，《東京夢華錄（外四種)》，上海古典文學出版社，1956 年，上海。

〔註62〕李燾《續資治通鑒長編》卷三二，淳化二年六月乙酉記事，中華書局，2004年，北京，頁 716。

〔註63〕陳傅良《歷代兵制》卷八，《歷代兵制淺説》，解放軍出版社，1986 年，北京，頁 280。

〔註64〕陳傅良《歷代兵制》卷八，《歷代兵制淺説》，解放軍出版社，1986 年，北京，頁 282。

〔註65〕李燾《續資治通鑒長編》卷一二四，寶元二年九月記事，中華書局，2004 年，北京，頁 2928。

〔註66〕吳自牧《夢粱錄》卷九，「六院四轄」條，《東京夢華錄（外四種)》，上海古典文學出版社，1956 年，上海，頁 205。

步八十二萬六千。〔註 67〕京城內的禁軍不但爲數眾多，而且比各州郡的禁軍和廂軍有更大的娛樂消費潛力。「禁衛兵士無他役使，且廩給優厚。」〔註 68〕而且他們也有更多的娛樂閑暇時光。各州郡的禁軍負責宿衛地方，而駐紮在京師的軍隊反而飽食終日，無所事事。宋代的很多文獻資料都提到了這一點：「自州郡各有禁軍，而三司之卒不出，不出則常坐食於京師，常坐食於京師則必盡天下之利歸之公上。」〔註 69〕「天下豈有彌歷百數十歲，養百萬之師，未嘗有戰鬥之事，而飽食安坐以嬉者哉！蓋歷代兵制之失，未有過於此者。」〔註 70〕而且駐屯的禁軍都可以攜家帶口住在城中，更爲城市帶來了大批的外來人口中：「在京禁軍及其家屬，率皆生長京師，親姻聯布，安居樂業，衣食縣官，爲日固久。」〔註 71〕雖然軍人和軍人家屬的消費水平不可能太高，但是由於他們人數可觀，生活悠閒，且有穩定的收入，所以仍然是一個很有娛樂消費實力的群體。事實上爲了滿足軍中的娛樂需求，很多軍隊都自備有演藝人員，如《東京夢華錄》就曾記載，軍中藝人與民同樂的情景：「或軍營放停，樂人動鼓樂於空閒，就坊巷引小兒婦女觀看，散糖果子之類，謂之『賣梅子』，又謂之『把街』。」〔註 72〕「教坊鈞容直，每遇旬休按樂，亦許人觀看。」〔註 73〕頗有些與民同樂的味道。後來爲了方便軍人娛樂，有的瓦子乾脆就建在了軍營附近。據《夢梁錄》記載：「杭城紹興間駐蹕於此，殿岩楊和王因軍士多西北人，是以城內外創立瓦舍，招集妓樂，以爲軍卒暇日娛戲之地。今貴家子弟郎君，因此蕩遊，破壞尤甚於汴都也。」〔註 74〕

　　宗室繁多、官職冗濫，軍旅不精使宋代一直處於財政危機之中。「至道末，天下總入緡錢二千二百二十四萬五千八百。……天禧末，……天下總入

〔註 67〕脫脫等《宋史》，志第一百四十，兵一，中華書局，1977 年，北京，頁 4576。

〔註 68〕脫脫等《宋史》，志第一百四十二，兵三，中華書局，1977 年，北京，頁 4639。

〔註 69〕陳傅良《止齋集》卷十九，文淵閣四庫全書，1150，集部，別集類。上海古籍出版社，2003 年，上海，頁 653。

〔註 70〕呂祖謙《兵制·詳說》卷十一「兵制」，《呂祖謙全集·歷代制度》，浙江古籍出版社，2008 年，杭州，頁 136。

〔註 71〕脫脫等《宋史》，志第一百四十七，兵八，中華書局，1977 年，北京，頁 4835。

〔註 72〕孟元老《東京夢華錄》，「諸色雜賣」條，《東京夢華錄（外四種）》，上海古典文學出版社，1956 年，上海，頁 22。

〔註 73〕孟元老《東京夢華錄》，「京瓦伎藝」條，《東京夢華錄（外四種）》，上海古典文學出版社，1956 年，上海，頁 29。

〔註 74〕吳自牧《夢梁錄》卷十九，「瓦舍」條，《東京夢華錄（外四種）》，上海古典文學出版社，1956 年，上海，頁 298。

一萬五千八十五萬一百。」〔註75〕「皇祐元年，入一億二千六百二十五萬一千九百六十四，而所出無餘。……初眞宗時，內外兵九十一萬二千，宗室、吏員受祿者九千七百八十五。寶元以後，募兵益廣，宗室蕃衍，吏員歲增。至是兵一百二十五萬九千，宗室、吏員受祿者萬五千四百四十三，祿廩奉賜從而增廣。」〔註76〕這說明在北宋的大中城市中居住的皇室、貴族、官僚、軍隊一直是有增無減。南宋初期由於戰亂，城市娛樂業受到了沉重的打擊，但隨著政局的平穩和經濟的恢復，娛樂業很快復蘇，並最終超過了北宋的發展水平。正如《龍川文集》卷一中所寫的：「及建炎、紹興之際，（錢塘）爲六飛所駐之地。當時論者固已疑其不可以張形勢而事恢復也。秦檜又從而備百司庶府，以講禮樂於其中。其風俗固已華靡，士大夫又從而治園囿臺榭以樂其生於干戈之餘。上下晏安，而錢塘爲樂園矣。」〔註77〕

二、城市中大眾娛樂的主要消費者

　　除了上述的兩種消費群體，宋代的城市中還居住著「民戶」。「民戶」的成分十分複雜，經濟水平高下相差巨大，使得他們對城市娛樂的參與程度也有很大差別。坊郭戶中的一部分主戶也是娛樂業的主要消費者。由於城市的發展和城市人口激增，宋代開始對城鎮居民單獨列籍，將城市居民和鄉村居民分成坊郭戶和鄉戶，並給予坊郭戶更爲優厚的待遇。按照宋代的戶籍制度，享有政治特權的品戶之家被稱爲官戶，也就是居住城中的官僚家庭，其他居民被歸入民戶。民戶之中又按有無固定產業將居民分爲主戶和客戶，也就是說在城市中有房產的居民是主戶，沒有房產的是客戶，統稱坊郭戶。

　　宋眞宗於「天禧三年（1019 年）十二月，命都官員外郎苗積與知河南府薛田，同均定本府坊郭居民等。」〔註78〕將坊郭戶依據財產的多寡定爲十等，雖然沒有統一的標準，但大體上可以反映出城市居民的經濟地位。

　　十等坊戶中的一、二、三等戶爲上戶，他們包括在鄉間廣有田產的「遙佃戶」、靠掠房錢爲生的大房產主、豪商巨賈、高利貸主、大手工業主和賦稅

〔註75〕脫脫等《宋史》，志第一百三十二，食貨下一，中華書局，1977 年，北京，頁4349。
〔註76〕脫脫等《宋史》，志第一百三十二，食貨下一，中華書局，1977 年，北京，頁4352。
〔註77〕陳亮《龍川文集・書疏・上孝宗皇帝第一書》卷一，叢書集成本，中華書局，1985 年，北京，頁 6。
〔註78〕徐松《宋會要輯稿》，食貨六九，中華書局，1957 年，北京，頁 6369。

包攬者。這些人大多聚居在大都市中，如北宋時的汴京，「資產百萬者至多，十萬而上比皆是」〔註79〕；這些居民，擁有大量的財富供他們朝歡暮樂，任意揮霍，他們當然屬於娛樂業消費的另一主要人群。

坊郭中戶爲四、五、六等，包括中等產業的商人、中小房產主、租賃主、手工業主。手工業的發展使宋代手工業者的數目激增，由於宋代的手工業主要分佈在城市、市鎮中，宋代的手工者也主要聚居在城鎮中。據《東京夢華錄》卷二記載北宋汴京「東西兩巷，謂之大小貨行，皆工作伎巧所居」，而到了南宋臨安也是手工業者的聚居地，如《都城紀勝》所載「其他工伎之人，或名爲作，如篦刀作、腰帶作……」有研究者統計：「北宋時汴京已有 6400 多家資本較多的大中型工商業主，另有八、九千家小商小販。」〔註80〕以宋神宗熙豐年間的統計數字爲例，宋代官私手工業匠戶的數目不下八十萬戶，甚至超過百萬戶，占當時總戶數的 5%～7%。〔註81〕

坊郭中戶居民的消費能力無法與上戶相比，但是他們只要辛勤勞作，經營得法，還是可以豐衣足食，並有財力進行適度娛樂消費的。因爲即使是在東京這樣的大城市，日常生活的費用也還是比較低的，據《夢華錄》所載：「市井經紀之家，往往只於市店旋買飲食，不置家蔬。」〔註82〕汴京的很多中低檔茶坊酒店，每份吃食不過二十文左右，比較經濟實惠。加上瓦舍中的娛樂費用也很低廉，所以坊郭中戶也能承受。宋張仲文的《白獺髓》載「紹興間行都有三市井人，好談今古，謂戚彥、樊屠、尹昌也，戚彥乃皇城司快行，樊屠乃市肉，尹昌乃傭書，有無名人賦曰：『戚快樊屠尹彥時，三人共坐說兵機。欲問此書出何典，昔時曾看王與之』」〔註83〕「與之乃說書史人」，「快行」是宋代宮庭中的吏役，供奔走使令、傳達命令之役，皇帝出行時隨從執衣服器物。「傭書」就是替人做一些抄抄寫寫的工作，大概相當於抄寫員。「快行」、「傭書」和屠夫都屬於中下收入水平的城市居民，他們不但對講史藝人的段子耳熟能詳，而且將其引爲談古論今的依據，想必是這個講史藝

〔註79〕 李燾《續資治通鑒長編》卷八五，大中祥符八年十一月乙巳記事，中華書局，2004 年，北京，頁 1956。

〔註80〕 蔣和寶、俞家棟編著《市井文化》中國經濟出版社，1995 年，北京，頁 7。

〔註81〕 漆俠《中國經濟通史・宋代經濟卷》下，經濟日報出版社，1999 年，北京，頁 826。

〔註82〕 孟元老《東京夢華錄》，「天曉諸人入市」條，《東京夢華錄（外四種）》，上海古典文學出版社，1956 年，上海，頁 22。

〔註83〕 張仲文《白獺髓》，叢書集成本，中華書局，1985 年，北京，頁 15。

人王與之的座中常客。

　　宋代都市中還居住著大量的妓女，她們也將「說話」作為重要的娛樂方式，《醉翁談錄》丁集卷之一〔花衢記錄〕「諸妓期遇保唐寺」一條就說到北宋東京的妓女與各州府的妓女都有定期聽「參請」的習慣。〔註84〕另外《東坡志林》中提到的「途巷小兒聽三國語」，陸游也曾說到過自己幼年聽「說話」的經歷，〔註85〕說明「說話」在當時也是很受孩子們歡迎的一種娛樂形式。〔註86〕這些市井細民對娛樂的參與具有特殊的意義，這表明娛樂不再專屬於上層社會，而是成了城市中大部分居民的消遣。誠如李覯在《富國策》中所言：「古者天子、諸侯、大夫、士用樂，庶人無用樂之文。況新樂之發，子夏所不語。匹夫熒惑諸侯，孔子誅之。今也，里巷之中，鼓吹無節，歌舞相樂，倡優擾雜，角觝之戲，木棋革鞠，養玩鳥獸，其徒亡數，群行類聚，往來自恣，仰給於人，此又不在四民之列者也。」〔註87〕

　　「說話」在宋代城市中流行的範圍很廣，上至帝王，下至妓女孩童之中都有其忠實的聽眾，是當之無愧的大眾文藝形式。以上所列舉的均為有經濟實力進行各種形式的娛樂各類城市居民，這些人在城市中形成了一個娛樂消費群體，更重要的是娛樂逐漸成為城市居民日常生活的一部分，人們如同消費生活用品一樣大量消費文化娛樂。這些具備經濟實力的城市居民強勁的文化購買力促進了包括「說話」在內的娛樂業繁榮。

三、不具娛樂消費能力的城市居民

　　真正無力進行娛樂消費的是坊郭戶中的下戶。下戶為七等以下的居民，包括小商、小販、小手工業者、工匠、雇傭、自由職業者、貧民。《武林舊事》卷六「小經濟條」記錄了一百七十八種小經濟，他們的業務從各種日常生活用品、到體育用品、玩具、樂器以及修補服務行業，涉及城市日常生活的方方面面，〔註88〕他們或是經營利潤極薄的小商販，或是靠末技謀生的小手藝

〔註84〕　羅燁《醉翁談錄》丁集卷之一〔花衢記錄〕「諸妓期遇保唐寺」條，古典文學出版社，1957年，上海，頁36～37。

〔註85〕　陸游《老學庵筆記》卷六，《歷代筆記英華》上，京華出版社，1998年，北京，頁141。

〔註86〕　蘇軾《東坡志林》卷一，《中國歷代筆記英華》上，京華出版社，1998年，北京，頁5。

〔註87〕　李覯《李覯集·富國策第四》卷十六，中華書局，1981年，北京，頁139。

〔註88〕　周密《武林舊事》卷六，「小經濟」條，中華書局，2007年，北京，頁174。

人，每一行當在當時的都城內都有數十人經營，收入極為微薄。這些人處於城市底層，原本是土地兼併中失去土地的農民，由於城市的繁榮為他們提供了更多的就業機會，他們便大量湧入城市謀求生路，他們中的大部分在服務行業、手工業作坊中謀生，如蘇頌雇的一個婢女以前就是當時曹門外捶石蓮的，其家「十口皆然，無他業。」而且這個婢女還說：「非獨某家，一巷數十家皆然。」〔註 89〕《東京夢華錄》中記載了很多掌鞋、箍桶、淘井、打水、使漆一類的小手藝人，而且「皆他處之所無也」。〔註 90〕這說明小經濟利潤極低，只有在都城這樣的人口稠密大城市才能勉強糊口。所以蘇象先感歎：「乃知京師浩瀚何所不有，非外方耳目所及也。」〔註 91〕也有一小部分有特殊伎藝的民間藝人，從事娛樂業以糊口度日。此外還有一部人淪為娼妓，甚至還有一批由流氓、無賴、偷兒、騙子和游民等組成的社會渣滓。他們中的絕大多數都是上無片瓦遮身，下無立錐之地，朝不保夕的赤貧之人，「役作中夜始息」，到頭來也只落得個「食常不足」。他們沒有經濟能力也沒有時間娛樂。即便是在節日，也只能選擇收費最低廉的娛樂場所去處，偶一為之。「至如貧者，亦解質借兌，帶妻挾子，竟日嬉遊，不醉不歸」〔註 92〕這些居民為數眾多，以太平興國年間為例，開封府的主戶有九萬二百餘戶，客戶有八萬八千餘戶。汀州有主戶二千八百餘戶，客戶為二千三百餘戶。城市居民中的主、客比例約為一比一。這說明在城市中有近二分之一的人口掙扎在貧困線上，他們對娛樂業的影響可以忽略不記。

由於所處的經濟地位優越，由坊郭上戶和皇室、豪門、官僚組成的城市上層社會，其消費能力已經超越了當時的經濟發展水平，由他們帶動的文化娛樂產品的消費熱潮也已經超越了一般城市居民的消費水準。軍人及其家屬和坊郭中戶可以歸入城市的中間層次，他們的經濟實力雖然遠不及城市中的上層社會，但在數量上占絕對優勢，而且正是由於他們的加入為城市娛樂業注入了新鮮血液，打破了宋代以前文化集中於社會上層的局面，出現了文化

〔註 89〕蘇象先《丞相魏公談訓》卷一○，四部叢刊三編，子部，34，上海書店，1989年，上海，頁 4～5。

〔註 90〕周密《武林舊事》卷六，「小經濟」條，中華書局，2007年，北京，頁 177。

〔註 91〕蘇象先《丞相魏公談訓》卷一○，四部叢刊三編，子部，34，上海書店，1989年，上海，頁 4～5。

〔註 92〕吳自牧《夢梁錄》卷一，「八日祠山聖誕」條，《東京夢華錄（外四種）》，上海古典文學出版社，1956年，上海，頁 144。

下移的態勢。成分複雜的娛樂消費群體，來自城市的各個社會階層，從而在根本上決定了「說話」伎藝的大眾娛樂屬性、具體表現為形式上通俗性和內涵上的文化包容性。

當然也應該看到，雖然城市中的工商業從業人員也是一股不小的娛樂消費力量，但單憑他們對娛樂業還產生不了根本性的影響。這也正是為什麼宋代的娛樂業集中出現在消費性的大城市中，而像名聞遐邇的瓷都景德鎮、以冶鐵業著稱的醴陵這類手工業者聚集的生產型鎮市卻反而無法成為娛樂業的中心。也正因如此，以「說話」為代表的宋代娛樂業雖然是以文化商品的形式存在的，但離工業化時代產業化娛樂產品相去甚遠，還處於手工作坊式的發展階段。

第三節　娛樂市場發育的不平衡性

一、城市娛樂業與經濟發展的總體水平

貫穿城市的河中船隻往來如梭，沿河的街市上人流如織，岸邊供人消遣的茶樓、酒肆、妓館、瓦舍令人目不暇接，更有一群聽眾聚在店鋪外支起涼棚下聽藝人「說話」，這是《清明上河圖》中反映出來的北宋東京的繁華街景。同期的另一幅市肆畫的代表作——山西繁峙岩山寺金代壁畫，被譽「牆壁上的《清明上河圖》」，畫中具有的代表性的《酒樓市井圖》，也反映了類似的情景。在畫面中的池塘上建有一座酒樓，樓內備有桌凳，有藝人正在進行說唱表演，座中的客人有的憑欄觀景，有的一邊飲宴，一邊欣賞藝人的表演。樓外熱鬧非凡，是一個商賈雲集的市場。畫中的娛樂場景在孟元老《東京夢華錄》、《夢粱錄》、《都城紀勝》、《西湖老人繁盛錄》、《武林舊事》中都有很多記載。這些遺留下來的繪畫和文字信息容易令人產生一種錯覺，有意無意間放大了宋代「說話」的繁榮程度。

其實宋代「說話」的發展水平尚無法與工業化時代的娛樂產業相提並論。娛樂業是否能成為一種產業，關鍵在於市場經營範圍的擴大，而市場的擴大不僅是指地域範圍的擴大，更重要的是對消費者的深度發掘。中國很早就實現了大一統，國內市場的地域限制也隨之被突破了，在宋代娛樂業已遍佈全國的大小城市。但是由於上文提到的原因，城市奢侈品和娛樂消費超出了宋代經濟發展的實際水平，至於說對娛樂消費者的深度發掘，宋代的

經濟發展水平還遠遠達不到，繁榮的城市娛樂業與國內狹小的娛樂市場不成
比例。

　　絕大部分娛樂市場還只是局限於城市之中，而且主要是在大城市中，其
中的汴梁和臨安又是特例，《東京夢華錄》、《夢梁錄》、《都城紀勝》、《西湖老
人繁盛錄》、《武林舊事》所描繪的繁華場景並不具有普遍性。像東京、臨安
這樣的大城市，全國範圍內也是獨一無二的，「粟米錢咸聚王畿。」〔註 93〕
「自融和坊北至市南坊，謂之珠子市頭，如遇買賣，動以萬數。……且夫外
郡各以一物稱最，都會之下皆物之所聚之處，況夫人物繁多，客販往來……」
〔註 94〕「城之南西北三處，各數十里，人煙生聚，市井坊陌，數日經行不盡，
各可比外路一小小州郡。足見行都繁盛。」〔註 95〕《都城紀勝》裏還記述了
臨安的富家在城北的白洋湖上建了很多十幾處貨棧，大的要有千餘間，小的
也要有上百間，而「其他州郡無此」。這些材料從不同的側面都說明了一個問
題──兩宋都城的經濟發展水平是遠遠超越全國平均水平的。

二、自然經濟與農民低下的購買力

　　宋代的城市人口雖然遠遠超過了前代，但是農村人口比例仍占絕對優
勢。由於人口眾多，所以農民仍然是商品的最大出售者和購買者。他們的消
費能力決定了娛樂業發展的整體水平。

　　宋代農民的個人購買能力低下，社會上流通的主要商品內容只能是穀
物、布匹、食鹽、農具等簡單的生產、生活資料。單位價值小的銅錢一直是
宋代的主要貨幣，「錢有銅、鐵二等，……行之久者，唯小平錢。夾錫錢最後
出……」〔註 96〕說明小額商品的交換一直是市場的主導。宋代農業雖然較前
代有了很大發展，但並沒有產生質的飛躍，自然經濟的性質也沒有改變。而
且由於豪強大戶的兼併和官府稅收徭役的繁重，千千萬萬個農村小生產者破
產或者處於破產的邊緣，這種情況在《宋史》中多有記載：「內則牽於繁文，

〔註 93〕　脫脫等《宋史》，志第一百二十六，食貨上一，中華書局，1977 年，北京，頁
　　　　　4156。
〔註 94〕　灌圃耐得翁《都城紀勝》，「鋪席」，《東京夢華錄（外四種）》，上海古典文學
　　　　　出版社，1956 年，上海，頁 100。
〔註 95〕　灌圃耐得翁《都城紀勝》，「坊院」，《東京夢華錄（外四種）》，上海古典文學
　　　　　出版社，1956 年，上海，頁 100。
〔註 96〕　脫脫等《宋史》，志第一百三十三，食貨下一，中華書局，1977 年，北京，頁
　　　　　4375。

外則擾於強敵，供億既多，調度不繼，勢不得已，徵求於民。」〔註97〕「……天下廢田尙多，民罕土著，或棄田流徙爲閒民。」〔註98〕司馬光上疏給哲宗皇帝，比較客觀地描述了農民的生活狀況：「竊惟四民之中，惟農最苦。農夫寒耕熱耘，沾體塗足，戴日而作，戴星而息；蠶婦治繭、績麻、紡緯，縷縷而積之，寸寸而成之，其勤極矣。而又水旱、霜雹、蝗蜮間爲之災，幸而收成，公私之債，交爭互奪。穀未離場，帛未下機，已非己有，農夫蠶婦所食者糠籺而不足，所衣者綈褐而不完。直以世服田畝，不知捨此之外有何可生之路耳。故其子弟遊市井者食甘服美，目覩盛麗，則不復肯歸南畝矣。」〔註99〕「正因爲小農經濟的簡單弱小和保守落後，他們的收穫物極其有限。在扣除賦稅、地租之後所剩無幾，還要預備荒年及病死養孤之費。因此，小生產者一方面不得不把生活花費維持在能保持生存的水平上，甚至常常掙扎在死亡線邊緣；另一方面又不得不建立家庭手工業，生產自己所需的產品，以儘量減少對市場的需求。但人民普遍貧窮，購買力很小，無法建立起發達的市場。」〔註100〕

　　爲了生存，貧困農民自覺將購買力縮小到極限，對此社會上也形成了一致的看法。《萍州可談》中記載了這樣一個故事，崇陽縣縣令張乘崖「嘗逢村氓市菜一束，出郭門。問之則近郊農家，乘崖笞之四十，曰：『有地而市菜，惰農也。』」〔註101〕農民買菜都被看作是過分的消費行爲，非年非節而進行娛樂消費那就更是不可想像了。更何況，在政治上城市對農村具有統治地位，可以通過政治手段要求農村爲城市提供大量的物資，以供城市中的消費人口奢侈享樂之用，城市的繁榮加劇了對農民的剝削和壓榨，使農民更加貧窮，購買力進一步削弱。除季節性的娛樂消費和流動藝人的偶而光顧，廣大的農村在娛樂業上基本上還是個空白。

　　宋代的商業雖然空前發展，城市娛樂業也相當繁榮，但封建社會的基本

〔註97〕脫脫等《宋史》，志第一百二十六，食貨上一，中華書局，1977年，北京，頁4156。

〔註98〕脫脫等《宋史》，志第一百二十六，食貨上一，中華書局，1977年，北京，頁4164。

〔註99〕李燾《續資治通鑑長編》卷三百五十九，元豐八年己丑記事，中華書局，2004年，北京，頁8589。

〔註100〕孫自鐸《中國歷史上的商品經濟發展與思考》，合肥工業大學出版社，2004年，合肥，頁19。

〔註101〕朱彧《萍州可談》卷二，叢書集成本，中華書局，1985年，北京，頁24。

經濟結構卻沒有發生改變，自給自足的自然經濟仍然占絕對的統治地位。建立在小農經濟基礎上的城市繁榮已遠遠超過了社會整體經濟發展水平，娛樂業主要集中在城市，特別是大、中城市裏，而與過度繁榮的城市相比廣大的農村仍然極度貧窮，在占人口絕對優勢的農民中市場佔有率小到可以忽略不記。

因此，以「說話」為代表的娛樂業雖然在城市中具有相當的普及性，但從全國範圍內來看，娛樂市場就顯得過於狹小了，娛樂消費其實與大部分社會成員的消費關係不大，當然也就不可能出現滿足全體社會大眾需求的娛樂產業。商業的興旺、城市的發達帶來的只是娛樂產品數量上的變化，而從本質上講不可能出現通俗文化產業。

第四節　國家慶典禮儀對都市娛樂業的影響

一、宮廷或政府舉辦的娛樂慶祝活動

我們現在看到的集中記載宋代城市娛樂業盛況的著作——《東京夢華錄》、《都城紀勝》、《西湖老人繁盛錄》、《夢梁錄》、《武林舊事》都是以兩宋都城為寫作對象的，這個現象並不是偶然的，因為北宋的汴梁和南宋的臨安作為當時的政治、經濟、文化中心，其娛樂業發展已遠遠超越了其他大中城市。這其中有一個重要的原因是絕大部分的國家大典和大型活動都在都城舉辦。

各種儀禮慶典是宋代國家政治生活的重要組成部分，禮樂是這種場合中營造莊嚴肅穆氣氛的重要手段。諸如慶壽冊寶、四孟駕出、祭天大禮、登門肆赦、皇子娶妃、公主下降等儀式都有配有莊嚴樂舞表演。宋孝宗時一次祭天大禮用鼓吹五百八十三人，導架樂人三百三十人。大型的表演還是顯示皇家氣派不可缺少的手段，宋孝宗以「純孝」自我標榜，孝宗時代，為太上皇（宋高宗）慶壽成了國家盛事。「承顏兩宮，以天下養，一時之盛，莫大於慶壽之典。」〔註102〕《武林舊事》中記載了宋高宗八十大壽時的慶典，用樂正、樂工一百八十人。〔註103〕

在北宋，特別是北宋初期，《東京夢華錄》中所載盛況空前的慶典、飲宴

〔註102〕周密《武林舊事》卷一，「慶壽冊寶」條，中華書局，2007年，北京，頁2。
〔註103〕周密《武林舊事》卷一，「慶壽冊寶」條，中華書局，2007年，北京，頁5。

表演，雖然動用的大批的演藝人員主要是爲宮廷和官府服務的各種官辦娛樂業和衙前樂裏的在籍藝人，其表演的性質也是政治的而不是商業的。但是因爲表演規模宏大，場面壯觀，吸引了無數的市民前來觀禮，爲藝人提供了潛在的商機。大朝聘禮、慶賀朝儀、生辰聖節、郊祀封賜等各種大型政治性活動對都城娛樂業起到了不小的刺激作用。據《宋史‧樂志》所記：「每春秋聖節三大宴」除了演奏音樂和致辭，還安排有百戲、雜劇、隊舞、蹴鞠、角觝等表演。〔註104〕

爲了推恩於眾，表現升平盛世，自北宋太宗開始「賜酺」，也就是政府下令士庶會飲，「二十一日，（太宗）御丹鳳樓觀酺，召侍臣賜飲。自樓前至朱雀門張樂，作山車、旱船，往來御道。又集開封府諸縣及諸軍樂人列於御街，音樂雜發，觀者溢道，縱士庶遊觀，遷市肆百貨於道之左右。」〔註105〕後遂爲成例，每逢皇帝賜酺，城中都是「百戲競作，歌吹沸騰。」簡直就是一次全城狂歡。

皇帝的生日，宋人稱爲「聖節」，百官爲皇帝慶壽，壽筵上當然少不了藝人表演助興，《武林舊事》中收錄了宋理宗天基節的一次壽筵樂次，從這份記錄來看當時宴會上當差的藝人的主要是配合宴會的節奏安排表演節目，主要是樂器演奏和歌舞表演，也有一些包括雜劇、傀儡、撮弄、巧百戲、雜手藝之類的滑稽類節目以資笑樂，特別值得注意的是表演中還有屬於說唱伎藝的「纏令」：「天近鵷墀，宜進《齊諧》之伎。上奉天顏。吳師賢已下，上進小雜劇。」〔註106〕

皇家的「曲宴」、「遊觀」也給娛樂業帶來了財源，據《宋史》所載：「遊觀。天子歲時遊豫，則上元幸集禧觀、相國寺，御宣德門觀燈。首夏幸金明池觀水嬉，瓊林苑宴射，大祀禮成，則幸太一宮、集禧觀、相國寺恭謝，或詣諸寺觀焚香，或至近郊閱武觀稼，其事蓋不一焉。」〔註107〕而且皇家舉辦這類活動也相當頻繁，以宋太祖爲例：「太祖建隆元年四月幸玉津園，是後凡十三臨幸。九月幸宜春苑，是後觀習水戰者二十有八。幸大相國寺、封禪寺者各五，龍興寺及皇弟開封尹園各三。幸太清觀、建隆觀者再，崇夏寺、廣化寺、等覺寺者各一。觀水磑者八，閱炮車、觀水櫃、觀稼、幸飛龍院、

〔註104〕脫脫等《宋史》，志第九十五，樂十七，中華書局，1977年，北京，頁3348。
〔註105〕脫脫等《宋史》，志第六十六，禮十六，中華書局，1977年，北京，頁2699。
〔註106〕周密《武林舊事》卷一，「聖節」條，中華書局，2007年，北京，頁26。
〔註107〕脫脫等《宋史》，志第六十六，禮十六，中華書局，1977年，北京，頁2695。

幸開封、幸都亭驛、幸禮賢院、幸茶庫染院、幸河倉、幸金鳳園，皆一再至焉。」〔註108〕

每逢城中舉行此類活動都是觀者如堵，藝人紛紛呈技。太宗太平興國九年，太宗幸金明池習水戰，「登瓊林苑樓，陳百戲，擲金錢，令樂人爭之，極歡而罷。」「淳化三年三月，幸金明池，命爲競渡之戲，擲銀甌於波間，令人泅波取之。因御船奏教坊樂，岸上都人縱觀者萬計。」〔註109〕「（眞宗咸平）三年五月，幸金明池觀水戰，……移幸瓊林苑，登露臺，鈞容直奏樂，臺下百戲競集，從臣皆醉。自是凡四臨幸。九月，幸大相國寺。是後再幸者九。幸上清宮者十有二，幸玉津園者十，幸太一宮、玉清昭應宮各六，餘不盡載。」〔註110〕當時的詩人生動地描繪了當時的情景：「萬座笙歌醉復醒，繞池羅幕翠煙生。雲藏宮殿九重碧，春入乾坤五色明。波底畫橋天上動，岸邊遊客鑒中行。金輿時幸龍舟宴，花外風飄萬歲聲。」〔註111〕

二、國家典儀中的娛樂成分

宋人具有很強的娛樂精神，甚至一些嚴肅的國家典儀中也被摻入了娛樂成分。《東京夢華錄》、《武林舊事》都曾記載皇帝每年主持的大赦儀式中安排了「搶金雞」這樣的娛樂項目，在御樓前立起五丈餘高的金雞竿，竿頂金雞盤中的金雞口銜「皇帝萬歲」的紅幡，四周圍滿百戲藝人，先攀上竿拿到紅幡的人爲勝。〔註112〕到了南宋後期就連皇帝親臨的御教講武、講燕射禮也少不了藝人助興，不但有樂工吹奏，而且還搬演雜劇。〔註113〕嚴肅的講武演練竟也演變成了盛大的慶典，「都人縱觀，以爲前所未有。」〔註114〕這使我們在感歎宋人武備廢弛的同時，也不得不佩服他們的娛樂精神。

宋代宮廷及官府慶典儀式的演出雖然是供奉特殊消費人群的政治需要，而且由於典儀所用的都是莊嚴的廟堂音樂，受官府徵召的主要是各種樂器藝人和歌舞藝人，最多是請參軍色致辭、雜劇色念口號，「說話」這種通俗娛

〔註108〕脫脫等《宋史》，志第六十六，禮十六，中華書局，1977年，北京，頁2697。
〔註109〕脫脫等《宋史》，志第六十六，禮十六，中華書局，1977年，北京，頁2696。
〔註110〕脫脫等《宋史》，志第六十六，禮十六，中華書局，1977年，北京，頁2697。
〔註111〕鄭獬《鄖溪集》卷二十七，文淵閣四庫全書，1097，集部，別集類，上海古籍出版社，2003年，頁356。
〔註112〕周密《武林舊事》卷一，「登門肆赦」條，中華書局，2007年，北京，頁20。
〔註113〕周密《武林舊事》卷二，「燕射」條，中華書局，2007年，北京，頁38。
〔註114〕周密《武林舊事》卷二，「御教」條，中華書局，2007年，北京，頁35。

樂沒有用武之地。但是大眾娛樂業實際上是消費經濟，是通過不斷地刺激人娛樂的欲求，尋找潛在的市場；而欲求又反過來刺激娛樂消費的增長。官府和宮廷舉辦的各種儀式和典禮以宏大的場面吸引了大批的市民觀禮，慶元年間宋寧宗一次遊聚景園，市民爭觀甚至出了事故：「晚歸，都人觀者爭入門，蹂踐至有死者。」〔註115〕宏大的場面的熱烈的氣氛激發了市民的娛樂消費欲望，他們抱著娛樂消遣的心態參與其中，為新興娛樂業帶來了無限的活力。

據《武林舊事》所載遇有重大的國家慶典，「宰執親王，貴家巨室，列幕櫛比，皆不遠千里、不憚重費，預定於數月之前，而至期猶有為有力所奪者。珠翠錦繡，絢爛於二十里，雖寸地不容間也。」〔註116〕城中的行商坐賈及各色伎藝人等自然不會錯過這樣一個絕好的商機，一些有經商頭腦的商人，將祭天大禮中表演的小象繪塑成像出售，觀禮的市民百姓競相購賣，「以饋遺四方」。包括「說話」在內的民間的藝人也不失時機地進行街頭表演，「歌舞遊遨，工藝百物，輻輳爭售，通宵駢闐。」〔註117〕《西湖老人繁勝錄》中有一段文字提到酒李一郎等「說話」藝人在「十三軍大教場、教奕軍教場、後軍教場、南倉內、前权子裏、貢院前、祐聖觀前寬闊所在，撲賞並路歧人在內作場……廓介酒李一郎，野呵小說處處分數。……孟秋行幸同前」〔註118〕由於《西湖老人繁勝錄》早已散失，這一段資料是據《永樂大典》輯出的，所以本段的開頭沒有注明時間，但是通過這段的最後一句話還是考證出「酒李一郎」等「說話」藝人是借舉辦皇帝祭祀宗廟大禮之機在城內的要鬧之處作場表演的。因為在每年四個季節的第一個月，皇帝都要舉辦的祭祀宗廟大典，也就是所謂的「四孟駕出」。而這裡提到的「孟秋行幸」應該是指孟秋駕出，「同前」二字說明前文中所談之事很可能也發生在「四孟」祭典之一，或者是發生在一次諸如「四孟駕出」這樣的國家大典之機。

各種活動中以金明池爭標最為引人注目。皇帝親臨金明池觀爭標，在臨水殿中賜宴群臣，百戲樂船、水傀儡船就在近殿水中搬演雜劇、棹刀、水傀

〔註115〕羅大經《鶴林玉露》，甲編卷三，《宋元筆記小說大觀》，上海古籍出版社，2001年，上海，頁5182。

〔註116〕周密《武林舊事》卷一，「大禮」條，中華書局，2007年，北京，頁14。

〔註117〕周密《武林舊事》卷一，「大禮」條，中華書局，2007年，北京，頁14。

〔註118〕西湖老人《西湖老人繁勝錄》，《東京夢華錄（外四種）》，上海古典文學出版社，1956年，上海，頁119。

偏之類的節目。皇帝所至之處，如瓊林苑、寶津樓也都有隨駕藝人呈獻百戲，且許萬姓觀看。北宋時代三月一日金明池對市民開放，至四月八日閉池，一個多月的時間遊人終日不絕，風雨無阻。咸平三年「五月丁卯，……（真宗）幸金明池觀水嬉。」上至貴家富室，下至普通市民都前來觀禮，藝人也雲集於要鬧之處作場。以至於每次典儀都成了城中居民、甚至是全國百姓的一次娛樂盛典。

國家典儀的巨大影響力既開發了娛樂經濟，又刺激了人的精神需求，帶動了商業性演出的繁榮。直接受惠的當然是都城居民，北宋汴梁和南宋臨安的娛樂業遠比別的城市發達，所謂「蓋輦下驕民，無日不在春風鼓舞中，而游手末技為尤盛也。」〔註 119〕也就是這個原因。

第五節　節日經濟和大型活動帶動都市娛樂業發展

一、節日對城市娛樂的刺激

據龐元英《文昌雜錄》載，宋時民間節日已多達七十六日，名目各異的節日也成了當時娛樂業的一大賣點。據《東京夢華錄》所載，北宋的都城東京一年四季「時節相次，各有觀賞。」〔註 120〕而吳自牧也說「臨安風俗，四時奢侈，賞玩殆無虛日。」〔註 121〕

四時的年節：如元旦、元宵、清明、寒食、端午、重陽、七夕、中元、立秋、中秋、立冬、冬至都是都人集中娛樂消費的時間。延續時間最長的慶祝活動從正月前後就開始了，直至元宵節後十九日收燈為止。都城內元宵慶典活動更是由來已久，「上元張燈，天下止三夕，都邑舊亦然。後都邑獨五夜。……蓋乾德間，蜀孟氏初降，正當五年之春正月，太祖以年豐時平，使士民縱樂，詔開封增兩夜，自是而始。」〔註 122〕《東京夢華錄》記錄正月三日及寒食冬至三日開封府馬行、潘樓街、州東宋門外、州北西梁門外踴路、州北封丘門外及州南一帶，都張結綵棚，市賣各種玩好冠梳之類，其間也少

〔註 119〕周密《武林舊事》卷三，「祭掃」條，中華書局，2007 年，北京，頁 78。
〔註 120〕孟元老《東京夢華錄‧序》，《東京夢華錄（外四種）》，上海古典文學出版社，1956 年，上海，頁 1。
〔註 121〕吳自牧《夢梁錄》卷二，「觀潮」條，《東京夢華錄（外四種）》，上海古典文學出版社，1956 年，上海，頁 162。
〔註 122〕蔡絛《鐵圍山叢談》卷一，中華書局，1983 年，北京，頁 17。

不了各種節日表演助興。〔註123〕一時間車馬交馳，市人縱賞觀看。自歲前至第二年冬至後，開封府在宣德樓前絞縛山棚，吸引市人觀看。「上元前後各一日，城中張燈，大內正門結綵爲山樓影燈，起露臺，教坊陳百戲。天子先幸寺觀行香，遂御樓，或御東華門及東西角樓，飲從臣。四夷蕃客各依本國歌舞列於樓下。東華、左右掖門、東西角樓、城門大道、大宮觀寺院，悉起山棚，張樂陳燈，皇城雉堞亦遍設之。其夕，開舊城門達旦，縱士民觀。後增至十七、十六夜。」〔註124〕瓦舍的藝人也聚集在這些遊人稠密的地方進行表演，「奇術異能，歌舞百戲，鱗鱗相切，樂聲嘈雜十餘里」。〔註125〕這其中當然也少不了「說話」藝人的表演，據《東京夢華錄》記載：擅長說《五代史》的尹常賣就在最繁華熱鬧的宣德樓前作場。寒食三日、冬至三日開封府也都在城內外要鬧處張結綵棚，爲小生意人和伎藝人提供場所。各個節日城中都有形式各異，內容豐富的慶祝活動，即使是祭奠亡人的清明也沒有被錯過，成了全城人踏青嬉遊的良機，城裏的藝人也趁機出動，「都城之歌兒舞女，遍滿園亭，抵暮而歸。」〔註126〕

　　節日期間，政府爲了打造出一派歌舞升平的景象，也時常舉辦一些大型娛樂活動，對民間娛樂業起到了推波助瀾的作用。元宵節宣德樓前設樂棚「差衙前樂人作樂雜戲，並左右軍百戲，在其中駕坐一時呈拽。」樓下的露臺上也有教坊、鈞容直、露臺弟子，「更互雜劇」，百姓都在臺下觀看。〔註127〕「每上元觀燈，樓前設露臺，臺上奏教坊樂、舞小兒隊。臺南設燈山，燈山前陳百戲，山棚上用散樂、女弟子舞。」〔註128〕正月十六，相國寺、及城中諸門都設官中樂棚，諸軍作樂。爲了營造節日氣氛，地方政府甚至爲表演藝人提供資助，據《武林舊事》《元夕》條載，元旦後入城的舞隊，可以在南北的酒庫支取到錢酒油燭。這更鼓勵了各個進城的表演班子。《武林舊事》專門記載

〔註123〕孟元老《東京夢華錄・正月》，《東京夢華錄（外四種）》，上海古典文學出版社，1956年，上海，頁33。
〔註124〕脫脫等《宋史》，志第六十六，禮十六，中華書局，1977年，北京，頁2698。
〔註125〕孟元老《東京夢華錄・元宵》，《東京夢華錄（外四種）》，上海古典文學出版社，1956年，上海，頁34。
〔註126〕孟元老《東京夢華錄・清明》，《東京夢華錄（外四種）》，上海古典文學出版社，1956年，上海，頁37。
〔註127〕孟元老《東京夢華錄・元宵》，《東京夢華錄（外四種）》，上海古典文學出版社，1956年，上海，頁34。
〔註128〕脫脫等《宋史》，志第九十五，樂十七，中華書局，1977年，北京，頁3348。

了元月裏上街表演的各種雜耍班子：

> 「大小全棚傀儡：查查鬼查大，李大口一字口，賀豐年、長瓠
> 斂長頭、兔吉兔毛大伯、吃遂、大憨兒、粗旦、麻婆子、快活三郎、
> 黃金杏、瞎判官、快活三娘、沈承務、一臉膜、貓兒相公、洞公鹍、
> 細旦、河東子、黑遂、王鐵兒、交椅、夾棒、屏風、男女竹馬、男
> 女杵歌、大小斫刀鮑老、交衰鮑老、子弟清音、女童清音、諸國獻
> 寶、穿心國入貢、孫武子教女兵、六國朝、四國朝、過雲社、緋綠
> 社、胡安女、鳳阮稽琴、撲胡蝶、回陽丹、火藥、瓦盆鼓、焦錘架
> 兒、喬三教、喬迎酒、喬親事、喬樂神馬明王、喬捉蛇、喬學堂、
> 喬宅眷、喬象生、喬師娘、獨自喬、地仙、旱划船、教象、裝態、
> 村田樂、鼓板、踏蹺、撲旗、抱鑼裝鬼、獅豹蠻牌、十齋郎、耍和
> 尚、劉袞、散錢行、貨郎、打嬌惜。其品甚夥，不可悉數，首飾衣
> 服，相矜侈靡，珠翠錦綺，炫耀華麗，如傀儡、杵歌、竹馬之類，
> 多至十餘隊。」〔註129〕

年節娛樂涉及面最廣，居住在城市中的各階層都參與其中。不但貴家士女恣意遊樂，而且「小民雖貧者，亦須新潔衣服，把酒相酬爾。」〔註130〕姜夔《燈詞》生動地描寫了當時的盛況「南瓦邀棚北瓦過，繡巾小妓舞婆娑。遊人不盡香塵擁，簫鼓開場打野呵。」〔註131〕「燈已闌珊月色寒，舞兒往往夜深還。只應不盡婆娑意，更向街心弄影看。」上元節的第五夜「京尹乘小提轎，諸舞隊次第簇擁，前後連亙十餘里，錦繡填委，簫鼓振作，耳目不暇給。」〔註132〕一些官戶富裕之家也來助興：「邸第好事者，如清河張府、蔣御藥家，間設雅戲、煙火，花邊水際，燈燭燦然，遊人士女縱觀，則迎門酌酒而去。……或戲於小樓，以人為大影戲，兒童喧呼，終夕不絕。此類不可遽數也。」〔註133〕「翠簾綃幕，絳燭紗籠，遍呈舞隊，密擁歌姬，脆管清吭，新聲交奏，戲具紛嬰，鬻歌售藝者紛然而集。」〔註134〕

〔註129〕 周密《武林舊事》卷二，「舞隊」條，中華書局，2007年，北京，頁57。
〔註130〕 孟元老《東京夢華錄·正月》，《東京夢華錄（外四種）》，上海古典文學出版社，1956年，上海，頁33。
〔註131〕 屬鄂《南宋雜事詩》卷一，文淵閣四庫全書，1476，集部，總集類，上海古籍出版社，2003年，上海，頁496。
〔註132〕 周密《武林舊事》卷二，「元夕」條，中華書局，2007年，北京，頁53。
〔註133〕 周密《武林舊事》卷二，「元夕」條，中華書局，2007年，北京，頁54。
〔註134〕 同上。

　　節日娛樂也不限於都城，其他的城市也有類似的活動，宋太祖十世孫趙忠惠在南京時「嘗命制春雨堂五大間，左為汴京御樓，右為武林燈市，歌舞雜藝，纖悉曲盡，凡用千工。」〔註135〕

　　經過百餘年的發展，到北宋末年繁榮的娛樂業遭到了重創，由於戰亂汴梁的娛樂業從此一蹶不振。南渡之後，南宋的娛樂業經過幾十年的經營發展，不但完全得到了恢復，而且遠遠超越了北宋時期的水平。節日娛樂的時間加長了。元日、上元是一年之初的兩個最重要節日，朝廷上及皇宮內有例行的慶典，民間也是一片歡騰景象。宋人特重上元節，所以節日氣氛格外濃重，節日期間的各種娛樂表演也是空前火爆。宮廷之中「自去歲九月賞菊燈之後，迤邐試燈，謂之『預賞』。一入新正，燈火日盛，皆修內司諸瑣分主之，競出新意，年異而歲不同。往往於復古、膺福、清燕、明華等殿張掛，及宣德門、梅堂、三閒臺等處，臨時取旨，起立鰲山。」〔註136〕民間的娛樂活動也自入冬即開始。上元之夕皇帝至宣德門賞燈，與民同樂，鰲山四周，燈流人海，「其上伶官奏樂，稱念口號致語；其下為大露臺，百藝群工，競呈奇伎。內人及小黃門百餘，皆巾裹翠蛾，效街坊清樂、傀儡，繚繞於燈月之下。」〔註137〕皇帝觀燈之後，還會宣喚藝人和小商販，「既而取旨，宣喚市井舞隊及市食盤架。先是，京尹預擇華潔及善歌叫者謹伺於外，至是歌呼競入。既經進御，妃嬪內人而下，亦爭買之。皆數倍得直，金珠磊落，有一夕而至富者。」〔註138〕清明節時的盛況也與北宋東京相似，杭人舉城祭掃踏青，恣意縱遊，各種買賣人和表演伎藝的「趕趁人」也蜂擁而至。〔註139〕「此日又有龍舟可觀，都人不論貧富，傾城而出，笙歌鼎沸，鼓吹喧天，雖東京金明池未如此之佳。」〔註140〕

二、大型活動帶來的娛樂商機

　　除了年節城市裏還會舉辦一些大型活動，有的是宗教性的，有的是商業性的。每年的四月初，戶部點檢所酒庫開煮新酒，也會舉辦商業性質的宣傳

〔註135〕周密《武林舊事》卷二，「舞隊」條，中華書局，2007年，北京，頁60。
〔註136〕周密《武林舊事》卷二，「元夕」條，中華書局，2007年，北京，頁49。
〔註137〕周密《武林舊事》卷二，「元夕」中華書局，2007年，北京，頁50。
〔註138〕周密《武林舊事》卷二，「元夕」中華書局，2007年，北京，頁51。
〔註139〕周密《武林舊事》卷三，「祭掃」中華書局，2007年，北京，頁78。
〔註140〕吳自牧《夢梁錄》卷二，「清明節」條，《東京夢華錄（外四種）》，上海古典文學出版社，1956年，上海，頁148。

活動。南宋臨安府沿續了這一習俗，「官私妓女，新麗妝著，差雇社隊鼓樂，以榮迎引。……首以三丈餘高白布寫『某庫選到有名高手酒匠，醞造一色上等濃辣無比高酒，呈中第一。』謂之『布牌』，以大長竹掛起，三五人扶之而行。」〔註141〕

宋代佛、道以及各種民間社祭都很興盛，城市裏的廟會、迎神賽祭等大型的宗教活動不斷，對包括「說話」在內的娛樂業也產生了很大影響。廟會本是宗教性的集會，但是到了宋代，特別是南宋時期，宗教的氛圍日益淡薄，商業氣息卻越來越濃。廟會為民間表演藝人提供了一個表演的舞臺，一些廟會甚至發展成了民間演藝社團的集會場所。如二月八日張王的生辰之際位於錢塘門外的霍山行宮百戲競集，包括「說話」行當的「雄辯社」在內的十幾個社團都在此作場獻技。六月六日崔府君生日、二十四日二郎神生日，官府也「於殿前露臺上設樂棚，教坊鈞容直作樂，更互雜劇舞旋。……自早呈拽百戲……」《東京夢華錄》的這段記錄中還特別提到了包括「說諢話」在內的各種伎藝，「色色有之」，且是「至暮呈拽不盡。」〔註142〕藝人甚至會推出應時的節目以吸引觀眾，如中元節期間「構肆樂人，自過七夕，便般『目連救母』雜劇，直至十五日止。」演出效果也很好，「觀者倍增」。《醉翁談錄》丁集卷之一〔花衢記錄〕「諸妓期遇保唐寺」一條中說到北宋東京平康里的妓女每月在保唐寺聽「參請」的情況，參請也是當時「說話」的家數之一，「諸妓舉止，與諸州府飲妓大不侔矣。然其羞匕筋之態，勤參請之儀，未能盡去也。……此曲諸妓，以其出里艱難，每遇南街保唐寺有講經之便，多以旬之八日，相率聽講賢者，皆納其假母一緡，然後得出，其他所則，必因人而遊也。」每逢妓女們來保唐寺聽參請，城市的浮浪年少也都趨之若鶩，「故保唐寺每月三八日，士子極多。」〔註143〕由此可以看出妓女們對參請的熱衷。

這些大型的活動雖是由政府或宮庭組織的，但民間藝人當然不會錯過官辦娛樂活動給他們帶來的商機，往往在最繁華的地段——宣德樓前、大相國

〔註141〕 吳自牧《夢粱錄》卷二，「諸庫迎煮」條，《東京夢華錄（外四種）》，上海古典文學出版社，1956年，上海，頁149。

〔註142〕 孟元老《東京夢華錄》，「六月六日崔府君生日二十四日神保觀神生日」條《東京夢華錄（外四種）》，上海古典文學出版社，1956年，上海，頁47。

〔註143〕 羅燁《醉翁談錄》丁集卷之一〔花衢記錄〕「諸妓期遇保唐寺」條，古典文學出版社，1957年，上海，頁36～37。

寺內、金明池上、二郎神廟裏，自夕達旦作場表演。

　　宮廷、政府和民間是宋代的都市娛樂業三個主要市場，其中民間市場的擴大代表著大眾娛樂消費的興起。由於宋代城市居民的結構和城市的功能決定了民間市場的規模受制於宮庭和政府對娛樂業的刺激和帶動，這些刺激和帶動主要作用於都城，其他的大中城市很難波及，更遑論廣大的小城鎮和農村了。都城之外的地區娛樂市場過於狹小，無法刺激娛樂業的進一步發展與普及，貨幣流通太慢，不能給娛樂業帶來合理的經濟效益。表現出來的就是宋代的娛樂業發展的極不平衡，大城市，特別是都城的娛樂消費遠遠超過全國的平均水平。認識到這一點就不難理解爲什麼有關兩宋娛樂發展的文獻記錄都集中在汴梁和臨安兩座城市中了，也不難理解爲什麼南渡之後汴梁的娛樂業迅速萎縮，風光不再了。

　　大眾娛樂業的普及是工業化時代的事件，它涉及的是社會上最廣泛消費群體，是以社會化大生產爲基礎的。宋代在自然經濟占主導地位的前提下，生產力水平雖然較前代有了很大的提高，商品經濟也有一定的發展，但全國範圍內的大眾娛樂業消費人群還未形成，以「說話」爲代表的娛樂業只是在局部地區出現了超前繁榮的景象。

第二章　「說話」伎藝的商品化程度

　　在各種慶典、活動、節日經濟的刺激下，城市娛樂業被帶動起來，但這些刺激對娛樂業來說只是暫時性的，很多「路歧」表演者是趁農閒之機前來賺取外快，相當一部分觀眾也是借年節之機偶一消遣。眞正讓娛樂成爲城市裏的一項日常消費，讓「說話」等伎藝成爲一種職業的，是城市的空前繁榮和普通城市居民的娛樂消費需求日益高漲。在這種情形下，官辦娛樂不斷衰落，代之而起的是民間的娛樂業，城市中出現了越來越多的固定、不固定的表演場所，使「說話」逐漸擺脫了封建經濟的附庸地位，作爲一種娛樂商品進入了市場，從而進一步帶動了「說話」的門派的形成和藝人職業化程度的提高，這些又都從不同的側面反映了「說話」的商品化程度。

第一節　「說話」市場的形成

一、北宋初期娛樂業的發展狀況

　　宋朝建國之初，民生凋敝，百廢待舉，奢靡享樂之風尚未形成，不但民間娛樂市場沒有發育起來，就連國家大典所需的樂工也得從民間臨時拼湊。「五代以來，樂工未具，是歲（乾德元年）秋，行郊享之禮，詔選開封府樂工八百三十人，權隸太常習鼓吹。」〔註1〕爲了滿足宮廷郊祀、宗廟、朝會、宴飲的禮樂之需，北宋宮廷、軍隊和各級政府綱羅全國各地藝人，並先後設立了各種官辦娛樂機構。「宋初循舊制，置教坊，凡四部。其後平荊南，得樂

〔註 1〕 脱脱等《宋史》，志第九十五，樂十七，中華書局，1977 年，北京，頁 3348。

工三十二人；平西川，得一百三十九人；平江南得十六人；平太原，得十九人；余藩臣所貢者八十三人；又太宗藩邸有七十一人。由是四方執藝之精者皆在籍中。」〔註2〕

宋代沿襲唐代教坊制，收攏「四方執藝之精者」組建了教坊，「舊例用樂人三百人，百戲軍百人，百禽鳴二人，小兒隊七十一人，女童隊百三十七人，築球軍三十二人，起立門行人三十二人，旗鼓四十人，相撲等子二十一人。」〔註3〕教坊是當時最大的、也是級別最高的官辦娛樂機構，直接承擔各種朝庭典儀、宮廷宴會、遊觀慶典的表演任務。還有隸屬於開封府的衙前樂、東西班樂；隸屬於諸州府衙的衙前樂；以及雲韶部、親從親事樂、園苑的諸軍樂、四夷樂也是官辦娛樂機構的一部分。此外還有兩支隸屬於軍隊的表演團體——鈞容直和諸軍樂，「諸營軍皆有樂工，率五百人得樂工五十員」〔註4〕這些官辦娛樂機構的服務對象是宮廷、政府、軍隊，表演純粹是政治性而非商業性的。〔註5〕藝人的薪金由政府發給，《武林舊事》就記載著孝宗時期教坊中的負責人如「王喜、劉景長、曹友聞、朱邦直、孫福、胡永年各支月銀一十兩。」〔註6〕宋朝的一兩銀子大體上相當於兩千錢，收入幾近於一個三千戶以下的京畿縣令的奉祿，由此看來他們手下的藝人收入應該也比較優厚的，肯定會高於瓦舍藝人的收入。

官辦娛樂機構的藝人靠政府的扶植生存，不必為生活發愁，也就沒有必要提高伎藝、創作新作品。《宋史‧樂志中》中說到「又民間作新聲者甚眾，而教坊不用也。」〔註7〕他們只是作為封建王朝在意識形態統治的一部分而存在，他們創作的藝術作品功能單一，形式僵化，只是為了滿足政府和宮廷的政治需求，缺乏市場競爭力。「真宗咸平四年，太常寺言：『樂工習藝非精，每祭享郊廟，止奏黃鍾宮一調，未嘗隨月轉律，望示條約。』乃命翰林侍讀學士夏侯嶠、判寺郭贄同按試，擇其曉習月律者，悉增月奉，自餘權停稟給，

〔註2〕　脫脫等《宋史》，志第七十九，樂一，中華書局，1977年，北京，頁2940。

〔註3〕　脫脫等《宋史》，志第九十五，樂十七，中華書局，1977年，北京，頁3359。

〔註4〕　陳暘《樂書》卷一八八，《樂圖論‧雜樂‧東西班》，文淵閣四庫全書，211，經部，樂類，上海古籍出版社，2003年，上海，頁849。

〔註5〕　參見姚瀛艇主編《宋代文化史》，河南大學出版社，河南開封，1992年，頁481～P487。

〔註6〕　周密《武林舊事》卷四，「乾淳教坊樂部」條，中華書局，2007年，北京，頁118。

〔註7〕　脫脫等《宋史》，志第九十五，樂十七，中華書局，1977年，北京，頁3356。

再俾學習，以獎勵之。雖頗振綱紀，然亦未能精備。蓋樂工止以年勞次補，而不以藝進，至有抱其器而不能振作者，故難於驟變。」〔註8〕缺乏競爭使教坊中養了不少濫竽充數之徒，景德二年八月太樂、鼓吹兩署的一次考核中就「黜去濫吹者五十餘人。」〔註9〕

政府對在籍藝人進行行政管理，而不是遵循市場規律。龐大的官營娛樂機構雖然能造成歌舞昇平的景象，卻不生產供應市場娛樂產品，反而搶佔了城市中的娛樂業市場，成了城市娛樂業發展的阻力。

二、北宋晚期至南宋官、私娛樂業的消長

到了北宋晚期情況開始出現了轉變，純官辦娛樂機構的運營完全由國家財政開支，耗資巨大，遠不如雇用民間藝人經濟實惠，對於一直陷於財政危機的宋朝政府來說的確是一個沉重的負擔。北宋末年金兵大舉南進，迫於時勢北宋政府精減了官營娛樂機構，「（政和）七年十二月，金人敗盟，分兵兩道入，詔革弊事，廢諸局，於大晟府及教樂所、教坊額外人並罷。」〔註10〕宋高宗南渡之初，國家草創未就，經費緊張，各項活動都被迫從簡，「高宗南渡，經營多難，……以建武二載創立郊祀，……凡鹵簿、樂舞之類，率多未備，嚴更警場，至就取中軍金鼓，權一時之用。」〔註11〕在這樣嚴峻的形勢下，建炎初年教坊被廢除，後來政局趨於穩定，紹興十四年（1144年）復置教坊，但到了紹興三十一年教坊再度被廢，「紹興三十一年，有詔：『教坊日下蠲罷，各令自便。』」〔註12〕後來可能曾有一度得到過恢復，因為孝宗上臺後，「隆興二年天申節，將用樂上壽，上曰：『一歲之間，只兩宮誕日外，餘無所用，不知作何名色。』大臣皆言：『臨時點集，不必置教坊。』上曰：『善。』〔註13〕後來各種典儀上用藝人，「但呼市人使之，不置教坊，止令修內司先兩旬教習。」〔註14〕除了教坊以外，鈞容直是北宋太平興國三年選軍中諳曉音樂的軍人組建的，在北宋時期也是軍中一個重要的表演團體，參加過很多大型的慶典表演。南宋中興後也曾一度恢復，但最終也不免被廢。

〔註 8〕 脫脫等《宋史》，志第七十九，樂一，中華書局，1977年，北京，頁2945。
〔註 9〕 脫脫等《宋史》，志第七十九，樂一，中華書局，1977年，北京，頁2940。
〔註 10〕 脫脫等《宋史》，志第八十三，樂五，中華書局，1977年，北京，頁3029。
〔註 11〕 脫脫等《宋史》，志第七十九，樂一，中華書局，1977年，北京，頁2940。
〔註 12〕 脫脫等《宋史》，志第八十三，樂五，中華書局，1977年，北京，頁3037。
〔註 13〕 脫脫等《宋史》，志第九十五，樂十七，中華書局，1977年，北京，頁3359。
〔註 14〕 脫脫等《宋史》，志第九十五，樂十七，中華書局，1977年，北京，頁3359。

〔註15〕其他官辦機構的命運也大致相似。

南宋中後期，江南經濟空前繁榮，民間娛樂業的興盛更超越了以往。民間藝人不但能滿足市井平民的娛樂需求，而且成了政府、宮庭「和雇」的對象。因此南宋時代的各種官辦娛樂機構，有的廢置無常，有的終遭取消，總體上是在逐漸地萎縮。

與官辦娛樂機構衰落形成巨大反差的是民間表演的日益興盛。宋代民間藝人可以分為兩類：一類是衙前樂藝人，一類是「路歧人」。衙前樂是由地方政府設立的，它其實是一種比較鬆散組織，隸屬於衙前樂的藝人是州、府一級官府在冊的樂籍，他們是當地的職業藝人，被編入樂籍，平日靠商業化的演出為生，但每遇重大的政治活動或慶典，地方政府就會徵集衙前樂藝人參加演出。據陳暘《樂書》所載「凡天下郡國皆有牙前樂營（即衙前樂），以籍工伎焉」。北宋時期，開封的衙前樂由開封府下屬的左、右軍巡院管理。與官辦娛樂機構一起承擔了重要的演出任務，例如宋太祖乾德元年（963 年）舉行秋祀大禮，下詔選開封府樂工 830 人以充官樂之缺，「權隸太常習樂」〔註16〕以後，官府樂工有缺，經常「追府縣樂式備數」。《東京夢華錄》記載的一次宋徽宗的壽辰慶典中，也是動用了開封府的左右軍表演百戲。南宋高宗時，「紹興年間，廢教坊職名，如遇大朝會、聖節、御前排當及駕前導引奏樂，並撥臨安府衙前樂式，屬修內司教樂所集定姓名，以奉御前供應。」〔註17〕《都城紀勝》中也有相似的記載。孝宗隆興二年再罷教坊之後，臨安府衙前樂更是盛及一時，每逢官府慶典宴飲，就會「臨時點集」地方在冊的樂籍進行表演。據《東京夢華錄》記載「每遇內宴前一月，教坊內勾集弟子小兒，習隊舞，作樂雜劇節次。」〔註18〕在籍藝人是城中的居民，他們受到官府的控制，經常會被抽調去參加演出，其他時間就在城中的各處瓦舍中獻伎謀生。

更值得注意的是，社會上還出現了越來越多的完全不受官府控制的職業藝人，也就是出現在各地的流動藝人，即所謂「路歧人」，被當時的人認為是

〔註15〕 脫脫等《宋史》，志第一百四十～一百四十一，兵二，中華書局，1977 年，北京，頁 4585、4610。

〔註16〕 李燾《續資治通鑑長編》卷四，乾德元年九月，中華書局，2004 年，北京，頁 104。

〔註17〕 吳自牧《夢梁錄》卷二十，「妓樂」條，《東京夢華錄（外四種）》，上海古典文學出版社，1956 年，上海，頁 309。

〔註18〕 孟元老《東京夢華錄》，「京瓦伎藝」條，《東京夢華錄（外四種）》，上海古典文學出版社，1956 年，上海，頁 29。

「藝之次者」，他們衝州撞府，走街串巷，不入勾欄瓦舍，沒有固定的表演場所，「只在要鬧寬闊之處做場」〔註19〕，求衣覓食。他們的表演被稱爲「打野呵」。《夢梁錄》中提到這些藝人時說：「又有村落百戲之人，拖兒帶女，就街坊橋巷呈百戲使藝，求覓鋪席宅捨錢酒之貲」。〔註20〕隨著城市娛樂市場的發展，越來越多的流動藝人大量湧入城市謀生，他們不但豐富了城市娛樂市場，而且成爲政府出資「和雇」的一個重要來源。〔註21〕

南宋時期，出於官辦娛樂機械的衰落，除了役使衙前樂，官府更多地採取有償的形式臨時召集「路歧人」應命，這種形式被稱爲「和雇」。據《朝野類要》記載，教坊被廢後「後有名伶達伎，皆留充德壽宮使臣，自餘多隸臨安府衙前樂。今雖有教坊之名，隸屬修內司教樂所，然遇大宴等，每差衙前樂權充之。不足，則又和雇市人。近年衙前樂已無教坊舊人，多是市井路歧之輩。欲責其知音曉樂，恐難必也。」〔註22〕這說明除了少量的宮廷藝人留任宮中之外，大部分藝人流入民間，教坊只徒具虛名，每逢慶典都是由衙前樂和路歧藝人所共同承擔的。《武林舊事》記載的宋孝宗乾道、淳熙年間教坊樂部中四百餘名藝人來源，和雇的比例最大，其次是衙前樂，其他來自德壽宮等官辦娛樂機構的藝人比例很小。〔註23〕

國家典儀中「和雇」的藝人越來越多，雖然演出還是政治性的，官府差遣這些藝人表演也是服役性質的，但藝人都從官府領取報酬，而且報酬還高於市場均價，所以藝人也樂於服役。「然雖差役，如官司和雇支給錢米，反勝於民間雇倩工錢，而工役之輩，則歡樂而往也。」〔註24〕「和雇」的形式爲職業藝人提供了賺錢的機會，使得北宋時代完全由政府操控的政治性娛樂表演也摻入了商品化成分。

產生於瓦舍勾欄的娛樂產品是一種精神消費品，必須遵循藝術市場的供求規律和交換法則才能賣座。娛樂市場充滿了競爭——既有各種娛樂項目間的

〔註19〕周密《武林舊事》卷六，「瓦子勾欄」條，中華書局，2007年，北京，頁158。

〔註20〕吳自牧《夢梁錄》卷二十，「百戲伎藝」條，《東京夢華錄（外四種）》，上海古典文學出版社，1956年，上海，頁311。

〔註21〕姚瀛艇主編《宋代文化史》，河南大學出版社，開封，1992年，頁481～487。

〔註22〕趙升《朝野類要》卷一，「教坊」條，中華書局，2007年，北京，頁30～31。

〔註23〕周密《武林舊事》卷四，「乾淳教坊樂部」條，中華書局，2007年，北京，頁109。

〔註24〕吳自牧《夢梁錄》卷十三，「團行」條，《東京夢華錄（外四種）》，上海古典文學出版社，1956年，上海，頁239。

競爭，又有同一項目內部的競爭，藝人們「力投時好」、「務為新聲」，創作時要以是否滿足大眾的精神需求、刺激新的消費興趣為標準，而不是像教坊藝人一樣簡單地聽命於上。這使得娛樂產品表現出其功能的多元性：認識功能、審美功能、娛樂功能、教育功能。通過市場的磨練和篩選，瓦舍從藝人員的伎藝水平也自然會大大超過官辦娛樂機構的藝人，娛樂產品也自然更受市場歡迎。北宋初期到南宋中期，民間娛樂業從發育到勃興的歷程，與官辦娛樂機構由繁盛至衰落的命運正是相反相成的，昭示了娛樂業商業化程度的不斷提高。

第二節　固定的表演場所

一、商業娛樂場所的出現

兩宋的城市娛樂業發展呈現出高度的繁榮，在這樣一個特定的歷史環境中，包括「說話」在內的各種瓦舍伎藝，也表現出了新的特徵。

當時的很多文獻中都有記錄，最集中的當然是《東京夢華錄》、《都城紀勝》、《西湖老人繁勝錄》、《武林舊事》和《夢粱錄》。孟元老的《東京夢華錄》作於南宋紹興十七年（1147 年），所記多為北宋徽宗崇寧至宣和年間（1102～1125 年）汴梁的城市生活及風土民情；成書於南宋理宗端平二年（1235 年）的《都城紀勝》，和成書時間略晚於《都城紀勝》的《西湖老人繁勝錄》寫作的對象都是當時南宋的行在臨安；吳自牧的《夢粱錄》寫於南宋末年，以整個南宋時期的臨安為背景，而尤詳於淳祐至咸淳之間（1241～1274 年）。周密的《武林舊事》著在宋亡以後，元至元二十七年（1290 年）以前，追記的內容也是整個南宋時期臨安的城市社會生活。這幾部書，都用了相當的篇幅對兩宋城市文化娛樂生活進行了詳細的記載，且撰述年代前後銜接，縱貫兩宋，為我們提供了宋代娛樂業發展的大致脈絡。

根據上述文獻記載，北宋已經出現了瓦舍這樣的大型固定表演場所，據灌圃耐得翁的《都城紀勝》中「瓦舍眾伎」條所載：「瓦者，野合易散之意也，不知起於何時，但在京師時，甚為士庶放蕩不羈之所，亦為子弟流連破壞之地。」〔註25〕吳自牧的《夢粱錄》也有相似的記載：「瓦舍者，謂其『來時瓦合，去時瓦解』之義，易聚易散也。不知起於何時。頃者京師甚為士庶放蕩

〔註25〕灌圃耐得翁《都城紀勝》，「瓦舍眾伎」條，《東京夢華錄（外四種）》，上海古典文學出版社，1956 年，上海，頁 95。

不羈之所，亦爲子弟流連破壞之門。」﹝註26﹞《咸淳臨安志》卷十九也記載：「已上瓦子蓋取聚則瓦合，散則瓦解之義」﹝註27﹞這與《睽車志》中描寫的瓦舍表演情形相似：「士人便服，日至瓦市觀優。有鄰座者，士人與之語頗狎……適優者散場，觀者闃然而出，士人與之鄰座者亦起，出門將邀就茶肆與語……」﹝註28﹞

　　雖然瓦舍出現的具體時間已漫不可考，但據現代學者考證，瓦舍最早是在北宋仁宗中期至神宗前期的汴梁出現，﹝註29﹞大約是在公元 1043 年到 1075 年之間。這個估計大體上符合民間娛樂業的發展進程，據《七修類稿》所記「小說起宋仁宗，蓋時太平盛久，國家閑暇，日欲進一奇怪之事以娛之，故小說得勝頭回之後即云話說趙宋某年。閭閻淘眞之本之起，亦曰：太祖太宗眞宗帝，四帝仁宗有道君。國初瞿存齋過汴京之詩，有陌頭盲女無愁恨，能撥琵琶說趙家。皆指宋也。」﹝註30﹞郎瑛是明代人，去宋已遠，他的「小說起宋仁宗」之說不知有無根據，但據《東坡志林》卷二「眞宗自澶淵之役卻敵之後，十九年不言兵，天下而富，其源蓋出於此。」﹝註31﹞又據《龍川別志》載「眞宗臨御歲久，中外無虞，與群臣燕語，或勸以聲妓自娛。」﹝註32﹞故知在北宋眞宗、仁宗年間，由於社會穩定、經濟發展及統治階層的對娛樂的喜好與提倡，的確掀起了一個城市娛樂業的發展浪潮，很有可能在此期間北宋的都城汴梁等大城市中開始出現大型娛樂場所——瓦子，這是一種固定的、長期的娛樂表演場所，它的出現標誌著娛樂業不再是年節期間的臨時表演項目，表演者不只是農閒時的流動藝人，娛樂也不再是專屬於上層社會的奢侈品，而是已經發展到職業化程度的城市大眾娛樂形式。關於這一點前人已有認識：「最可注意的是，說故事在宋朝，已經由職業化而專門化。宋以前和尚講經，本不是單爲宣傳教義，而是爲生活。唐五代的轉變，本不

﹝註26﹞ 吳自牧《夢梁錄》卷十九，「瓦舍」條，《東京夢華錄（外四種）》，上海古典文學出版社，1956 年，上海，頁 298。

﹝註27﹞ 潛說友《咸淳臨安志》卷十九，文淵閣四庫全書，490，史部，地理類，上海古籍出版社，2003 年，上海，頁 232。

﹝註28﹞ 郭象《睽車志》卷五，叢書集成，中華書局，1985 年，北京，頁 46。

﹝註29﹞ 廖奔《中國古代劇場史》，中州古籍出版社，1997 年，鄭州，頁 42。

﹝註30﹞ 郎瑛《七修類稿》卷二十二，中華書局，1959 年，北京，頁 330。

﹝註31﹞ 蘇軾《東坡志林》卷二，《中國歷代筆記英華》上，京華出版社，1998 年，北京，頁 19。

﹝註32﹞ 蘇轍《龍川別志》卷上，中華書局，1997 年，北京，頁 74。

限於和尚，所以吉師老有《看蜀女轉昭君變》詩。但唐朝的變場、戲場，還多半在廟裏，並且開場有一定的日子。而宋朝說話人則在瓦肆開場，天天演唱。可見說故事在宋朝已完全職業化。娛樂業不再爲宮廷貴族所獨享，而是作爲商品走向了市井民間，得到了更廣闊的發展空間。

北宋汴京的瓦舍最爲繁盛，見於《東京夢華錄》記述的瓦子一共有九個，其中六個分佈在舊京城的幾個城門附近，城南有兩座：新門瓦子〔註33〕、保康門瓦子〔註34〕；城東兩座：舊曹門外朱家橋瓦子〔註35〕、舊宋門外州東瓦子〔註36〕；城西一座：梁門外州西瓦子〔註37〕，城北一座：舊封丘門外州北瓦子〔註38〕。在皇城東南角最繁華的地段還有三個大瓦子：「街南桑家瓦子，近北則中瓦、次裏瓦。」〔註39〕汴梁城瓦舍都分佈在城中繁華的商業區，或是交通流量最大的幾個城門附近。這些地方終日車水馬流，人來人往，瓦子設在這裡顯然是爲了招徠看客。

宋代城市中的瓦舍很多，不僅在汴京這樣的大城市中很普及，就是在一般中小城市中也有不少。《開慶四明志》卷七載：「自四明橋南取行衙前，至君奢橋並舊瓦子內。自花行至飯行五通巷新瓦子。」〔註40〕《烏青鎮志》卷四載：「北瓦子巷在安利橋行一百步，入西通太平橋，《烏青記》，妓館戲劇上緊之處，久沒。」〔註41〕《河朔訪古志》記「眞定路之南門曰陽和，……左右挾兩瓦市，優肆娼門，酒爐茶灶，豪商大賈，並集於此。」〔註42〕《水滸

〔註33〕 孟元老《東京夢華錄·序》，《東京夢華錄（外四種）》，上海古典文學出版社，1956年，上海，頁13。

〔註34〕 孟元老《東京夢華錄》，「大內前州橋東街巷」條，《東京夢華錄（外四種）》，上海古典文學出版社，1956年，上海，頁19。

〔註35〕 孟元老《東京夢華錄》，「潘樓東街巷」條《東京夢華錄（外四種）》，上海古典文學出版社，1956年，上海，頁15。

〔註36〕 孟元老《東京夢華錄》，「七夕」，《東京夢華錄（外四種）》，上海古典文學出版社，1956年，上海，頁48。

〔註37〕 孟元老《東京夢華錄》，「大內西右掖門外街巷」《東京夢華錄（外四種）》，上海古典文學出版社，1956年，上海，頁18。

〔註38〕 孟元老《東京夢華錄》，「馬行街鋪席」條《東京夢華錄（外四種）》，上海古典文學出版社，1956年，上海，頁20。

〔註39〕 孟元老《東京夢華錄》，「東角樓街巷」《東京夢華錄（外四種）》，上海古典文學出版社，1956年，上海，頁14。

〔註40〕 轉引自胡士瑩《話本小說概論》，中華書局，1980年，北京，頁47。

〔註41〕 同上。

〔註42〕 納新《河朔訪古記》卷上，中華書局，叢書集成本，1991年，北京，頁5。

傳》第三十三回也描寫「那青鳳鎮上也有幾座小勾欄，並茶坊酒肆，自不必說。」日本學者加藤繁根據南宋的地理志考證瓦子在宋代城市中廣泛存在：在《嘉泰吳興志》卷二「坊巷・州治」條中，可以看到瓦子巷的名稱；〔註43〕在《嘉定鎮江志》卷二「坊巷丹徒縣」條中，可以看到南瓦子巷、北瓦子巷的名稱。〔註44〕

有研究者考證過勾欄的建築形式，瓦舍之中還分出若干「勾欄」，或者「棚」以供不同的藝人同時進行表演。「據孟元老《東京夢華錄》中『東京般載車，大者曰太平，上有箱無蓋，箱如勾欄而平』的話，可以推見宋代的勾欄形體似方形木箱，四周圍以板壁或欄杆，場地是平展的。」〔註45〕也就是用欄杆簡單圍成的場地，上面加一個頂棚，棚內表演則可避風擋雨，舒適得多。故而東京的瓦舍，「不以風雨寒暑，白晝通夜，駢闐如此。」〔註46〕而且由於環境舒適，很多人「深冬冷月無社火看，卻於瓦市消遣。」〔註47〕《睽車志》中所記的士人也是「日至瓦市觀優。」〔註48〕說明在瓦舍中聽「話」不再只是節慶時的一道娛樂盛宴，而是成了城市居民的一種日常消遣。

表演場所的固定，充分說明了娛樂業的消費群體已形成了一定的規模，而且北宋時汴梁的瓦子規模已經很大了，《東京夢華錄》記錄汴梁城內的三個大瓦子，「其中大小勾欄五十餘座。內中瓦子，蓮花棚、牡丹棚，裏瓦子，夜叉棚、象棚最大。可容數千人。」〔註49〕由這些記錄可以想見當時演出的盛況。

瓦舍之中的表演是收費的，具有商業演出的性質，這表明包括「說話」在內的各種瓦舍伎藝已經從封建莊園經濟中獨立出來，得到了空前的發展，成為一種供城市居民消費的娛樂產品。而且當時的瓦舍表演吸引了士人、庶

〔註43〕 《宋元方志叢刊・嘉定吳興志》卷二，「坊巷・州治」條，中華書局，1990年，北京，頁4689。

〔註44〕 《宋元方志叢刊・嘉定鎮江志》卷二，「坊巷・丹徒縣」條，中華書局，1990年，北京，頁2336。

〔註45〕 於天池、李書《宋代說唱伎藝的演出場所》，《文藝研究》，2006年第2期。

〔註46〕 孟元老《東京夢華錄》，「酒樓」條，《東京夢華錄（外四種）》，上海古典文學出版社，1956年，上海，頁15。

〔註47〕 西湖老人《西湖老人繁勝錄》，《東京夢華錄（外四種）》，上海古典文學出版社，1956年，上海，頁123。

〔註48〕 郭象《睽車志》卷五，叢書集成，中華書局，1985年，北京，頁46。

〔註49〕 孟元老《東京夢華錄》，「東角樓街巷」條，《東京夢華錄（外四種）》，上海古典文學出版社，1956年，上海，頁14。

人在內的廣大消費者，瓦舍消遣在當時是十分流行的一種娛樂消費形式，令人身心放鬆，流連忘返，遊人甚至「終日居此，不覺抵暮。」〔註 50〕足見其魅力。

二、南渡之後瓦舍的發展與市民娛樂的商業化程度

　　南渡之後隨著江南經濟的發展，以臨安為首的大中城市中的娛樂業也逐漸繁榮起來，而且超過了北宋時代的規模。《都城紀勝》和《武林舊事》作者的生活年代一在南宋中期，一在南宋末期，通過對比兩書中有關瓦舍的記載，也可以約略得到臨安瓦舍從無到有的發展軌跡。《都城紀勝》市井條記錄當時臨安候潮門外殿司教場、城東菜市、城北米市，並沒有瓦舍，而只是幾個由「路歧人」開闢的表演場所，而在後來《武林舊事》卷六瓦子勾欄條中就出現了「候潮門瓦」、「菜市門瓦」和「米市橋瓦」的記載，這說明瓦舍的所在地最初可能只是繁華地段的幾個空場，如候潮門外殿司教場、城東菜市、城北米市，一些「打野呵」的路歧人臨時聚集這裡賣藝，也就是所謂的「野合易散」。隨著城市人口的增加，城市居民的娛樂休閒消費需求不斷增長，一些表演場所逐漸固定下來，並建起了勾欄、看棚，前面提到的幾個「路歧人」表演場地很可能就演變成了後來的「候潮門瓦」、「菜市門瓦」和「米市橋瓦」。

　　《夢粱錄》載：「其杭之瓦舍，城內外合計有十七處，如清泠橋西熙春樓下，謂之南瓦子；市南坊北三元樓前謂之中瓦子；市西坊內三橋巷名大瓦子，舊呼上瓦子；眾安橋南羊棚樓前名下瓦子，舊呼北瓦子；鹽橋下蒲橋東謂之蒲橋瓦子，又名東瓦子，今廢為民居；東青門外菜市橋側名菜市瓦子；崇新門外章家橋南名名薦橋門瓦子；新開門外南名新門瓦子，舊呼四通館；保安門外名小堰門瓦子；候潮門外北首名候潮門瓦子；便門外北謂之便門瓦子；錢湖門外南首省馬院前名錢湖門瓦子，亦廢為民居；後軍寨前謂之赤山瓦子；靈隱天竺路行春橋側曰行春瓦子；北郭稅務曰北郭瓦子，又名大通店；米市橋下米市橋瓦子；石碑頭北麻線巷內則曰舊瓦子。」〔註 51〕瓦子都設在城裏最繁華熱鬧的地段，據《都城紀勝》載：臨安最繁華的街道之一是

〔註 50〕 孟元老《東京夢華錄》，「東角樓街巷」條，《東京夢華錄（外四種）》，上海古典文學出版社，1956 年，上海，頁 14。

〔註 51〕 吳自牧《夢粱錄》卷十九，「瓦舍」條，《東京夢華錄（外四種）》，上海古典文學出版社，1956 年，上海，頁 298。

和寧門外新路南北，不但日間人煙浩穰，就是入夜也有夜市，與日間無異，而且以中瓦前最勝。〔註52〕《武林舊事》中所載的南宋臨安瓦舍共有二十三座：南瓦、中瓦、大瓦、北瓦（下瓦）、蒲橋瓦、便門瓦、候潮門瓦、小堰門瓦、新門瓦、薦橋門瓦、茶市門瓦、錢湖門瓦、赤山瓦、行春橋瓦、北郭橋瓦、米市橋瓦、舊瓦、嘉會門瓦、北關門瓦、艮山門瓦、羊坊橋瓦、王家橋瓦、龍山瓦。

與汴京相比臨安的瓦舍的數量增加了，分佈的地域也更加廣泛，有一些集中分佈在鬧市區消費最高的地段，如設在熙春樓下的南瓦與三元樓前的中瓦，熙春樓和三元樓都是酒樓之中的「表表者」，這些地方「歌管歡笑之聲，每夕達旦，往往與朝天車馬相接，雖風雨暑雪，不少減也。」〔註53〕中瓦與南瓦設在這裡自然也就成了最有人氣的瓦子。還有一些瓦子設在城門、州橋等交通要衝地帶，想來也是因為這些地方屬於車水馬龍，日夜人流不自息的繁華地段。

隨著娛樂業的繁榮，不但城裏設立了很多瓦子，就連城外也建起了瓦舍，「城外有二十座瓦子，錢湖門裏，勾欄門外瓦子、嘉會門外瓦、候朝門瓦、小堰門瓦、四通館瓦、新門瓦、薦橋門瓦、茶市門瓦、艮山門瓦、朱市瓦、舊瓦、北關門新瓦、錢塘門外羊坊橋瓦、王家橋、行春橋瓦、赤山瓦、龍山瓦。」〔註54〕此外還出現了一些設立在軍營和市場周圍的瓦子。據《夢粱錄》記載：「杭城紹興間駐蹕於此，殿巖楊和王因軍士多西北人，是以城內外創立瓦舍，招集妓樂，以為軍卒暇日娛戲之地。今貴家子弟郎君，因此蕩遊，破壞尤甚於汴都也。」〔註55〕宋代有大批的軍隊駐紮在京城，這些軍人終日飽食嬉戲，臨安城中的駐軍遂成一大娛樂消費熱點，那麼在軍寨附近設立一些瓦子也是順理成章的事。

眾多瓦舍的規模也各不相同，既有像中瓦、南瓦這樣的大瓦子，滿足幾千觀眾同時觀賞的需要，也有一些小型的瓦舍設立在較為偏遠的地帶，只有

〔註52〕 灌圃耐得翁《都城紀勝》，「市井」，《東京夢華錄（外四種）》，上海古典文學出版社，1956年，上海，頁91。

〔註53〕 周密《武林舊事》卷六，「瓦子勾欄」條，中華書局，2007年，北京，頁158。

〔註54〕 西湖老人《西湖老人繁勝錄》，《東京夢華錄（外四種）》，上海古典文學出版社，1956年，上海，頁124。

〔註55〕 吳自牧《夢粱錄》卷十九，「瓦舍」條，《東京夢華錄（外四種）》，上海古典文學出版社，1956年，上海，頁298。

一個勾欄，「除外尚有獨勾欄瓦市，稍遠，於茶中作夜場。」〔註56〕適應當時為數不多的觀眾的需要。甚至由於娛樂業的空前發展，一些南宋之初建的瓦舍已無法容納眾多的藝人和觀眾，於是在原有的瓦舍之外又加設了很多勾欄，「如北瓦、羊棚樓等，謂之『遊棚』。外又有勾欄甚多，北瓦內勾欄十三座，最盛。」〔註57〕而且觀眾長年不斷「十三應（疑為「座」）勾欄不閉，終日團圓。」〔註58〕在瓦舍勾欄中賣藝的當然少不了說話藝人，「南瓦、中瓦、大瓦、蒲橋瓦、。惟北瓦大，有勾欄一十三座。常是兩座勾欄專說史書，喬萬卷、許貢生、張解元。……說經，長嘯和尚、彭道安、陸妙慧、陸妙淨。小說，蔡和、李公佐。女流，史惠英。……談諢話，蠻張四郎。」甚至由於伎藝超群，「小張四郎，一世只在北瓦，占一座勾欄說話，不曾去別瓦作場，人叫做小張四郎勾欄。」〔註59〕看來瓦舍的規模完全是由其佔有的市場份額所決定的，這也從一個側面說明了瓦舍經營的商業化程度。

　　瓦舍的數量大幅增加、規模各異、及其所處的地理位置的變化，都說明它與普通城市居民的關係更加密切了，娛樂業的消費群體也進一步擴大了。說話伎藝的發展已經風靡社會各階層，不只為豪家貴室所專享，而且成了城市居民普遍的娛樂形式。《水滸傳》第一百一十四回寫燕青、李逵在桑家瓦子聽《三國志平話》，第五十一回寫雷橫在勾欄中聽白秀英說唱《豫章城雙漸趕蘇卿》，都是旁證。

　　城裏城外設立了眾多的瓦舍，但是這些瓦舍是什麼人出資興建的呢？由於現存的文獻記載很少，只有《咸淳臨安志》說「故老云，當紹興和議後，楊和王為殿前都指揮使，以軍士多西北人，故於諸軍寨左右營創瓦舍，招集伎樂，以為暇日娛戲之地，其後修內司又於城中建五瓦，以處遊藝。今其屋在城外者，多隸殿前司；城中者，隸修內司。」〔註60〕《都城紀勝》載：「隆興間，高廟與六宮等在中瓦，相對今修內司染坊看位觀。孝宗皇帝孟享

〔註56〕 西湖老人《西湖老人繁勝錄》，《東京夢華錄（外四種）》，上海古典文學出版社，1956年，上海，頁124。
〔註57〕 周密《武林舊事》卷六，《瓦子勾欄》條，中華書局，2007年，北京，頁158。
〔註58〕 西湖老人《西湖老人繁勝錄》，《東京夢華錄（外四種）》，上海古典文學出版社，1956年，上海，頁124。
〔註59〕 西湖老人《西湖老人繁勝錄》，《東京夢華錄（外四種）》，上海古典文學出版社，1956年，上海，頁124。
〔註60〕 潛說友《咸淳臨安志》卷十九，文淵閣四庫全書，490，史部，地理類，上海古籍出版社，2003年，上海，頁232。

回,就觀燈買市,簾前排列內侍官帙行,堆垛見錢,宣押市食,歌叫支賜錢物,或有得金銀錢者。……若遇車駕行幸,春秋社會等,連簷並壁,幕次排列。」〔註 61〕這裡提到了出資營建瓦舍的兩個官方機構。殿前司是宋代統率軍隊的機構,與侍衛司分領禁軍。而修內司則屬將作監,掌宮城和太廟繕修事宜,在紹興三十一年省廢教坊後,修內司下屬的教樂所還掌管著臨安府的衙前樂。〔註 62〕據這兩條記載分析,南宋時代出資興建瓦舍的官方機構至少有兩個,一為掌管禁軍的殿前司,一為掌管皇家建築修葺的修內司。殿前司在軍營周圍修建瓦舍的目的很明確,就是為軍人提供一個休閒去處。而修內司則與之不同,中瓦所在大內和寧門外新路原本就是臨安商賈雲集的所在,藝人自然選擇這裡作場,這裡是全城最熱鬧的所在之一,而且是皇帝四孟駕出的必經之路,修內司最初很可能就是為了孝宗在此觀燈買市而修建了中瓦。

至於殿前司和修內司建造瓦舍的另一個目的,雖然沒有足夠的文獻數據證明,但據瓦舍與出資方的隸屬關係上可以推知,建瓦舍,特別是建在酒樓附近的瓦舍,不太可能是一項公益事業。因為宋代城市規模不斷擴大,經營房屋租賃利潤極高,早在北宋真宗時期汴梁官營的兩萬餘間邸店年收入就高達十多萬貫。《事物紀原》中就曾記錄了官府免收房錢的詔令:「七年二月,詔貧民住官舍者,遇冬正、寒食免僦直三日。」〔註 63〕宋代政府允許各級官府搞多種盈利性的經營,官吏借官商的優勢,把持各種主要的商品,殿前司和修內司出資建瓦子應當也是要收取場租牟利的,是他們賺取外快的一種方式。除了隸屬於殿前司和修內司的瓦舍外,應該還有其他的個人出資營建的瓦舍,營建的目的當然也是為了賺取場租,只是還沒有明確的文獻資料證明這一點。

從宋代瓦舍設置的地點、建設的規模、營建的目的等方面都可以明顯地看出在瓦舍中表演的宋代「說話」和其他各種伎藝的已經達到了一定的商品化程度。

〔註 61〕灌圃耐得翁《都城紀勝》,「市井」條,《東京夢華錄(外四種)》,上海古典文學出版社,1956 年,上海,頁 91。

〔註 62〕灌圃耐得翁《都城紀勝》,「瓦舍眾伎」條,《東京夢華錄(外四種)》,上海古典文學出版社,1956 年,上海,頁 96。

〔註 63〕高承《事物紀原》卷一,「放房錢」條,中華書局,叢書集成本,1985 年,北京,頁 33。

第三節　流動表演場所

一、酒肆、茶樓、妓館中的「說話」表演

　　雖然城中設立了很多瓦舍，但說話藝人並不限於在瓦舍勾欄這樣專門的固定場所表演，因爲一些水平稍差的路歧藝人還無法擠進瓦舍獻伎，城市中的一些繁華去處就爲路歧藝人們提供了天然的流動表演場所。

　　各種酒樓是城中居民飲酒作樂的另一個重要場所，「時天下無事，許臣僚擇勝燕飲。當時侍從文館士大夫爲燕集，以至市樓酒肆往往皆供帳爲遊息之地。」〔註64〕北宋的汴梁酒樓不可勝數，僅「正店」就有七十二家，酒樓還帶動了娛樂業的繁榮，除了精美的飲食、周到的服務，酒樓還推出了雅俗共賞的文化娛樂，一批吹拉彈唱的「趕趁」人不請自到，「又有向前換湯斟酒歌唱，或獻果子香藥之類，客散得錢，謂之『廝波』。又有下等妓女，不呼自來，筵前歌唱，臨時以些小錢物贈之而去，謂之『劄客』，亦謂之『打酒坐』。」〔註65〕《警世通言》《計押番金鰻產禍》中的慶奴就是靠在酒店之中趕趁唱曲度日。除少數的例外，一般的酒店都任由「趕趁人」在酒店裏表演。而且一些酒店也爲客人提供了宴飲嬉樂的場所，「諸酒店必有廳院，廊廡掩映，排列小閣子，弔窗花竹，各垂簾幕，命妓歌笑，各得穩便。」〔註66〕

　　酒店的娛樂功能在南宋時期得到了進一步發展，《武林舊事》中記載了兩種大型酒樓，一種是戶部點檢所下屬的酒庫開設的，如著名的豐樂樓，這種酒樓僅供士大夫、太學生雅集宴飲，且只有官妓侑尊，「外人未易登也」。還有一種酒樓是私營的，開在市井要鬧處，《武林舊事》中列了其中最爲著名的十八家，各樓都分成十餘小閣，也置私妓數十輩，「又有小鬟不請自至，歌吟強聒，以求分支。謂之『擦坐』；又有吹簫、彈阮、息氣、鑼板、歌唱散耍等人，謂之『趕趁』。」〔註67〕《水滸傳》第三回中出現的「綽酒座兒唱的」金氏父女就是專在酒店表演的藝人。這種「趕趁人」中也不乏「說話」藝人

〔註64〕　沈括《中國歷代筆記英華·夢溪筆談》卷九，「晏殊質樸」條，京華出版社，1998年，北京，頁335。

〔註65〕　孟元老《東京夢華錄》「飲食果子」條，《東京夢華錄（外四種）》，上海古典文學出版社，1956年，上海，頁16。

〔註66〕　孟元老《東京夢華錄》，「飲食果子」條，《東京夢華錄（外四種）》，上海古典文學出版社，1956年，上海，頁16。

〔註67〕　周密《武林舊事》卷六，「酒樓」條，中華書局，2007年，北京，頁160。

的身影，如紐元子就是專門爲了貴家公子幫閒的雜扮，不但「學象生叫聲，教蟲蟻，動音樂，雜手藝」「打令商謎，弄水使拳，及善能取覆供過，傳言送語。」樣樣在行，且能「唱詞白話」〔註68〕，羅燁的《醉翁談錄》中提到「說話」藝人的表演時說：「自然使席上風生，不枉教坐間星拱。」〔註69〕很明顯是指藝人在飲宴場合的表演，話本小說《勘皮靴單證二郎神》也有「過了兩月，卻是韓夫人設酒還席，叫下一名說評話的先生，說了幾回書。」這個情節，這都說明「說話」藝人是經常被請酒席宴間進行表演的，表演的地點應該包括酒樓和私人宅邸的宴會。

茶坊在北宋時功能比較單一，到了南宋逐漸成爲了一個大眾化的文化娛樂活動場所，而布置行十分舒適雅致，「大茶坊張掛名人書畫，在京師只熟食店掛畫，所以消遣久待也。今茶坊亦然。」〔註70〕《武林舊事》卷六說臨安眾多茶坊之中的娛樂：「諸處茶肆，清樂茶坊、八仙茶坊、珠子茶坊、潘家茶坊、連之茶坊、連二茶坊，及金波橋等兩河以至瓦市，各有等差，莫不靚妝賣笑，朝歌暮弦，搖盪心目。」茶樓的客人很雜，既有文人雅士、賦閒宿老也有商販工匠、破落子弟，客人來此除了飲茶消閒之外，還可聽書聽唱。洪邁《夷堅志》丁集卷三《班固入夢》條記載：「四人同書嘉會，門外茶肆中坐，見幅紙用緋帖尾云：『今晚講說漢書』。」〔註71〕看來茶坊中的說話藝人還不只是不叫自來的趕趁人，更有固定的藝人每晚在此表演「除外尚有獨勾欄瓦市，稍遠，於茶中作夜場。」〔註72〕胡士瑩認爲「茶」字之後脫了一個「肆」字，故而推斷宋代已有在茶肆中作夜場的說話人了〔註73〕，這個推論應當是合理的。臨安城中瓦內有個王媽媽家茶肆名一窟鬼茶坊，「皆士大夫期朋約友會聚之處。」〔註74〕這個茶坊與宋話本《一窟鬼》同名，想是與「說話」伎

〔註68〕吳自牧《夢梁錄》卷十九，「閒人」條，《東京夢華錄（外四種）》，上海古典文學出版社，1956年，上海，頁301。
〔註69〕羅燁《醉翁談錄》，《小說開闢》，古典文學出版社，1957年，上海，頁3。
〔註70〕灌圃耐得翁《都城紀勝》，「茶坊」條，《東京夢華錄（外四種）》，上海古典文學出版社，1956年，上海，頁94。
〔註71〕洪邁《夷堅志》丁集卷三，「班固入夢」條，文淵閣四庫全書，子部，小說家類，1047，上海古籍出版社，2003年，頁467。
〔註72〕西湖老人《西湖老人繁勝錄》，《東京夢華錄（外四種）》，上海古典文學出版社，1956年，上海，頁124。
〔註73〕胡士瑩《話本小說概論》，中華書局，1980年，北京，頁49。
〔註74〕吳自牧《夢梁錄》卷十六，「茶肆」條，《東京夢華錄（外四種）》，上海古典文學出版社，1956年，上海，頁262。

藝有些關係。〔註 75〕或者是因有善說《一窟鬼》的藝人在此作場而得名，亦或是該茶坊有意打《一窟鬼》的招牌作為自己的賣點。無論怎樣都能說明茶坊與「說話」之間的確存在著很密切的關係。

茶坊還是藝人切磋研習伎藝的地方，「茶樓多有都人子弟占此會聚，習學樂器，或唱叫之類，謂之掛牌。」〔註 76〕有的客人甚至借茶樓作場，自娛自樂，與後來的票友相似。「大凡茶樓多有富室子弟、諸司下直等人會聚，習學樂器、上教曲賺之類，謂之掛牌兒。」〔註 77〕

宋代茶館的功能十分複雜，它的綜合性功能一方面體現了娛樂業的繁榮，另一方面也說明當時的娛樂業還剛剛起步，專業化程度不高。「可以說茶館酒樓是中國商品經濟不發達的產物。它適應了比較悠閒的城市中市民階層的需要。茶館酒樓既是市民身心休息之地，又充當著民間知識、信息交流的載體；同時還代替了大眾娛樂設施的功能。《都城紀勝》酒肆條和食店條提到了各種檔次的酒樓飯館，有的排場極大，有的「卻不甚尊貴，非高人所往」，也「非待客之所」。〔註 78〕它們的功能是綜合性的。」〔註 79〕只有在商品經濟比較發達的情況下，茶館的功能才會分化。

「新聲巧笑於柳陌花衢，按管調弦於茶坊酒肆。」〔註 80〕青樓狹邪，追歡買笑是古代城市生活的一部分，位於臨安城繁華地段的妓館內的花酒之費高得驚人，一杯茶索價數千錢，一杯酒要支犒數貫，嫖客都是貴遊公子、名商巨賈，不以銀錢為意，一擲千金以求一晌之歡。《醉翁談錄》丁集卷之一「潘瓊兒家最繁盛」條記載，潘瓊兒是北宋東京南曲中的名妓，積資萬計，為三曲之冠，每逢開筵「凡樂籍之家，皆居於潘家之側，一呼紛至，每舉盞次，皆有樂色百戲佐之。」簡直就如同是朝廷的宴會大典。於是城中的「趕趁、祗應、撲賣者，亦皆紛至，浮費頗多。」〔註 81〕所以妓館也是一個「趕趁人」

〔註 75〕胡士瑩《話本小說概論》，中華書局，1980 年，北京，頁 48。

〔註 76〕灌圃耐得翁《都城紀勝》，「茶坊」條，《東京夢華錄（外四種）》，上海古典文學出版社，1956 年，上海，頁 94。

〔註 77〕吳自牧《夢粱錄》卷十六，「茶肆」條，《東京夢華錄（外四種）》，上海古典文學出版社，1956 年，上海，頁 262。

〔註 78〕灌圃耐得翁《都城紀勝》，「酒肆」條、「食店」條，《東京夢華錄（外四種）》，上海古典文學出版社，1956 年，上海，頁 93～94。

〔註 79〕蔣和寶、俞家棟編著《市井文化》，中國經濟出版社，1995 年，北京，頁 131。

〔註 80〕孟元老《東京夢華錄·序》，《東京夢華錄（外四種）》，上海古典文學出版社，1956 年，上海，頁 1。

〔註 81〕周密《武林舊事》卷六，「歌館」條，中華書局，2007 年，北京，頁 158。

流動的表演場所。

二、路歧表演場所

　　酒肆、茶樓、妓館中的消費都比較高，能在這些地方娛樂消閒的只能是城市中的官僚富戶，不是普通城市居民的經濟能力所能及的。最為大眾化的娛樂場所除了瓦舍之外，還有設在繁華商業區的一些臨時性表演場所。在這些臨時性場所表演的藝人被稱作「路歧人」，他們大都來自鄉間，他們的表演被稱為「打野呵」，他們對表演場地的要求不高，其表演情況大體與解放前北京天橋「撂地」的藝人相似：選擇在街邊、巷口、橋頭表演，求衣覓食。「又有村落百戲之人，拖兒帶女，就街坊橋巷呈百戲使藝，求覓鋪席宅捨錢酒之貲」。「或有路歧人不入勾欄，只在要鬧寬闊之處做場者，謂之『打野呵』，此又藝之次者。」〔註82〕

　　到了南宋，湧進城市賣藝的「路歧人」越來越多，他們在城市開闢了很多表演場地：「此外如執政府牆下空地舊名南倉前諸色路歧人，在此作場，尤為駢闐。又皇城司馬道亦然。侯潮門外殿司教場，夏月亦有絕伎作場。其他街市，如此空隙地段，多有作場之人。如大瓦肉市、炭橋藥市、橘園亭書房、城東菜市、城北米市。其餘如五間樓福客、糖果所聚之類，未易縷舉。」〔註83〕由於軍人也是藝人推銷娛樂產品的重要對象，所以很多校軍場也成為臨時性的表演場所。據《西湖老人繁勝錄》記錄：霍山行祠外的校場在社賽時就成了臨時的表演場地「廟東大教場內，走馬、打球、射弓、飛放鷹鷂、賭賽叫……」〔註84〕其中也有「說話」藝人的表演：「十三軍大教場、教奕軍教場、後軍教場、南倉內、前杈子裏、貢院前、祐聖觀前寬闊所在，撲賞並路歧人在內作場……廓介酒李一郎，野呵小說處處分數。」〔註85〕這裡提到的「酒李一郎」就是當時著名的小說藝人。

　　在這些路歧藝人集中的地方中，西湖更是值得一提。西湖是杭人最大的公共娛樂場所，上至天子，下到庶民，四季遊人不絕。南宋的臨安雖被稱為

〔註82〕 周密《武林舊事》卷六，「瓦子勾欄」條，中華書局，2007年，北京，頁158。
〔註83〕 灌圃耐得翁《都城紀勝》，「市井」條《東京夢華錄（外四種）》，上海古典文學出版社，1956年，上海，頁91。
〔註84〕 西湖老人《西湖老人繁勝錄》，《東京夢華錄（外四種）》，上海古典文學出版社，1956年，上海，頁114。
〔註85〕 西湖老人《西湖老人繁勝錄》，《東京夢華錄（外四種）》，上海古典文學出版社，1956年，上海，頁119。

「行在」，但承平日久，宋人早已沒有光復故國的志向，而是日日沉緬於「四序總宜」的西湖風景之中，「朝昏晴雨」「無時而不遊」。「貴璫要地，大賈豪民，買笑千金，呼盧百萬……日麋金錢，靡有紀極」是名副其實的「銷金鍋兒」。不但貴遊巨室，爭相冶遊日以爲常，就是囊中羞澀的太學生，也是「一春長費買花錢。日日醉湖邊。」〔註86〕

孝宗陪侍高宗遊幸西湖，西湖上游人商販皆無所禁，「畫楫輕舫，旁午如織。」皇帝出遊，號稱與民同樂，自然會招引趕趁人蜂擁而至，一是因爲都人傾城盡出觀瞻，提供了絕好的商機，二是因爲高宗時常宣喚賣買人等，被選中者不但能得到賞賜，而且一躍成爲同行中的翹楚，最著名的就是宋五嫂魚羹「嘗經御賞，人所共趨，遂成富媼。」其他如李婆婆雜菜羹、賀四酪麵、髒三豬胰胡餅、戈家甜食也都因曾經御賞而聞名。〔註87〕商販四處叫賣「湖中土宜」，包括「說話」在內的大批藝人也從各處前來等待招喚，被稱爲「趕趁人」。那些曾經宣喚的小販藝人，無不錦衣花帽，以示區別，也可以說是有了最早的品牌意識。

還有一些臨時性的表演場地設在喧鬧的市場中。其實在市場中表演並不始於宋，早在唐代就有職業藝人在集市上演出，「大司徒杜公在睢陽，嘗召幕賓閒語：我致政之後，必買一小駟八九千者，飽食訖而跨之，著一粗布襴衫，入市看盤鈴傀儡足矣。」〔註88〕這一習俗延續到北宋，「党進過市，見縛欄爲戲者，駐馬問：『汝何爲所焉』？優者曰：『說韓信』。進大怒曰：『汝對我說韓信，見韓信即當說我。此三頭兩面之人。』即令杖之。」〔註89〕這裡的縛欄爲戲，應當是說話藝人臨街圍出的表演場所。

三、寺廟、宮廷和私人宅第中的表演

唐代寺廟是說話最主要的表演場所，但是當時表演者大多是僧人。到了宋代雖然出現了瓦舍，但是，在寺廟中表演說話的習俗還是保留了下來。段成式在《酉陽雜俎》中記錄了一則故事，段成式之弟生日宴會表演的小說藝

〔註86〕 周密《武林舊事》卷三，「西湖遊幸」條，中華書局，2007年，北京，頁71。
〔註87〕 周密《武林舊事》卷七，「乾淳奉親」條，中華書局，2007年，北京，頁200～202。
〔註88〕 韋絢《劉賓客嘉話錄》，中華書局，叢書集成本，1985年，北京，頁4。
〔註89〕 《宋事實類範》轉引自胡士瑩《話本小說概論》，中華書局，1980年，北京，頁49。

人，自稱在二十年前曾於某齋會上表演同一節目。〔註90〕這個市人小說的表演者顯然不是僧侶，應該是個職業藝人，而他自稱曾在齋會上表演，齋會是寺院舉辦的宗教活動，說明當時的寺院就已允許職業藝人進行表演。北宋「東京相國寺乃瓦市也，僧房散處，而中庭兩廡可容萬人，凡商旅交易，皆萃其中，四方趨京師以貨物示售轉售他物者，必由於此。」〔註91〕而且「相國寺每月五次開放萬姓交易」。〔註92〕為包括「說話」在內的各種伎藝人提供了表演場地和川流不息的觀眾。前面提到過的二月八日張王生辰霍山行宮百戲競集，包括「說話」行當的「雄辯社」在內的十幾個社團都在那裡作場獻技。《醉翁談錄》丁集卷之一〔花衢記錄〕「諸妓期遇保唐寺」一條中說到北宋東京的妓女與各州府的妓女都有定期「參請」的習慣，而東京妓女聽「參請」的地點就是保唐寺。〔註93〕

「說話」表演也不僅不限於上面提到的公共場所，早在唐代說話等伎藝就已進入宮廷和私人的宅第，段成式在《酉陽雜俎》中記錄的故事，就發生在段成式之弟的生日宴會上。到了宋代請「說話」藝到家中表演，更融入了普通城市居民的日常生活中，《東坡志林》中說「王彭嘗云：塗巷中小兒薄劣，為其家所厭苦，輒與錢，令聚坐聽古話」〔註94〕把「說話」藝人請到里巷之中，讓孩子坐在一起聽故事，陸游兒時也經常聽講唐五代史故事「俗說唐五代間事，每及功臣，多云『賜無謂（畏）』，其言鄙淺予兒時聞之，每以為笑。」〔註95〕聽「說話」不失為一種聰明的育兒方式。

早在唐代「說話」就進入了宮廷「每日上皇與高公親看掃除庭院，芟薙草木。或講經論議，轉變說話，雖不近文律，終冀悅聖情。」〔註96〕這裡說

〔註90〕段成式《酉陽雜俎續集》卷四，叢書集成本，中華書局，1985年，北京，頁211。

〔註91〕王栐《燕翼詒謀錄》卷二，「東京相國寺」條，《宋元筆記小說大觀》五，上海古籍出版社，2001年，上海，頁4603。

〔註92〕孟元老《東京夢華錄》卷三，「相國寺內萬姓交易」條，《東京夢華錄（外四種）》，上海古典文學出版社，1956年，上海，頁19。

〔註93〕羅燁《醉翁談錄》丁集卷之一，花衢記錄・「諸妓期遇保唐寺」條，古典文學出版社，1957年，上海，頁36～37。

〔註94〕蘇軾《東坡志林》卷一，《中國歷代筆記英華》上，京華出版社，1998年，北京，頁5。

〔註95〕陸游《老學庵筆記》卷六，《歷代筆記英華》上，京華出版社，1998年，北京，頁141。

〔註96〕陶宗儀《說郛》卷一百十一下，郭湜《高力士外傳》，文淵閣四庫全書，子部，雜家類，頁47。

的就是「說話」為唐玄宗所喜愛。「說話」在北宋宮庭中的流行情況不甚明瞭，可能在仁宗時代就已躋身宮庭，郎瑛的《七修類稿》說：「小說起宋仁宗，蓋太平盛久，國家閑暇，日欲進一奇怪之事以娛之」。〔註97〕但因郎瑛並不是宋或元人，所以他的記述可信度不太高。南渡之後，孝宗以純孝自我標榜，為了承歡兩宮，頻頻出宮遊玩，宮中的宴集更是不斷。宋高宗也是一個市瓦伎藝的愛好者，對一些表演曲目耳熟能詳，一年夏天與孝宗納涼避暑，「後苑小廝兒三十人，打息氣，唱道情。」高宗聽後說：「此是張掄所撰鼓子詞。」〔註98〕孝宗投其所好，經常召藝人入宮表演，其中自然少不了「說話」藝人的參與。淳熙八年的元旦，孝宗侍奉高宗「於欄木堂香閣內說話，宣押棋待詔並小說人孫奇等十四人，下棋兩局，各賜銀絹，供泛索訖。」〔註99〕這裡提到的孫奇就是《武林舊事》卷六「諸色伎藝人」條所列的德壽宮說話人之一。除了孫奇，《武林舊事》諸色伎藝人條中所列的小說藝人中朱修後注明「德壽宮」（德壽宮為高宗退位後所居），任辯、施珪、葉茂、方瑞、劉和後注明「御前」，說明這幾個藝都曾入宮表演。〔註100〕「講史書者，又有王六大夫，原係御前供話。」〔註101〕「當思陵上太皇號，孝宗奉太皇壽，一時御前應制多女流也……演史為張氏、宋氏、陳氏，說經為陸妙慧、陸妙靜，小說為史惠英，隊戲為李瑞娘，影戲為王潤卿，皆中一時慧點之選也。兩京遊幸聚景、正津內園，各以藝呈，天顏喜動，則賞齎無算。」〔註102〕，「又有王六大夫，元係御前供話，為幕士請給，講諸史俱通，於咸淳年間敷演《復華篇》及《中興名將傳》，聽者紛紛，蓋講得字真不俗，記問淵源甚廣耳。」〔註103〕宋高宗的青少年時代正好是北宋末年，他這樣愛好「說話」恐怕與早年的娛樂經驗有關，所以至少可以斷定「說話」在北宋末年就已走入了宮廷。

〔註97〕 郎瑛《七修類稿》卷二十二，中華書局，1959年，北京，頁330。

〔註98〕 周密《武林舊事》卷七，「乾淳奉親」條，中華書局，2007年，北京，頁207。

〔註99〕 周密《武林舊事》卷七，「乾淳奉親」條，中華書局，2007年，北京，頁197。

〔註100〕 周密《武林舊事》序，中華書局，2007年，北京，頁1。

〔註101〕 吳自牧《夢粱錄》卷二十，「小說講經史」條，《東京夢華錄（外四種）》，上海古典文學出版社，1956年，上海，頁313。

〔註102〕 楊維楨《東維子集》卷六，送朱女士桂英演史序，文淵閣四庫全書，1221，集部，別集類，上海古籍出版社，2003年，上海，頁435。

〔註103〕 吳自牧《夢粱錄》卷二十，「小說講經史」條，《東京夢華錄（外四種）》，上海古典文學出版社，1956年，上海，頁313。

　　「說話」伎藝風靡於各種娛樂場所，和各個社會階層，流風所及甚至影響到了北方的少數民族，金人也來向南宋政府索要「說話」藝人，「正月，金人來索御前祗候，方脈醫人，教坊樂人、內侍官四十五人，露臺祗候妓女千人，……雜劇、說話、弄影戲、小說、嘌唱、弄傀儡、打筋頭、彈箏琵琶、吹笙等藝人一百五十餘家。」〔註104〕《三朝北盟會編》還記載了金主完顏亮之弟完顏充聽劉敏講《五代史》之事：「大同尹有說書者人劉敏，講演書籍至五代梁末帝以弒逆誅友珪之事，充拍案屬聲曰：『有如是乎！』」〔註105〕

　　總之，宋代都市中的「說話」表演場所很多，且能滿足不同消費水平的聽眾。比較高檔的消費是將「說話」藝人請到私宅，藝人在席間為主人和客人表演助興，有類於後來的堂會。這種形式的表演酬金都很高，「遇朝家大朝會、聖節，宣押殿庭承應。則官府公筵，府第筵會，點喚供筵，俱有大犒。」〔註106〕受到邀請的也一定是當時的「名嘴」，並不是一般藝人能有的幸運。最大眾化雅俗共賞的表演是在瓦舍、茶館進行的，這些地方環境舒服，聽眾所費不多，且又每日都有內容豐富表演，眾多「說話」藝人輪番作場，是最日常娛樂的最佳選擇，屬於中檔次的娛樂消費，也是最大眾化的一種形式。還有一種就是各種路歧藝人在街頭巷尾的表演，以及各種「趕趁」藝人在各種消費場所的強賣強買。這一類表演的時間不固定，流動性很大，聽眾大都是臨時聚集起來的，收費當然也相對低廉，一些原本聽不起「話」的市民也能跟著聽蹭，算是「捧個人場」。這種形式當然屬於低檔消費。

　　通過分析宋代「說話」的場所，可以看出，當時的「說話」業在城市中是有著相當高的普及程度的，上至天子下到市井小民，都有可能接觸到「說話」。而且從表演場所豐富的種類上也可以看出，當時的「說話」為不同消費檔次的聽眾都提供了消費的可能，說明「說話」的商業化程度是比較高的。

　　與城市中瓦舍伎藝的興盛相比，鄉間的娛樂活動卻十分稀少。有關在鄉間表演的「說話」藝人的文獻記錄也非常少，劉克莊《田舍即事》詩裏寫「兒女相攜看市優，縱談楚漢割鴻溝。山河不暇為渠惜，聽到虞姬直是愁。」陸

〔註104〕徐夢莘《三朝北盟會編》卷七十七，靖康中帙五十二「金人來索諸色藝人」條，上海古籍出版社，1987年，上海，頁583。
〔註105〕徐夢莘《三朝北盟會編》卷二四三，炎興下帙一百四十三，苗耀「神麓記」條，上海古籍出版社，1987年，上海，頁1748。
〔註106〕吳自牧《夢粱錄》卷二十，「妓樂」條，《東京夢華錄（外四種）》，上海古典文學出版社，1956年，上海，頁308。

游的詩也寫道：「斜陽古柳趙家莊，負鼓盲翁正作場。死後是非誰管得，滿村聽說蔡中郎。」〔註107〕胡士瑩認爲這些在鄉間表演的藝人是城市說話人下鄉作場，有一定的道理。《水滸傳》第一百零三回中就寫到了說唱諸宮調的藝人在村頭麥地上作場，「向本州接得個粉頭，搭戲臺說唱諸般品調。那粉頭是西京來新打踅的行院，色藝雙絕，賺得人山人海價看。」在鄉間從事「說話」表演的藝人稀少，是與當時的城鄉經濟發展巨大差別有密切關係，很顯然農民尚不具備日常娛樂消費的經濟實力。

第四節　「說話」表演的職業化與多樣化

一、自由身份職業藝人的出現

　　北宋時期，教坊和衙前樂等官辦娛樂機構的藝人是在籍藝人，東京的權貴豪族家中也往往豢養一些家伎以供私人享樂。這些藝人的人身自由都不同程度地受到限制。如《東京夢華錄》中記載的一次正月十六慶典「左樓相對，鄆王以次彩棚幕次；右樓相對，蔡太師以次執政戚里幕次。……諸幕次中，家妓競奏新聲，與山棚露臺上下，樂聲鼎沸。」〔註108〕還有一次金明池水教「池上水教罷，貴家以雙纜平船，紫帷帳，設列家樂遊池。」〔註109〕這裡提到的家樂就是指家伎。

　　隨著官辦娛樂團體的衰落，越來越多的藝人擺脫了封建經濟的附庸地位，到了南宋，由於瓦舍娛樂形式的進一步發展，瓦舍藝人和「路歧人」的伎藝更加精湛，演出更加精彩，貴府豪宅雖然仍然保留了一些家妓，但更多地將職業藝人請到家中設場。「今士庶多以從省，筵會或社會，皆用融和坊、新街及下瓦子等處散樂家，女童裝末，加以絃索賺曲，祗應而已。」〔註110〕又如：「如府第富戶，多於邪街等處，擇其能謳妓女，顧倩祗應。或官府公筵

〔註107〕　陸游《劍南詩稿校注》卷三十三《小舟遊近村捨舟步歸》，上海古籍出版社，1985 年，上海，頁 2192。
〔註108〕　孟元老《東京夢華錄》，「十六日」條《東京夢華錄（外四種）》，上海古典文學出版社，1956 年，上海，頁 36。
〔註109〕　孟元老《東京夢華錄》，「池苑內縱人關撲遊戲」條，《東京夢華錄（外四種）》，上海古典文學出版社，1956 年，上海，頁 45。
〔註110〕　吳自牧《夢梁錄》卷二十，「妓樂」條，《東京夢華錄（外四種）》，上海古典文學出版社，1956 年，上海，頁 308。

及三學齋會、縉紳同年會、鄉會,皆官差諸庫角妓祗直。」〔註111〕而宮廷宴飲娛樂多採用臨時點集衙前樂與和雇路歧藝人相結合的形式,「然遇大宴等,每差衙前樂權充之。不足,則又和雇市人。」〔註112〕例如一年一次的搶金雞活動在北宋汴梁是由左右軍百戲人承擔的,到了南宋則是雇「瓦市百戲人爲之。」〔註113〕與北宋相比,南宋娛樂業的商品化程度進一步提高了。

　　與此同時,隨著農村土地兼併的日益惡化,越來越多的農民流離失所,各種民間的演藝人員大批地湧入城市謀生。從事說唱表演的藝人數量也比較可觀,而且呈現出了規模化發展的趨勢,湧現出一大批職業藝人。據孟元老《東京夢華錄》卷五之《京瓦伎藝》條載:

　　　　崇、觀以來,在京瓦肆伎藝,張遷叟孟子書主張。小唱:李師師、徐婆惜、封宜奴、孫三四等,誠其角者。嘌唱弟子:張七七、王京奴、左小四、安娘、毛團等。教坊減罷並溫習:張翠蓋、張成、弟子薛子大、薛子小、俏枝兒、楊總惜、周壽、奴稱心等。般雜劇:杖頭傀儡任小三,每日五更頭回小雜劇,差晚看不及矣。懸絲傀儡:張金線、李外寧。藥發傀儡:張臻妙、溫奴歌、眞個強、沒勃臍、小掉刀。筋骨上索雜手伎:渾身眼、李宗正、張哥。球杖踢弄:孫寬、孫十五、曾無黨、李孝詳。講史:李慥、楊中立、張十一、徐明、趙世享、賈九。小說:王顏喜、蓋中寶、劉名廣。散樂:張眞奴。舞旋:楊望京。小兒相撲、雜劇、掉刀、蠻牌:董十五、趙七、曹保義、朱婆兒、沒困駝、風僧哥、俎六姐。影戲:丁儀。瘦吉等弄喬影戲,劉百禽弄蟲蟻,孔三傳耍秀才諸宮調,毛祥、霍伯醜商謎,吳八兒合生,張山人說諢話,劉喬、河北子、帛遂、胡牛兒、達眼五、重明喬、駱駝兒、要敦等雜班,外入孫三神鬼、霍四究說三分,尹常賣五代史,文兒娘叫果子,其餘不可勝數。

　　孟元老所記的這些藝人應該都是職業藝人中的佼佼者,那些孟元老認爲不足記載的中下等藝人,肯定還大有人在。據孟元老《東京夢華錄》卷五之《京瓦伎藝》條載在東京操此業的藝人不可勝數。趁年節之機來城裏趕趁獻藝的就更多了,《武林舊事》中就曾記載了元宵前後各種表演團隊紛紛入城的

〔註111〕吳自牧《夢梁錄》卷二十,「妓樂」條,《東京夢華錄(外四種)》,上海古典文學出版社,1956年,上海,頁309。
〔註112〕趙升《朝野類要》卷一,「教坊」條,中華書局,2007年,北京,頁30~31。
〔註113〕趙升《朝野類要》卷一,「金雞」條,中華書局,2007年,北京,頁31。

盛況：「都城自舊歲冬孟駕回，則已有乘肩小女、鼓吹舞綰者數十隊，以供貴邸豪家幕次之玩；……自此以後，每夕皆然。」「至節後漸有大隊，如四國朝、傀儡、杵歌之類，日趨於盛，其多至數十百隊。天府每夕差官點視，各給錢酒油燭，多寡有差，且使之南至升暘宮支酒燭，北至春風樓支錢。終夕天街鼓吹不絕，都民士女，羅綺如雲，蓋無夕不然也。」〔註114〕

在各種伎藝中，「說話」一支從北宋開始繁榮起來，到了南宋進入全盛階段。在《東京夢華錄》所載的說話一門藝人一共有12個：包括講史藝人：李慥、楊中立、張十一、徐明、趙世享、賈九、霍四究、尹常賣。小說藝人：王顏喜、蓋中寶、劉名廣。張山人說諢話。到了南宋，周密開列的瓦舍藝人名單與《東京夢華錄》中孟元老記載的藝人數量相比，已有了很大的增加。包括當時五十五類伎藝人，共一五百一十五人。其中說話藝人最眾，其七十六人，而尤以小說為勝。

演史：

> 喬萬卷、許貢士、張解元、周八官人、檀溪子、陳進士、陳一飛、陳三官人、林宣教、李郎中、武書生、劉進士、鞏八官人、徐繼先、穆書生、戴書生、王貢生、王貢元、李黑子、陸進士、丘機山、張小娘子、宋小娘子、陳小娘子。

小說：

> 蔡和、李公佐、張小四郎、朱修德壽宮、孫奇德壽宮、任辯御前、施珪御前、葉茂御前、方瑞御前、劉和御前、王辯鐵衣親兵、盛顯、王琦、陳良輔、王班直洪、翟四郎升、粥張二、許濟、張黑別、俞住庵、色頭陳彬、秦州張顯、酒李一郎國林、喬宜、王四郎明、王十郎國林、王六郎師古、胡十五郎彬、故衣毛三、倉張三、棗兒徐榮、徐保義、汪保義、張拍、張訓、沈佺、沈喝、湖水周、燒肝朱、掇條張茂、王三教、徐茂象牙孩兒、王主管、翁彥、稔元、陳可庵、林茂、夏達、明東、王壽、白思義、史惠英女流。〔註115〕

二、不同層次的「說話」藝人與娛樂市場的消費定位

「說話」藝人可以分成幾個層次。宮庭藝人、瓦舍藝人、路歧人和趕趁

〔註114〕 周密《武林舊事》卷二，「元夕」條，中華書局，2007 年，北京，頁 51～52。
〔註115〕 周密《武林舊事》卷六，「諸色伎藝人」條，中華書局，2007 年，北京，頁 180～182。

人。前兩種藝人職業化程度很高，往往是要經過專業培訓。

　　　　夫小說者，雖爲末學，尤務多聞。非庸常淺識之流，有博覽該
　　通之理。幼習《太平廣記》，長攻歷代史書。煙粉傳奇，素蘊胸次之
　　間；風月須知，只在唇吻之上。《夷堅志》無有不覽，《琇瑩集》所
　　載皆通。動哨、中哨，莫非《東山笑林》；引倬、底倬，須還《綠窗
　　新話》。論才詞有歐、蘇、黃、陳佳句；說古詩是李、杜、韓、柳篇
　　章。〔註116〕

　　這個標準是很高的，恐怕只有很少的一些士人出身的藝人才能達到。宋
代確有一些不得志的讀書人轉而以「說話」爲業。北宋時《文酒清話》卷五
《李成觸忌》條說：「李成，鄆州人，少亦曾學，長即貧困，乃惰初心，因作
場市肆，以說話爲藝。」〔註117〕《武林舊事》中記錄的諸如喬萬卷、許貢士、
張解元、陳進士、武書生、劉進士、王貢生、王貢元之類的講史藝人中大概
也有讀書人。如北宋著名的說諢話藝人張山人和南宋講史藝人丘機山是其中
的代表。丘機山南遊福州，譏笑秀才不識字，眾秀才大怒卻無以相難，苦思
一對想讓他當眾出醜，上聯是：「五行金木水火土」，沒想到丘機山不假思索，
隨口對出下聯：「四位公侯伯子男。」〔註118〕何薳《春渚紀聞》卷五「張山人
譃」條也記錄了張山人的一條逸聞，「紹聖間，朝廷貶責元祐大臣及禁燬元祐
學術文字。有言司馬溫公神道碑乃蘇軾撰述，合行除毀。於是州牒巡尉，毀
拆碑樓及碎碑。張山人聞之曰：『不須如此行遣，只消令山人帶一個玉冊官，
去碑額上添鐫兩個『不合』字，便了也。』碑額本云《忠清粹德之碑》云。」
〔註119〕又《澠水燕談錄》載：「往歲有丞相薨於任者，有無名子嘲之，時出厚
賞購捕造謗。或疑張山人壽爲之，捕送府。府尹詰之，壽云：『某乃於都下三
十餘年，但生而爲十七字詩鬻錢以糊口，安敢嘲大臣？縱使某爲，安能如此
著題？』府尹大笑遣去。」〔註120〕張山人的才思敏捷、幽默詼諧躍然紙上。
甚至還有一些有身份有地位的人也醉心於「說話」伎藝，李心傳《建炎以來
繫年要錄》卷一百六注引趙甡《中興遺史》：「睿思殿祗候李絪者，能謳詞，

〔註116〕　羅燁《醉翁談錄》，《小說開闢》，古典文學出版社，1957年，上海，頁3。

〔註117〕　《文酒清話》卷五，俄國聖彼得堡東方研究所藏金刻本。

〔註118〕　陶宗儀《南村輟耕錄》卷二十八，「丘機山」條，《宋元筆記小說大觀》六，
　　　　　上海古籍出版社，2001年，上海，頁6494。

〔註119〕　何薳《春渚紀聞》卷五，「張山人譃」條，中華書局，1983年，北京，頁78。

〔註120〕　王辟之《澠水燕談錄》卷十，「談譃」條，中華書局，1981年，北京，頁125。

善小說，主養飛禽。」像這樣的藝人自然屬於同行中的翹楚。

　　路歧人的伎藝水平就無法與之相提並論了，當時就被認爲是「藝之次者」。這些「路歧人」大多是來自鄉間的藝人，「又有村落百戲之人，拖兒帶女，就街坊橋巷，呈百戲使藝，求覓鋪席宅捨錢酒之貨。」〔註121〕他們由於失去了土地，只能帶著老小，靠在露天作場糊口養家。他們的伎藝水平大多不高，拙劣的表演常常成爲看客們的笑柄，吳潛【秋夜雨】《依韻戲賦傀儡》：

　　　　誰知鮑老從旁笑，更郭郎搖手消薄。岐路難準託。田稻熟悉，
　　只宜村落。

　　吳潛在這裡譏笑的正是路歧人的水平只夠得上去鄉間表演。

　　還有一類藝人是「趕趁人」，「今街市有樂人三五爲隊，專趕春場、看潮、賞芙蓉、及酒坐衹應，與錢亦不多，謂之荒鼓板。」〔註122〕他們中的很多人伎藝不精，只是爲了幾個賞錢就不惜出賣尊嚴，歌吟強聒，「更有一等不本色業藝，專爲探聽妓家賓客，趕趁唱喏，買物供過，及遊湖酒樓飲宴所在，以獻香送歡爲由，乞覓贍家財，謂之『廝波』。大抵此輩，若顧之則貪婪不已，不顧之則強顏取奉，必滿其意而後已。但看賞花宴飲君子，出著發放何如耳。」〔註123〕完全是在客人憐憫之中討生活的無賴，伎藝和藝德都很差。

　　比較特殊的一類「說話」藝人是寺廟中的「說經」、「說參請」的僧人道士，他們不是職業「說話」藝人，但他們的演出也是收費的。如《東坡志林》卷三載「有道士講經茅山，聽者數百人。中講，有自外入者，長大肥黑，大罵：『道士奴！天正熱，聚眾造妖何爲？』道士起謝曰：『居山養徒，資用乏，不得不爾。』」〔註124〕唐代寺院中的「俗講」發展到宋代，成了說話伎藝中的一門。佛家的參禪悟道，言辭犀利，與文字遊戲相類，張政烺說『參請』禪林之語，即參堂請話謂。說參請者乃講此類故事以娛聽眾之耳。」並

〔註121〕吳自牧《夢粱錄》卷二十，「百戲伎藝」條，《東京夢華錄（外四種）》，上海古典文學出版社，1956年，上海，頁311。

〔註122〕灌圃耐得翁《都城紀勝》，「瓦舍眾伎」條，《東京夢華錄（外四種）》，上海古典文學出版社，1956年，上海，頁96。

〔註123〕吳自牧《夢粱錄》卷十九，「閒人」條，《東京夢華錄（外四種）》，上海古典文學出版社，1956年，上海，頁301。

〔註124〕蘇軾《東坡志林》卷三，《中國歷代筆記英華》上，京華出版社，1998年，北京，頁37。

認為「參禪之道，有類遊戲，機鋒四出，應變無窮，有舌辯犀利之詞，有愚騃可笑之事，與宋代雜劇中之打諢頗相似。『說話』人藉故用為題目，加以渲染，以作糊口之道。若其伎藝流行於瓦舍既久，益舍本而逐末，投流俗之所好，自不免雜入市井無賴之語。」〔註125〕有研究者認為，今存南宋說經話本有《問答錄》、《花燈轎蓮女成佛記》和《五戒禪師私紅蓮記》三種，最後一種有爭議。有趣的是這些僧人道士也不只限於說經講法，他們有時也客串一下其他門類的說話，梅堯臣《宛陵先生文集》卷五十三有一首，題作《呂縉叔雲永嘉僧希用隱居能談史漢書講說邀余寄之》「奈苑談經者，蘭臺著作稱。吾儒不兼習，爾學若多能。每愛前峰好，閒穿弊屐登。定將修史筆，添傳入高僧。」這裡記錄的就是一個善談經兼能講史的和尚。這說明小說、講史一類的「說話」更能招攬聽眾，博得的歡迎，受到利益的趨動，即使僧侶也未能免俗。

不同層次的「說話」藝人同時在城市中獻技，不但說明了「說話」伎藝在城市各個階層中的普及程度，而且表現出了「說話」業市場定位的準確性。

三、「說話」伎藝的多樣化與專業化發展趨勢

自北宋中晚期以來，瓦舍伎藝還呈現出多樣化、專業化的發展態勢。孟元老《東京夢華錄》卷五之《京瓦伎藝》條載崇、觀以來在京瓦肆伎藝有二十六種，包括孟子書、小唱、嘌唱、杖頭傀儡、懸絲傀儡、藥發傀儡、筋骨上索雜手伎、球杖踢弄、講史、小說、散樂、舞旋、小兒相撲、雜劇、掉刀、蠻牌、影戲、弄喬影戲、弄蟲蟻、諸宮調、商謎、合生、說諢話、雜班、神鬼、叫果子。據《武林舊事》的記載，當時的伎藝種類分成五十五種。這表明為了迎合城市娛樂消費的需求，不但演出的場所相對固定，而且各種伎藝分工漸細，有了專門從事「說話」的藝人，瓦舍伎藝越來越專門化，分工也漸趨細緻。

瓦舍伎藝的專門化也體現在「說話」伎藝上，「說話」逐漸分出了科目，據孟元老《東京夢華錄》市瓦伎藝條，北宋汴梁的勾欄瓦肆中，已分出講史、小說、和說諢話三類。其中講史又可以分成「說三分」、「五代史」等。這大

〔註125〕《問答錄與說參請》，刊《歷史語言研究所集刊》第十七本。轉引自張兵《張兵小說論集》，中國文史出版社，2005年，北京，頁326。

概就是《夢粱錄》中所說的「雖有四家數，各有門庭。」到了南宋隨著說話伎藝的商業化，說話科目的化分進一步細化，出現了說話四家之說。據耐得翁的《都城紀勝》瓦舍眾伎條記載：〔註126〕

> 「弄懸絲傀儡、杖頭傀儡、水傀儡、肉傀儡。凡傀儡敷演煙粉靈怪故事，鐵騎公案之類。其話本或如雜劇，或如崖詞，大抵多虛少實，如『巨靈神』、『朱姬大仙』之類是也。影戲。凡影戲乃京師人初以素紙雕簇，後用彩色裝皮爲之。其話本與講史書者頗同。大抵眞假相半，公忠者雕以正貌，姦邪者與之醜貌，蓋亦寓褒貶於市俗之眼戲也。說話有四家。一者小說，謂之銀字兒，如煙粉、靈怪、傳奇。說公案皆是搏刀趕棒及發跡變泰之事。說鐵騎兒謂士馬金鼓之事。說經謂演說佛書。說參請謂賓主參禪悟道等事。講史書講說前代書史文傳興廢爭戰之事。最畏小說人，蓋小說者能以一朝一代故事頃刻間提破。合生與起令隨令相似，各占一事。商謎舊用鼓板吹【賀聖朝】，聚人猜詩謎、字謎、戾謎、社謎，本是隱語。」

《夢粱錄》卷二十《小說講經史》條也記錄了說話分家數的說法：〔註127〕

> 「說話者，謂之舌辯。雖有四家數，各有門庭。且小說名『銀字兒』，如煙粉、靈怪、傳奇、公案、樸刀杆棒發發蹤參之事。有譚淡子、翁三郎、雍燕、王保義、陳良甫、陳郎婦棗兒、余二郎等，談論古今，如水之流。談經者，謂演說佛書；說參請者，謂賓主參禪悟道等事；有寶庵、管庵、喜然和尚等。又有說諢經者戴忻庵。講史書者，謂講說通鑒、漢唐歷代書史文傳，興廢爭戰之事，有戴書生、周進士、張小娘子、宋小娘子、丘機山、徐宣教。又有王六大夫，元係御前供話，爲幕士請給，講諸史俱通，於咸淳年間，敷演《復華篇》及《中興名將傳》，聽者紛紛，蓋講得字眞不俗，記問淵源甚廣耳。但最畏小說人，蓋小說者，能講一朝一代故事，頃刻間捏合，與起令隨令相似，各占一事也。商謎者，先用鼓兒賀之，然後聚人猜詩謎、字謎、戾謎、社謎，本是隱語。」

兩宋「說話」的家數，據《夢華錄》、《夢粱錄》等書所記，有講史書，

〔註126〕 灌圃耐得翁《都城紀勝》「瓦舍眾伎」條，《東京夢華錄（外四種）》，上海古典文學出版社，1956年，頁98。

〔註127〕 吳自牧《夢粱錄》卷二十，「小說講經史」條，《東京夢華錄（外四種）》，上海古典文學出版社，1956年，上海，頁313～312。

有小說，有說經。小說又分煙粉、靈怪、傳奇、公案、說鐵騎數派，分工很細，故而孫楷第說：「看他分門別派如此之嚴，知道宋朝的說話，已經專門化。因爲專門化，所以伎藝更精。」〔註128〕

四、有關「說話」家數的爭議

清代學者翟灝在他的《通俗編》卷三十一《俳優》條引耐得翁的《古杭夢遊錄》時最早涉及了「說話「家數劃分的問題，「說話有四家：一銀字兒，謂煙粉靈怪之事；一鐵騎，謂士馬金鼓之事；一說經，謂演說佛書；一說史，謂說前代興廢。」在他之後的另一位清代學者張心泰在他的《宦海浮沉錄》中也提及了說話家數問題，張心泰的觀點與翟灝大體一致，只是張心泰將小說之下的說公案歸入到了說鐵騎門下。

近代以來，小說從原來所處的邊緣地位一越而爲文壇的中心，話本小說的研究也隨之升溫，「說話」的家數自然成了學者們爭論的焦點之一。學者們依據的主要是上文所引的幾條材料，但是由於上述文獻言詞含混不清，古人著書又無標點，所以造成了學者們意見分歧，以至於「說話」家數問題至今在話本小說研究中一直懸而未決。綜觀專家的觀點大致可以分成以下幾類：

王國維在《宋元戲曲考》中單闢《宋之小說雜戲》一章，其中談到話本時說：「宋之小說，則不以著述爲事，而以講演爲事。灌園耐得翁《都城紀勝》，謂：說話有四種：一小說，一說經，一說參請，一說史書。《夢粱錄》（卷二十）所紀略同。」〔註129〕王國維的這一分法倣仿者甚少，除了胡懷琛在《中國小說概論》中延用了這一分法以外，後來的學者大多把說經和說參請歸爲一類。

魯迅在他的《中國小說史略》中據《夢粱錄》和《都城紀勝》將宋代「說話」的家數分爲：小說、談經、講史書、合生四類，「而小說分成三類，即『一者銀字兒，如煙粉靈怪傳奇；說公案，皆是搏拳提刀趕棒及發跡變態之事；說鐵騎兒謂士馬金鼓之事』是也」，說參請和說諢經都歸入談經一類。〔註130〕

魯迅此說頗具影響，孫楷第進一步發展了魯迅的觀點。他在《宋朝說話

〔註128〕孫楷第《中國白話短篇小說的發展》，《滄州集》（上），中華書局，1965年，北京，頁75。
〔註129〕王國維《王國維文集》第一卷，中國文史出版社，1997年，頁331。
〔註130〕魯迅《魯迅全集》第九卷，人民文學出版社，1995年，北京，頁112。

人的家數問題》一文中將「說話」分爲四類：一小說、二說經、三講史書、四合生及商謎。小說即銀字兒，包括煙粉、靈怪、傳奇、說公案、說鐵騎兒；說經包括說參請、說諢經、彈唱因緣；講史書包括說三分、說五代史等；而說諢話則可依附於合生、商謎之下。〔註131〕

但魯迅的分法也遭到了後來學者的一再質疑，主要是因爲從現有的文獻來考察，合生的內容包含的故事性很薄弱，很難將之歸入「說話」門下，因此又出現了新的分類方法。趙景深在他的《中國小說論集》《南宋說話人四家》中將說話家數分爲：小說、說經（包括說參請）、講史、說諢話四類。而陳汝衡、李嘯倉、日本學者青木正兒則主張將其分爲：一銀字兒〈包括煙粉、靈怪、傳奇〉；二說公案（包括樸刀杆棒、發跡變泰之事）及說鐵騎兒（包括士馬金鼓之事）；三說經（包括演說佛書，說參請）及說諢經；四講史書。〔註132〕

在諸家觀點中，王古魯的分法亦頗具影響。王古魯在《南宋說話人四家的分法》（《二刻拍案驚奇》附錄一）引用翟灝的《通俗編》卷三十一「俳優」條所引耐得翁《古杭夢遊錄》記載，從《都城紀勝》的讀法入手，對其進行了如下圈點：〔註133〕

> 說話在有四家。一者小說，謂之銀字兒，如煙粉、靈怪、傳奇。說公案皆是搏刀趕棒及發跡變泰之事。說鐵騎兒謂士馬金鼓之事。說經謂演說佛書。說參請謂賓主參禪悟道等事。講史書，講說前代書史文傳興廢爭戰之事。最畏小說人，蓋小說者能以一朝一代故事頃刻間提破。

王古魯認爲「按照上式圈點，很可以明白看出『如……事』，『謂……事』，『謂……謂……等事』，『講說……事』四句，即爲說明四家性質的文字。同時可以明白『小說』之中，實包含『銀字兒』『鐵騎兒』兩家。再按『鐵騎兒』一家所講的範圍，頗與講史書一家相似，所不同者，前者因屬於小說類，係短篇性質，大致短小精彩，能將較長的一朝一代故事，頃刻間提破，實爲講

〔註131〕孫楷第《俗講、說話與白話小說》，作家出版社，1956年，頁15～25。

〔註132〕陳汝衡《說書小史》，中華書局，1936年，北京，頁13；《宋元伎藝雜考》，李嘯倉，上雜出版社，1953年，頁90；《中國文學概說》青木正兒，重慶出版社，1982年，頁148。

〔註133〕王古魯《南宋說話人四家的分法》，附載於《二刻拍案驚奇》，古典文學出版社，1957年第1版。

演冗長故事的講史書者營業上的勁敵，故文中所稱講史書者之最畏小說人者，實即畏『說鐵騎兒者』與之爭聽眾罷了。」據此，王古魯認為說話四家應作如下劃分：

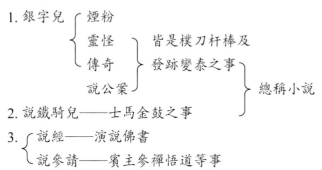

1. 銀字兒 ｛煙粉／靈怪／傳奇／說公案｝　皆是樸刀杆棒及發跡變泰之事 ｝總稱小說
2. 說鐵騎兒——士馬金鼓之事
3. ｛說經——演說佛書／說參請——賓主參禪悟道等事｝
4. 講史書——講說前代書史文傳興廢爭戰之事

　　胡士瑩在他的《話本小說概論》中支持了王古魯的觀點，後來的研究者也多採用王古魯的觀點。程千帆、吳新雷《兩宋文學史》，考訂元陶宗儀所編的《說郛》中的《古杭夢遊錄》即為《都城紀勝》一書。據今存的明抄本《說郛》卷三《古杭夢遊錄》記載：「說話有四家；一者小說，謂之銀字兒，如煙粉、靈怪、傳奇、說公案，皆是搏（博）拳提刀趕（杆）棒及發跡變態之事；說鐵騎兒，謂士馬金鼓之事；說經，謂演說佛書，說參為參禪；講史書，謂說前代興廢爭戰之事。」也認為王古魯之說較為恰切。〔註134〕但是學術界對王氏的分類方法仍存在爭議。

　　自五六十年代以來，宋代說話四家中的小說、說經、講史三家已經被確定下來，研究者的分歧主要還是在第四家上，一派同意魯迅的觀點把合生作為第四家，而另一派則承襲了王古魯的看法將說鐵騎作為第四家。造成這種局面的原因主要是由於文獻本身語焉不詳，無論哪一種分類方法都可以自圓其說，但又都不能做到無懈可擊。這個問題的徹底解決恐怕還有待於新材料的發現，只利用現有的材料進行論證是難以服眾的。所以程毅中主張對「說話」的家數問題不作深究，他在《宋元話本》中說：「所謂說話四家的說法，最早見於《都城紀勝》，後來又為《夢梁錄》所沿襲，其他記載宋代瓦舍伎藝的文獻數據中都沒有見到，可能當時並沒有固定的區分。我們現在所能見到的話本，主要是小說和講史兩家。對於並無話本可以參證的，只能不加深究，

────────────

〔註134〕程千帆，吳新雷《兩宋文學史》，《程千帆全集》，第十三卷，河北教育出版社，2001 年，合肥，頁 563～566。

就不必硬湊四家之數了。」〔註135〕在沒有新材料發現的情況下暫時存疑，應該說是一個比較科學的態度。但無論宋代的「說話」是哪四家，至少可以說明宋代的「說話」發展到南宋時期已經開始分出來門派，呈現出了系統化發展的趨勢。

　　「構成藝術消費活動有三個要素：一是有藝術消費需求的消費者，這是消費主體；二是有閒暇時間和經濟條件；三是有藝術消費品，這是消費客體。」〔註136〕宋代已經出現了娛樂產品，由於宋代社會經濟總體水平的提高，特別是城市的發展，城市中半數以上的居民既有財力又有閒暇時間進行娛樂消費，他們是娛樂業潛在的消費者。為了迎合大眾文化消費的需求，瓦舍伎藝呈多樣化、專業化和規模化發展。「說話」從百戲伎藝中獨立出來，有了專門從事「說話」的職業藝人，話本的創作、演出、聽眾群體都形成了一定的規模。而勾欄瓦舍之中、街坊里巷、要鬧寬闊之處中每日呈現給觀眾的表演則為消費者提供了豐富多彩的娛樂消費品。在大城市中，娛樂商品生產和消費的關係確立起來了，娛樂消費市場也就形成了。「按照現代經濟學的觀點，消費可分為三個層次：即生存、發展和享受消費。而娛樂消費則屬於第三個層次。北宋開封和南宋杭州娛樂業的興盛，正從一個側面說明了當時兩地享樂之風的盛行。」〔註137〕

〔註135〕程毅中《宋元話本》，中華書局，1980 年，北京，頁 12。
〔註136〕袁勇麟，李薇編著《文學藝術產業：趨勢與前瞻》，四川大學出版社，2007 年，成都，頁 224。
〔註137〕余江寧《論宋代京城的娛樂生活與城市消費》，《安徽教育學學報》，2004 年第 2 期。

第三章　「說話」的生產、消費與傳播

　　宋代的工商業和城市發展遠勝前代，給「說話」伎藝的商品化進程提供了必要的社會動力，宋代城市中居住的大批居民消費水平不斷增長，他們有足夠的財力進行娛樂消費，也有大量的閑暇可以支配，文化商品的生產和消費關係在城市中確立起來了，通俗文化的消費市場也就形成了。

　　為了迎合大眾文化消費的需求，「說話」伎藝分出了門類，藝人表演更加職業化、規範化，還出現了固定的表演場所。這些新的特點說明「說話」伎藝在宋代的確是以文化商品的形態存在的，其表演已經具備了商業演出的性質，並成為「說話」藝人謀生的手段。在這樣的新形勢下，「說話」藝人追求的已不只是作品的藝術性，更主要的是作品所產生的經濟效益。因此話本小說生產、傳播和消費過程，始終參透著文化商品的特性。

　　最初口耳相傳的「說話」內容，大都沒有紙本的資料的記錄，最多是有一個大綱式的故事梗概和一些韻文、套語的記錄，完全是幫助藝人記憶的一份材料，沒有什麼閱讀價值。但經過「說話」藝人和書會才人的不斷修改和書坊的運作，話本小說──這一通俗文學讀物終於問世了，並對後世的通俗小說創作產生了深遠的影響，這在文學史上是具有劃時代意義的。

第一節　「說話」的生產環節

一、「說話」業的產、供、銷

　　隨著城市人口的增長和娛樂市場的迅速擴張，「說話」表演的場所和藝人都大大增加，如何協調藝人們之間關係，減少同業競爭；如何使「說話」表

演在全城星羅棋佈的各個固定和流動的表演場所都能產生最大的經濟效益；如何應付官府的科派與和雇，越來越成為城市中的「說話」藝人所必須解決的問題。

宋代城鎮中的商鋪多是同業聚居，因而形成了米市、魚市、花市等行業街市，並形成了商業行會，管理行業事物。但是「說話」一類的娛樂業和飲食等服務業的業務要求它們分散經營，不可能集中在同一街區，因此城中的瓦舍、茶館、酒樓星羅棋佈、遍佈全城各處。雖然沒有行業街市，但娛樂業也有自己的行會組織，比如說話的雄辯社，皮影戲的畫革社、雜劇的緋綠社、唱賺的遏雲社等。〔註1〕

「宋代行會是在個人自由經營基礎上的同業人的結合，這種結合主要以商品交換的自然聯繫為紐帶」〔註2〕行會各有行首，有自己的社日、宗師，且在著裝上統一樣式，作為行業標誌，《東京夢華錄》中就提到了各色買賣人的穿著，「其士農工商諸行百戶衣裝各有本色」，「香鋪人頂帔背子，質庫掌事裏巾著皂衫角帶，街市買賣人各有服色各可辨認是何名目人。」行會組織的作用主要是統一商品及服務價格、減少外來商戶在本地的競爭、壟斷商品及服務市場、保護本地商戶、應付官府的科索。一些服務性行業，同業約定俗成，形成一定的「則例」和收費標準，且各有自己的經營範圍，稱為「地分」。如北宋東京有承辦各種筵席的「四司人」，「亦各有地分，承攬排備，自有則例，亦不敢過越取錢。」〔註3〕承辦喪事的凶肆也是一樣，「匈肆各有體例，如方相、車輿、結絡、彩帛，皆有定價，不須勞力。」〔註4〕即使是在供水、裝卸、掏糞、清潔這些所謂的「賤行」也有「則例」、和「地分」。〔註5〕雖然「說話」業的行規則例沒有見諸文獻，但依然可以據其他行業的情況進行推論，「說話」業的雄辯社應當也有一套行規，以規範本地「說話」業的服

〔註1〕 孟元老《東京夢華錄》卷五，「民俗」條，《東京夢華錄（外四種）》，上海古典文學出版社，1956年，上海，頁29。

〔註2〕 魏天安、戴龐海主編《唐宋行會研究》，河南人民出版社，2007年，鄭州，頁87。

〔註3〕 孟元老《東京夢華錄》卷四，「筵會假賃」條，《東京夢華錄（外四種）》，上海古典文學出版社，1956年，上海，頁26。

〔註4〕 孟元老《東京夢華錄》卷四，「筵會假賃」條，《東京夢華錄（外四種）》，上海古典文學出版社，1956年，上海，頁25。

〔註5〕 孟元老《東京夢華錄》卷三，「諸色雜賣」條，《東京夢華錄（外四種）》，上海古典文學出版社，1956年，上海，頁23。

務，控制價格，防止外來藝人競爭，保護本地「說話」藝人的利益。而且除了這些基本功能外，各種伎藝社團也應該還有互相切磋伎藝、聯繫藝人之間感情的作用。「每逢迎神賽會，行會常組織本行成員與其他市民一起祭禮慶賀，既為本行祈福又帶有同行娛樂及商品宣傳之目的。」〔註6〕據《東京夢華錄》卷八載六月六日崔府君生日，〔註7〕《夢梁錄》卷記二月初入祠山聖誕，三月二十八東嶽聖帝生日，實際上都屬於娛樂業的盛會，「諸行鋪戶以異果名花、精巧麵食呈獻。」〔註8〕迎神祭祀的時候，各行多以行會為單位，組成社會，如「七寶行獻七寶玩具為社、又有錦體社、臺閣社、窮富賭錢社、遏雲社、女童清音社、蘇家巷傀儡社、青果行獻時果社、東西馬塍獻異松怪檜奇花社。魚兒活行以異樣龜魚呈獻。豪富子弟緋綠清音社、十閒等社。」〔註9〕娛樂業的各種行會紛紛登場，載歌載舞，吸引行人駐足觀看。既是為本行業祈福，又是廣告宣傳，還是一次業界聯誼活動。

「宋代是行會的初步形成時期，當時的手工業者同時也是商人，自產自銷自己的商品，處在工商尚未完全分離的階段。」〔註10〕「說話」創作和表演的情況與當時的手工業產品生產、銷售的情況大不致相似。當時很多藝人都有自己的專長的「說話」領域和自己打磨、甚至是自己創作的話本，自編自演，比如南宋時的御前供話藝人王六大夫，於咸淳年間敷演其自編的《復華篇》及《中興名將傳》，再比如標明「京師老郎流傳」的話本等，這樣的話本屬於商業秘密，輕易不外傳，主要是通過師徒間口耳相傳得以傳世。故而「說話」藝人各有師承，且門戶之別分明，即《夢梁錄》卷二十《小說講經史》〔註11〕條所謂的「說話者謂之舌辯，雖有四家數，各有門庭。」這種現象在現在存世的一些話本小說中還能找到線索，例如《古今小說》《史弘肇龍

〔註6〕 魏天安、戴龐海主編《唐宋行會研究》，河南人民出版社，2007年，鄭州，頁110。

〔註7〕 孟元老《東京夢華錄》「六月六日崔府君生日二十四日神保觀神生日」條，《東京夢華錄（外四種）》，上海古典文學出版社，1956年，上海，頁47。

〔註8〕 吳自牧《夢梁錄》卷二，「二十八日東嶽聖帝誕辰」條，《東京夢華錄（外四種）》，上海古典文學出版社，1956年，上海，頁150。

〔註9〕 吳自牧《夢梁錄》卷十九，「社會」條，《東京夢華錄（外四種）》，上海古典文學出版社，1956年，上海，頁300。

〔註10〕 魏天安、戴龐海主編《唐宋行會研究》，河南人民出版社，2007年，鄭州，頁74。

〔註11〕 吳自牧《夢梁錄》卷二十，「小說講經史」條，《東京夢華錄（外四種）》，上海古典文學出版社，1956年，上海，頁313～312。

虎君臣會》中云：「這話本是京師老郎流傳。」《醒世恆言》《勘皮靴單證二郎神》注明其「原係京師老郎傳流，至今編入野史。」《古今小說》第二卷《陳御史七勘金釵鈿》自稱是：「聞得老郎們相傳的說話。」《醒世恆言》第十七卷《張孝基陳留認舅》說：「嘗聞得老郎們傳說。」《初刻拍案驚奇》卷二十一《袁尚寶相術動名卿，鄭舍人陰功叨世爵》稱「此本話文叫作《積善陰騭》乃是京師老郎傳留至今。」《二刻拍案驚奇》卷二十九《贈芝麻識破假形，擷草藥諧真偽》也標明：「這一回書，乃京師老郎傳留，原名爲《靈狐三束草》」這都說明「說話」伎藝確有很明顯的傳承痕跡。

二、創作與演出的初步分離

隨著「說話」市場的繁榮，以及印刷術的發明與不斷改進，更多的藝人需要學習參考前人的經驗，拓寬自己「說話」的路子，搜尋相關的「說話」素材。於是在宋代又出現了書會組織，開始進行整理、編輯和創作話本、搜集「說話」素材的工作。同時在娛樂業中產生了一種新的職業——書會才人，也被稱爲書會先生。由於文獻的記載太少，所以很難得知書會的詳情。但可以大體推知書會只是一個鬆散的民間組織，書會才人也不太可能是專職的。因爲宋代瓦舍之中的消費水平很低，書會才人創作話本的收入也不可能太高，而且由於一個話本在書場上可以多次重複表演，再加上「說話」人自己也可以創作新話本，所以宋代的娛樂業雖然繁榮，整理、編輯和創作的工作也只能是臨時性的，這份工作無法給才人們提供穩定充足的收入，也就是說這項工作還養不活一批職業話本作家，所以書會才人很可能只是下層文人的一份兼職。

書會才人的成分很複雜，大多是科名崎嶇的讀書人，也有一部分是下級官吏、醫生、術士、小商販、藝人等，靠創作和整理話本謀利。當然也有些書會才人科名無望又迫於生計，不得不靠「說話」糊口，躬踐瓦場，自編自演。陳汝衡認爲宋代「說話」人中的「武書生、穆書生、戴書生、喬萬卷、許貢士、王貢士、張解元、陳進士、陸進士、劉進士、周進士」等「大概是當時的讀書人改習說書的」〔註12〕宋范公偁《過庭錄》也載有北宋士子丁石加入教坊的故事。

「丁石舉人也與劉莘老同里發貢，莘老第一，丁第四。丁亦才

〔註12〕陳汝衡《陳汝衡曲藝文選》，中國曲藝出版社，1985 年，北京，頁 373。

子也，後失途在教坊中。莘老拜相，與丁線見同賀莘老，莘老以故
不欲廷辱之，乃引見於書室中再三慰勞丁石。丁石曰：『某憶昔與相
公同貢，今貴賤相去如此，本無面見相公，又朝廷故事不敢廢，誠
負慚汗。』線見因自啓相公曰：『石被相公南巷口頭擲下，至今趕逐
不上』，劉爲大笑。」〔註13〕

也說明當時確有文人加入演藝行當。他們當中有些人可能也兼創作，比
較著名的有作賺絕倫的李霜涯、擅撰譚詞的李大官人，還有葉庚、周竹窗、
平江周二郎、賈廿二郎。〔註14〕這些書會成員應該是當時著名的說唱腳本撰
寫者。現存的話本和通俗小說中也有「書會才人」的相關記錄，如：

　　「一個書會先生看見，就法場上做了一隻曲兒，喚作《南鄉
子》。」（《清平山堂話本》《簡貼和尚》）

　　「後來書會們備知了這件事，拿起筆來，又做了這隻《臨江仙》
詞。」（《水滸傳》百二十回本，第四十六回）

　　「看官聽說，這回話，都是散沙一般，先人書會留傳，一個個
都要說到，只是難做一時說慢慢敷演關目，下來便見。看官只牢記
關目頭行，便知衷曲奧妙。（《水滸傳》百二十回本，第一百十四回）

　　「才人有詩說得好：求人須求大丈夫，濟人須濟急時無。渴時
一點如甘露，醉後添杯不若無。」（《楊溫攔路虎傳》）

對此程毅中有過比較全面的分析，「現存話本中只有《刎頸鴛鴦會》末尾
說到『漫聽秋山一本《刎頸鴛鴦會》』，似乎作者名叫秋山，但也可能是書會
的名稱。話本有說話人自己編的，如上述宋高宗宮裏的內侍綱；也有是才人
編的，如元雜劇作家陸顯之寫過《好兒趙正》的話本，還有金仁傑曾寫過《東
窗事犯》小說，但未見傳本。……書會才人和說話人有密切的關係。如《水
滸全傳》第一百十四回說：『看官聽說，這回話都是散沙一般，先人書會留傳，
一個個都要說到，只是難做一時說，慢慢敷演，關目下來便見。』可見《水
滸傳》本來就是『先人書會留傳』的話本。小說家話本裏有時提到了書會先
生所作的詞曲。如洪刻本《簡帖和尚》說：『當時推出這和尚來，一個書會先
生看見，就法場上做了一隻曲兒，喚作《南鄉子》。』《水滸全傳》第四十六
回也說到：『後來薊州城裏書會們備知了這件事，拿起筆來，又做了這隻《臨

〔註13〕 范公偁《過庭錄》，「丁石俳戲語」條，中華書局，2002年，北京，頁321。
〔註14〕 周密《武林舊事》卷六，「諸色伎藝人」條，中華書局，2007年，北京，頁180。

江仙》詞。』話本裏還常引用才人的詩詞，如《楊溫攔路虎傳》：『才人有詩
說得好：求人須求大丈夫，濟人須濟急時無。渴時一點如甘露，醉後添杯不
若無。』《水滸全傳》第一百十四回在張順死後又說：『才人有詩說得道：潯
陽江上英雄漢，水滸城中義烈人。天數盡時無可救，湧金門外已歸神。』以
上幾種作品只引用了才人所作的詩，似乎正文主要出自說話人之手。《警世通
言》第二十八卷《白娘子永鎮雷鋒塔》卻明白說道：『有分教才人把筆，編成
一本風流話。』《雷鋒塔》產生的年代較晚，還不能作為宋元時代話本出於才
人手筆的確證。」〔註15〕

　　現代化娛樂產業生產過程從市場調查開始，到產品銷售定位、選題、創
作、宣傳、促銷、表演一條龍流水作業，每個環節都是既獨立又協同，專業
人員分工合作，形成一個生產鏈，使藝術價值轉換成商業價值，又通過商
業價值的實現過程，最終促成藝術價值的實現。反觀「說話」作品的生產過
程則要原始得多，書會才人並不是一個專業的創作隊伍，其中魚龍混雜，
水平高下不一，因此他們對話本進行的創作或者整理也比較隨意，沒有一
個行業規範，更談不上對市場消費需求進行調查和分析。這些現象都表明
「話本」的創作還處於一種手工作坊式的初級階段，除了必不可少的選題、
創作、表演三個環節之外，其他的環節要麼被壓縮合併了、要麼乾脆就被省
略了。人員的分工也很粗疏，或者是「說話」藝人自產自銷，或者是業餘
的書會才人的隨意創作。當時的藝人和書會才人們還沒有市場調查的意識，
至於銷售定位和選題也不過是他們憑藉自己的經驗和直覺進行的一個大致
判斷，無非是估計一下哪些題材能出彩上座之類的簡單推測。就連創作也
是沒有一個太嚴格的規範，所以我們今天看到的話本藝術水平高下參差，
篇幅長短不一，甚至連語體都不統一，雖然多數作品用當時的口語，但也
有像《藍橋記》的文言作品以及《大宋宣和遺事》這樣的文言和口語相雜的
作品。

三、「說話」表演程式

　　相比較而言，最能體現「說話」的大眾文藝標準化、規範化特點的部分是
話本的體例、「說話」套語韻語的通用現象以及「說話」的表演程式，關於前兩
個問題在後邊的章節中會有專門的論述，這裡先來談「說話」的表演程式。

〔註15〕程毅中《宋元小說研究》，江蘇古籍出版社，1998年，南京，頁242～243。

（一）招子

這大概要算是最早的商業娛樂廣告了。洪邁《夷堅志》丁集卷三《班固入夢》條記載：「四人同書嘉會，門外茶肆中坐，見幅紙用緋帖尾云：『今晚講說漢書』。」〔註16〕《名公書判清明集》卷十四《說史路歧人作常掛榜縣門》的判詞說：說史人「大張榜文，掛於縣外，與本縣約束並行曉示，肆無忌憚，自合懲斷。」這兩條材料所記的都是當時「說話」廣告。這種廣告內容十分簡單，有類於今天的演出海報，雖然內容形式遠沒有今天的演出海報那麼豐富誘人，但為大眾所普遍認可，並保留了下來，一直到現代，揚州城裏的評話書場外還是用這種招貼紙預告表演內容。

（二）開場

《水滸傳》第一百一十回寫李逵和燕青兩人在東京桑家瓦子聽說評話：「兩人手廝挽著，正投桑家瓦來，來到瓦子前，聽的勾欄內鑼響，李逵要入去。燕青只得和他挨在人叢裏，聽的上面說評話，正說《三國志》。」胡士瑩認為由此可以推知「說話」藝人表演時是用鑼鼓聲來召集聽眾的。〔註17〕「開了場之後，他們的表演也有一定的規矩，白秀英說唱『一上來拍了一下界方，念了四句七言詩』這和《貨郎旦》中張三姑做排場敲醒睡後，又念『烈火西燒魏帝時』一詩相同。這裡，我們可以瞭解，話本開頭總有一首七言詩，原來當時說話的開場格調是這樣的。」〔註18〕

（三）收錢

《水滸傳》中白秀英父女用鑼鼓招來觀眾後，先演唱了一段曲詞後，小說寫道：「那白秀英唱到務頭，這白玉喬按喝道：「雖無買馬博金藝，要動聰明鑒事人。看官喝采道是過去了，我兒且回一回，下來便是襯交鼓兒的院本。」白秀英拿起盤子指著道：「財門上起，利地上住，吉地上過，旺地上行。手到面前，休叫空過。」白玉喬道：「我兒且走一遭，看官都待賞你。」這段文字表現的就是藝人利用關目滾動收錢的程序。

（四）散場

「說話」人念兩句詩詞作為總結，然後以「話本說徹，權作散場」宣佈

〔註16〕　洪邁《夷堅志》丁集卷三，「班固入夢」條，文淵閣四庫全書，子部，小說家類，1047，上海古籍出版社，2003年，上海，頁467。
〔註17〕　胡士瑩《話本小說概論》中華書局，1980年，北京，頁56。
〔註18〕　胡士瑩《話本小說概論》中華書局，1980年，北京，頁56。

表演結束。

　　以上就是「說話」表演的全過程。從「說話」作品的生產過程可以看出，「說話」伎藝雖然已經作爲一種娛樂商品在兩宋的城市中佔有了很大的市場，但「說話」藝人或者書會才人的創作都是經驗型的，作品進入市場後也是任其自生自滅，最多是用個紙招貼把說話的題目寫在上面，掛在門口，還談不上前期策劃和後期的宣傳。這表明新興的「說話」業還殘存著自然經濟的特性，其生產過程中雖然已經出現了一些規範化、程式化的傾向，但與現代社會產業化的大眾娛樂業相比，尚處於初級階段，其規範化、程式化的程度還很低，離產業化的生產水平還差得很遠。

第二節　「說話」的消費環節

一、宮廷「說話」藝人的收入

　　宋代城市中有各種公共的和私人的娛樂場所，居民可以享受到不同檔次的娛樂，最高檔次的當然是宮庭娛樂。在宋代之前娛樂是專屬於上層社會的特權，普通城市居民參與娛樂是自宋代才廣泛興起的，這種新興的大眾化娛樂一經產生，就迅速流行開來，在城市中成了一種大眾化的時尚，就連宋代的最高統治者也都醉心於大眾娛樂，如《宋史・禮》記載北宋時，「大宴前一日，御殿閱百戲，謂之獨看。」〔註 19〕《武林舊事》所記宋高宗時代的一次後苑賞花更是刻意模倣西湖上百姓嬉戲的情景，設關撲、鬧竿、百戲、雜藝等等。〔註 20〕一些「說話」藝人中的佼佼者，因此能夠出入私人府邸表演，甚至進入皇宮內院御前獻技。宋高宗作爲一個市瓦伎藝的愛好者，經常召藝人入宮表演。特別是到了晚年，他退位之後，有些更多的閑暇，很多「說話」藝人甚至成了德壽宮的御用說書人，包括小說人孫奇、朱修，「講史書者，又有王六大夫，原係御前供話。」其他出入宮庭的「說話」藝人還有：任辯、施珪、葉茂、方瑞、劉和，〔註 21〕另外還有很多女藝人：「當思陵上太皇號，孝宗奉太皇壽，一時御前應制多女流也……演史爲張氏、宋氏、陳氏，說經爲陸妙慧、陸妙靜，小說爲史惠英，隊戲爲李瑞娘，影戲爲王潤卿，皆中一

〔註 19〕　脫脫等《宋史》，志第六十六，禮十六，中華書局，1977 年，北京，頁 2687。
〔註 20〕　周密《武林舊事》卷七，「乾淳奉親」條，中華書局，2007 年，北京，頁 197。
〔註 21〕　吳自牧《夢粱錄》卷二十，「小說講經史」條，《東京夢華錄（外四種）》，上海古典文學出版社，1956 年，上海，頁 313。

時慧點之選也。」〔註22〕，這些「說話」人是藝人中的特例，因為能博得最高統治者的喜愛，所以收入相當高，「兩京遊幸聚景、正津內園，各以藝呈，天顏喜動，則賞齎無算。」〔註23〕在南宋以講史而著名的王防禦，應召入宮說書，並以此得官，拿著皇帝的奉祿，與士大夫往來。「蓋防禦以說書供奉得官，兼有橫賜，既老，築委順堂以居，士大夫樂與之往還。」（李日華《紫桃軒又綴》卷一）應該算是藝人中的佼佼者了，他死後方萬里作詩弔他：「溫飽消遙八十餘，稗官原是漢虞初。世音怪事皆能說，大卜鴻儒有不如，聳動九重三寸舌，貫穿千古五本書。《哀江南賦》箋成後，從此韋絕飽蠹魚。」這但藝人畢竟只是「說話」人的極少數。

　　還有一些藝人由於伎藝超群，經常被豪門大室相邀，收入也比較可觀。元佚名《異聞總錄》卷一《郭銀匠》記宋時袁州郭銀匠與一女子私奔，「同至潭州。久之囊竭，女曰：『妾善歌宮調，當有賞音。』遂開場於平里坊下，歌聲遏雲，觀者如堵，日數百券。豪門爭延致之，日擲與金釵等。年餘，所積累萬。」〔註24〕以上這兩類藝人屬於「說話」人中的高收入層次，在全體「說話」人中所佔的比例很小，不能代表宋代「說話」藝人的總體收入水平。

二、瓦舍消費水平與普通藝人的收入

　　其他的藝人就沒有這樣的幸運了，絕大部分的「說話」藝人在瓦舍、茶館、街頭等公共場所賣藝為生。宋代瓦舍消費水平比較低，《西湖老人繁勝錄》記錄了北瓦「內有起店數家，……壯漢只吃得三十八錢，起吃不了，皮骨饒荷葉裏歸，緣物賤之故。」〔註25〕在這種地方賣藝的收入也不可能太高。城內穿街入巷的藝人收入也不高，《東坡志林》中說「王彭嘗云：塗巷中小兒薄劣，為其家所厭苦，輒與錢，令聚坐聽古話」〔註26〕家長們為防止孩子調皮，

〔註22〕　楊維楨《東維子集》卷六，送朱女士桂英演史序，文淵閣四庫全書，1221，
　　　　集部，別集類，上海古籍出版社，2003年，上海，頁435。
〔註23〕　楊維楨《東維子集》卷六，送朱女士桂英演史序，文淵閣四庫全書，1221，
　　　　集部，別集類，上海古籍出版社，2003年，上海，頁435。
〔註24〕　佚名《異聞總錄》卷一，中華書局，叢書集成本，1985年，北京，頁12。
〔註25〕　西湖老人《西湖老人繁勝錄》，《東京夢華錄（外四種）》，上海古典文學出版
　　　　社，1956年，上海，頁124。
〔註26〕　蘇軾《東坡志林》卷一，《中國歷代筆記英華》上，京華出版社，1998年，北
　　　　京，頁5。

出幾個錢讓他們聽書，想來也不會是什麼大的破廢。

瓦舍內獻伎的藝人尚且如此，打遊食的路歧人和趕趁人自然收入更低，而且是朝不保夕。元宵前後入京的舞隊數十以至上百。《武林舊事》還專門記載了元月裏上街表演的各種雜耍班子，

> 「大小全棚傀儡：查查鬼查大，李大口一字口，賀豐年、長瓠
> 斂長頭、兔吉兔毛大伯、吃遂、大憨兒、粗旦、麻婆子、快活三郎、
> 黃金杏、瞎判官、快活三娘、沈承務、一臉膜、貓兒相公、洞公觜、
> 細旦、河東子、黑遂、王鐵兒、交椅、夾棒、屏風、男女竹馬、男
> 女杵歌、大小斫刀鮑老、交袞鮑老、子弟清音、女童清音、諸國獻
> 寶、穿心國入貢、孫武子教女兵、六國朝、四國朝、過雲社、緋綠
> 社、胡安女、鳳阮稽琴、撲胡蝶、回陽丹、火藥、瓦盆鼓、焦錘架
> 兒、喬三教、喬迎酒、喬親事、喬樂神馬明王、喬捉蛇、喬學堂、
> 喬宅眷、喬象生、喬師娘、獨自喬、地仙、旱划船、教象、裝態、
> 村田樂、鼓板、踏蹺、撲旗、抱鑼裝鬼、獅豹蠻牌、十齋郎、耍和
> 尚、劉袞、散錢行、貨郎、打嬌惜。其品甚夥，不可悉數，首飾衣
> 服，相矜侈靡，珠翠錦綺，炫耀華麗，如傀儡、杵歌、竹馬之類，
> 多至十餘隊。」〔註27〕

演出的種類很豐富，演藝人員也很多，但是收入並不高，元月前後，「三橋等處，客邸最盛，舞者往來最多。每夕樓燈初上，則簫鼓已紛然自獻於下，酒邊一笑，所費殊不多，往往至四鼓乃還。」〔註28〕這些草臺班子的路歧藝人付不起額外的場租費，無法進入瓦舍表演，他們更有可能是城市周邊的農民，借農閒之機進城鬻藝。因為《都城紀勝》中提到這些藝人時就說：「又有村落百戲之人，拖兒帶女，就街坊橋巷呈百戲使藝，求覓鋪席宅捨錢酒之貲」。〔註29〕由於賣藝收入太少，還需要政府資助，據《武林舊事》《元夕》條載，元旦後入城的舞隊，可以在南北的酒庫支取到錢酒油燭。對這些人來說，如果能被官府以「和雇」的形式雇傭表演，倒成了一個美差，「然雖差役，如官司和雇支給錢米，反勝於民間雇倩工錢，而工役之輩，則歡樂而

〔註27〕 周密《武林舊事》卷二，「舞隊」條，中華書局，2007年，北京，頁57。
〔註28〕 周密《武林舊事》卷二，「元夕」條，中華書局，2007年，北京，頁51。
〔註29〕 吳自牧《夢粱錄》卷二十，「百戲伎藝」條，《東京夢華錄（外四種）》，上海古典文學出版社，1956年，上海，頁311。

往也。」〔註30〕

　　當時絕大部分瓦舍藝人的收入僅能糊口而已。以說譁話著名的張山人是北宋唯一有生平可考的「說話」藝人，他的收水平應該比一般的藝人要高。據王灼的《碧雞漫志》所記，張山人善作滑稽語，在熙、豐、元祐年間，曾「以詼諧獨步京師。」洪邁也說他：「以十七字作詩，著名於元祐、紹聖間，至今人能道之。其詞雖俚，然多穎脫，含譏諷，所至皆畏其口，爭以酒食錢帛遺之。年益老，頗厭倦，乃還鄉里，未至而死於道。」〔註31〕這樣著名的藝人死於途中，身無分文，屍體被棄置道旁，還是善心人買席收葬，才使他免於「赤葬」的下場，一般藝人的收入水平更是可想而知。〔註32〕

　　宋代伎藝人的地位十分低下，收入也十分微薄。一些「說話」藝人為了養家糊口不得不兼營副業，如南宋講史藝人李黑子除了說書之外還任著棋待詔的閒職，更多的「說話」藝人說書之餘還經營著小買賣或小手藝，如在北宋以說五代史而聞名的尹常賣，南宋臨安小說藝人中的「粥張二」、「酒李一郎」、「故衣毛三」、「棗兒徐榮」、「燣肝朱」、「掇條張茂」，〔註33〕這些「說話」藝人可能都同時又是小買賣人。其中的「酒李一郎」更可謂是一專多能，不但「說話」兼賣酒水，甚至還是表演「打硬」（宋代的一種雜技表演）的好手。〔註34〕瓦舍中娛樂業的繁榮還帶動了相關行業的發展，許多小生意人、小手藝人也紛紛到瓦舍中討生活。據《東京夢華錄》所載「瓦中多有貨藥、賣卦、喝故衣、探搏、飲食、剃剪、紙畫、令曲之類。」東京的四個瓦舍被稱為「四山四海，三千三百。衣山衣海南瓦，卦山卦海中瓦，南山南海上瓦，人山人海下瓦。」〔註35〕說明瓦舍是一個綜合性的娛樂購物場所，在這裡人們不僅可以欣賞藝人的表演，還可以休閒、進餐、購物、博彩、買卦等等。這樣的

〔註30〕吳自牧《夢梁錄》卷十九，「團行」條，《東京夢華錄（外四種）》，上海古典文學出版社，1956 年，上海，頁 239。

〔註31〕洪邁《夷堅志》卷十八，「張山人詩」條，中華書局，叢書集成本，1985 年，北京，頁 143。

〔註32〕吳自牧《夢梁錄》卷二十，「百戲伎藝」條，《東京夢華錄（外四種）》，上海古典文學出版社，1956 年，上海，頁 311。

〔註33〕周密《武林舊事》卷六，「諸色伎藝人」條，中華書局，2007 年，北京，頁 180～182。

〔註34〕周密《武林舊事》卷六，「諸色伎藝人」條，中華書局，2007 年，北京，頁 180～189。

〔註35〕西湖老人《西湖老人繁勝錄》，《東京夢華錄（外四種）》，上海古典文學出版社，1956 年，上海，頁 126。

環境正好給兼營副業的藝人們提供了方便。「說話」藝人兼營副業的傳統一直保持到了近代，解放前在北京天橋說書藝人中「張明和說《反唐》，帶賣四珍丸；李存源說《西遊》帶賣佛手餅。」〔註36〕就應是其餘續，當然到了近代說書人兼營副業已成了特例，必須得到同業人的認可。

與現代產業化的娛樂業相比，宋代的娛樂業規模很小，還完全處於家庭作坊式的生產階段。雖然有「說話」的行會雄辯社，也產生了編輯、創作、整理話本的書會，但是宋代行會是在個人自由經營基礎上的同業人的結合，所以行會的結構比較鬆散，行會對業內事務的管理隨意性比較大，對藝人的控制也很鬆弛。從孟元老《東京夢華錄》卷五之「京瓦伎藝」條所載崇觀以來各種在京瓦肆伎藝的從業人員名錄上可以看出來，當時的民間「說話」表演絕大部分是個人行爲，最多是像《水滸傳》中白秀英父女倆、或者金老兒那樣的演藝家庭，規模很小，資金運轉緊張，完全靠藝人自身的表演水平創名氣，打開市場。

娛樂產品的生產的規模，生產的方向、性質都是以市場爲導向的。獨立的藝人當然可以生產出娛樂產品，也可以有一個散漫的消費群；但市場經濟過程對效率有較高的要求，要求優化成本、優化技術、優化經濟活動的效率。如果沒有娛樂企業，就不可能形成廣泛的娛樂市場和規模化的娛樂產業，經營的效率也很低，「說話」這種家庭作坊式的娛樂業可能會生產出娛樂精品，但總體上看還是屬於較低的生產消費層次，所以其影響力也只能局限在一個區域之內。

第三節 「說話」的兩種傳播模式 —— 口頭傳播和紙本傳播

一、兩種傳播模式與「說話」底本的傳承

從傳播學的角度來看，娛樂產品作爲商品的流通量越大，其影響面也就越大。但是在農業時代，文學的傳播途徑主要是口頭和書面兩種，傳媒對文學的影響很小。特別是以「說話」爲代表的瓦舍伎藝，更是以口頭傳播爲主，這就極大地限制了傳播的範圍。

〔註36〕張次溪《天橋叢談》，中國人民大學出版社，2006 年，北京，頁 193。

　　隨著「說話」業的繁榮,「說話」的內容開始有了紙本的記錄,前人在研究話本時大都認爲它是「說話」的底本。胡士瑩就說:「話本是說話人敷演故事的底本,它是作爲說話人自己揣摩複習備忘之用的,也作爲師徒間傳習或子孫世代相守從事說話這一行業之用的。」〔註37〕胡士瑩認爲話本被寫下來的目的,不是爲了文學,而是爲了職業,爲了實用。〔註38〕

　　實際上話本的來源不應該只是這一個渠道,因爲除了藝人自己記錄「說話」的內容,作爲反覆研習扛磨的資料以外,還有書會才人爲其創作新的話本,如《白娘子永鎮雷峰塔》「俺今日且說一個俊俏後生,只因遊玩西湖,遇著兩個婦人,直惹得幾處州城,鬧動了花街柳巷,有分教:才人把筆,編成一本風流話本。」還有像《藍橋記》這樣的話本,其文言成分較多,不可能是真實「說話」的演出本,很可能就是書會才人編寫的一份參考,其實只爲「說話」人提供了一個故事框架和一些詩詞韻文,缺乏「說話」的細節。程毅中認爲這正好說明它是一個「說話」的底本,而不是演出本。「洪刻本《六十家小說》裏就有兩種不同風格的作品。突出的例子是《藍橋記》,就是根據裴鉶《傳奇》的《裴航》篇刪節而成,只是開頭加了四句入話詩,結尾加了一聯結語。它原是說話人的底本,可以從《醉翁談錄》裏找到旁證。《醉翁談錄》辛集卷一有《裴航遇雲英於藍橋》一條,文字與洪刻本《六十家小說》幾乎全同,而和《太平廣記》所引的《裴航》卻大不相同,說明《藍橋記》和《醉翁談錄》同出一源,這才是說話人最原始的底本。」〔註39〕另一個例子是《醉翁談錄》與《柳耆卿詩酒玩江樓記》之間的關係,《醉翁談錄》丙集卷之二〔花衢實錄〕《三妓挾歧卿作詞》情節似與《柳耆卿詩酒玩江樓記》及《古今小說》《眾名姬春風弔柳七》中的情節相同。說明「說話」是採用《醉翁談錄》中的故事情節豐富而成的。

　　從現存的一些話本小說中也可以看出,一些話本原係說書人的底本,保留的韻文十分豐富,而故事情節卻十分簡略。因爲韻文部分是需要藝人背誦的,記憶強度很大,而故事卻可以自由發揮,不必死記硬背,所以韻文部分反而保留得相對完整。

　　再有一些話本,可能是對「說話」內容的現場或事後記錄,也是最能反

〔註37〕 胡士瑩《話本小說概論》中華書局,1980年,北京,頁130。
〔註38〕 胡士瑩《話本小說概論》中華書局,1980年,北京,頁131。
〔註39〕 程毅中《宋元小說研究》,江蘇古籍出版社,1998年,南京,頁241。

映「說話」真實風貌的一種，接近於演出本。胡士瑩認為《宦門子弟錯立身》戲文中完延壽馬自詡能抄掌記。詞云：「我能添插更疾，一管筆如飛，真字能抄掌記，更壓著御京書會。」掌記乃優人練習唱曲所用的小冊子。《武林舊事》卷四載演唱鼓子詞的藝人名單，有「宋棠、掌儀下書寫文字。」因而推想小說一家可能有同樣的情況。關於「說話」演出本的存在與否我們今天已很難確知，但從現存話本的形態上來分析，確乎存在繁簡兩種本子，其中的繁本可能就是演出實況的轉寫本。

二、「說話」流行給出版業帶來的商機

隨著娛樂業日益深入人心，「說話」的傳播方式也出現了新的變化。除了口頭傳播，還出現了紙本的傳播。最初為「說話」職業目的出現的各種話本，逐漸被刻印出來，流入了社會，成了一種全新的通俗文藝形式。

據《西湖老人繁勝錄》所載，臨安的瓦舍中就出售說唱類的小冊子，「瓦中多有貨藥、賣卦、喝故衣、探博、飲食、剃剪、紙畫、令曲之類。」〔註40〕這裡提到瓦中出售的「令曲」應該就是說唱一類的通俗作品。現在存世的宋代說經作品就是當時臨安中瓦子街張家書鋪出版的《大唐三藏取經詩話》三卷。這說明在宋代的確就已經出現了通俗文學的出版物。

比較有爭議的是高儒《百川書志》卷五《史・傳記》著錄的《大宋宣和遺事》，其注云：〔註41〕「二卷。載徽欽二宗北狩二百七十餘事，雖宋人所記，辭近穢史，頗傷不文。」涵芬樓本書後有孫毓修《跋》：「宣和遺事，舊傳士禮居二卷本……以元亨利貞離為四集。俗文訛字，彌望皆是。蓋宋、元人詞話，多當時坊肆雕本，故寫校不工。所見《五代史平話》亦然。」孫楷第認為「此書記徽欽事多取《南燼紀聞》，唯宋江三十六人事出於話本。雖摻合評話語氣，實書肆雜湊之書，非純粹通俗小說也。」〔註42〕而魯迅對它的成書年代表示了疑義，「《大宋宣和遺事》世多以為宋人作，二文中有呂省元《宣和講篇》及南儒《詠史詩》。省元南儒皆元代語，則其或出於元人，抑宋人舊本，而元時又有增益，皆不可知，口吻有大類元人者，則以鈔撮舊籍而然，

〔註40〕 西湖老人《西湖老人繁勝錄》，《東京夢華錄（外四種）》，上海古典文學出版社，1956年，上海，頁126。

〔註41〕 高儒《百川書志・史・記傳》卷五，古典文學出版社，1957年，上海，頁66。

〔註42〕 孫楷第《中國通俗小說書目》卷一「宋元部・講史」，人民文學出版社，1982年，北京，頁1～2。

非著者之本語也。」〔註43〕先輩學者的這些看法當然是有一定道理的，這本書的確前後風格不一致，且有不少可疑之處，但其實這也正好說明了肆中刊印話本小說的真實情況。這部作品的前半部分寫社會上廣為流傳的李師師故事，敘述明顯是「說話」人的講談語氣，而後半部分寫金人擄走徽、欽二帝，材料又大半是取自《南燼紀聞》，基本上是用文言敘述，其拼湊的痕跡很明顯。大概是經過多個「說話」藝人和書會才人之手而成的。

　　「說話」藝人的「說話」底本，是經書會才人手加工過的「說話」底本，輾轉流入民間，有了傳抄的手寫本，一些「說話」藝人以之為藍本加工後進行演出，然後又有人據之整理成另一個書面版本。經過多次如此往復之後，終於有書商看到其中的賣點，將其搜集、整理、排印，推向市場，成為一種新興的大眾流行文學樣式。話本最初是以單篇的形式行於世，如《醉翁談錄》中的某些篇、晁瑮的《寶文堂書目》、錢曾的《也是園書目》所著錄的，都是獨立的單篇。

　　至於是什麼樣的書商和出版人在經營這件事，史料的記載很少。目前僅見的宋代刊印的「說話」作品《大唐三藏取經詩話》，注明是由南宋臨安中瓦子街張家書鋪印的，張家書鋪是南宋臨安的一個書坊，刻印這類通俗文學作品倒也合情合理，因為出版通俗文學作品，官刻和私刻都是不屑為之的。另外，胡士瑩認為書會可能也兼營刻書和發兌業務，理由是書會和「書林」性質相近。〔註44〕《水滸全傳》「引首」「試看書林隱處，幾多俊逸儒流。……評議前王並後帝，分真偽佔據中州。」「書林」在宋代常用來指稱書坊。書林的商業運作味道很濃，不是一個純粹的話本編撰組織，在宋代都城內遍佈這樣的書坊、書會，「都城內外自有文武兩學、宗學、京學、縣學之外，其餘鄉校、家塾、舍館、書會，每一里巷須一二所。弦誦之聲，往往相聞。遇大比之歲，間有登第補中舍選者。」〔註45〕胡士瑩認為這種書會可能既編寫各種藝人演出的話本，也為學塾服務，編纂一些「蒙求」、「列女傳」、「群書類編故事」之類的通俗讀物。〔註46〕

〔註43〕魯迅《中國小說史略》，「宋元之擬話本」，《魯迅全集》第九卷，人民文學出版社，1995年，北京，頁99～100。

〔註44〕胡士瑩《話本小說概論》，中華書局，1980年，北京，頁67。

〔註45〕灌圃耐得翁《都城紀勝》「市井」條，《東京夢華錄（外四種）》，上海古典文學出版社，1956年，上海，頁91。

〔註46〕胡士瑩《話本小說概論》，中華書局，1980年，北京，頁68。

　　無論是「說話」的口頭傳播還是紙本傳播，其中的每一生產環節都是由其文化商品的特質決定的，都是爲娛樂市場服務的，其全過程都不同程度地表現出了商業化運作的痕跡。同時「說話」的傳播模式和規模也必然會受到社會經濟發展水平的局限，由於「說話」的製作過程是屬於作坊式的，不具備現代化工業生產的規模性、計劃性和時效性。所以「說話」在傳播環節上也表現出效率低下、缺乏計劃性和組織協調性，以及低成本運轉這樣的特點。

第四節　「說話」的副產品——話本小說

一、宋代出版業的繁榮

　　我國的印刷出版業在宋代進入了黃金時期，刻書機構和作坊遍佈全國。據張秀民《中國印刷史》中開列的《南宋刻書地域表》所列地名共 183 處，其中尤以兩浙東西路 48 處爲最多，次爲江南東西路 37 處，荊湖南北路 28 處，福建路 22 處，淮南東西路、四川路各十七八處，而廣南東西路爲最少。這些分佈在各地的刻書機構分別屬於當時的印刷業的五個系統——寺院刻書、官刻、書院刻書、私刻和坊刻。

　　在上述的五個系統中，寺院刻書、官刻、書院刻書、私刻都不以營利爲目的。寺院主要是刻印經書，官刻、書院刻書、私刻則以刻印古代典籍學術著作、經典文學爲主，所以雖然宋代印刷業繁榮，但眞正與通俗文學的出版相關的實際上只有坊刻。與官刻、私刻不同，「書坊刻書從一開始就明確地以贏利爲目的，從而與官刻爲傳道教化、家刻爲學術名聲截然不同。因此，書坊具有敏銳的市場意識，完全以市場需求爲目標，刻書求新求快，以及時抓住商機，刺激購買欲望。」〔註 47〕由於坊刻主要是爲投入市場贏利，滿足社會大眾的文化需求，所以坊刻完全是由社會文化需求帶動其生產流通。「坊刻本既有供平民日常閱讀的農桑、醫算、類書、便覽，又有供文人操觚射鵠的字書、小學、經史文集，既有戲曲、小說等通俗文學作品，又有私塾學童的啓蒙讀物；甚至還冒險刻一些禁書。」〔註 48〕這幾類圖書是前四大印書系統不屑爲之的，卻正好是坊刻經營的優勢。所以坊刻一直保持著旺盛的生命力，並形成了幾個大的坊刻中心。

〔註 47〕　朱迎平《宋代刻書產業與文學》，上海古籍出版社，2008 年，上海，頁 65。
〔註 48〕　蕭東發《中國圖書出版印刷史論》，北京大學出版社，2001 年，北京，頁 167。

　　宋代的坊刻有三個中心，最早的坊刻中心形成於四川地區，繼四川之後，又出現了浙江和福建兩個刻書中心。這三地聚居了很多刻書世家。如南宋臨安的棚北睦親坊中瓦南街和眾安橋一帶就有不少以家庭命名的「經坊」、「書籍鋪」，其中就包括坊刻名家臨安陳氏。印刷史上另一著名的坊肆建安余氏就世居建安書坊鎮，《書林清話》云：「宋刻書之盛，首推閩中，而閩中尤以建安為最，建安尤以余氏為最。」〔註 49〕到了元代福建建陽出現了建陽書坊，而且據《中華文史論叢》1982 年第一輯發表的黃永年《記元刻〈新編紅白蜘蛛小說〉殘頁》一文考訂，《新編紅白蜘蛛小說》殘頁即係元代福建建陽書坊刊刻的。

　　值得注意的是，宋代的書坊「其業務範圍遠比今日的書店寬泛，不單販書、售書，還要編書、刻書和印書，也就是說還有今日出版社和印刷廠的性質，甚至某些書坊主人本身就是著作者，再加上著書，其作用更不容小看。」〔註 50〕上文所及的建安余氏和臨安陳氏都是集編書、刻書、售書於一體的著名書坊。以今天的眼光來看當時圖書出版和流通過程中的分工很粗泛，作者、策劃人、出版者、銷售商往往不分，一人身兼數職。書坊主人文化水平大都不高，他們在組織圖書生產的過程中，無法對書籍的內容質量進行有效的控制。而且由於書坊從營利角度考慮，不可能只關注藝術性和創造力，而是要把資源投向有市場需求的暢銷書項目上去。這樣「為了追逐利潤，不少坊刻本疏於校勘，錯字漏字，甚至拼湊嫁接，竄改臆改，質量難以保證，並留下了許多為後人詬病的口實。」〔註 51〕

二、話本小說的出版

　　從存世宋元話本小說來看，文字上參差不齊，語言文白間錯，敘事上拼湊痕跡很明顯，比較真實地反映了坊間出版物的低劣質量。現存的宋話本只有講史話本《梁公九諫》和說經話本《大唐三藏取經詩話》的年代可以確定。《梁公九諫》原名《梁公九諫詞》，《述古堂書目》、《讀書敏求記》有著錄。今存士禮居叢書本、叢書集成初編本等，是經過文人修改的話本，「世有《梁公九諫詞》者，即趙岐所謂外書也。傳述既久，舊本多繆，與本傳互有異同，

〔註 49〕葉德輝《書林清話》，上海古籍出版社，2008 年，上海，頁 35。

〔註 50〕蕭東發《中國圖書出版印刷史論》，北京大學出版社，2001 年，北京，頁 162。

〔註 51〕朱迎平《宋代刻書產業與文學》，上海古籍出版社，2008 年，上海，頁 65～66。

觀者不能無惑。今三復參考，訂其論而補其缺。」（《梁公九諫·序》）原本應是詞話，以唱詞為主，被改編為散文體後，仍保留了很多駢文的成份。改編後的話本通篇採用文言，雖然只是淺顯的文言，但也絕不是通俗的口語，離藝人表演的口頭版本距離較遠，想來應是文人加工的結果。

其中臨安中瓦子街張家書鋪出版的《大唐三藏取經詩話》三卷，是現在宋人平話小說中少見的早期刻本，也是當時刻印的通俗文學珍品。《大唐三藏取經詩話》是 1916 年由羅振玉、王國維在日本發現並影印刊行的，王國維據卷末所注的「中瓦子張家」字樣認定其為南宋刻本（後說是元代的刻本）。王國維在《大唐三藏取經詩話跋》中考訂「中瓦子為宋臨安府街名，倡優劇場之所在也。吳自牧《夢粱錄》卷十九云：『杭之瓦舍，內外合計有十七處，如清泠橋、熙春樓下，謂之南瓦子；市南坊北、三元樓前，謂之中瓦子。』又卷十五：『鋪席門、保祐坊前，張官人經史子集文籍鋪，其次即為中瓦子前諸鋪。』此云『中瓦子張家印』，蓋即《夢粱錄》之張官人經史子集文籍鋪。南宋臨安書肆，若太廟前尹家、太學前陸家、鞔鼓橋陳家，所刊書籍，世多知之；中瓦子張家，惟此一見而已。」〔註52〕《大唐三藏取經詩話》在藝術上十分粗糙，較好地保留了話本樸拙的原始風貌，全篇由十七節組成，各節長短不一，長的有兩千多字，短的還不到百字。只簡單記述了故事情節的梗概，沒有細緻的描寫，人物也只是一個粗線條的勾勒，沒有進一步的刻畫。據此推斷，應該是粗通文墨的書坊主人和坊間工匠憑記憶對說話藝人的表演進行的一個不全面記錄，而且沒有經過文人的加工。約刊於元代的古代朝鮮邊遠等地的漢語課本《朴通事諺解》卷下也提到了這部話本小說：「『我兩個部前買文書去來。』『買甚麼文書去？』『買《趙太祖飛龍記》、《唐三藏西遊記》去。』『買時買《四書》、《六經》也好，既讀孔聖之書，必達周公之理，要怎麼那一等平話？』」這說明這部話本小說還是比較流行的，甚至流傳到了海外。

南宋講史話本僅存《五代史平話》一種。又名《新編五代史平話》。1901年曹元忠於杭州得到殘本，「疑此平話或出自南渡小說家所為，而書賈刻之」，因而認定其為「宋巾箱本」。1911 年由董康誦芬室影印出版。據影印本分析，應該是元人根據宋人的本子增益刻印而成的。全書的風格並不一致，主要人

〔註52〕 王國維《大唐三藏取經詩話·附王國維跋》，中國古典文學出版社，1954 年，上海，頁 43。

物的出身及發跡經歷，含有大量民間傳說的成份，且語言通俗，大概是出於「說話」藝人的口頭創作。其他的部分則多是由書會才人依據《資治通鑑》、《續資治通鑑長編》等史書進行的改寫，文字以文言爲主，與上文提到的比較有爭議的《大宋宣和遺事》風格相近。

　　當然宋代出版的通俗小說不止以上幾種，周密的《志雅堂雜鈔》中記載：「癸巳十月借君玉買到雜書中，《僧贊寧要言》三卷，寫本。……《雲齋廣錄》十卷，北本小記，靈怪內有《四合香》及《豪俠張義傳》、《洛陽古今事》、《王正倫河南志》之類」〔註53〕，「癸巳」是元至正三十年（1293年），周密是宋末元初人，周密所謂的「北本小記」，又稱「汴京小說」，與「臨安話本」對稱，指的就是北宋話本小說。〔註54〕《志雅堂雜鈔》還提到了南宋時王六大夫自編的《復華編》，此書在宋代也一度被刊刻出版，在社會上流行。「又言越中有張景倩，號雲所，……有親書名率以錄，多至二、三十冊，無所不備。又有《復華編》，載甲戌以來雜志甚詳。」〔註55〕這說明當時刊刻的話本可能還有不少，惜其今天已無幸得見了。

　　宋代的書坊主人已經有了最原始的商業意識，書商們開始在全書的醒目位置加印類似今日書頁廣告的內容。「有商品生產和商品交換，就會有自覺和不自覺的廣告行爲，廣告是伴隨著刊印書籍的商品化而產生的。書籍信息的通達與否，很大程度上決定了其銷售業績，這是從事經營實踐的書商十分清楚的。因而，書籍一旦成爲商品參與流通，原始形態的刻書廣告就幾乎同時出現了。」〔註56〕刻本上一般都會注明刻書的地點、時間和刻書人的姓氏、字號以招徠顧客。

　　隨之出現的還有原始的版權意識，「隨著出版事業的發展，版權觀念及實踐於印刷發行空前繁榮的南宋時期開始出現。王稱《東都事略》第一次刻印在南宋光宗紹熙年間（1190～1194年），上有牌記曰：『眉山和舍人宅刊行已申上司不許覆板』共十六個字。這是迄今發現我國（也是世界）最早的版權實例記載。」〔註57〕但這只是刻書商的版權意識，作者的原創意識還很薄

〔註53〕周密《志雅堂雜鈔》卷下，中華書局，叢書集成本，1991年，北京，頁41。
〔註54〕張兵《張兵小說論集》，中國文史出版社，2005年，北京，頁312。
〔註55〕周密《志雅堂雜鈔》卷下，中華書局，叢書集成本，1991年，北京，頁39。
〔註56〕朱迎平《宋代刻書產業與文學》，上海古籍出版社，2008年，上海，頁104。
〔註57〕蕭東發《中國圖書出版印刷史論》，北京大學出版社，2001年，北京，頁339～340。

弱，也根本沒有建立起知識產權保護體系。造成這種現象是由於三個原因：
一是話本本是為表演而創作的，表演的口頭傳播性淡化了版權意識；二是話
本表演的重複性和傳播的範圍狹小，使得創作者很難從再版中獲利；三是儒
家傳統觀念鄙視小說等通俗文學的創作，所以創作者自己也不願屬名。傳統
意義的通俗文學作品絕大部分都不屬於某位作家個人的精神勞動產品，而是
集體創作的結果。所以話本創作出來以後藝人只能靠自己的力量師徒相傳，
或是通過民間行會組織儘量保持知識產權不外泄，無法將原創轉化為可開發
的資源。

　　宋代官刻本往往標明印造一部書的物料、工價成本，且標明售價。以宋
官刻本《大易粹言》為例，這部書大約有四十五萬字，售價是八貫文足，以
此推算一部二千字的單行話本小說大概會賣到三、四十文，而且據宋官刻
本《大易粹言》、《小畜集》、《漢雋》等幾部書前牒文所載的物料工價推算，
朱迎平認為南宋中前期官印書可得一兩倍純利，〔註58〕蕭東發則認為可得兩
三倍純利，〔註59〕這說明刻書的利潤是相當豐厚的，而宋代刻書業的興旺正
是與豐厚的利潤是分不開的，朱熹曾上書揭發台州太守唐仲友支用官錢刻
書獲利的不法行為，「仲友自到任以來關集刊字工匠在小廳側刻小字《賦
集》，每集二千道。刊板印成，搬運歸本家書坊貨賣。」（《按唐仲友第三
狀》）〔註60〕這說明刻書的確能帶來豐厚的利潤，以至於一些貪心的官員也染
指此業。

　　與官刻本不同，宋代的坊刻本不注明價格，這是因為坊刻本的消費群體
是城市居民的中下層，他們的財力有限，為了適應他們的購買能力就必須降
低價格，「至於私家書坊刻書，目的全在逐利，必定要儘量降低成本，如不請
人校勘，使用廉價板材、紙墨和刻工、印工等等，這樣刊本的成本費用就不
需要也不敢公之於眾了。」〔註61〕坊間要壓低成本以射利，故不肯將刻書的
物料、工價等項明張於世，坊刻的小說及說唱文學底本價格很低，《武林舊事》
中記載的臨安小販的經營廉價小商品中就有纏令、耍令的唱本，〔註62〕所以
一本話本的價格可能會更低，也許只有二、三十文，甚至一、二十文。

〔註58〕　朱迎平《宋代刻書產業與文學》，上海古籍出版社，2008年，上海，頁121。

〔註59〕　蕭東發《中國圖書出版印刷史論》，北京大學出版社，2001年，北京，頁226。

〔註60〕　蕭東發《中國圖書出版印刷史論》，北京大學出版社，2001年，北京，頁344。

〔註61〕　朱迎平《宋代刻書產業與文學》，上海古籍出版社，2008年，上海，頁122。

〔註62〕　周密《武林舊事》卷六，「小經濟」條，中華書局，2007年，北京，頁174。

　　雖然有不少話本出版，有的小說甚至流傳到了國外，但通俗文學的出版還遠遠沒有形成氣候，話本小說的出版也當然不是一個有計劃的市場策劃過程，而是一個被動隨意的過程。「最初，話本大多被當作祕本，其流傳僅靠師徒間的私下暗授，口口相傳而祕不示人。如《史弘肇龍虎君臣會》說：『這話本是京師老郎流傳。』所謂『京師老郎』，是生活在汴京的資深『說話』藝人。他們是民間賣藝人中的佼佼者。早期話本中這種私相傳授，使『說話』人大多謹守家數，也有利於促進『說話』的分科目。但日子久了，話本在公眾場合演出就會被人輾轉傳抄，經書坊刊刻後廣泛流佈社會。」〔註 63〕「說話」人的「說話」叫座，引發了某個書坊主人的經營靈感，於是出幾部書投入市場，既沒有前期宣傳也沒有後期策劃，對市場前景一無所知，只是靠藝人表演打造出來的名聲，聽由讀者根據自己的喜好決定接受與否，一但成功自然有後繼者效尤。這是當然一個較爲原始的通俗讀物出版過程。「圖書發行基本聽任民間自行其是，各級政府幾乎無所作爲，故圖書產量不低，然而流通渠道不暢，獲得很難，民間的圖書發行業單打零敲，難以上規模成氣候。」〔註 64〕

　　這說明在前工業化社會中，印刷雖然可以成爲一種營利行業，但因缺乏機械化大生產和現代科技作支持，生產規模必然會受到限制，技術能力、生產水平和分工協作水平也很低，圖書的出版只能處於手工作坊式簡單生產的階段，藝術生產力無法從傳統的手工作坊中解放出來，所以促進藝術生產普及的步伐也十分緩慢，通俗文學尚不具備成爲社會化大眾傳播工具的實力。

三、話本刊行的瓶頸

　　通俗文學流行的一個重要條件是社會大眾文化水平的普遍提高。在前工業化社會，大眾的文化水平普遍很低。這使得話本小說的出版者面臨了一個十分尷尬的局面，「說話」藝人的現場表演雖然受到社會各階層人士的廣泛愛好，在城市娛樂消費中佔有一席之地，但是話本小說通俗淺露的文字內容卻無法博得上層人士的好感，他們對話本採取輕漫的態度。中、下層人士雖然可能喜好話本小說，但是由於文化水平所限，他們又往往不能閱讀。所以話本小說的讀者群很小，他們是處於士人階層和勞動階層中的邊沿人。也就是

〔註 63〕　張兵《張兵小說論集》，中國文史出版社，2005 年，北京，頁 311。
〔註 64〕　蕭東發《中國圖書出版印刷史論》，北京大學出版社，2001 年，北京，頁 344。

說，在宋代還沒有一個固定的通俗文學閱讀群體，這一點對於以規模生產取勝的通俗文學出版業來說是致命的。

宋代的城市是以寄生性居民為主的，這些寄生人群掌握著大量的財富，有錢有閒消費得起通俗文學的貴族、官僚階層對娛樂產品的需求量很大，他們不但是各種娛樂場所的常客，而且還時常請藝人進入私邸表演。但是這個階層又具有較高的文化修養，對娛樂產品有更高層次的要求。瓦舍藝人文化水平不高，難以令他們得到滿足，甚至給他們留下了笑柄，「予太和末，因弟生日觀雜劇，有市人小說，呼『扁鵲』作『褊鵲』，字上聲。予令座客任道升字正之。市人言『二十年前，嘗於上都齊會說此。有一秀才，甚賞某呼扁字與褊同聲，云世人皆誤』。予意其飾非，大笑之。」〔註65〕這件發生在唐代的趣事，很能說明一般士人對於民間伎藝的態度，他們中的很多人雖然時常會進行通俗娛樂消費，流俗所及，連唐玄宗、宋高宗這樣的最高統治者也醉心於「說話」伎藝，宋高宗甚至派宦官四處收集小說。「南宋供奉局，有說話人如今說書之流。其文必通俗，其作者莫可考。泥馬倦勤，以太上享天下之養，仁壽清暇，喜閱話本，命內璫日進一帙，當意，則以金錢厚酬。」〔註66〕但實際上文化階層普遍對通俗文學抱著輕視的態度，只承認其娛樂功能，將其作為閒暇時的消遣，「以戲謔供人取樂」，根本不承認其審美價值。士大夫階層恥於留心辭曲，他們自己決不屑於提倡或從事通俗文學事業，因而嚴重阻礙了通俗文學的發展的通俗文學作品的保存。「坊間所刻各書歷來不受重視，藏書家對相當一部分的坊刻本都不屑收藏，不予著錄。」〔註67〕可見通俗小說在當時的社會文化地位還是很低的。

其他城市居民雖然對通俗文學作品有需求，但是仍有兩個因素阻礙著通俗文學的發展，一個是經濟因素。在城市中有經濟能力進行娛樂消費的只有中戶以上的居民，這些人除了皇室、貴族、官僚、地主、大商人階層以外，還有中等產業的商人、中小房產主、租賃主、手工業主。而城市中的大部分貧苦手工業者和服務行業的從業人員，則沒有時間也沒有錢進行娛樂消費。第二是文化因素。當時大眾受教育的程度普遍太低，讀寫能力還沒有普及，

〔註65〕段成式《酉陽雜俎》續集卷四，「貶誤」條，中華書局，叢書集成本，1985年，北京，頁211。

〔註66〕《古今小說・序》，《中國話本大系》，《古今小說》，江蘇古籍出版社，1991年，南京。

〔註67〕蕭東發《中國圖書出版印刷史論》北京大學出版社，2001年，北京，頁167。

更多的消費者看不了通俗小說，話本的讀者群不可能擴大，這是紙質傳媒的局限。而「說話」是表演藝術，在教育沒有普及的年代擴大了文學傳播的空間，使更多的消費者可以選擇到現場觀看「說話」人表演。所以宋代的通俗小說的刻印營銷遠不及「說話」業繁榮。

從話本的創作和傳播環節來看，一方面，出於歷史觀念的原因話本小說的作者恥於屬名，更談不上版權的意識。他們偶而的創作收入並不能養家糊口，所以話本的作者缺乏創作的經濟趨動力，創作很難形成規模。另一方面，「說話」伎藝吸引觀眾的不只是故事本身，「說話」藝人的表演才能更加重要。所以藝人們往往在表演上翻新出奇，使同一個故事世代累積出不同的版本，而不會花更多的工夫去創作新的故事。這一切都使得話本的生產過程顯得過於漫長，以至於創作於宋代的小說到了明代，在稍加修改之後，還會保有相當數量的讀者。這些對通俗文學的推廣來說顯然都是不利的。

再者，宋代的印刷術雖然較前代有了很大的改進，但是還遠遠達不到現代工業生產水平，還是停留在手工作坊階段，不具備大規模複製的生產能力。由於文化產業市場狹小，文化消費能力不足、生產方式落後，生產經營的動力不夠，即使在宋代已經出現了先進的活字印刷術也沒能得到推廣。雕版技術一直到清代還占印刷業的主導地位。雕版技術的好處就是圖書的多次再版成本低比活字排版印刷成本低，而適合於通俗文學出版的活字印刷術卻一直沒有推行開來。

與前代相比宋代娛樂業有了質的改變，出現了商業性質的娛樂市場，但是由於以上這些原因，這個娛樂市場仍然處於前工業化的時代背景之下，市場基本上局限在城市中，不具備現代社會的傳媒業、出版業和龐大的消費群體，市場的規模也無法與工業化社會相比，娛樂消費雖然一直在緩慢發展，但是還限於簡單商品交換階段，從娛樂業的經營規模、生產的規範化、程式化、傳播途徑、知識產權意識保護等方面來看，娛樂業的市場化程度還是比較低的。

第四章 「說話」的題材來源、審美趣味與價值觀念

　　宋代社會的發展為「說話」業提供了適宜的生長環境，使「說話」伎藝在宋代具備了商業演出的性質，成為一種通俗文化商品，其商品化特徵，滲透到了「說話」作品生產、傳播和消費的方方面面。

　　與經典文學不同，「說話」既不是揚名立身的工具，也不是寄懷遣興的生活小點綴，而是藝人謀生的手段，「說話」藝人追求的主要的是作品所產生的經濟效益，而作品的藝術性已經退居其次了。這就使得宋代話本小說表現出了一些與傳統詩詞歌賦及敘事文學迥異的特質，如娛樂大眾的創作觀念、模式化、複製性的創作體制、世俗化的題材、口語體的運用、敘事文本標準化、公式化、符號化等等，這些都使其與以往的文學作品有著很大的區別，並使之具備了基本的通俗文學元素。

　　所謂通俗文學就是在社會中，借助大眾傳媒而流行於大眾中的文學。作家創作通俗文學的目的是將其推向市場，為大眾提供文化娛樂商品，並從中獲利。商品性可以說是通俗文學的根本屬性，它決定了通俗文學必然具有模式化、規模化和複製性的特點。因為作為文化商品，通俗文學必然要通過規模化生產降低成本，而成功作品收穫的豐厚利潤，也吸引後繼者對其進行模倣與複製，從而導致了作品生產環節上的規模化和機械複製性。通俗文學可以說是商業化娛樂的產物，是以文化商品的生產和消費模式為基礎的。

　　具體地說，通俗文學的模式化是指作家以社會大眾流行的價值觀念和審

美取向為依據，採用程式化的套路創作作品。表現在兩個層面上：一是程式化的表現手法和規範化的語言的運用，二是指的是大眾化題材、流行的審美趣味、情節的曲折性以及明確的價值判斷。

第一節　大眾化「說話」題材的來源

「說話」藝人的表演是否叫座，除了與藝人的表演才能直接相關以外，話本題材的選擇也是一個非常重要的因素，「說話」藝人在創作的時候一方面要面向市場，受經濟規律的制約，一方面也要追求文學作品的審美價值。從宋代流傳下來的話本小說篇目上來分析，可以找出當時藝人選材的一些原則。

一、「說話」題材的分類

很多史料都證明了宋代「說話」業的空前繁榮，但是由於宋代話本小說包含著很多通俗文學因素，長期以來一直受到正統文人的歧視，極大地影響了話本的流傳和保存。在正統文壇上，傳統詩文的地位遠非小說可比，宋代話本小說在文學史上產生的開創性成就，只是到了上個世紀之初，隨著新文化運動的開展才逐漸得到認識。

宋代話本小說散佚的作品為數甚眾，但賴宋人羅燁的《醉翁談錄》著錄的 108 種小說名目、明人晁瑮《寶文堂書目》著錄的百餘種小說目錄、清人錢曾的《也是園書目》中的十幾篇宋人詞話考訂，宋人話本小說篇目有 140多種。〔註1〕其中的一些存世篇目，經前代文人點竄典章制度、塗抹時代、潤色文字、以至調整結構，或多或少地改變了宋人話本的原貌，故而很多話本的年代難以確定。但經孫楷第、譚正璧、胡士瑩、程毅中等前輩及歐陽健、蕭相愷、陳桂聲等時賢的考證，一些話本的本事仍然可考，且可靠程度較高，這就為研究宋代話本小說的題材提供了比較充足的依據。

記載宋人話本篇目最為可靠的資料當屬宋羅燁的《醉翁談錄》，一直以來《醉翁談錄》被認為是一部重要的說話參考書，〔註2〕書中著錄的宋代說話篇目中有 108 種，其中的絕大部分篇目已經散佚，筆者據胡士瑩的《話本小說概論》、孫楷第《中國通俗小說書目》、《滄州集》《三言二拍源流考》，趙景深

〔註1〕 黃進德《論宋代的話本小說》，《揚州師院學報》，1990 年第 3 期。
〔註2〕 胡士瑩《話本小說概論》，中華書局，1980 年，北京，頁 153。

《中國小說叢考・重估話本的年代》、譚正璧《話本與古劇》、程毅中《宋元小說研究》、《宋元小說家話本集》之《存目敘錄》，葉德均《戲曲小說叢考》，合各家之說綜合考訂有 60 篇話本的本事可考。在這 60 篇本事可考的說話作品中，不包括那些本事依據過於薄弱的，也不包括那些專家之間意見分歧的。如《楊元子》一篇，本事不存，《寶文堂書目》卷中《子雜》著錄有《墓道楊元素逢妖傳》一種，而胡士瑩僅從標題判定其為同一故事，〔註3〕似嫌證據不足。再如《大槐王》一篇胡士瑩認為「本事出自唐裴鉶江叟」〔註4〕，而趙景深認為「《大槐王》疑即取材唐人小說《南柯太守傳》。」〔註5〕兩說各有所據，但都證據不足，難定孰是，故亦不取。在餘下的 60 篇作品中，按其本事分類，出自於宋代的政治、軍事事件的占 12 篇，出自社會新聞的占 21 篇，出自民間傳說的占 1 篇，改編自文人筆記、小說的占 19 篇，本自史籍的占 5 篇，佛教故事占 2 篇。詳見下表：

表 1

題材分類	篇　　　　　　目	著錄情況
宋代政治軍事題材	《楊令公》、《青面獸》、《花和尚》、《武行者》、《飛龍記》、《徐京落章》、《五郎為僧》、《貝州王則》、《張韓劉岳》、《收西夏》、《呂相青雲得路》共 12 篇	《醉翁談錄》
宋代社會新聞	《李達道》、《紅蜘蛛》、《太平錢》、《無鬼論》、《灰骨匣》、《水月仙》、《楊舜俞》、《錢塘佳夢》、《錦莊春遊》、《愛愛詞》、《鴛鴦燈》、《夜遊湖》、《王魁負心》、《牡丹記》、《石頭孫立》（《實投孫立》）、《三現身》、《八角井》、《聖手二郎》、《十條龍》、《陶鐵僧》、《攔路虎》、《趙正》共 21 篇	《醉翁談錄》
民間傳說	《姜女尋夫》共 1 篇	《醉翁談錄》
文人小說、筆記	《崔智韜》、《人虎傳》、《推鬼車》、《燕子樓》、《柳參軍》、《鴛鴦傳》、《徐都尉》、《桃葉渡》、《李亞仙》、《崔護覓水》、《章臺柳》、《種叟神記》、《竹葉舟》、《黃糧夢》、《粉合兒》、《許岩》、《西山聶隱娘》、《驪山老母》、《紅線盜印》共 19 篇	《醉翁談錄》
史籍	《卓文君》、《劉項爭雄》、《孫龐鬥智》、《三國志》、《黃巢》共 5 篇	《醉翁談錄》
佛教故事	《霜林白日昇天》、《金光洞》共 2 篇	《醉翁談錄》

〔註3〕 胡士瑩《話本小說概論》，中華書局，1980 年，北京，頁 236。
〔註4〕 胡士瑩《話本小說概論》，中華書局，1980 年，北京，頁 238。
〔註5〕 趙景深《中國小說叢考・重估話本的年代》，1980 年，齊魯書社，頁 84。

　　除了《醉翁談錄》所載宋人「說話」書目以外，另據明人晁瑮《寶文堂書目》著錄的百餘種小說目錄、清人錢曾的《也是園書目》所收十餘篇「宋人詞話」、《述古堂書目》、孫楷第《中國通俗小說書目》所收相關篇目考訂，尚有不少篇目的故事內容可考，雖然這幾種材料的成書年代都距宋代較遠，作為考訂作品年代的依據尚嫌不足，其中存世的很多作品當經後人增刪損益，有的已是面目全非，但其故事題材流傳自宋代還是比較確定的，因而亦將其列表於後作為參考。

題材分類	篇　　目	著錄情況
宋代政治軍事題材	《邵青》 《復華編》 《中興名將傳》 《拗相公》 《大宋宣和遺事》	《三朝北盟會編》 《夢粱錄》《志雅堂雜鈔》 《夢粱錄》 《中國通俗小說書目》孫楷第 《寶文堂書目》《也是園書目》《百川書志》
宋代社會新聞	《四和香》 《碾玉觀音》 《菩薩蠻》 《志誠張主管》 《錯斬崔寧》 《馮玉梅團圓》 《合同文字記》 《刎頸鴛鴦會》 《梅杏爭春》 《彩鸞燈記》 《金鰻記》 《喜樂和順記》 《鬧樊樓多情周勝仙》《風吹轎兒》 《洛京王煥》 《元宵編金盞》（「編」疑「騙」字之誤） 《喬彥傑一妾破家》（本事不詳）	《志雅堂雜鈔》 《寶文堂書目》 《中國通俗小說書目》孫楷第 《寶文堂書目》《也是園書目》 《寶文堂書目》《也是園書目》 《寶文堂書目》《也是園書目》《述古堂書目》 《寶文堂書目》《述古堂書目》 《寶文堂書目》 《寶文堂書目》 《寶文堂書目》此篇的創作背景比較複雜，可能是模倣《鴛鴦燈》所作 《寶文堂書目》 《中國通俗小說書目》孫楷第 《警世通言》 《寶文堂書目》《也是園書目》《述古堂書目》 《寶文堂書目》 《寶文堂書目》
民間傳說	《西湖三怪》 《董永遇仙傳》 《皂角林大王假形》 《福祿壽三星度世》 《洛陽三怪》 《張子房慕道》	《寶文堂書目》《也是園書目》 《清平山堂話本》《雨窗集》 《警世通言》 《警世通言》 《寶文堂書目》 《寶文堂書目》

文人傳奇、小說、筆記	《燈花婆婆》	《寶文堂書目》《也是園書目》
	《西山一窟鬼》	《中國通俗小說書目》孫楷第，本事《鬼董》卷四《樊生》宋末沈氏
	《定山三怪》	《中國通俗小說書目》孫楷第，南朝宋劉敬叔《異苑》卷八有《三怪》
	《藍橋記》	唐裴鉶《傳奇》
	《蘇長公章臺柳傳》	《寶文堂書目》
	《趙旭遇仁宗傳》	《寶文堂書目》
	《陳巡檢梅嶺失妻》	《寶文堂書目》
	《蘭昌幽會》	《寶文堂書目》
	《郭翰遇仙》	《寶文堂書目》
	《綠珠記》	《寶文堂書目》
	《李元吳江救朱蛇》	《寶文堂書目》
	《夔關姚卞弔諸葛》	《寶文堂書目》
	《桃花源記》	《寶文堂書目》
	《眞宗慕道記》	《寶文堂書目》
	《劉阮仙記》	《寶文堂書目》
	《玉簫女兩世姻緣》	《寶文堂書目》
	《杜麗娘記》	《寶文堂書目》
	《朱希眞春閨有感》	《寶文堂書目》《述古堂書目》
史籍	《史弘肇傳》	《寶文堂書目》
	《梁公九諫》	《述古堂書目》、《讀書敏求記》
	《五代史評話》	《中國通俗小說書目》孫楷第
	《雪川蕭琛貶霸王》	《寶文堂書目》
	《馮唐直諫漢文帝》	《寶文堂書目》
	《羊角哀鬼戰荊軻》	《寶文堂書目》
	《李廣世號將軍》	《寶文堂書目》
	《孫眞人》	《寶文堂書目》
	《賈島破風詩》	《寶文堂書目》
	《全相平話五種》	《日本東京所見小說目錄》孫楷第
佛教故事	《花燈轎蓮女成佛記》	《清平山堂話本》《雨窗集》
	《五戒禪師私紅蓮》	《寶文堂書目》
	《大唐三藏取經詩話》	《中國通俗小說書目》孫楷第

宋代「說話」的題材從其來源上看，可以分成以下幾類：

（一）反映政治、軍事等重大社會現實題材

反映重大的政治軍事題材的「說話」作品表現的是宋人生活的廣闊社會歷史背景，容易在聽眾中取得共鳴。唐至北宋建國之初，是中國社會的大動盪之際，群雄割據並起，政權更替頻繁，各路豪傑風雲際會，為「說話」藝伎提供了驚心動魄的材料。《醉翁談錄》所載《飛龍記》記宋太祖受禪之事，這個故事在兩宋「說話」人口中長講不衰，以至東鄰朝鮮都有話本流傳。約

刊於元代的古代朝鮮邊邅等地的漢語課本《朴通事諺解》卷下記載：「『我兩個部前買文書去來。』『買甚麼文書去？』『買《趙太祖飛龍記》、《唐三藏西遊記》去。』『買時買《四書》、《六經》也好，既讀孔聖之書，必達周公之理，要怎麼那一等平話？』」足見當時話本之盛行。

兩宋是中國封建社會由盛而衰的轉折點，最高統治集團在政治上有很多新舉措，比如宋太祖與趙普通過杯酒釋兵權，加強了中央集權，通過右文政策和擴大科舉取士名額優遇讀書人，出臺重大改革措施如慶曆新政、王安石變法，造成變法派和守舊派的激烈黨爭。政壇風雲變幻，人事翻雲覆雨，這些在「說話」作品中也多有反映，如《呂相青雲得路》、《拗相公》都是其代表。

宋代積貧積弱、冗官冗兵的現狀，使得官俸和軍餉始終困擾著政府，宋代統治集團只有靠增加課稅的收入來解決這些問題，這必然會激化國內的階級矛盾，當時的官僚豪紳都享有免稅免役的特權，賦稅的壓力都落在中小地主和自耕農的身上，農民不堪重負紛紛破產，無以為生，只有揭竿而起，所以國內的農民起義幾乎是與宋王朝相始終。從北宋太宗時起，四川地區就爆發了規模較大的王小波、李順起義。仁宗時期，小規模的農民起義始終不斷，並在各地成星火燎原之勢，比如慶曆間的王倫起義，北宋末年的方臘、宋江起義。北宋滅亡後，南宋建國之初，高宗建炎四年，就又爆發了鍾相、楊幺起義，以後一直到南宋中晚期小規模農民起義一直不斷。農民起義此起彼落，起義軍殺富濟貧，以少勝多的傳奇故事在民間廣為流傳，宋代很多「說話」作品亦取材於此。如《醉翁談錄》中著錄的《青面獸》《花和尚》、《武行者》《徐京落章》（「章」疑為「草」之誤）《貝州王則》，以及後來的《大宋宣和遺事》，這類故事不但在民間書場中受歡迎，而且走入了宮廷，甚至成了最高統治者決策的依據。據《三朝北盟會編》記載：內侍綱善說小說，從秉義郎趙祥處得知邵青聚眾及其受招安的一些細節內容，於是在宮內自編小說《邵青》為皇帝講說。「故上知青可用，而喜單德忠之忠義。」〔註6〕

從唐末開始，北方的少數民族逐漸強大，遼、西夏、金、元相繼崛起，而兩宋的最高統治者為了加強中央集權，防範國內的起義的叛亂，一直以來都在奉行守內虛外的軍事戰略，早在宋太宗兩攻幽州不下後，北宋政府就放

〔註6〕 徐夢莘《三朝北盟會編》卷一百四十九，「炎興」下帙四十九，「邵青受招安為樞密院水軍總制」條，上海古籍出版社，1987年，上海，頁1084。

棄了武力收復燕雲十六州的計劃，到眞宗澶淵之盟之後，北宋政府一直是靠輸銀納幣，以換取邊疆無事，北宋被金所滅後，南宋小朝庭偏安一隅，不思北征以洗雪國恥，民族矛盾達到了頂峰。之後南宋政府與北方少數民族建立的金、元長期對峙，南宋最高統治集團內部戰和呼聲不一，終宋一世民族矛盾都十分尖銳。而廣大的人民和愛國將領渴望收復失地，一統河山，其間湧現出來很多可歌可泣的人物和事件，被當時的「說話」藝人和書會才人採爲「說話」本事，廣爲傳頌。《醉翁談錄》所著錄的《楊令公》《五郎爲僧》《張韓劉岳》、《收西夏》，以及《夢粱錄》中提到的《中興名將傳》就屬於這類話本。

（二）社會新聞題材

這類故事遠離重大的政治歷史事件，直接取材於現實生活中發生的婉轉動人之事，捕捉社會熱點和文化需求，發現或製造「說話」市場的興奮點。題材大多記述世間癡男怨女的小小情事，市井細民的凡俗生活，與當時聽眾的生活和切身利益相關，是宋代「說話」的一大看點。這些故事有一些是取自當時的廣爲流傳的社會新聞，這些新聞可能是從當時流行的文人筆記中而來，如《夷堅志》、《雲齋廣錄》、《綠窗新話》、《青瑣高議》、《青瑣摭拾》、《翰府名談》等，但也有可能是「說話」人自己直接創作而後經文人加工的。

宋代「說話」中的很多愛情傳奇題材來自於當時廣爲流傳的社會新聞，這些「說話」皆有所本，如《馮玉梅團圓》本事見元末陶宗儀《說郛》卷三十七引宋佚名《摭青雜說》《建炎庚戌歲建州凶賊范汝爲》一文載范希周與呂忠翊之女悲歡離合的愛情故事。文末記「范得淮上監稅官。廣州有一兵官郝大夫嘗與予說其事。」說明這個故事是《摭青雜說》的作者親耳所聞的，[註7]而范汝爲其人其事在《宋史・韓世忠傳》及宋熊克《中興小記》中均有記載。劫後餘生的范希周與呂氏女當確有其人，他們頗具傳奇性的愛情故事也一定是被時人傳爲美談。與之相類的話本還有不少，例如《綠窗新話》卷下所載的《楊愛愛不嫁後夫》一文，注出《蘇子美文》，文述當時錢塘娼女楊愛愛淒婉動人的愛情故事，也是一例。「說話」的重要參考資料《醉翁談錄》丙集卷之一〔寶聰妙語〕《致妾不可不察》後注明：「因得首末於崔彥能之家，故錄之，使後之置妾者不可不察。」說明這條故事也是採自於社會新聞。

〔註 7〕 王明清《摭青雜說》，中華書局，叢書集成本，1985 年，北京，頁 4。

　　宋人說話篇目中不少愛情故事不但情節離奇曲折，且內中多雜有神異之事，特別是煙粉一類故事，人物多為鬼怪狐妖。這些故事其實也大多取材於當時的社會新聞，而非完全是「說話」人的憑空想像。最突出的例子就是《王魁負心》，王魁的原形當為王廷評，其本事記錄在宋張師正《括異志》卷三，文述：

> 「王廷評俊民，萊州人。嘉祐六年進士狀元登第，釋褐廷尉評
> 簽書徐州節度判官。明年，充南京考官。未試間，忽謂監試官曰：『門
> 外舉人喧囂詬我，何為不約束？』令人視之，無有也。如是者三四。
> 少時，又曰：『有人持檄逮我。』色若恐懼，乃取案上小刀自刺，左
> 右救之，不甚傷，即歸本任醫治。逾旬，創愈，但精神恍惚，如失
> 心者。家人聞嵩山道士梁宗樸善制鬼，迎至，乃符召為屬者，夢一
> 女子至，自言為王所害，已訴於天，俾我取償，俟與簽判同去爾。
> 道士知術無所施，遂去。旬餘，王亦卒。或聞王未第時，家有灶婢，
> 蠢戾不順使，積怨，乘間排墜井中。又云，王向在鄉間與一倡妓切
> 密，私約俟登第娶焉。既登第為狀元，遂就媾他族。妓聞之，忿恚
> 自殺，故為女屬所困，天閼而終。」

　　以今人的觀點審視這段記述，王廷評顯然是一個精神分裂症的患者，他所謂的「門外舉人喧囂詬我」、「有人持檄逮我」之類的語言及以小刀自刺的行為也顯然都是他的幻覺所至，但是古人沒有精神疾患的概念，所以將其行為解釋為「女屬所困」，後又有人將他未登第時的兩件秘聞也揭露出來，從而使人產生了因果報應的聯想，「說話」藝人得到這個題材後，遂將其敷演成王魁負心桂英死報的「說話」作品。另一例子也比較典型，「說話」作品《李達道》所據的本事出自宋李獻民的《雲齋廣錄》卷五《麗情新話》《西蜀異遇》一則，文敘南宋紹興間，一個人狐相戀的動人故事，事頗不經，但當時的人卻信有其事，《河南邵氏聞見後錄》卷三十記載時人邵博云：「程致仲為予言，近歲《雲齋小書》出丹棱李達道遇女妖事，不妄。致仲親見泥金鴛鴦出入雲氣中，黃色衣奇麗奪目，非人間之物，蓋妖所服留以遺達者。又歌曲多仙語，尚《小書》失載云。」〔註8〕可見當時社會上盛傳此事，很有一部分人信以為真。戴望舒也說「且《雲齋廣錄》所收小說，多為當時流行故事，技藝人取

〔註8〕 邵博雲《河南邵氏聞見後錄》卷三十，中華書局，叢書集成本，1985 年，北京，頁 196。

材，決不會捨近而求遠。」〔註9〕《楊舜俞》篇也是一例，該話本本事出自宋劉斧《青瑣高議》別集卷三《越娘記》，〔註10〕記載楊舜俞與女鬼越娘之間的愛怨糾葛。《越娘記》的篇末說「楊舜俞亦昌言於人，故人多知之。迄今人呼為越娘墓。」這個人鬼之間愛恨糾葛的故事是出自男主人公之口，當時的人都信有其事，甚至附會了一個「越娘墓」。《紅白蜘蛛》的故事也是從當時的一樁新聞中敷演出來的，據《宋史‧禮》記載紹興五年，「八月，御射殿，閱廣東路經略司解發到韶州士庶子弟陳裕試神臂弓，特補進武校尉，賜紫羅窄衫、銀束帶，差充本路經略司指使。」〔註11〕平民子弟由於神臂弓而功成名就，自然會成為市井庶民豔慕的對象，善於捕捉聽眾心理的「說話」人也將之採為「說話」本事。

還有一類取材於社會新聞的話本是屬於公案類的小說，如《三現身》《八角井》《聖手二郎》《十條龍》《陶鐵僧》《攔路虎》《趙正》、《錯斬崔寧》、《合同文字記》或者是當時一件出名的案子，案情錯綜複雜，或是橫行鄉里的一夥強人飛賊，故事委曲可聽，故「說話」也樂於將之採來加以敷衍。

取材於宋代當時社會新聞的故事或來源於社會上廣為流傳的男女情事，或為一樁著名的公案，或為聳動鄉里的一件奇聞異說，被當時的文人或是好事者當作街談巷議的新聞相互傳說，這些社會新聞因與宋人的生活最為貼近，故而也最能牽動聽眾的神經，被「說話」藝人收集加工，並利用社會上轟動一時的新聞借勢宣傳，其中有不少經「說話」人敷衍渲染後已面目全非，但從故事從中多少可以看出些本事的真實影子。

（三）民間傳說題材

我國各地民間長期流傳著一些優美動人的傳說故事，其中不乏曲折離奇，情節感人的題材，但被改編成說話作品的卻很少，現在我們能看到的篇目就大概只有《姜女尋夫》、《西湖三怪》、《董永遇仙傳》、《皂角林大王假形》、《福祿壽三星度世》、《洛陽三怪》這樣幾種，從數量上看遠遜於其他幾類話本。究其原因還是與「說話」伎藝的商業化運作模式相關的，這個問題後文將有詳細的論述，故在此不作贅述。

〔註 9〕 戴望舒《小說戲曲論集》，1958 年，作家出版社，頁 5。
〔註10〕 劉斧《青瑣高議別集》卷三，「越娘記」，古典文學出版社，1958 年，上海，頁 199。
〔註11〕 脫脫等《宋史》，志第七十四，禮二十四，中華書局，1977 年，北京，頁 2832。

（四）歷史題材

中國有很深厚的歷史敘事傳統，史籍更是浩如煙海，其中可資聽聞的內容十分豐富，無論是在題材的選取上，還是在敘事手法的借鑒上，都是說話創作取之不盡的豐厚的『礦源』。從北宋時代開始就出現了以專說三國和五代史著稱的「說話」藝人，「仁宗時，市人有談三國事者。或采其說加緣飾，作影人，始為魏吳蜀三分戰爭之象。」據孟元老《東京夢華錄》卷五之《京瓦伎藝》條載：北宋時就出現了以講史而聞名的「說話」藝人，「霍四究說三分，尹常賣五代史。」〔註12〕另據《都城紀勝》《瓦舍眾伎》條，南宋的勾欄瓦肆中，「說話」一門就已分出四家，講史在「說話」中自成一大宗。〔註13〕《夢梁錄》卷二十「小說講經史」條也記錄了「說話」分家數的說法：〔註14〕

> 「說話者，謂之舌辯。雖有四家數，各有門庭。……講史書者，謂講說通鑒、漢唐歷代書史文傳，興廢爭戰之事，有戴書生、周進士、張小娘子、宋小娘子、丘機山、徐宣教。又有王六大夫，元係御前供話，為幕士請給，講諸史俱通，於咸淳年間，敷演《復華篇》及《中興名將傳》，聽者紛紛，蓋講得字真不俗，記問淵源甚廣耳。」

這說明在當時，講史藝人已能貫穿諸史，不只是局限於五代史和三國志了。以講史為生的藝人數量在不斷增加，在《東京夢華錄》所載的「說話」一門藝人一共有 12 個：講史藝人就佔了 8 個：李慥、楊中立、張十一、徐明、趙世享、賈九、霍四究、尹常賣。到了南宋，周密開列的瓦舍藝人名單中講史藝人數量又有了很大的增加。「說話」藝人共 76 人，而講史一門占 26 人。包括：「喬萬卷、許貢士、張解元、周八官人、檀溪子、陳進士、陳一飛、陳三官人、林宣教、李郎中、武書生、劉進士、鞏八官人、徐繼先、穆書生、戴書生、王貢生、王貢元、李黑子、陸進士、丘機山、張小娘子、宋小娘子、陳小娘子。」

〔註12〕 孟元老《東京夢華錄》卷五，「京瓦伎藝」條，《東京夢華錄（外四種）》，上海古典文學出版社，1956 年，上海，頁 30。

〔註13〕 灌圃耐得翁《都城紀勝》「瓦舍眾伎」條，《東京夢華錄（外四種）》，上海古典文學出版社，1956 年，上海，頁 98。

〔註14〕 吳自牧《夢梁錄》卷二十，「小說講經史」條，《東京夢華錄（外四種）》，上海古典文學出版社，1956 年，上海，頁 313～312。

在「說話」四家中講史藝人的地位也相對高一些，很受士大夫階層甚至皇帝的喜愛，前文提到的王六大夫就常與士大夫相往還。他死後方萬里作詩弔他：「溫飽消遙八十餘，稗官原是漢虞初。世間怪事皆能說，天下鴻儒有不如，聳動九重三寸舌，貫穿千古五本書。《哀江南賦》箋成後，從此韋絕飽蠹魚。」「蓋防禦以說書供奉得官，兼有橫賜，既老，築委順堂以居，士大夫樂與之往還。」（明李日華《紫桃軒又綴》卷一）

講史一門不但在宮廷和士大夫中間很有市場，而且也得到了市井平民的喜愛。宋張仲文的《白獺髓》載「紹興間行都有三市井人，好談今古，謂戚彥、樊屠、尹昌也，戚彥乃皇城司快行，樊屠乃市肉，尹昌乃傭書，有無名人賦曰：『戚快樊屠尹彥時，三人共坐說兵機。欲問此書出何典，昔時曾看王與之』」〔註15〕王與之是當時說史書的藝人。這說明講史在當時佔據著廣泛的娛樂市場和固定的消費群體。

（五）文言小說中現成的題材

文人作品當然不帶商業色彩，即使不以資治傳道為目的，也只是個人遣興之作，最多不過是在文人圈子中流傳以自娛。唐以前出現了一些野史、志怪之類的作品，比較著名，如干寶的《搜神記》其中的一些故事成了後來宋代「說話」的題材。創作傳奇小品的傳統始自唐代，「唐人傳奇進一步擴大了野史雜記、志人志怪小說與正統史著的這個差異，從正統史著不悄一顧或無暇預及的地方開始了自己的事業。它首先大大降低自己描述對象的社會層次，把筆觸伸向與軍國大事無關的凡人小事。」〔註16〕以往文人的一些野史、志怪作品與後來的唐人傳奇，在題材上十分適合「說話」人的口味，而且很多文言小說中的神仙鬼怪狐妖故事在宋代的《太平廣記》、《綠窗新話》等書中又多有收載，被「說話」人採來當作「說話」的題材加以敷衍，所以很多小說話本故事也是直接從文人傳奇作品改編而來。上表所列的《燈花婆婆》、《西山一窟鬼》、《定山三怪》等篇皆是。

以上的幾類「說話」題材，或者是與宋人生活的政治、軍事相關，或者是與當時世俗生活的情感相關，即使是民間傳說和歷史題材的作品，也是經由「說話」藝人加上大眾文化形式的包裝而後推向娛樂市場的。

〔註15〕 張仲文《白獺髓》，叢書集成本，中華書局，1985 年，北京，頁 15。
〔註16〕 董乃斌《中國古典小說的文體獨立》，中國社會科學出版社，1994 年，北京，頁 172。

二、選材的經濟性原則

隨著城市中的娛樂需求一浪高過一浪，中國白話小說在產生之初就帶上了商業化的色彩。「說話」伎藝作為文化商品出現，需要一個商業化的運作過程，商業運作的根本就是要盈利，這使上座率和經濟效益成為衡量「說話」水平的標準，為了不斷推陳出新，吸引聽眾，批量生產小說作品，在短期內大量搜求新奇動人可資聽聞的故事，這就需要多方取材。「既然講故事，故事必須新奇動人，而個人直接經驗，這類故事並不能多。因此，中國短篇白話小說作家所寫的故事，除少數是直陳聞見外，大多數還是取材於歷代的舊文言小說。」〔註17〕孫楷第此說有一定的道理，但還不夠全面。說唱藝術的特點之一就是無時不在藝術上進行調整、改革出新以適應不同時間不同環境、不同聽眾的欣賞要求。原創型的作品創作週期長，成本高，數量少，不能滿足娛樂市場求新求變的需求，在當時版權意識淡漠的情況下，「說話」人大都習慣從前代及當代文人的文集和史籍中尋找合適的故事素材，將之修剪潤色，納入「說話」的敘事框架之中，這樣是最經濟的辦法。《醉翁談錄·小說開闢》中說到書會才人、「說話」藝的人的知識積累「夫小說者，雖為末學，尤務多聞。非庸常淺識之流，有博覽該通之理。幼習《太平廣記》，長攻歷代史書……《夷堅志》無有不覽，《琇瑩集》所載皆通。動哨、中哨，莫非東山笑林，引倬、底倬，須還《綠窗新話》。」〔註18〕很明顯，當時的「說話」藝人是以史書及《太平廣記》、《夷堅志》、《琇瑩集》、《綠窗新話》等作為創作資料的。而且除了《醉翁談錄》中提到的幾種資料以外，宋皇都風月主人《綠窗新話》、宋李獻民《雲齋廣錄》、宋劉斧《青瑣高議》以及羅燁的《醉翁談錄》本身也都是「說話」故事的直接來源。戴望舒就曾說：「且《雲齋廣錄》所收小說，多為當時流行故事，技藝人取材，決不會捨近求遠。」也就是說雖然某個故事可能在歷來文人的著述中都有涉及，但「說話」藝人更可能會直接取材於《太平廣記》、《雲齋廣錄》、《綠窗新話》之類的當代文人編輯的類書或作品。取材於史籍的「說話」作品情況也是一樣，由於司馬光主持編纂了《資治通鑒》，在宋代的影響很大，所以講史類的作品取材於《資治通鑒》的可能性更大。如《五代史梁史平話》大致就是採《資治通鑒》及《舊五代史》改編而成。

〔註17〕孫楷第《俗講、說話與白話小說》，作家出版社，1957 年，北京，頁 7。
〔註18〕羅燁《醉翁談錄》，古典文學出版社，1957 年，上海，頁 3。

「說話」作品取材與文人創作之關係，詳見下表：

題材分類	篇　　目	本事出處	出自其他文人作品與典籍
宋代政治軍事題材	《楊令公》	歷史傳說	
	《青面獸》	不詳	
	《花和尚》	不詳	
	《武行者》	不詳	
	《飛龍記》	歷史傳說	
	《徐京落章》	不詳	
	《五郎爲僧》	不詳	
	《貝州王則》		王銍《默記》卷中，李攸《宋朝事實》
	《張韓劉岳》	歷史傳說	
	《收西夏》	歷史傳說	
	《呂相青雲得路》	歷史傳說	
宋代社會新聞	《李達道》		宋李獻民《雲齋廣錄》卷五《麗情新話》《西蜀異遇》
	《紅蜘蛛》	不詳	
	《太平錢》	不詳	
	《無鬼論》		宋李獻民《雲齋廣錄》卷七《奇異新說》《無鬼論》
	《灰骨匣》		宋洪邁《夷堅丁志》卷九《太原意娘》
	《水月仙》		宋皇都風月主人《綠窗新話》卷上《邢鳳遇西湖水仙》
	《楊舜俞》		宋劉斧《青瑣高議》別集卷三《越娘記》
	《錢塘佳夢》		宋李獻民《雲齋廣錄》卷七《奇異新說》《錢塘異夢》
	《錦莊春遊》		宋皇都風月主人《綠窗新話》卷上《金彥遊春遇會娘》
	《愛愛詞》		宋皇都風月主人《綠窗新話》卷下《楊愛愛不嫁後夫》注出蘇子美文
	《鴛鴦燈》		宋陳元靚《歲時廣記》卷十二引《蕙畝拾英集》，宋羅燁《醉翁談錄》壬集卷一《負心類》《紅綃密約張生負李娘》

	《夜遊湖》	不詳	
	《王魁負心》		宋張師正《括異志》卷三《王廷評》，宋李獻民《雲齋廣錄》卷五《麗情新話》《王魁歌》
	《牡丹記》		宋皇都風月主人《綠窗新話》《張浩私通李鶯鶯》，劉斧《青瑣高議》別集卷四《張浩》
	《石頭孫立》	不詳	
	《三現身》	不詳	
	《八角井》	不詳	
	《聖手二郎》	不詳	
	《十條龍》	不詳	
	《陶鐵僧》	不詳	
	《攔路虎》	不詳	
	《趙正》	不詳	
民間傳說	《姜女尋夫》		漢劉向《列女傳》
文人小說、筆記	《崔智韜》	《太平廣記》卷四百三十三《崔韜》	唐薛用弱《集異記》
	《人虎傳》	《太平廣記》卷四百二十七《李徵》	唐張讀《宣室志》
	《推鬼車》	《太平廣記》卷三百一十九《周臨賀》	唐釋道世《法苑珠林》
	《燕子樓》		唐白居易《燕子樓三首並序》宋皇都風月主人《綠窗新話》卷下《張建封家姬吟詩》
	《柳參軍》	《太平廣記》卷三百四十二《華州參軍》	唐常沂《靈鬼志·柳參軍傳》
	《鶯鶯傳》		宋皇都風月主人《綠窗新話》卷上《張公子遇崔鶯鶯》，唐元稹《鶯鶯傳》
	《徐都尉》		唐孟棨《本事詩·情感第一》《陳太子舍人徐德言之妻》，《醉翁談錄》癸集卷一《重圓故事》《樂昌公主破鏡重圓》
	《桃葉渡》		《隋書》卷二十二《五行志上》

	《李亞仙》		唐白行簡《李娃傳》，宋皇都風月主人《綠窗新話》卷下《李娃使鄭子登科》
	《崔護覓水》		唐孟棨《本事詩・情感第一》，宋皇都風月主人《綠窗新話》卷上《崔護覓水逢女子》
	《章臺柳》		唐許堯佐《章臺柳》，宋皇都風月主人《綠窗新話》卷上《沙吒利奪韓翃妻》
	《種叟神記》	《太平廣記》卷十六《張老》	唐李復言《續玄怪錄》
	《竹葉舟》	《太平廣記》卷七十四《陳季卿》	唐李玫《慕（纂）異記》
	《黃糧夢》		唐沈既濟《枕中記》
	《粉合兒》	《太平廣記》卷二百七十四《買粉兒》	南朝宋劉義慶《幽明錄》，宋皇都風月主人《綠窗新話》卷上《郭華買脂慕粉郎》
	《許岩》	《太平廣記》卷四十七《許棲岩》	
	《西山聶隱娘》	《太平廣記》卷一百九十四《聶隱娘》	唐裴鉶《傳奇》《聶隱娘》
	《驪山老母》	《太平廣記》卷六十三《驪山姥》	唐佚名《集仙傳》
	《紅線盜印》	《太平廣記》卷一百九十五《紅線》	唐袁郊《甘澤謠》，宋皇都風月主人《綠窗新話》卷下《薛嵩重紅線拔阮》
史籍	《卓文君》		《史記》卷一百十七《司馬相如列傳》，宋皇都風月主人《綠窗新話》卷下《文君窺長卿撫琴》
	《劉項爭雄》		《史記》
	《孫龐鬥智》		《戰國策》、《史記》
	《三國志》		《三國志》
	《黃巢》		新《唐書》，舊《唐書》
佛教故事	《霜林白日昇天》		佛經故事
	《金光洞》	《太平廣記》卷二百七十九《薛存誠》	唐李復言《續玄怪錄》

題材分類	篇　　目	本事出處	出自其他典籍
宋代政治軍事題材	《邵青》		本自被邵青俘虜的趙祥口述，事見宋徐夢莘《三朝北盟會編》
	《復華編》		宋廖瑩中《福華編》
	《中興名將傳》		宋章穎《南渡十將傳》
	《拗相公》	歷史傳說	
	《大宋宣和遺事》		《南燼紀聞》
宋代社會新聞	《四和香》		宋李獻民《雲齋廣錄》卷六《四和香》
	《碾玉觀音》	不詳	
	《菩薩蠻》	不詳	
	《志誠張主管》	不詳	
	《錯斬崔寧》	不詳	
	《馮玉梅團圓》		宋佚名《摭青雜說》《建炎庚戌歲建州凶賊范汝爲》
	《合同文字記》	不詳	
	《刎頸鴛鴦會》	不詳	
	《梅杏爭春》	不詳	
	《彩鸞燈記》	不詳	
	《金鰻記》	不詳	
	《喜樂和順記》	不詳	
	《鬧樊樓多情周勝仙》		宋洪邁《夷堅支志》庚集卷一《鄂州南市女》，宋廉布《清尊錄》《大桶張氏》
	《風吹轎兒》	不詳	
	《洛京王煥》	不詳	
	《元宵編金盞》（「編」疑「騙」字之誤）	時事	宋万俟詠《鳳凰枝令》
	《喬彥傑一妾破家》	不詳	
	《俞仲舉題詩遇上皇》（俞國寶）		宋周密《武林舊事》卷三《西湖遊幸》
	《朱希眞春閨有感》	不詳	

民間傳說	《西湖三怪》	不詳	
	《董永遇仙傳》		漢劉向《孝子圖》
	《皂角林大王假形》	不詳	
	《福祿壽三星度世》	不詳	
	《洛陽三怪》	不詳	
文人傳奇、小説、筆記	《燈花婆婆》	《太平廣記》卷三百六十三	唐段成式《酉陽雜俎》前集卷十五《諾皋記》下
	《西山一窟鬼》		宋沈氏《鬼董》卷四《樊生》
	《定山三怪》		南朝宋劉敬叔《異苑》卷八《三怪》
	《藍橋記》	《太平廣記》卷五十《裴航》	唐裴鉶《傳奇》，宋皇都風月主人《綠窗新話》卷上《裴航遇藍橋雲英》
	《蘇長公章臺柳傳》		唐許堯佐《柳氏傳》，唐高彥休《闕史》卷上《杜紫微牧湖州》
	《趙旭遇仁宗傳》		五代南唐尉遲偓《中朝故事》卷上《大中皇帝多微行坊曲間》
	《陳巡檢梅嶺失妻》		宋曾慥《類說》卷十二收宋徐鉉《稽神錄》《老猿竊婦人》
	《蘭昌幽會》	《太平廣記》卷六十九《薛昭傳》	宋曾慥《類說》卷三十二《薛昭》
	《郭翰遇仙》	《太平廣記》卷六十八《郭翰》	唐張薦《靈怪集》，宋羅燁《醉翁談錄》己集卷二《遇仙奇會》《郭翰感織女爲妻》
	《綠珠記》		南朝宋劉義慶《世說新語》下卷下《仇隙》，宋樂史《綠珠傳》
	《李元吳江救朱蛇》		宋劉斧《青瑣高議》後集卷九《朱蛇記》
	《夔關姚卞弔諸葛》	不詳	
	《張子房慕道》	《太平廣記》卷六引五代蜀杜光庭《仙傳拾遺》《張子房》	
	《桃花源記》		東晉陶淵明《桃花源記》
	《眞宗慕道記》		宋王明清《投轄錄》《蓬萊三山》
	《劉阮仙記》	《太平廣記》卷六十一《天台二女》	晉干寶《搜神記》

	《玉簫女兩世姻緣》		唐范攄《雲溪友議》卷中《玉簫化》，宋曾慥《類說》卷四十一《玉簫指環》，宋皇都風月主人《綠窗新話》卷上《玉簫再生爲韋妾》
	《杜麗娘記》	《太平廣記》卷三百十九，卷二百七十六	題晉陶淵明《搜神後記》卷四
	《張孝基陳留認舅》		宋李元綱《厚德錄》卷一《許昌士人張孝基》
史籍	《史弘肇傳》		舊《五代史》
	《梁公九諫》		新、舊《唐書》
	《五代史評話》		新、舊《五代史》、《資治通鑒》
	《雪川蕭琛貶霸王》		《梁書》，《南史》
	《馮唐直諫漢文帝》		《史記》
	《羊角哀鬼戰荊軻》		南朝宋范曄《後漢書》卷二十九《早屠剛傳》引唐李善《注》本事出《烈士傳》
	《李廣世號將軍》		《史記》，《漢書》
	《孫眞人》		新、舊《唐書》
	《賈島破風詩》		新《唐書》
	《三分事略》		《三國志》
	《全相平話五種》		《史記》《資治通鑒》
佛教故事	《花燈轎蓮女成佛記》	不詳	
	《五戒禪師私紅蓮》		宋何薳《春渚記聞》卷一《坡谷前身》
	《大唐三藏取經詩話》	《太平廣記》卷九十二《玄奘》	慧立、彥悰《大唐慈恩寺三藏法師傳》

　　宋代「說話」的題材來源比較廣，當代重大政治軍事事件、社會新聞、民間傳說、前代文人小說、筆記、史籍都有可資聽聞的故事可供改編。這裡邊既有很大一部分故事的本事來源於文人的作品和史籍，但是也有相當一部分的「說話」作品是直接取材於當時的社會生活，不是從現成的史籍或文人作品中改編而來的，應當出自「說話」人或書會才人的創作。還有一點值得注意的是：有相當數量的篇目本事無考，這些篇目中的一部分很有可能就是

「說話」人或書會才人的原創作品，因其不是改編自文人作品，所以無法通過現在的文人作品考定其故事內容，故不但作品因年代久遠而失傳，本事也無稽可考。

第二節 大眾審美趣味在「說話」作品中的體現

一、大眾審美趣味的培養

作為通俗文學的宋代「說話」具有雙重屬性，它既是表現作者世界觀的藝術作品，又是向大眾傾銷的娛樂商品。在兩重屬性中商品性又占具了主導地位，因為藝人創作「說話」作品的最主要目的就是將其推向市場以獲取利潤。

由於文化教育得不到普及，士大夫階級的審美趣味主宰著社會文化的主流。儒家正統的文學觀念是「文以載道」，「詩言志」，傳統詩文是文人立德立言的「經國之大業，不朽之盛事」，從「經夫婦，厚人倫，美教化」的目的出發，過分強調文學的政治教化功能，而忽視的文學的審美作用和娛樂功能。

商業文化從一開始就處在被主流文化包容和改造的境遇之中，以主流文化之外的亞文化形態存在。在儒家思想占統治地位的傳統文化中，文學的教化功能被過度強調，文學的娛樂功能遭到了極度的貶抑，宋代商業文化的興起，使文學的娛樂功能得到了釋放，迎合了建立在個人肉體歡樂基礎上的情感需求。所以從一開始就受到了社會各階層的廣泛歡迎。「商業文化作為一種特定的社會存在必然體現其精神於文學創作之中，而與其他形態所不同的是，商業文化可以直接以物質的力量來刺激文學創作使其朝著順應自己意志的方向發展。」〔註19〕

市民階層的審美情趣是通俗文化培養出來的程式化的審美經驗，而士大夫的審美情趣是通過大量閱讀經典作品培養出來的，兩者之間存在著本質上的衝突，但又在大眾化娛樂的消費需求這個共同點上調合起來。「說話」的審美情趣就是在這樣一個特定的歷史語境中形成的，它的標準來自於歷史文化傳統和現實生存環境兩方面的交互作用，本位的價值觀和精神文化生活標準讓位於通俗文化所提供的標準，自然而然地使其偏離精英文化的傳統，但又

〔註19〕 韓經太《宋代詩歌史論》第六章《宋詞與宋世風情》，吉林教育出版社，1995年，長春。

在一定程度上表現了與精英文化的融合。「一種能動的、革命性的力量，打破了階級、傳統、趣味的舊障礙，消除了一切文化的差別。它把一切都攪和拼湊在一起，創造出可以稱之爲同質化的文化……它因而摧毀了一切價值標準，因爲價值判斷意味著不公平待遇。大眾文化是非常非常民主的：它絕對拒絕歧視，拒絕區分任何事物或任何人。」〔註20〕

「說話」所遵循的審美標準使普通民眾能夠普遍參與並從中獲得娛樂享受，在士大夫階層看來這無疑是一次大幅度審美鑒賞力的貶值。但其實通俗文化與精英文化之間並不存在天懸地隔的差異，兩者之間的差異也不是凝固不變的。隨著「說話」伎藝的不斷完善，小說以話本的形式開始在民間流傳，特別是隨著文人參與創作的成分不斷增加，通俗文學與精英文學之間的界線就變得越來越模糊不清。

精英文學與通俗文學品味之間的鴻溝，使士大夫階層最初對通俗文學採取了貶斥、輕視甚至是壓制的態度，但是通俗文化在社會上的影響力和傳播能力是精英文學不能望其項背的。流風所及，士大夫階層也並不拒絕通俗文化給他們帶來的輕鬆和愉悅，家庭聚會、文人宴集甚至朝庭盛典都少不了各種伎藝表演來烘托氣氛。他們逐漸對「說話」採取了包容，甚至欣賞的態度。連皇帝都嗜好說話，士大夫好此道者亦不在少數，個別文人於耳濡目染之餘，對話本小說進行修改潤色，還有的乾脆親操刀筆，甚至躬踐瓦場。文人所做的貢獻先是對話本小說的結構和語言進行了清理，對其中出現的字詞、用典、引用詩詞等方面的錯誤進行了修改，而後文人發現了通俗文學「說服、操縱、與利用民眾的潛力」，〔註21〕於是他們開始從小說的審美意境、題材等方面入手對話本小說進行深層的改造，明代馮夢龍整理的宋元話本小說和後來以凌蒙初爲代表的大批擬話本小說其實就是一個通俗文學逐步精英化的過程。

二、「說話」迎合聽眾心理的手段

「說話」的目標聽眾面比較廣泛，雖然不同類型的「說話」還是有特定的聽眾群，但一些迎合聽眾的手段卻是通用的。「通常，市井庶民對故事本身

〔註20〕 MacDonald, D. *A theory of mass culture* in B. Rosenberg and D. White (ds), *Mass Culture*, Glencoe, Free Press, 1957. P62.
〔註21〕 （英）多米尼克・斯特里納蒂《通俗文化理論導論》，商務印書館，2001年，北京，頁56。

的奇異性、驚奇性、趣味性的關注欣賞要遠遠超過故事中的人物和主題。『說話』伎藝和話本作為一種滿足人們娛樂消遣需求的文化商品，具有鮮明的商品性，『說話』藝人或話本整理加工者為了贏得更多聽眾、讀者，自然會盡可能地貼近他們的期待視野。」〔註22〕

　　簡單地說起來，「說話」作品從三個方面迎合了大眾娛樂心理：一是滿足了聽眾潛在的心理需求，二是文字富有趣味性，三是通俗易懂。

　　雖然「說話」作品很多取材於史籍和文人作品，但因「說話」是一種商業化的娛樂形式，所以「說話」作品在審美趣味上與文人作品有著本質的區別。「話本小說在開創了新的表現內容，使小說創作更近於世俗的真實的同時，亦吸收了以往文人志怪傳奇小說的一些故事題材。除了直接取材於當時社會新聞和民間傳說的作品外，《太平廣記》、《夷堅志》等文人編撰的小說集亦是民間說話藝人的取材對象；但這只限於故事框架的沿襲，在具體的內容和表現手法上已完全不同，反映出小說創作審美觀上的重大變化。」〔註23〕作為娛樂大眾的文學樣式，「說話」與娛樂大眾之間表現出了雙向互動的關係：一方面「說話」是配合大眾的接受能力，迎合大眾的審美趣味，借助大眾媒體傳播而流行於大眾中的一種通俗文化形式。反過來，它又通過其模式化了的審美程式在閑暇時操縱大眾的心理，培養大眾的娛樂習慣。

　　「說話」中小說一門的題材包羅萬象，分類也很細緻，最能代表「說話」藝人在取材上「諧於俚耳」的創作動機。宋人對小說話本題材類型的劃分併不十分嚴謹，《都城紀勝》、《夢粱錄》、《醉翁談錄》的相關記載也互有差異，出現這樣的現象其實不難理解，「說話」業雖然在宋代成為一種都市娛樂時尚，甚至走入了宮廷，但正統文人始終是以「小道」而觀之，凡受過經典文化薰陶的人都多少對其持鄙夷態度，雖然在閑暇時光也常以資笑樂，但終不以嚴肅態度相待。陸游就曾回憶自己兒時聽「說話」的情景：「俗說唐五代間事，每及功臣，多云『賜無謂（畏）』，其言鄙淺予兒時聞之，每以為笑。」〔註24〕當時沒有文人肯下力氣對「說話」作品細緻地分類和整理，現有的分類方法只是無數「說話」藝人在表演中長期自然形成的，系統性比較差。所以無論是小說題材的分類還是「說話」家數的提法都十分含混，以至後來的

〔註22〕　王慶華《話本小說文體研究》，華東師範大學出版社，2006年，上海，頁73。
〔註23〕　張毅《宋代文學思想史》，中華書局，1995年，北京，頁303。
〔註24〕　陸游《老學庵筆記》卷六，《中國歷代筆記英華》上，京華出版社，1998年，北京，頁141。

研究者眾說紛紜，莫衷一是。

各說之中以羅燁《醉翁談錄·舌耕敘引》中有關小說題材的劃分最具系統性。羅氏稱小說有「靈怪、煙粉、傳奇、公案、兼樸刀、杆棒、妖術、神仙」八類。下面就依據這個分類標準對「說話」的選題進行一下分析。

（一）大膽表現人欲

經典文學是以明教、厚俗、資治而自我標榜的，而「說話」作品卻以世俗化審美情趣配合大眾的接受能力，迎合大眾的審美趣味，直接滿足聽眾的感官需要，大膽地表現經典文學所不屑表現的世俗化情感，使聽眾的欲望得到宣洩。這些感官上的欲望包括：1.經驗擴張欲、2.求知欲、替代性滿足欲、3.精神調劑。〔註25〕而這一點正是通俗文學與經典文學的最大區別所在。「文化的世俗化表現在由重視道德說教的禁欲式文化轉變為承認、尊重和滿足人的多方面、多層次的需要。」〔註26〕

人的欲求可以分成不同的層次，「採取馬斯洛的分析方法，人類有五種主要的需求，即生理需要、安全需要、愛與歸屬需要、尊重需要、自我實現的需要，由低層次至高層次依次排列。……不難發現，一般通俗文學所表達的情感大都與性愛、情愛、安全、競爭、同情、報復等初級需要有關，大致稱之為基本性情感。」〔註27〕「說話」伎藝作為一種通俗文化消費品在題材的選擇上大致也沒有越出通俗文學情感表達的範圍。

小說中「煙粉」專講煙花粉黛，男女戀愛，人鬼幽期；「傳奇」講人世間種種悲歡離合的軼事奇聞。這兩類題材表達性愛、情愛主題的小說，小說中男女主人公或因機緣巧合、或借助非自然之力成就一段佳話。使當時深受封建禮教束縛，無法享受愛情自由的聽眾在精神世界中獲得替代性滿足感。「靈怪」、「妖術」之類的作品講鬼怪狐妖、異物顯靈興風作浪終被高人收服；「公案」或講離奇曲折的破案故事，或言強梁惡霸殺人越貨，驚動官府，最終伏法；「樸刀」、「杆棒」類故事講俠盜豪傑路見不平拔刀相助，為民除害，是後來武俠類故事的先驅。這幾類題材與安全、競爭、同情、報復等基本情感有關。小說中與恐怖、暴力相關的題材對聽眾緊張而又脆弱的神經來說是一種

〔註25〕陳必祥《通俗文學概論》，杭州大學出版社，1991 年，杭州，頁 6。
〔註26〕朱效梅《大眾文化研究——一個文化與經濟互動發展的視角》，清華大學出版社，2003 年，北京，頁 101。
〔註27〕胡平《敘事文學感染力研究》，百花文藝出版社，1995 年，天津，頁 259。

精神衛生體操。有些「說話」作品像麻醉品那樣直接對神經系統起作用，以獲得某種感覺，如純粹的恐怖的作品、令人捧腹大笑的作品（借助於一種機械性的喜劇）、令人痛哭流涕的作品、色情作品。

「說話」中的講史、說鐵騎一類作品是以歷史為題材的，似乎與聽眾的欲望宣洩無關，但是中國的歷史上有很多分合動盪的時代，戰爭、疾病、貧窮、死亡、暴力始終困擾著人類的生存，這些問題在國內矛盾、民族矛盾都十分突出的宋代，更成為無時無刻不籠罩普通人生活的陰影。在這一歷史環境下，渴望和平，企盼英雄的出世的願望就顯得更加強烈。取材於歷史題材是基於聽眾對名人的好奇心理和崇拜心理，所以講史雖然反映的是遙遠而重大的歷史題材，但實際上還是因為它能滿足聽眾尋求安全的基本情感需要，才得以在當時的娛樂市場盛行。

小說中的「神仙」類作品和「說話」中的說經屬於宗教題材，解決的其實也是人類的一些基本感情需要，比如佛教對人欲的觀照，道教對生死焦慮的化解，都對現實人生有指導意義。《醉翁談錄》中著錄的《種叟神記》、《竹葉舟》、《黃糧夢》，以及《寶文堂書目》著錄的《五戒禪師私紅蓮》都是比較典型的例子。

在作品中表現人欲，是「說話」類的通俗娛樂文藝形式對正統文學理念的偏離，代表世俗大眾的價值觀，也是其商業化娛樂功能的具體體現。「大膽肯定好貨、好色、惜生等人生的物質欲望的描寫，在話本小說中是大量的、普遍的存在，並且滲透於具體的作品中，構成了其思想內容上的一個鮮明特色。儘管它在以前的文學（主要是民間文學）中，也曾出現過這樣的內容，但那僅是個別的、零碎的描寫。話本小說大膽肯定人生的物質欲望，是對中國文學的新發展。」「在某種程度上的對個性自由的追求，是構成話本小說思想內容的另一顯著特色。」〔註28〕大眾文化緊貼人的欲求，「說話」伎藝之所以能諧於俚耳，深入人心，是因為它能牽動聽眾內心深處的欲求，把人們的潛意識變成顯意識，變成聽眾不斷發展中的期待。它迎合了城市居民逃避生活壓力和排遣精神孤獨的需要，為受社會問題困擾的大眾，提供了逃避的途徑。

（二）情節設置曲折離奇

作意好奇的選材風格並不是「說話」的獨創，而是中國傳統小說在題材的選擇上一貫的傾向。這一風尚始自文人創作的文言小說，「以『尚奇』而言，

〔註28〕　張兵《張兵小說論集》，中國文史出版社，2005年，北京，頁38。

志怪小說的搜奇記異是爲了證明『神道之不誣』，屬於文人對民間傳聞的『實錄』；唐傳奇始入於文心，奇異的故事人物成爲表現作者奇思和才情的一種手段，帶有較強的主觀色彩，有的不免有大奇而不情的毛病。」〔註29〕唐代寺院中盛行的「轉變說話」繼承了這一傳統，事實上從「轉變」名稱的字義上就可以看出這一點，「『變』當非常解」。……非常之事，統謂之『變』。非常事性質屬於神異者，便叫『神變』『靈變』。非常事性質屬於怪異者，便叫『變怪』『妖變』。籠統的說，亦可以稱作『現變』『變異』。俗書佛經中這種例子甚多。『轉變』這個詞，拿現在話解釋，就是奇異事的歌詠。歌詠奇異事的本子，就叫作『變文』」〔註30〕這種小說創作的傳統發展到宋代以後更是被「說話」藝人發揮得淋漓盡致。

通俗文學作品都有追求情節離奇的傾向，這是爲了滿足了市民大眾於平庸瑣碎的都市日常生活中尋求刺激和娛樂的精神需要。傳奇性對於「說話」這種訴諸聽覺的藝術形式來說顯得尤其重要，因爲「說話」要吸引聽眾，保證較高的上座率，並在表演時抓住聽眾的注意力，必需有很強的傳奇性，也就是說故事要情節曲折離奇，引人入勝。「說話」藝人一方面用模式化的二元價值觀念控制聽眾的情感，另一方面又使他們滿足於一些情節上的變化給他們帶來的新奇感。這是中國小說以情節取勝，而描寫、刻畫成分很薄弱的原因之一，「宋元小說家話本主要展示人物的言行、感知和簡單而直接的行爲動機實質上反映了敘事者只注重展示事件的進展過程，而將敘事焦點集中於故事本身，如《花燈轎蓮女成佛記》蓮女坐化的一段場景……此類場景中，人物言行感知一般都明確向事件的進展過程，直接推動故事的發展，而相對忽略了對人物性格、心理情感的體察和刻畫，也忽略了對人物故事的意義和價值的提示。」〔註31〕這與「說話」表演的局限有十分密切的關係，「說話」人要時時抓住聽眾的注意力，冗長的靜態描寫會讓聽眾昏昏欲睡。〔註32〕而懸念和巧合的運用，使小說情節曲折緊張，能吸引和刺激欣賞者的注意力和想像力，使表演富於娛樂性和趣味性。

聽覺藝術的特點要求其爲聽眾提供一個具有強烈敘事性的精彩故事，足以讓聽眾沉迷其中，而不可能時常停下來，給聽眾時間，讓他們反覆地研磨

〔註29〕張毅《宋代文學思想史》，中華書局，1995年，北京，頁303。
〔註30〕孫楷第《俗講、說話與白話小說》，作家出版社，1957年，北京，頁1。
〔註31〕王慶華《話本小說文體研究》，華東師範大學出版社，2006年，上海，頁72。
〔註32〕張毅《宋代文學思想史》，中華書局，1995年，北京，頁304。

品味。聽眾是被動的，對文本不具批判性，也不具選擇性。「說話」人必須時時掌控聽眾，人物、場景都必須靠故事情節來支撐。所以情節在「說話」中就顯得尤爲重要。

以《醉翁談錄‧舌耕敘引》中著錄的「說話」108 個篇目爲例，其中靈怪類的 16 篇，煙粉類 16 篇，傳奇類 18 篇，神仙類 10 篇，妖術類 9 篇，這幾類以奇情異事爲題材的小說共 69 篇，占 64%，而公案類、樸刀類、杆棒類作品雖然無法從題材的劃分上得知其是否具有傳奇性，但就其中本事可考的幾個篇目來分析，這幾類作品也是很注重故事情節的。比如公案類中的《姜女尋夫》、《三現身》、《八角井》、《聖手二郎》無一不是案情離奇且雜有神怪內容。樸刀類、杆棒類的作品神怪色彩相對淡薄，但也多是以楊令公、花和尚、武行者這樣的傳奇人物爲主人公。除此之外，《醉翁談錄‧舌耕敘引》中著錄的還有《黃巢》、《趙正》、《劉項爭雄》、《孫龐鬥智》、《張韓劉岳》、《三國志》、《收西夏》、《呂相青雲得路》、《霜林白日昇天》幾個散篇，《黃巢》、《劉項爭雄》、《孫龐鬥智》、《三國志》、《收西夏》當屬講史一類，都是以歷史上動亂時代爲背景敷演金革鐵馬故事。特別是《三國志》表現的三國時代，描寫的是漢末天下大亂，群雄逐鹿，產生了無數驚天地泣鬼神的故事，從北宋起講史一家，就以五代史、三國志爲大宗，很顯然是因爲這兩段歷史表現的都是群雄爭霸，豪傑並起的時代，故事情節較其他的歷史時期更加曲折，更富戲劇性。《呂相青雲得路》也不是一個平淡的故事，宋初名相呂蒙正的身世和發跡過程本身就很有傳奇性，據宋葉夢得《避暑錄話》所記：「呂文穆公父龜圖與其母不相能，並文穆逐出之，羈旅於外，衣食殆不給。龍門山利涉院僧識其爲貴人，延至寺中，爲鑿山岩爲龕居之。文穆處其間，九年乃出，從秋試，一舉爲廷試第一。」〔註 33〕呂蒙正發跡變泰的故事很能滿足下層士子的以科舉進身的欲望，因而在宋代流傳就很廣。

還有一點值得注意的是由民間傳說改編的「說話」作品並不多，其原因恐怕與民間傳說的故事情節已爲世人所熟知，聽眾沒有新鮮感有關。

（三）強大的文化包容性

宋代的城市娛樂消費群體社會成分十分龐雜，知識水平也相差懸殊，上至皇帝，下至小生意人，都是其消費群體的組成部分。「說話」伎藝爲照顧不同層次的娛樂需求，必然要融合不同的文化審美標準，因而具有很強的文化

〔註33〕葉夢得《避暑錄話》卷下，叢書集成本，中華書局，1985 年，北京，頁 71。

包容性。

　　「說話」作品與經典文學最大的區別主要體現在對小說社會功能的看法上，正統文人將「說話」等同於「佐酒樂客之具」，主要就是因其一味以娛人為能事，缺乏嚴肅的資治和教誨的功能，「說話」作品中直接反映人欲的成分，也不免成為受攻擊的主要對象。正統文人的這些指責，也影響到了「說話」作品的創作，特別是宋人作小說多喜教訓，「……宋時理學極盛一時，因之把小說也理學化了，以為小說非含有教訓，便不足道。」〔註34〕很多「說話」藝人在強勢文化觀念的影響下，也不得不用含有寓善懲惡的道德教訓來遮飾「說話」作品的娛樂色彩。有相當一部分表現人欲的作品打著勸世的幌子，並將道德說教以模式化的形式固定下來，成為很多「說話」作品結構的一部分。甚至還出現了如《張孝基陳留認舅》這樣教化意味很濃的作品，以體現『資治體，助名教』的社會功能，為了迎合文化層次較高的消費群體，因此「說話」作品中也摻雜了不少教化的內容。

　　「說話」之所以被視為『小道』而被排除在『可觀者』之外的另一個主要因素是以白話散文體創作的「說話」作品在藝術上不夠高雅。為了提高小說的品位，「說話」藝人往往在「說話」過程中大量引用詩詞以期抬高身價，顯示才學，自覺地向經典文學靠攏。魯迅就說過：「至於詩，我以為大約是受了唐人底影響：因為唐時很重詩，能詩者就是清品；而說話人想仰攀他們，所以話本中每多詩詞，而且一直到現在許多人所作的小說中也還沒有改。」〔註35〕當然「說話」中引用詩詞還有別的原因，本文在後面章節會有詳細的論述，故此處不多及。

　　另外，「說話」作品所表現出來的宗教信仰也十分複雜。中國人對宗教信仰的態度，以「無特操」為特色，就是兼容並包。中國人心目中的神靈世界也是混雜著佛教、道教、原始宗教等多種因素的大雜燴。這一大眾宗教態度，體現在「說話」的創作上，就是各種宗教故事的雜拼。最突出的例子就是《大唐三藏取經詩話》，這雖是一部宣揚佛教的說經作品，但是很多道教人物也出現在部作品中，可謂是道、釋人物齊聚一堂，體現了中國民間對各種宗教信仰所持的兼容並包態度。

〔註34〕魯迅《中國小說的歷史變遷》，《魯迅全集》第九卷，人民文學出版社，1995年，北京，頁319。

〔註35〕同上，頁320。

第三節 二元對立的價值觀念

一、二元對立價值觀念的通俗文學功能

「說話」是一種娛樂商品，藝人在創作和表演時必須要考慮與他生活在同一時代的聽眾的審美需要和接受能力。「說話」作品在情節上追求出人意表的新奇效果以吸引聽眾的注意力，而在思想內容上卻又用簡單明晰的價值判斷來代替聽眾進行思考，這應該說是通俗文學的共性所致。

「大眾文化因而是這樣一種文化：缺乏智力的挑戰和刺激，偏愛一無所求的幻想和逃避現實的舒適。它是這樣一種文化：否定思考的努力，創造了自己的情感反應模式，而不是要求其受眾運用自己的頭腦，進行努力，作出他們自己的反應。在這個意義上，它開始為大批公眾解釋社會現實。它因而有意把現實世界簡單化，掩飾其中的問題。如果這些問題被認識到了，它常常通過提出圓滑和虛假的解決辦法而在表面上來應付。」〔註36〕較之經典文學對審美個性的強調，通俗文學往往缺乏審美個性，受眾順從於商業文學所帶來的吸引力，樂於接受現成的審美程式和價值判斷，完全處於被動接受的狀態之下。「通俗藝術是無準備文化，它不需要特殊的前期積累，沒有理解和分析的負擔，因此欣賞處於被動接受狀態，思維是鬆弛的，沒有交流的障礙，所以不是嚴格意義上的文化行為，而是生活行為，或者說是生活化了的文化行為。」〔註37〕

作為早期的通俗文學樣式，「說話」作品的關注點不在於完整地反映現實社會，而在於用簡化的矛盾關係表現模式化的思想和情感。這意味著「說話」藝人必須將生活中錯綜複雜的矛盾用簡潔的形式表現出來，聽眾就此可以輕鬆地把握作品的主旨。所以構成「說話」作品思想內核的是一系列的二元對立面，這些對立面包括不同類型的價值標準之間的關係。〔註38〕如理想與現實的對立、道德與欲望的對立，邪惡與正義的對立，美與醜的對立，這些對立是根據特定的各種人物之間的關係、人物與情節、人物與環境之間的關係設計的，是推動故事情節發展的內趨力。

〔註36〕 （英）多米尼克・斯特里納蒂《通俗文化理論導論》，商務印書館，2001年，北京，頁20。
〔註37〕 徐宏力《美學與電子文化》，春風文藝出版社，1994年，瀋陽，頁160。
〔註38〕 參見陳平原《中國小說敘事模式的轉變》，北京大學出版社，2003年，北京。

二、二元對立價值觀念的種類

（一）理想與命運的對立

主宰自身命運，追求美好的生活是人類的理想，但是這個理想與現實之間總是存在著差距，所以在「說話」中就出現了大批表現理想與命運對立的作品，主要集中在婚姻愛情、發跡變泰、成仙得道三種題材的作品中。

在宋代理學盛行，青年男女的終身大事都是父母為其主張，媒人為其物色，不得自主。良家女子深居閨閣，難得有與陌生男子會面的機會。自由婚戀，只能是一種理想，與他們美好的婚戀理想相對的就是他們在現實生活中所遇到的各種阻力。《熊龍峰小說四種》中的《張生彩鸞燈傳》中的劉素香就是一個嚮往自由戀愛的少女，她與年輕秀士張舜美相逢在上元之夜，兩人一見衷情，她大膽地將自己不能明言的心事寫在一個同心方勝之上，並約張舜美來日相會，她利用元宵觀燈的機會將之拋在寺廟的大殿中，有意讓張舜美拾到，兩人歡會之後相約私奔，不料卻在慌亂中相互走失，劉素香流落到尼姑庵中，張舜美誤以為她投水身亡，痛惜之餘誓不再娶。後來張舜美得中解元，進京趕考，不期與劉素香異地再次相逢，張舜美得中進士，二人再結連理，以大團圓結局告終。這部作品可以看作是婚戀題材的一個代表，其他相同題材的作品還有《清平山堂話本》中的《風月瑞仙亭》、《警世通言》中的《崔待詔生死冤家》；《錢舍人題詩燕子樓》；《醒世恆言》中的《鬧樊樓多情周勝仙》。這幾部作品中的情節各異，人物性格也各不相同，但作品中的主要矛盾都是青年人的婚戀理想與命運的衝突。《風月瑞仙亭》中司馬相如和卓文君、《鬧樊樓多情周勝仙》中的范二郎與周勝仙遇到的都是來自封建家長的阻力；《崔待詔生死冤家》中崔寧和璩秀秀面對的是來自郡王和郭排軍的阻撓；《錢舍人題詩燕子樓》中關盼盼與張建封遭遇的是生死之隔。無論是哪一種阻力都使得他們的婚姻和愛情變得或曲折、或淒婉、或離奇、或詭異，足以動人聽聞。

市井小民終日生活在平淡無奇之中，他們渴望能夠有一種更加精彩絢爛的人生境遇，於是喜歡將社會上成功人物的發跡歸於命運的安排，而將一些人間的慘烈事件歸於人物命運多乖。小說作品以《警世通言》中的《計押番金鰻產禍》、《史弘肇龍虎君臣會》；《醒世恆言》中的《鄭節使立功神臂弓》為代表。《史弘肇龍虎君臣會》和《鄭節使立功神臂弓》都是風雲際會的英雄人物發跡變泰的故事。如《鄭節使立功神臂弓》中的鄭信被張員外看出有分

發跡，從而幾次三番逢凶化吉，遇難呈祥，不但兩次大難不死，且與日霞仙子結成良緣，又賴仙子所贈的神臂弓立下奇功，最終作了節度使都是命運的安排。《史弘肇龍虎君臣會》中史弘肇和郭威兩人在亂世中的種種際遇也是冥冥之中由上蒼安排好的。而《計押番金鰻產禍》中的計押番因不合害了金明池長的性命，遭遇種種不祥，終至家破人亡，也是命運使然。

還有一類成仙得道的作品表現了人類渴望主宰自然的願望，以《清平山堂話本》中的《藍橋記》、《古今小說》中的《張古老種瓜娶文女》、《警世通言》中的《福祿壽三星度世》為代表。《藍橋記》中的裴航、《福祿壽三星度世》中的劉本道、《張古老種瓜娶文女》中文女和韋義方都是對自己的命運渾然無知，但又都於冥冥之受到命運的擺佈。

（二）道德與欲望的對立

《清平山堂話本》中的《合同文字記》；《古今小說》中的《楊思溫燕山逢故人》都表現了道德與欲望的對立。《合同文字記》中的劉添祥與後妻王氏用心狠毒，想要霸佔弟弟的田產，不顧骨肉之情將姪子劉安住打傷，他們代表的是人的私欲。而其姪劉安住卻為人厚道，不記前嫌，不但沒有報復，反而在府尹的大堂之上為伯父求情，李社長也為人正直，對危難之中的劉安住施以援手，這兩個人是善的化身，而劉添祥與後妻王氏代表的則是惡的一面。《楊思溫燕山逢故人》在南宋是一個廣為流傳的故事，書中的鄭意娘忠於丈夫，不為撒八太尉的淫威所屈，自刎以全節，是一個忠於愛情的烈女子，同時也是從一而終的封建道德表帥。與她形成對立的是她的丈夫韓思厚及其後妻劉金壇，這兩個人都不忠於愛情，背負了自己曾經許下的誓言，不但受到了道德的譴責，而且最終也遭到了惡報。

（三）邪惡與正義的對立

邪惡與正義的對立也是話本中反覆表現的一個主題。《清平山堂話本》中的《西湖三塔記》、《洛陽三怪記》、《陳巡檢梅嶺失妻記》、《五戒禪師私紅蓮記》、《楊溫攔路虎傳》；《警世通言》中的《陳可常瑞陽仙化》、《三現身包龍圖斷冤》、《崔衙內白鷂招妖》、《萬秀娘報仇山亭兒》；《醒世恆言》中的《十五貫戲言成巧禍》表現的都是邪惡與正義的對立。

這裡邊有一類是人與妖魔的鬥爭，《西湖三塔記》、《洛陽三怪記》、《崔衙內白鷂招妖》和《陳巡檢梅嶺失妻記》都是這一類的作品。《西湖三塔記》中

的主人公奚宣贊、《洛陽三怪記》中的主人公潘松、《崔衙內白鷂招妖》中的主人公崔衙內都是缺乏人生經驗的年輕後生，三人都是因為春日出遊無端惹上了禍事，妖魔纏身，屢涉險境，幾乎一命不保，但最終又都為有道行的法師所救。《陳巡檢梅嶺失妻記》也是一個人妖鬥法的故事，梅嶺洞中之怪申陽公，興妖做法，專門攝取可意佳人，使人妻離子散，陳辛和如春也不幸遭其毒手，但兩人忠於愛情，百折不撓，終於在紫陽真人的援助下擒住申陽公，救出了如春，夫妻二人破鏡重圓。

還有一類是人與人的爭鬥，表現的是善與惡的較量。《五戒禪師私紅蓮記》中的堅心向佛的明悟禪師、《楊溫攔路虎傳》中獨闖虎穴的將門之後楊溫、《陳可常瑞陽仙化》中清心可鑒的陳可常、《三現身包龍圖斷冤》中救危濟困的大孫押司和機智明斷的包拯、《萬秀娘報仇山亭兒》堅忍聰慧的萬秀娘和孝義可嘉的尹宗、《十五貫戲言成巧禍》中無辜屈死的二姐和崔寧都是代表正義的一面，而姦淫紅蓮的五戒禪師、劫去楊溫錢財妻子的一夥強人、陷害陳可常的錢都管、恩將仇報殺害大孫押司的小孫押司和押司娘、圖財害命的苗忠、焦吉、陶鐵僧、草菅人命的臨安府尹和真凶靜山大王則是代表邪惡的一面。

講史話本的故事篇幅遠遠要長於小說作品，人物數量遠多於小說，情節當然也更紛繁複雜。但是講史與小說一樣，也是用單純的二元對立價值觀念貫穿始終。《五代史評話》、《宣和遺事》都有很濃重的宿命色彩，書中加入了大量的因緣命定、讖語異兆的情節。《五代史平話》中五代帝王發跡故事與《史弘肇龍虎君臣會》和《鄭節使立功神臂弓》是同一類型的，都是風雲際會的英雄人物與命運爭鬥的主題。《宣和遺事》是由王安石變法、宋徽宗、蔡京、童貫、楊戩等人荒淫亂政、徽宗與李師師故事、林靈素故事、梁山故事、徽欽北狩故事拼湊而成的，總體上看來體系比較差。但是其中的每一個故事，都是由一對對立的二元觀念來支撐的。比如王安石變法中改革與保守兩派的鬥爭；徽宗與蔡京、童貫、楊戩等人一味荒淫享樂與朝中忠誠正直大臣的衝突；徽宗和李師師淫亂與賈奕和李師師的感情矛盾；宋江等梁山英雄與官府之間的鬥智鬥勇；北宋與金的對峙；這些其實都是正義與邪惡兩面的鬥爭。

至於說經作品《大唐三藏取經詩話》所體現的二元對立價值觀念就更加明顯，貫穿全書的主線就是唐僧師徒一路西行克服各種艱難險阻，表現的是佛法與妖魔的較量。

　　為了強化娛樂效果，吸引聽眾，保證上座率，幾乎每部「說話」作品的情節都很離奇曲折，有些取材於時事的作品對市井生活進行了細緻的描摹，宋代都市的繁華熱鬧的場面五光十色，講史作品人物眾多，場面紛紜，令人目不暇接。但是為了引導聽眾時刻跟隨「說話」人的敘事思路，在紛繁的場面和眾多的人物中始終把握故事的主旨，「說話」人將二元對立原則貫穿在故事之中，用兩組對立的人物，體現二元對立的價值觀念，簡化了複雜的矛盾衝突。這樣做的好處是「說話」人從始至終都能操控聽眾的感情傾向，使聽眾對正面人物的命運保持高度的關注。即使是文化層次較高的聽眾，明知「說話」人有意掩飾現實矛盾衝突的複雜性，用虛假的單純來取悅聽眾，也寧可進入通俗文學並不高明的窠臼，用通俗文學提供的單純理想來逃避現實的嚴酷，滿足於複雜情節帶來的審美快感。

第五章　「說話」的結構模式

　　關於「說話」的結構模式，前人已多有論述，其中以胡士瑩的《話本小說概論》最稱白眉。後來的研究者在這方面也多有補充，故而這個問題雖然不是本文的研究重點，但是如果考察宋代「說話」業的商品化傾向，卻對「說話」結構問題避而不談，必然會造成結構上的缺失和觀點上的片面。故而筆者還是決定單闢一個章節，在引用前人研究成果的基礎上，加入自己的思考，從宋代「說話」商品化的角度對「說話」的結構模式進行全面的分析，也算是對前賢研究的一個補充。

第一節　關於兩宋「說話」作品的資料及研究方法

一、紙本「說話」資料年代的界定

　　要研究「說話」的敘事結構、程式化的創作手法和「書外書」結構，就必然要涉及具體的「說話」資料，而目前宋代「說話」研究所遇到的最大問題就是資料的匱乏。首先是紙本資料的年代難以確定。關於宋代小說話本的數量前人多有考訂，據譚正璧考證，《醉翁談錄》所錄宋人話本小說有 107 種之多，「一百零七種話本中，現在尚存的共有十九種，內容可考的共三十二種，在可疑之間的約有十七種，其餘的須待再考。」〔註 1〕黃進德據《醉翁談錄》、《寶文堂書目》、《也是園書目》考證，宋人話本小說篇目有 140 多種。〔註 2〕這兩個數字應當不是宋代「說話」中小說一類的總數，宋代是「說話」伎藝的鼎

〔註 1〕譚正璧《話本與古劇》，上海古典文學出版社，1956 年，上海，頁 37。
〔註 2〕黃進德《論宋代的話本小說》，《揚州師院學報》，1990 年第 3 期。

盛時期，《醉翁談錄》諸書記錄的只是在瓦舍勾欄經常上演的一些著名篇目，其真實的創作規模還應當大於《醉翁談錄》等諸書的記載。

但遺憾的是流傳至今的宋話本卻屈指可數，由於宋代話本小說包含著很多通俗文學因素，長期以來一直受到正統文人的歧視，極大地影響了話本的流傳和保存。宋代話本小說散佚的作品爲數甚眾，流傳下來的小說話本遠達不到《醉翁談錄》等書所錄的數目，目前能看到的大概只在 30 到 40 篇之間，至於宋代的講史和說經話本也只有《五代史平話》、《宣和遺事》、《大唐三藏取經詩話》流傳了下來。

研究者遇到更嚴重的問題是：就是現存的三、四十篇小說話本也很難確定爲宋代的作品。在明代還應有一些元刊甚至宋刊話本存世，但是因爲洪楩、馮夢龍等人對宋代話本進行了收集、整理和刊印，大量的「說話」作品雖因之得以保存，但他們收集整理的同時，爲了迎合當時大眾的審美心理，對原文進行了改動，點竄典章制度、塗抹時代、潤色文字、以至調整結構，或多或少地改變了宋人話本的原貌，而且又往往將宋元明三代的作品，混雜在一起，使得後人對宋人的話本難辨真贋。所以這三四十篇話本嚴格地說起來，除了一紙元刊《紅白蜘蛛》的殘頁外，我們現在根本無法見到真正的宋代小說話本小說，現在所謂的宋代小說話本，其實是宋、元、明三代累積的結果。在沒有新的文物被發現之前，我們很難通過傳統的文獻研究和資料考證確定作品的真實年代，因爲不同於經典文學作品的嚴肅性，通俗文學作品的創作者和表演者對作品的態度相對來說都比較隨意，創作者的版權意識淡漠，表演者更是隨心所欲地對其進行增刪改動，再加上出版商對作品的又一次加工，使我們今天很難分辨出哪些成分是後代藝人及文人的增刪潤色，哪些是兩宋「說話」的本色記錄。

目前我們能看到的宋代小說話本除極少數是留傳下來的單行本外，絕大部分作品大多散見於明人所輯的《清平山堂話本》、《古今小說》、《警世通言》、《醒世恆言》等書，以及頗有爭論性的《京本通俗小說》之中。至於其中的哪些篇目成於宋代則各家有不同的見解。鄭振鐸在三十年代撰文認爲：《楊溫攔路虎傳》、《新橋市韓五賣春情》、《蔣淑真刎頸鴛鴦會》等二十多篇作品，「皆是很明確的知其爲宋人的話本；並非元人所作，更不是明代的擬作者所寫。」〔註3〕

〔註 3〕鄭振鐸《鄭振鐸古典論文集》，上海古籍出版社，1984 年，上海，頁 368～369。

後來陳子展在《唐宋文學史》中依據鄭振鐸劃定的標準列出了一個「現存宋人話本篇目表」，將《京本通俗小說》中的 7 篇，《清平山堂話本》中的 15 篇，《古今小說》中的 12 篇，《警世通言》中的 16 篇，《醒世恆言》中的 7 篇，共計 57 篇歸入宋話本，除去其中重複的 13 篇，共有 44 篇。〔註 4〕

　　後來的學者都是在這個基礎上界定宋代小說話本的範圍而稍有出入。如徐士年在《宋元短篇白話小說的思想的藝術》中將 42 篇作品確定爲宋代，〔註 5〕與陳子展推勘的結果大致相同。胡士瑩集今人研究宋代話本小說之大成，提出了話本斷代的八種依據，並將宋代話本小說的數量確定在 40 篇。〔註 6〕黃進德在《論宋代的話本小說》一文中認爲宋人的話本小說篇目有 140 多種，而流傳至今的約有 30 餘篇。〔註 7〕後來的學者也都試圖尋找一個合理的界定範圍。（詳見下表）

表 1　宋話本各家界定範圍分列表

	《京本通俗小說》	《清平山堂話本》	《熊龍峰刊小說四種》	《古今小說》	《警世通言》	《醒世恆言》	其　他
陳子展	《碾玉觀音》《菩薩蠻》《西山一窟鬼》《志誠張主管》《拗相公》《錯斬崔寧》《馮玉梅團圓》	《柳耆卿詩酒玩江樓》《簡帖和尚》《西湖三塔記》《合同文字記》《風月瑞仙亭》《藍橋記》《快嘴李翠蓮記》《風月相思》《洛陽三怪記》《張子房慕道記》《陰騭積善》《陳巡檢梅嶺失妻記》《五戒禪師私紅蓮記》《刎頸鴛鴦會》《楊溫攔路虎傳》		《新橋市韓五賣春情》《閑雲庵阮三償冤債》《史弘肇龍虎君臣會》《楊謙之客舫遇俠僧》《陳從善梅嶺失渾家》《楊思溫燕山逢故人》《沈小官一鳥害七命》《張古老種瓜娶文女》《簡帖僧巧騙皇甫妻》《宋四公大鬧禁魂張》《任孝子烈	《拗相公飲恨半山堂》《陳可常端陽仙化》《三現身包龍圖斷冤》《崔待詔生死冤家》《錢舍人題詩燕子樓》《范鰍兒雙鏡重圓》《崔衙內白鷂招妖》《計押番金鰻產禍》《宿香亭張浩遇鶯鶯》《金明池吳清逢愛愛》《皂角林大王假形》《萬秀娘仇	《小水灣妖狐貽書》《鬧樊樓多情周勝仙》《勘皮靴單證二郎神》《張孝基陳留認舅》《隋煬帝逸遊召譴》《鄭節使立功神臂弓》《十五貫戲言成巧禍》	

〔註 4〕　陳子展《唐宋文學史》，作家書屋，1947 年，頁 156～157。

〔註 5〕　徐士年《古典小說論集》，上海出版公司，1955 年，上海，頁 167。

〔註 6〕　胡士瑩《話本小說概論》，中華書局，1980 年，北京，頁 196。

〔註 7〕　黃進德《論宋代的話本小說》，《揚州師院學報》，1990 年第 3 期。

				性爲神《汪信之一死救全家》	《報山亭兒》《蔣淑眞刎頸鴛鴦會》《福祿壽三星度世》		
胡士瑩	《碾玉觀音》《菩薩蠻》《西山一窟鬼》《志誠張主管》《拗相公》《錯斬崔寧》《馮玉梅團圓》	《西湖三塔記》《合同文字記》《風月瑞仙亭》《藍橋記》《洛陽三怪記》《陳巡檢梅嶺失妻記》《五戒禪師私紅蓮記》《刎頸鴛鴦會》《楊溫攔路虎傳》《董永遇仙傳》《梅杏爭春》	《蘇長公章臺柳傳》《張生彩鸞燈傳》	《史弘肇龍虎君臣會》《楊思溫燕山逢故人》《張古老種瓜娶文女》《趙伯昇茶肆遇仁宗》	《三現身包龍圖斷冤》《錢舍人題詩燕子樓》《崔衙內白鷂招妖》《計押番金鰻產禍》《宿香亭張浩遇鴛鴦》《金明池吳清逢愛愛》《皂角林大王假形》《萬秀娘仇報山亭兒》《福祿壽三星度世》《白娘子永鎮雷峰塔》	《鬧樊樓多情周勝仙》《鄭節使立功神臂弓》	見於《小說傳奇》合刊本一種:《王魁》見於《新刊大字魁本全相參增奇妙注釋西廂記》及《題評西廂記》附錄者一種:《錢塘夢》
程毅中		《柳耆卿詩酒玩江樓》《簡帖和尚》《西湖三塔記》《合同文字記》《風月瑞仙亭》《洛陽三怪記》《陳巡檢梅嶺失妻記》《五戒禪師私紅蓮記》《楊溫攔路虎傳》《花轎燈蓮女成佛記》《曹伯明錯勘贓記》《錯認屍》《夔關姚卞弔諸葛》	《張生彩鸞燈傳》	《新橋市韓五賣春情》《史弘肇龍虎君臣會》《楊思溫燕山逢故人》《張古老種瓜娶文女》《宋四公大鬧禁魂張》《任孝子烈性爲神》	《陳可常端陽仙化》《三現身包龍圖斷冤》《崔待詔生死冤家》《崔衙內白鷂招妖》《計押番金鰻產禍》《宿香亭張浩遇鴛鴦》《皂角大王假形》《萬秀娘仇報山亭兒》《福祿壽三星度世》《一窟鬼癩道人除怪》《小夫人金錢贈少年》	《鬧樊樓多情周勝仙》《鄭節使立功神臂弓》《十五貫戲言成巧禍》《勘皮靴單證二郎神》	
張兵		《西湖三塔記》《合同文字記》《風月瑞仙亭》《藍橋記》《快嘴李翠蓮記》《洛陽三怪	《張生彩鸞燈傳》	《史弘肇龍虎君臣會》《楊思溫燕山逢故人》《趙伯昇茶肆遇仁宗》	《陳可常端陽仙化》《崔待詔生死冤家》《錢舍人題詩燕子樓》《崔衙內白鷂招妖》	《鬧樊樓多情周勝仙》《鄭節使立功神臂弓》《十五貫戲言成巧禍》	見於《小說傳奇》合刊本兩種:《王魁》、《李亞仙》見於《平妖傳》一種:《燈花婆

				《計押番金鰻產禍》《金明池吳清逢愛愛》《萬秀娘仇報山亭兒》《一窟鬼癩道人除怪》《小夫人金錢贈少年》	婆》見於《燕居筆記》一種:《綠珠墜樓記》見於《永樂大典》:《蘇小卿》
歐陽代發		《西湖二塔記》《合同文字》《風月瑞仙亭》《藍橋記》《洛陽三怪記》《陳巡檢梅嶺失妻記》《五戒禪師私紅蓮記》《楊溫攔路虎傳》《董永遇仙傳》《梅杏爭春》《花轎燈蓮女成佛記》	《蘇長公章臺柳傳》	《史弘肇龍虎君臣會》《楊思溫燕山逢故人》《張古老種瓜娶文女》《宋四公大鬧禁魂張》《趙伯昇茶肆遇仁宗》	《陳可常端陽仙化》《三現身包龍圖斷冤》《崔待詔生死冤家》《錢舍人題詩燕子樓》《崔衙內白鷂招妖》《計押番金鰻產禍》《皂角大王假形》《萬秀娘仇報山亭兒》《福祿壽三星度世》《一窟鬼癩道人除怪》《小夫人金錢贈少年》	《鬧樊樓多情周勝仙》《鄭節使立功神臂弓》《十五貫戲言成巧禍》	見於《新刊大字魁本全相參增奇妙注釋西廂記》及《題評西廂記》附錄者一種:《錢塘夢》見於《小說傳奇》合刊本兩種:《王魁》、《李亞仙》見於《平妖傳》一種:《燈花婆婆》見於《燕居筆記》一種:《綠珠墜樓記》

注:參見陳子展,《唐宋文學史》,作家書屋,1947 年,頁 156～157。

胡士瑩,《話本小說概論》,中華書局,1980 年,北京,頁 200～234。

程毅中,《宋元小說研究》,江蘇古籍出版社,1998 年,南京,頁 319～328。

張兵,《宋元金遼小說史》,復旦大學出版社,2001 年,上海,頁 163～171。

歐陽代發,《話本小說史》,武漢出版社,1994 年,武漢,頁 72～82。

表 2 宋話本各家界定範圍彙總表

	《京本通俗小說》	《清平山堂話本》	《熊龍峰刊小說四種》	《古今小說》	《警世通言》	《醒世恆言》	其他
		《柳耆卿詩酒玩江樓》2《簡帖和尚》2《西湖三塔記》5《合同文字記》5《風月瑞仙亭》5	《蘇長公章臺柳傳》2《張生彩鸞燈傳》3	《新橋市韓五賣春情》2《閒雲庵阮三償冤債》1《史弘肇龍虎君臣會》5《楊謙之客舫遇俠僧》1	《拗相公飲恨半山堂》1《陳可常端陽仙化》4《三現身包龍圖斷冤》4《崔待詔生死冤家》4	《小水灣妖狐貽書》1《鬧樊樓多情周勝仙》5《勘皮靴單證二郎神》2《張孝基陳留認舅》1	

		《藍橋記》4《快嘴李翠蓮記》2《風月相思》1《洛陽三怪記》5《張子房慕道記》2《陰騭積善》2《陳巡檢梅嶺失妻記》5《五戒禪師私紅蓮記》5《刎頸鴛鴦會》2《楊溫攔路虎傳》5《董永遇仙傳》3《梅杏爭春》3《花轎燈蓮女成佛記》2《曹伯明錯勘贓記》1《錯認屍》1《夔關姚卞弔諸葛》1	《陳從善梅嶺失渾家》1《楊思溫燕山逢故人》5《沈小官一鳥害七命》1《張古老種瓜娶文女》4《簡帖僧巧騙皇甫妻》1《宋四公大鬧禁魂張》3《任孝子烈性為神》2《汪信之一死救全家》1《趙伯昇茶肆遇仁宗》3	《錢舍人題詩燕子樓》4《范鰍兒雙鏡重圓》1《崔衙內白鷂招妖》5《計押番金鰻產禍》5《宿香亭張浩遇鶯鶯》3《金明池吳清逢愛愛》3《皂角林大王假形》3《萬秀娘仇報山亭兒》5《蔣淑真刎頸鴛鴦會》1《福祿壽三星度世》4《白娘子永鎮雷峰塔》1《一窟鬼癩道人除怪》3《小夫人金錢贈少年》3	《隋煬帝逸遊召譴》1《鄭節使立功神臂弓》5《十五貫戲言成巧禍》4

　　上表所錄的是幾家有代表性的宋代小說話本的甄別意見，可以看出各家確定的小說話本範圍大體相似，但在個別篇目上意見尚不統一，造成這種局面也是難免的，而且很難簡單地憑一個甚至幾個證據就下定論。在目前資料匱乏的現狀下，儘管綜合考察了各篇的語言文字、典章制度、風格習尚，並綜合運用了語言學、歷史學、文獻目錄學等多種方法，但仍難避免主觀臆斷的成分。例如許政揚從《簡帖和尚》中「是本地方所由，如今叫做連手，又叫做巡軍。」這句話中的「連手」、「巡軍」經許政揚考訂是元代的兵制，因而斷定《簡帖和尚》是元代作品。又通過話本《戒指兒》中提到的「點報駙馬」習俗是明制，與宋代選駙馬的慣例不符，故而斷定其為明作。考訂精當，言之鑿鑿，因而得到胡士瑩、張兵等學者的支持。但是很多現存的小說話本都是世代積累的作品，雖有口耳相傳的一個演出提綱，但同是一個題材的小說在不同的「說話」人口中都會有不同的版本，後來的「說話」人在原提綱的基礎上解釋說明、竄改官稱、地名、甚至加入新的情節都是十分正常的。

正如程毅中所說：「漢語史學者在運用明刻本的話本來研究語言年代的時候發現了不少矛盾現象，認為「現存的『話本』大概都經過不斷修改補充，修改補充的結果，增加了『話本』語言層次的複雜性。它就像被挖掘者擾亂了的土層，很難清理出古代文化堆積的年代了。」〔註8〕僅憑作品中的一兩個地名、官稱、甚至是一個情節是無法斷定作品年代的。

除了一紙元刊《紅白蜘蛛》殘頁而外，我們目前所掌握的資料僅是明刻本而已，實際上我們已經無法看到任何一篇完整的宋代小說話本了，明刻本留給我們的不但有宋人的原始創作，更有剝離不清的元代、明代藝人、文人增飾修改的成分，更何況還有一些宋人創作的痕跡已經被永遠地抹去了。故而輕易地斷言某一部有爭議作品是宋代的，或非宋代的都是不夠嚴謹的，如《拗相公》、《馮玉梅團圓》、《刎頸鴛鴦會》、《簡帖和尚》等，這些作品之所以會存在爭議，正是由於它們明顯包含了由宋到明三代人的創作痕跡。更為審慎的做法可能是暫時不確定那些爭議較大的小說話本的年代，而以年代相對比較確定的宋代小說、講史作品及講經作品為參照，細緻地將這些話本中含有宋人「說話」特質的部分剝離出來加以分析。而就小說話本來看，在明代的刻本中要數洪刻本的《六十家小說》可信程度最高，《三言》次之，《京本通俗小說》又次之，因而取證也要時刻注意明刻本的可信度的甄別。

至於宋代的講史和說經話本《五代史平話》、《宣和遺事》和《大唐三藏取經詩話》的成書年代雖然也不無爭議，但學界還是比較一致地認為這三部作品基本是宋人舊編元人增益後刊刻的本子。丁錫根的《五代史平話成書考述》認為《五代史平話》是宋巾箱本之說基本是符合事實的，理由是此書的主要部分都是依據宋版《通鑒》。〔註9〕胡士瑩也認為此書的藝術風格「雅近宋人」。《宣和遺事》的情況比較複雜，魯迅認為「則其書或出於元人，抑宋人舊本，而元時又有增益，皆不可知，口吻有大類宋人者，則以鈔撮舊籍而然，非著者之本語也。……惟節錄成書，未加融會，故先後文體，致為參差，灼然可見。其剝取之書當有十種。」〔註10〕因而認其為講史擬話本。但是所

〔註 8〕　程毅中《宋元小說研究》，江蘇古籍出版社，1998 年，南京，頁 323。
〔註 9〕　丁錫根《五代史平話成書考述》，《復旦學報》，1991 年第 5 期。
〔註10〕　魯迅《中國小說史略》，《宋元之擬話本》，《魯迅全集》第九卷，人民文學出版社，1995 年，北京，頁 122。

謂「掇拾故書，益以小說，補綴聯屬」本來就是講史話本的成書模式，書中文白參半的情況與《五代史平話》相類，也可以證明這兩部作品均出自「說話」藝人或書會才人之手，創作者很可能只是粗通文墨，勉強將史書和藝人的表演拼湊在一起，而沒有能力將兩者融合為一體，這正好體現了宋話本出版時的原始狀態，我們不能參照後世小說的取捨標準來衡量宋代的講史話本。且此書前有入話和引子，後有散場詩，分回目頗細，當為書會才人編撰以供藝人講說的講史話本。王利器考訂了《宣和遺事》中的官職典章制度及話本的編纂及演出程式後認為「《宣和遺事》是新事小說，有宋金元三朝書會本，今傳世的是元代書會根據宋、金兩代『遺編』經過加工整理而新編的，那些說此書是宋本或抄自宋本，都是無稽之談。」〔註 11〕這應該是比較恰當的說法。書中最有價值的部分是李師師的故事和梁山故事，當是從宋代話本中節錄而來，保留了很多「說話」風貌。《大唐三藏取經詩話》的成書年代比《五代史平話》、《宣和遺事》都要早，原書藏於日本高山寺，共三卷，卷末有中瓦子張家印款一行，因而有比較確鑿的證據證明其刊印於南宋。但也有學者認為該書成書於晚唐、五代，理由是全書的體制、表現形式、宗教傾向和語言現象與敦煌變文多有相似。〔註 12〕雖然該書成書年代還法完全確定，但大多數學者比較一致的看法是《唐三藏取經詩話》的主要故事雖然在唐代就已成為轉變說話的內容，但其最終形成文字還應是在宋代，而且已由宋代的說經藝人進行了潤飾和改動，故而仍將其定為宋代作品。

　　宋代話本小說的斷代和真偽辨識，始終困擾著研究者。給研究者帶來了極大的困難。但「說話」在中國小說發展史上是至關重要的一個環節，對中國小說的創作手法、結構模式、題材情節等方面都產生了巨大的影響，如果因此而在兩宋「說話」研究上止步不前也不是一個積極的研究態度。筆者本著探索的精神，一方面將文本研究的重點確定在成書年代比較確定的講史話本和說經話本上，另一方面借鑒前人考訂的成果，儘量以科學的態度，謹慎地劃定小說話本的研究範圍，並將其作為講史和說經話本研究的補充。

　　下表所列的是筆者綜合前賢的研究成果，大家意見比較集中的小說話本篇目，也是本文為小說話本劃定的主要研究範圍：

〔註 11〕 王利器《〈宣和遺事〉題解》，《文學評論》，1991 年第 2 期。
〔註 12〕 李時人、蔡鏡浩《〈大唐三藏取經詩話〉成書時代考辨》，《徐州師範學院學報》，1982 年第 3 期。

表 3

	《京本通俗小說》	《清平山堂話本》	《熊龍峰刊小說四種》	《古今小說》	《警世通言》	《醒世恆言》	其他
		《西湖三塔記》5《合同文字記》5《風月瑞仙亭》5《藍橋記》4《洛陽三怪記》5《陳巡檢梅嶺失妻記》5《五戒禪師私紅蓮記》5《楊溫攔路虎傳》5《梅杏爭春》3	《張生彩鸞燈傳》3	《史弘肇龍虎君臣會》5《楊思溫燕山逢故人》5《張古老種瓜娶文女》4	《陳可常端陽仙化》4《三現身包龍圖斷冤》4《崔待詔生死冤家》4《錢舍人題詩燕子樓》4《崔衙內白鷴招妖》5《計押番金鰻產禍》5《萬秀娘仇報山亭兒》5《福祿壽三星度世》4	《鬧樊樓多情周勝仙》5《鄭節使立功神臂弓》5《十五貫戲言成巧禍》4	

二、「耳治」與「目治」結合的研究方法

　　說到「說話」資料的缺失，人們想到的往往是紙本資料的匱乏，前代學者和當代學人大都在孜孜不倦地考訂推勘現有紙本資料的可信度，其實這是套用經典文學研究的成例來研究通俗文學。很少有研究者注意到，作為表演藝術，「說話」資料其實不應當僅指文字資料，還應當包括聲像資料，因為「說話」是活在舞臺上的藝術，並不是案頭文學，鄭樵在《通志‧樂略》中說：「又如稗官之流，其理只在唇舌間，而其事亦有記載。虞舜之父，杞梁之妻，於經傳所言者數十言耳，彼則演成千萬言。東方朔三山之求，諸葛亮九曲之勢，於史籍無其事，彼則肆為出入。」〔註13〕現在流傳於世的宋代「說話」作品中，除了兩部講史作品和一部說經作品，作品的生成時代都很模糊，而實際上，即使是出自宋人之手的作品，也只是一個大綱式的梗概，是「說話」藝人表演的底稿，亦或是書商雇用的書會才人對藝人的表演進行的轉寫，都不能反映「說話」的真實風貌，

　　目前「說話」的研究過於依賴文字資料所承載的信息，執著於文本年代的考訂，而完全忽略了對聲像資料的研究。這當然是由於研究宋代「說話」

〔註13〕 鄭樵《通志‧樂略》卷四十九，文淵閣四庫全書，374，史部，別史類，上海古籍出版社，2003 年，上海，頁 17。

的聲像資料，比研究「說話」的文字資料更困難，因爲除了極爲有限的一些圖像信息以繪畫、雕刻等形式保存了下來，其他的聲像資料由於當時的技術水平所限，已經不可能有任何的存留了。在這個不爭的事實之下，又如何對聲像資料進行研究呢？吳小如提出的「目治」與「耳治」結合的治學方法，爲我們展現了一種全新的研究思路。「說話」是一門古老的藝術門類，職業性的「說話」歷史可以上溯到唐代的「俗講」，其作爲口頭文學表演形式卻一直存活至今天。「這些論述（指以文獻爲資料的「說話」研究成果），無論是研究說書的歷史進程還是說書所藝術特點，都不能說無用或無貢獻；而其局限性在於都是從書本到書本，缺乏『耳治』所得的內容，所以不全面，或者說偏重於考證古的；而沒有同今天的現實中依然活躍在舞臺上的說書藝術聯繫起來。」〔註14〕吳小如所謂的「耳治」指的是流行於民間的口頭上的活材料、活文獻，對於「說話」而言就是現在仍然活躍在演藝界的曲藝品種——評書。而「目治」則是指從書本到書本的學問。他認爲「目治」者知古而不知今，「耳治」偏重於今，兩者必須結合起來才能更全面、正確地認識「戲劇」、「說話」一類的表演藝術。「一項民俗傳統只從文字形式的文本來瞭解是不夠的，應盡可能地，搜尋其『活』的形式，並且從中觀看它傳遞的情況。」〔註15〕也就是說研究「說話」作品必須要處理好口頭敘述的穩定性和變異性。

「耳治」的研究方法的確是另闢蹊徑，由於話本只是「說話」表演的大綱，話本和「說話」之間有十分複雜的取予關係，每一次表演都是一次再創作，故而藝人的表演本比之要豐富得多、精彩得多。藝人的每一次演出都是一次現場再創作，是原型與變體之間的關係。現代的揚州評話的表演情形與之相似，研究現代揚州評話的易德波曾說：「我收集的評話資料裏，王派的各個藝人所表演的『打虎』書段都迥然不同。儘管都師從同一家師父，每位藝人表演的方法和內容與其他藝人的卻不一樣。甚至同一故事、同一位藝人，他每次說的也都各異。在演出當中，說書藝人不是逐字逐句的背誦固定的文本（無論是口頭的或是文字記錄的），他說的書段不能歸於某位權威性『作者』。」〔註16〕也就是後來評書業所說的「方口」與「活口」之分。所謂「方

〔註14〕吳小如《中國評書藝術論》序言。見汪景壽，王決，曾惠傑《中國評書藝術論》，經濟日報出版社，1997 年。

〔註15〕 Axel Olrik: *Grundsætninger for sagnforskning*，轉引自易德波《揚州評話探討》，人民文學出版社，2006 年，北京，頁 53。

〔註16〕易德波《揚州評話探討》，人民文學出版社，2006 年，北京，頁 254。

口」就是我們今天能看到的各種話本資料，所謂「活口」則還或多或少地保留在評書中的一些傳統段子中。這些傳統段子的確是「說話」的活化石，可以與文本資料相互參證，作為目治之學的補充。

誠如程毅中所說「在古代沒有留聲機、錄音機的條件下，任何口頭文學一經紀錄成文，就不會是單純的口語。這種話本既經編輯刻印，就一定會有所增飾，有所刪改，我們就不能拿實況錄音的標準來要求它了。」〔註17〕

當然也要注意到，雖然「說話」與現代評書、揚州評話之間存在源流關係，但是由於「說話」傳承的年代久遠，現代評書和揚州評話到底保留了多少「說話」的傳統其實很難準確估價，所以在使用「耳治」的方法進行研究時必須採取十分審慎的態度，只是將其作為一種輔助的手段，有限度地使用。而且只是作為「目治」研究結果旁證，不能將其作為主要或者直接的證據。

第二節　「說話」演出程式

從現存的敦煌變文看，說唱伎藝在唐代就已經形成了一整套完備的體制，孫楷第在《俗講、說話與白話小說》中提到了唐、五代俗講的講唱程式「唐朝、五代俗講本分兩種：一種是講的時候唱經文的。這一種的題目照例寫作『某某經講唱文』，不題作變文。它的講唱形式，是講前唱歌，叫押座文。歌畢，唱經題。唱經題畢，用白文解釋題目，叫開題。開題後背唱經文。經文後，白文；白文後歌。以後每背幾句經後，即是一白一歌，至講完為止。散席又唱歌，叫解座文。……一種是不唱經文的，形式和第一種差不多，只是不唱經文。」〔註18〕

「說話」伎藝繼承了唐代俗講的體例，發展到宋代已經成為一種供人消遣娛樂的文化商品，它的表演程式，逐漸為市民大眾所接受，成為一種固定的結構模式。作為娛樂商品，「說話」具有很強的內在穩定性，以保證「說話」對受眾的吸引力。穩定的敘事框架與受眾的接受心理和審美標準暗合，給他們帶來審美上的輕鬆感，故而受眾樂於盲從這種程式化的東西，而不願接受審美過程中的挑戰。

〔註17〕　程毅中《宋元小說研究》，江蘇古籍出版社，1998年，南京，頁242。
〔註18〕　孫楷第《俗講、說話與白話小說》，作家出版社，1957年，北京，頁2。

　　小說的表演程式在話本中保留得最爲完整，因此這裡主要對小說話本的體例進行分析。今傳於世的話本小說的體例很雜，有《張子房慕道記》中詩體，有《刎頸鴛鴦會》中的說唱體，有《藍橋記》這樣故事梗概式的簡體，也有很多記錄詳盡的繁體。這種混亂的現象正好反映了當時書坊收集刊印話本的眞實狀況。「說話」的提綱大部分在宋代本是師徒之間口耳相傳的秘笈，我們現在還能在某些話本中看到注著「京師老郎流傳」的字樣，但一些提綱經過書會才人的加工後形成了文字，也就是話本，這些提綱式的話本自然會比較簡略，不可能包含太多的細節，這樣的話本最初也只是在藝人之間流傳的手抄本，其形式大槪類似於敦煌變文，目的也只是供藝人之間交流傳承伎藝。後來由於「說話」伎藝的發展，一個偶然的機會某個話本引起了某位書坊主人的興趣，於是將其刻印刊售，獲利之後再去收購更多的話本以便刊印。但是藝人之間流傳的文字話本畢竟有限，而且在藝術上很粗糙，內容上也很乾癟。所以書坊主人請來書會才人對原本進行潤色和再創作，文人修改加工過的話本文字自然比較雅訓，文言的成分增加了，口語的成分減少了，而且引經據典的地方也會多起來，但是這樣一來話本活潑靈動的神韻也所剩無幾了，變得呆板生澀，難以卒讀，可以想見前兩種話本的銷路都不會太好。爲了追求更大的經濟效益，獲得新鮮動人的第一手表演本，書坊主人很可能更進一步，請書會才人對藝人的表演進行現場記錄或者事後轉錄，這樣的話本就自然是記言生動傳神，敘事婉轉曲折的了，銷路當然也會比較好，所以流傳下來的也最多。上面提到的這三種形式刊印的話本可能在當時的市面上都流傳過，這就使得現存小說話本呈現出了十分複雜的面貌。但從總體上來看，「小說」話本的基本體例還是比較固定的，大致可以分爲五個部分：題目、入話、頭回、正話、篇尾。

一、題目

　　題目用來標明作品的內容，在任何一種文學樣式中都是必不可少的。但是說話的題目除了具有標明作品內容的功能以外，還具有娛樂產品所特有的廣告性質。在宋代的瓦舍、茶肆等伎藝表演場所，藝人常把當日演出的題目張貼出來。如《水滸傳》第五十一回寫白秀英「說唱諸般品調」中寫到：「李小二道：『都頭出去了許多時，不知此處近日有個東京新來打踅的行院，色藝雙絕，叫做白秀英。那妮子來參都頭，卻值公差出外不在。如今見在構欄裏說唱諸般品調，每日有那一般打散，或是戲舞，或是吹彈，或是歌唱，賺得

那人山人海價看。都頭如何不去睃一睃？端的是好個粉頭。』雷橫聽了，又遇心閒，便和李小二徑到構欄裏來看。只見門首掛著許多金字帳額，旗杆弔著等身靠背。入到裏面，便去青龍頭上第一位坐了。看戲臺上卻做笑樂院本。」洪邁的《夷堅志》丁卷第三《班固入夢》條載：「乾道六年冬，呂德卿偕其友王季夷（隅）、魏子正（羔如）、上官公祿（仁）往臨安觀南郊，舍於黃氏客邸。王、魏俱夢一人，著漢衣冠，通名班固。既相見，質問西漢史疑難，臨去云：『明日過家間少款可乎？』覺而不能曉，各道夢中事，大抵略同。適是日案閱五輅，四人同出嘉會門外茶肆中坐，見幅紙用緋貼其尾云：『今晚講說漢書。』相與笑曰：『班孟堅豈非在此耶？」〔註19〕上面這兩條材料都證明，在宋代藝人們確實有在說唱表演場所張貼當日表演內容的習慣，而觀眾也習慣於通過張貼的「招牌」、「幅紙」來獲得信息，藝人們張貼的這些東西可以說是原始的海報。一直到解放前在北京的茶館中說書的藝人還是用這種原始的方式作演出宣傳，「此外再用窗戶板刷上一張報子，懸在門口上，於某月初幾日（舊用陰曆）特聘張某某李某某準演某書某傳。」〔註20〕揚州城裏的評話表演也沿用了這一古風，「根據老傳統，書場的大門口，有一根竹竿掛著一塊匾，上題『談今論古，醒世良言』，外牆上貼著一張紅紙，行話叫做『門紅』。上面寫著當日表演的藝人名字和評話書目。」〔註21〕

從現在「說話」題目的語法結構上看，話本的題目可以分為兩類一種是由一個詞或詞組構成的短標題，另一種則是七言或八言的句子。

《醉翁談錄‧小說開闢》所載的小說目錄都是第一類題目，這些題目有的以主人公姓名、諢名、官稱為題，如靈怪類的《楊元子》、《崔智韜》、《李達道》、《水月仙》、《大槐王》、《妮子記》、《紅蜘蛛》；煙粉類的《賀小師》、《楊舜俞》、《刁六十》、《柳參軍》；傳奇類的《鶯鶯傳》、《愛愛詞》、《徐都尉》、《章臺柳》、《卓文君》、《李亞仙》；公案類的《石頭孫立》、《憂小十》、《驢垛兒》、《商氏兒》、《獨行虎》、《戴嗣宗》、《聖手二郎》、《王沙馬海》、《燕四馬八》；樸刀類的《大虎頭》、《李從吉》、《楊令公》、《十條龍》、《青面獸》、《季鐵鈴》、《陶鐵僧》、《賴五郎》、《聖人虎》；杆棒類的《花和尚》、《武行者》、《梅大郎》、《攔路虎》、《高拔釘》；神仙類《馬諫議》、《許岩》；妖術類《嚴師道》、《千

〔註19〕 洪邁《夷堅志》丁集卷三，「班固入夢」條，文淵閣四庫全書，子部，小說家類，1047，上海古籍出版社，2003年，頁467。
〔註20〕 張次溪《天橋叢談》，中國人民大學出版社，2006年，北京，頁192。
〔註21〕 易德波《揚州評話探討》，人民文學出版社，2006年，北京，頁34。

聖姑》、《驪山老母》、《貝州王則》、《西山聶隱娘》。有些以物名爲題如：靈怪類的《鐵甕兒》、《鐵車記》、《葫蘆兒》、《太平錢》、《巴焦扇》；煙粉類的《推車鬼》、《灰骨匣》、《側金盞》、《青腳狼》；傳奇類的《鴛鴦燈》、《紫香囊》、《牡丹記》；公案類的《大燒燈》、《火杴籠》、《八角井》、《藥巴子》、《鐵秤槌》；神仙類的《竹葉舟》、《粉合兒》；妖術類的《皮篋袋》。還有以地名爲題的，如：靈怪類的《汀州記》、《八怪國》；煙粉類的《呼猿洞》、《燕子樓》、《牛渚亭》；傳奇類的《桃葉渡》、《花萼樓》；公案類的《河沙院》、《大朝國寺》；杆棒類的《鬥刀樓》；神仙類的《金光洞》。還有少量題目是概括故事主要情節內容的，如：靈怪類的《無鬼論》、《人虎傳》；煙粉類的《鬧寶錄》、《錯還魂》、《鬥車兵》、《錢塘佳夢》、《錦莊春遊》；傳奇類的《夜遊湖》、《張康題壁》、《錢榆罵海》、《惠娘魄偶》、《王魁負心》、《崔護覓水》、《唐輔採蓮》；公案類的《三現身》、《姜女尋夫》；杆棒類的《徐京落草》、《五郎爲僧》、《王溫上邊》、《狄昭認父》；神仙類的《四仙鬥聖》、《謝溏落海》、《種叟神記》；妖術類的《紅線盜印》、《醜女報恩》；等等。

《醉翁談錄・小說開闢》所載的「說話」題目除了「許岩」和「西山聶隱娘」以外都是由三個或四個字組成的，這些題目或以主人公的名號爲題，或以故事發生地的地名爲題，或主要故事情節或者故事中的關鍵器物爲題，聽眾從題目獲取的信息很少，如果是從未聽過的新話，聽眾根本無法根據題目來猜測說話的內容，更談不上通過題目來吸引聽眾了。

而在《醉翁談錄》中還記載了另一類題目，如甲集卷二中的《張氏夜奔呂星哥》；乙集卷一中的《林叔茂私挈楚娘》、《靜女私通陳彥臣》癸集卷一中的《李亞仙不負鄭元和》、和辛集卷一中的《裴航遇雲英於藍橋》，卷二中的《王魁負心桂英死報》，這些題目與《水滸傳》第五十一回白秀英招牌上寫的《豫章城雙漸趕蘇卿》形式相近，都是七言或八言的句子，胡士瑩認爲七八言的題目是從三四言的題目衍化而來的，目的是爲了吸引聽眾，〔註22〕這是很有道理的。因爲七八言的題目可以爲聽眾提供更多的信息，讓聽眾對故事的中心內容有所瞭解，高明的題目甚至能引起聽眾的好奇心，誘發他們的聯想，具有商業講廣告的性質。如上文所舉的《王魁負心桂英死報》、《豫章城雙漸趕蘇卿》，一個「死」字會引發聽眾恐怖的聯想，「趕」字又引發聽眾對於男女主人公愛情命運的關注。但是胡士瑩認爲三四言的題目是「說話」產

〔註22〕 胡士瑩《話本小說概論》，中華書局，1980年，北京，頁134。

生初期的題目形式，則似有不妥之處，因爲這兩種類型的題目並現於《醉翁談錄》，三四言的題目和七八言的題目在當時應當是並行的，而且各有各的作用。七八言的題目在當時的瓦舍之中固然是具有海報宣傳的性質，是藝人演出時使用的題目，三四言的簡化題目便於記憶，便於藝人師徒同行之間的交流。一些成功的「說話」作品在被多次表演之後，在當時的藝人和老聽眾交流過程中也逐漸形成了一個約俗成的題目，由於使用的頻率也很高，所以《醉翁談錄》中才會有如此完備的記載。關於這一點我們也可以通過現存於世的《京本通俗小說》、《清平山堂話本》、《熊龍峰刊小說四種》及《也是園書目》、《寶文堂書目》得到輔證，這幾部書中所載的宋元話本題目都是長短兼有的。另外，南宋皇都風月主人所編的《綠窗新話》被《醉翁談錄》列爲「說話」人的重要參考資料，該書摘錄前人傳奇傳記中的重要情節，全靠「說話」人加以敷演。此書的篇目全部採用整齊的七言形式，想來也是爲了方便藝人演出。如：《劉阮遇天台仙女》、《裴航遇藍橋雲英》、《王子高遇芙蓉仙》、《封陟拒上元夫人》等。而北宋時劉斧採古今說部輯成的《青瑣高議》，該書的題目全襲話本的形式，在二三言的題目之後又附有七言題目，也說明兩種形式的題目是並存的，如：

《李相》	（《李丞相善人君子》）
《柳子厚補遺》	（《柳子厚柳州立廟》）
《驪山記》	（《張俞遊驪山作記》）
《張浩》	（《花下與李氏結婚》）
《王榭》	（《風濤飄入烏衣國》）
《韓魏公》	（《不罪碎盞燒須人》）

魯迅認爲：「甚類元人劇本結尾之題目正名，因疑汴京說話標題，體裁或亦如是，習俗浸潤，乃及文章。」〔註23〕這不但說明了在宋元時期這兩種題目是同時存在的，而且說明通俗文學形式不但深入俚耳，其強大的影響力甚至波及了文人的案卷創作。

二、開場

「說話」藝人在進行表演時通常白一首詞或念一首詩作爲開場，也就是

〔註23〕 魯迅《中國小說史略》，《魯迅全集》第九卷，人民文學出版社，1995 年，北京，頁 119。

所謂的「開呵」，又稱「開科」，胡士瑩稱之爲篇首。這個程式在小說話本中多有記錄，如：《警世通言・福祿壽三星度世》：

「只見一個先生，把著一個藥瓢在手，開科道：……」

《南詞敘錄》：

「宋人凡勾欄未出，一老者先出，誇大意以求賞，謂之『開呵』。」

《水滸傳》第五十一回：

「院本下來，只見一個老兒，裹著磕腦頭巾，穿著一領茶褐羅衫，繫一條皂絛，拿把扇子上來開呵道：『老漢是東京人氏，白玉喬的便是。如今年邁，只憑女兒秀英歌舞吹彈，普天下伏侍看官。』鑼聲響處，那白秀英早上戲臺參拜四方，拈起鑼棒，如撒豆般點動。」

這種「開呵」在宋代是與鑼聲相伴的，目的是招徠聽眾，並提示聽眾演出即將開始。這在各種表演場所中都是必要的，但對路歧藝人來說更顯得重要。

開場的詩詞與正文之間可能有一定的聯繫，但更多的情況下並不相關。如《五代史梁史平話》中的開篇：

「龍爭虎鬥幾春秋，五代梁唐晉漢周。興廢風燈明滅裏，易君變國若傳郵。」

就是對「說話」內容的簡要概括，而上文所引的《水滸傳》五十一回中白秀英開篇則與她表演的內容毫不相關。原因不難理解，上面提到過「說話」作品的創作和演出程式，「說話」是口頭藝術，藝人和聽眾更看重的現場的表演效果，而不是書面文本的結構完整與風格統一。藝人在臺下都會準備一些通用的開場詩詞，如果恰遇話本沒有對應的詩詞，就會臨時選一首自己熟悉的來湊數。聽眾也不計較，甚至不太會注意開篇的內容，因爲無論是藝人還是聽眾，更看重的還是「說話」的正文。

三、入話

從現存的話本小說來看，話本通常是以一首或數首詩詞入話，如《水滸傳》第五十一回寫《插翅虎枷打白秀英》寫到了這種表演程式：

「鑼聲響處，那白秀英早上戲臺參拜四方，拈起鑼棒，如撒豆

般點動。拍一聲界方，念出四句七言詩道：『新鳥啾啾舊鳥歸，老羊贏瘦小羊肥，人生衣食眞難事，不及鴛鴦處處飛。』雷橫聽了喝聲采，那白秀英道：『今日秀英招牌上寫著這場話本，是一段風流蘊藉的格範，喚作《豫章城雙漸趕蘇卿》。』說了開話又唱，唱了又說，合棚價喝采不絕。」

　　至於入話的詩詞是幾首，也沒有定制。從現存話本的入話部分來看，有的標明「入話」，有的並未標明「入話」二字。如《清平山堂話本》所收錄的《變關姚卞弔諸葛》開頭雖然標有「入話」二字，後面卻沒有詩詞，這可能是刊刻時被刪落了。

　　入話與正文之間的在敘事結構上的關係是鬆散的，前人研究多次提及入話，基本認爲它的作用是用來引入正話，胡士瑩認爲入話可能用來點明正文的主題，概括大意，也可能是用來烘托氣氛〔註24〕。存世的宋代講史話本《五代史平話》和《宣和遺事》都有入話部分，且都是從上古時代的歷史說起，引入王朝更替興衰的主題。但是其實很多入話與正文的關係並不密切，有的甚至是毫不相干。完全可以從正話中獨立出來。這也說明了這些入話用的詩詞並不是專門爲話本量身定做的，有些可能是書會才人、或者是「說話」藝人自己的創作，有些則是羅列的前人詩詞充數，「說話」藝人在表演前爲了定場，視等候時間的長短確定入話詩詞的數目。「宋元之作的篇首詩詞多描摹正話中的情節、人物、某一情節、故事發生的地點、季節等，與正話屬於一種自由的、形象的聯想式連接，關係並不密切。而明前期話本小說則多爲議論式開篇詩詞，且引言增多。」〔註25〕這說明宋話本中的入話詩詞的確是表演用的，藝人隨意套用的痕跡比較明顯。

　　在「說話」各家中小說話本的情況比較複雜，下面對小說話本的幾種重要材料中入話的使用情況進行一個量化分析：

　　見於《清平山堂話本》十二種均標明入話

　　《西湖三塔記》入話引八首描寫西湖景致的詩詞，中間穿插韻文，道西湖的四季的出產和景色，可能是因爲正話的故事以西湖爲背景。有銜接。

　　《洛陽三怪記》入話引三首描寫春色的詩詞，解釋春景物的名稱。與正文中的潘松遊春有關。有銜接。

〔註24〕 胡士瑩《話本小說概論》，中華書局，1980 年，北京，頁 135。
〔註25〕 王慶華《話本小說文體研究》，華東師範大學出版社，2006 年，上海，頁 82。

《合同文字記》的入話是：「吃食少添鹽醋，不是去處休去。要人知重勤學，怕人知事莫做。」也與正文有一定的關係，屬人生哲理類。無銜接。

《風月瑞仙亭》入話詩正扣正文的內容。無銜接。

《藍橋記》入話詩正扣正文內容。無銜接。

《柳耆卿詩酒玩江樓記》入話所引的柳永的題美人詩，與正文主題的關係不大。有銜接。

《陳巡檢梅嶺失妻記》入話所引的詩與正文的關係比較密切。無銜接。

《五戒禪師私紅蓮記》入話所引的詩與正文的關係比較密切。「禪宗法教豈非凡，佛祖流傳在世間。鐵樹花開千載易，墜落阿鼻要出難。」無銜接。

《刎頸鴛鴦會》入話引一詩一詞，說「情」、「色」二字。有銜接。

《楊溫攔路虎傳》入話的一首詩「闊含平野斷雲連，葦岸無窮接楚田。翠蘇蒼崖森古木，壞橋危磴走飛泉。風生谷口猿相叫，月上青林人未眠。獨倚闌干意難寫，一聲鄰笛舊山川。」與正文看不出關係。無銜接。

《花燈轎蓮女成佛記》引宋仁宗的詩入話，因這首詩是贊大乘妙法蓮經。有銜接。而正文是敘述蓮女因育蓮經得成正果。有銜接。

《董永遇仙傳》入話詩正扣正文內容。「典身因葬父，不愧業為傭。孝感天仙至，滔滔福自洪。」無銜接。

見於明刊本《熊龍峰四種小說》二種：均有入話二字。

《張生彩鸞燈傳》入話詩正扣正文的內容。無銜接。

《蘇長公章臺柳傳》「春城無處不飛花，寒食東風御柳斜。日暮漢宮傳蠟燭，輕煙散入五侯家。」引唐詩入話，只因詩中有一柳字，與正文中女主人公的名字相合。詩的內容與正話無關。無銜接。

見於《古今小說》的五種：

《趙伯升茶肆遇仁宗》無入話字。入話正扣正文主題。無銜接。

《史弘肇龍虎君臣會》無入話字。入話選的詩是劉季孫寄蘇軾出守杭州，與正文完全沒有關係。與頭回的關係也不密切，只是因為「說話」人認為其與蘇軾的才名相當。頭回《八難龍笛詞》與正文的關係，是因為正文開始有龍笛的故事。「做幾回花錦似話說。」有銜接。

《楊思溫燕山逢故人》無入話字。入話詞一首寫宣和年間的上元節。後面是對宣和年間元宵節風俗的介紹，與正話故事的時間背景有關。有銜接。

《張古老種瓜娶文女》無入話字。以一首詠雪詩入話，接下來也是與雪

有關的幾首詩詞，和有關的神仙故事，可算作頭回也可算作入話。正文中故事開始的情景有關。有銜接。

《宋四公大鬧禁魂張》無入話字。以一首詩入話。「錢如流水去還來，恤寡周貧莫吝財。試覽石家金谷地，於今荊棘昔樓臺。」人生哲理，與正文主題相關。無銜接。

見於《警世通言》十一種：

《錢舍人題詩燕子樓》無入話字。入話詩緊扣正文主題。無銜接。

《三現身包龍圖斷冤》無入話字。入話是一首關於算命的詩，與正文孫押司算命有關。無銜接。

《崔衙內白鷂招妖》無入話字。入話詩是唐玄宗與楊貴妃之事，頭回中的故事也是唐玄宗與楊貴妃的故事，頭回中的情節之一是玄宗將新羅所進白鷂賜予崔丞相，與正文故事相關。有銜接。

《計押番金鰻產禍》無入話字。入話詩與正文故事毫無關係。「終日昏昏醉夢間，忽聞春盡強登山。因過竹院逢僧話，又得浮生半日閒。」無銜接。

《樂小舍拼生覓偶》無入話字。入話詩是題杭州錢塘潮，是正文故事發生的背景。有銜接。

《白娘子永鎮雷峰塔》無入話字。入話詩是描寫西湖景色。是正文故事發生的背景。有銜接。

《宿香亭張浩遇鶯鶯》無入話字。入話詩緊扣正文主題。無銜接。

《金明池吳清逢愛愛》無入話字。入話詩與正文故事的主題相關。但也可用在其他的愛情煙粉話本之中。「朱文燈下逢劉倩，師厚燕山遇故人。隔斷死生終不泯，人間最切是深情。」無銜接。

《皂角林大王假形》無入話字。入話詩與正文關係不大。是人生哲理。「富貴還將智力求，仲尼年少合封侯。時人不解蒼天意，空使身心半夜愁。」無銜接。

《萬秀娘仇報山亭兒》無入話字。入話詩與正文關係不大。而且是引用《醉翁談錄‧小說開闢》中的詩：「春濃花豔佳人膽，月黑風高壯士心。講論只憑三寸舌，秤評天下淺和深。」可能馮夢龍在改編時加上的。無銜接。

《福祿壽三星度世》無入話字。入話詩與正文主題有關，但也是人生哲理。「欲學爲仙說與賢，長生不死是虛傳。少貪色欲身康健，心不瞞人便是仙。」有銜接。

見於《醒世恆言》二種：

《鬧樊樓多情周勝仙》無入話字。入話詩寫天子御臨之事。與正文故事發生地金明池有關。有銜接。

《鄭節使立功神臂弓》無入話字。入話詩與正文主題無關，是詠彌勒的，只是與正文中張員外好佛樂施有關。無銜接。

見於《京本通俗小說》七種均不標入話

如《碾玉觀音》以春色爲主題共引用了十一首詩詞，從三春景致說到春歸去，巧妙地將這十一首詩詞串在一起。實際上春色的主題只是與正話中咸安郡王攜家眷春遊能拉上一點關係。《碾玉觀音》下半部中的入話用的是一首劉錡的詞，引出了下面咸安郡王派郭立給劉錡送錢，途中撞見崔寧夫婦的故事，詩詞與正話之間的關係較爲緊密。有銜接。

《西山一窟鬼》共引詩詞十五首，第一首詞是引唐人沈文述（當爲沈公述之誤）的《念奴嬌》，後面引用十四首詩詞來說明沈詞全篇從古人詩詞中集得。（其實所集詩詞多爲宋人所作，而沈公述爲唐人，）引用這些詩詞只是因爲沈文述和正文中的男主人公吳洪同爲士人。「說話」人把這些游離於正話的主題之外的詩詞串在一起，一方面是爲了顯示自己的才學和說話技巧，更主要的是爲了定場。有銜接。

《馮玉梅團圓》中的兩首詩詞，第二首民歌「月子彎彎照九州，幾家歡樂幾家愁？幾家夫婦同羅帳，幾家飄散在他州。」與正文的主題結合得更緊密，而引用第一首詞作爲入話則主要是因爲這首詞的末句是取自第二首民歌。有銜接。

《菩薩蠻》中的詩與正文的主題結合較緊密。「利名門路兩無憑，百歲風前短焰燈。只恐爲僧僧不了，爲僧得了盡輸僧。」人生哲理。無銜接。

《志誠張主管》中的兩首詩詞是六旬老人王處厚的垂老之歎，可能因爲正話中的張士廉也是年逾六旬的斑白之人。有銜接。

《拗相公》中的一首詞是感歎人生無常，勸人隨遇而安。與後面王安石辭歸故里有一定的關係但是與正話的主題也關係不大。原文在入話之後也寫著：「閒話已畢，未入正文」屬於人生哲理類。只有三句銜接：「閒話已畢，未入正文。且說唐詩四句……」

《錯斬崔寧》的入話是一首詩，話本裏說是「這首詩單表爲人難處，只因世路窄狹，人心叵測，大道既遠，人情萬端。熙熙攘攘，都爲利來；蚩蚩

蠢蠢，皆納禍去。持身保家，萬千反覆。」這一段入話所涵蓋的內容十分廣泛，與很多主題都可以拉上關係，所以可以用在很多話本前邊作爲入話使用，屬於人生哲理類。有銜接。

四、頭回

在話本小說的入話之後，有時還插入一段故事，這段故事的長短不一，有的可以自成一回。稱爲「得勝頭回」或「笑耍頭回」。頭回的作用是用來穩定已到場的聽客，並等待更多的聽客。

見於《清平山堂話本》十二種：

《西湖三塔記》無頭回

《洛陽三怪記》無頭回。

《合同文字記》無頭回。

《風月瑞仙亭》無頭回。

《藍橋記》無頭回。

《柳耆卿詩酒玩江樓記》無頭回。

《陳巡檢梅嶺失妻記》。無頭回。

《五戒禪師私紅蓮記》無頭回。

《刎頸鴛鴦會》以步飛煙傳奇爲頭回。前無詩詞作始。後有韻語作結：「雨散雲消，花殘月缺。」正文和頭回都是男女偷期幽會的故事。

《楊溫攔路虎傳》無頭回。

《花燈轎蓮女成佛記》無頭回。

《董永遇仙傳》無頭回。

見於明刊本《熊龍峰四種小說》二種：

《張生彩鸞燈傳》無頭回。

《蘇長公章臺柳傳》無頭回。

見於《古今小說》的五種：

《趙伯升茶肆遇仁宗》無頭回。

《史弘肇龍虎君臣會》頭回是「八難龍笛詞」有詩作結。正文故事的開頭與龍笛有關。

《楊思溫燕山逢故人》無頭回。

《張古老種瓜娶文女》與雪有關的詩詞和兩個小神仙故事，可算是頭回

也可算是入話。

《宋四公大鬧禁魂張》以一首詩入話。「錢如流水去還來，恤寡周貧莫吝財。試覽石家金谷地，於今荊棘昔樓臺。」後面的頭回是石崇金谷園的故事。

見於《警世通言》十一種：

《錢舍人題詩燕子樓》無頭回。

《三現身包龍圖斷冤》頭回邊瞽聽聲知福禍與正文關係孫押司算命有一定聯繫。

《崔衙內白鷂招妖》無入話字。入話詩是唐玄宗與楊貴妃之事，頭回中的故事也是唐玄宗與楊貴妃的故事。頭回中的情節之一是玄宗將新羅所進白鷂賜予崔丞相，與正文故事相關。

《計押番金鰻產禍》無頭回。

《樂小舍拼生覓偶》無頭回。

《白娘子永鎮雷峰塔》頭回講西湖古蹟的歷史掌故。

《宿香亭張浩遇鶯鶯》無頭回。

《金明池吳清逢愛愛》頭回是崔護故事。入話詩與正文故事的主題相關。但也可用在其他的愛情煙粉話本之中。「朱文燈下逢劉倩，師厚燕山遇故人。隔斷死生終不泯，人間最切是深情。」

《皂角林大王假形》無頭回。

《萬秀娘仇報山亭兒》無頭回。

《福祿壽三星度世》無頭回。

見於《醒世恆言》二種：

《鬧樊樓多情周勝仙》無頭回。

《鄭節使立功神臂弓》無頭回。

見於《京本通俗小說》七種：

《碾玉觀音》無頭回。

《菩薩蠻》無頭回。

《西山一窟鬼》無頭回。

《志誠張主管》無頭回。

《拗相公》用「閒話已畢，未入正文。且說唐詩四句……」從入話過度到頭回，引詩一首，「周公恐懼流言日，王莽謙恭下士時。假使當年身便死，

一生真偽有誰知。」評「此詩大抵說人品有真有偽，須要惡而知其美，好而知其惡。」後文解釋敘述周公輔成王故事。評「假如管叔、蔡叔流言方起，說周公有反叛之心，周公一病而亡，金匱之文未開，成王之疑未釋，誰人與他分辨？後世卻不把好人當做惡人？」「第二句說王莽」，評「假如王莽早死了十八年，卻不是完全名節一個賢宰相，垂之史冊，不把惡人當做好人麼？所以古人說：『日久見人心。』又道：『蓋棺論始定。』不可以一時之譽。斷其為君子；不可以一時之謗，斷其為小人。」後有一首詩做結。「毀譽從來不可聽，是非終久自分明。一時輕信人言語，自有明人話不平。」

《錯斬崔寧》「且先引下一個故事來，權作個得勝頭回。」頭回寫魏鵬舉家書戲言，撒漫了一個美官。沒有引詩作結，也沒有引詩開始。頭回與正文故事都是戲言成禍。

《馮玉梅團圓》頭回引詩一首：「劍氣分還合，荷珠碎復圓。萬般皆是命，半點盡由天。」這首詩既是對上文入話的總結，又可以作為下面頭回的開啟。下面講了一段「交互姻緣」最也以一詩做結「夫換妻兮妻換夫，這場交易好糊塗。相逢總是天公巧，一笑燈前認故吾。」正文故事也是戰亂之中，夫妻離而復合。

五、正文

這一部分是「說話」表演的主要環節，敘述故事情節、塑造人物都在正文部分進行。筆者將在本章的後面兩節對正文的表演程式進行專門的探討，此處從略。

六、散場詩

散場詩顯然是「說話」在收場時的結語，一方面用來遣散觀眾，一方面用來總結引申話本。元刊《紅白蜘蛛》在全篇結束時，除了用「蕭蕭斑竹映迴廊，靄靄祥雲籠廟宇。」兩句散場詩之外，還用了一個套語：「話本說徹，權作散場。」程毅中認為這代表的是早期話本的原貌，並認為洪刻本的一些小說末尾也有「話本說徹，權作散場。」這樣的套語，這說明洪刻本較好地保留宋話本的風貌。〔註26〕

見於《清平山堂話本》十二種：

〔註26〕程毅中《宋元小說研究》，江蘇古籍出版社，1998年，南京，頁318。

《西湖三塔記》

「只因湖內生三怪，至使真人到此間。今日捉來藏籃內，萬年千載得平安。」（與正文無銜接）

《合同文字記》

「李社長不悔婚姻事，劉晚妻欲損相公嗣；劉安住孝義兩雙全，包待制斷合同文字。」「話本說徹，權作散場。」（正是：）

《風月瑞仙亭》「正是」後的散場詩缺失。

《藍橋記》

「玉室丹書著姓，長生不老人家。」

《洛陽三怪記》散場詩缺失。

《柳耆卿詩酒玩江樓記》

「一別知心兩地愁，任他月下玩江樓。來年此日知何處？遙指白雲天際頭。」

「耆卿有意戀月仙，清歌妙舞樂怡然。兩下相思不相見，知他相會是何年？」

《陳巡檢梅嶺失妻記》

「雖爲翰府名談，編作今時佳話。話本說徹，權作散場。」

《五戒禪師私紅蓮記》

「雖爲翰府名談，編入太平廣記。」

《刎頸鴛鴦會》

「當時不解恩成怨，今日方知色是空。」

《楊溫攔路虎傳》

「能將智勇安邊境，自此揚名滿世間。」

《花燈轎蓮女成佛記》

「作善的俱以成佛，奉勸世人：看經念佛不虧人。」

《董永遇仙傳》散場詩缺失。

見於明刊本《熊龍峰四種小說》二種：

《張生彩鸞燈傳》

「間別三年死復生，潤州城下念多情。今宵燃燭頻頻照，笑眼相看分外明。話本說徹，權作散場。」

《蘇長公章臺柳傳》

「至今風月江湖上，千古漁樵作話傳。」

見於《古今小說》的五種：

《趙伯升茶肆遇仁宗》

「相如持節仍歸蜀，季子懷金又過周。衣錦還鄉從古有，何如茶肆遇宸遊。」

《史弘肇龍虎君臣會》

「結交須結英與豪，勸君莫結兒女曹。英豪際會皆有用，兒女柔脆空煩勞。」

《楊思溫燕山逢故人》

「一負馮君罹水厄，一虧鄭氏喪深淵。宛如孝女尋屍死，不若三閭為主愆。」

《張古老種瓜娶文女》

「一別長興十二年，鋤瓜隱際暫居塵。因嗟世上凡夫眼，誰識塵中未遇仙。受職義方封土地，乘鸞文女得昇天。從今跨鶴樓前景，壯觀維揚尚儼然。」

《宋四公大鬧禁魂張》

「只因貪吝惹非殃，引到東京盜賊狂。虧殺龍圖包大尹，始知官好自民安。」

見於《警世通言》十一種：

《錢舍人題詩燕子樓》

「一首新詞弔麗客，貞魂含笑夢相逢。雖為翰院名賢事，編入稗官小史中。」

《三現身包龍圖斷冤》

「詩句藏謎誰解明，包公一斷鬼神驚。寄聲暗室虧心者，莫道天公鑒不清。」

《崔衙內白鷂招妖》

「虎奴兔女活骷髏，作怪成群山上頭。一自真人明斷後，行人坦道永無憂。」

《計押番金鰻產禍》

「李救朱蛇得美姝，孫醫龍子獲奇書。勸君莫害非常物，禍福冥中報不虛。」

《樂小舍拼生覓偶》

「少負性情長更狂，卻將情字感潮王；鍾情若到真深處，生死風波總不妨。」

《白娘子永鎮雷峰塔》

「祖師度我出紅塵，鐵樹開花始見春；化化輪迴重化化，生生轉變再生生。欲知有色還無色，須識無形卻有形；色即是空空即色，空空色色要分明。」

《宿香亭張浩遇鶯鶯》

「當年崔氏賴張生，今日張生仗李鶯。同是風流千古話，西廂不及宿香亭。」

《金明池吳清逢愛愛》

「金明池畔逢雙美，了卻人間生死緣。世上有情皆似此，分明火宅現金蓮。」

《皂角林大王假形》

「世情宜假不宜真，信假疑真害正人。若是世人能辨假，真人不用訴明神。」

《萬秀娘仇報山亭兒》

「萬員外刻深招禍，陶鐵僧窮極行兇。生報仇秀娘堅忍，死為神孝義尹宗。」

《福祿壽三星度世》

「原是仙官不染塵，飄然鶴鹿可為鄰。神仙不肯分明說，誤了閻浮多少人？」

見於《醒世恆言》二種：

《鬧樊樓多情周勝仙》

「情郎情女等情癡，只為情奇事亦奇。若把無情有情比，無情翻似得便宜。」

《鄭節使立功神臂弓》

「鄭信當年未遇時，俊卿夢裏已先知。運來自有因緣到，到手休嫌早共遲。」

見於《京本通俗小說》七種：

《碾玉觀音》

「後人評論得好：咸安王捺不下烈火性，郭排軍禁不住閒磕牙。
璩秀娘捨不得生眷屬，崔待詔撇不脫鬼冤家。」

《菩薩蠻》

「從來天道豈癡聾，好醜難逃久照中。說好勸人歸善道，算來
修德積陰功。」

《西山一窟鬼》

「一心辦道絕凡塵，鬼魅如何敢觸人。邪正盡從心剖判，西山
鬼窟早翻身。」

《志誠張主管》

「誰不貪財不愛淫？始終難染正心人。少年得似張主管，鬼禍
人非兩不侵。」

《拗相公》

「熙寧新法諫書多，執拗行私奈爾何。不是此番元氣耗，虜軍
豈得渡黃河？」（有詩爲證）

「好個聰明介甫翁，高才歷任有清風。可憐覆餗因高位，只合
終身翰苑中。」（又有詩惜荊公之才：）

《錯斬崔寧》

「善惡無分總喪軀，只因戲語釀災危。勸君出語須誠實，口舌
從來是禍基」

《馮玉梅團圓》

「十年分散天邊鳥，一旦團圓鏡裏鴛。莫道浮萍偶然事，總由
陰德感皇天。」

　　講史的表演程式與小說有相似之處，大約都是沿習了唐代俗講的傳統，
「講唱經文之本，……次就經題詮解，謂之『開題』。亦作『發題』（發與開
同義）」〔註27〕講史通常以一二首詩開篇，有類於講經中的「開題」，而散場
之時也以散場詩作結。

　　如《五代史平話》的開篇：

「龍爭虎鬥幾春秋，五代梁唐晉漢周。興廢風燈明滅裏，易君
變國若傳郵。」

〔註27〕 孫楷第《唐代俗講軌範與其本之體裁》，《滄州集》（上），中華書局，1965年，
北京，頁2。

《宣和遺事》也是由一首詩開篇：

> 「暫時罷鼓膝間琴，閒把遺編閱古今。常歎賢君務勤儉，深悲
> 庸主事荒淫。致平端自親賢哲，稔亂無非近佞臣。說破興亡多少事，
> 高山流水有知音。」

開場詩之後都有一個引子，其目的不外是隱括大意，領起下文。引導聽眾靜下心來欣賞。常常是從三皇五帝說起，將過往的歷史做一個簡明的概括，並穿插一些「說話」人對興衰治亂的簡要的評說，然後再引出講史正文的內容。《五代史平話》是從伏羲、黃帝說起。《宣和遺事》是從唐堯、虞舜開始，而《醉翁談錄·舌耕敘引》中的「小說引子」也收錄了一首七言十六句的詩，對上自鴻荒既判下至宋代的歷史進行了一總括，並注明「演史講經並可通用」，說明這個引子就是為「說話」藝人準備的開篇套語。講史話本前沒有小說話本常有的入話和頭回，考察元代的幾部講史話本：《武王伐紂平話》、《七國春秋平話》、《秦並六國平話》、《前漢書平話》、《三國志平話》也大多只有引子而沒有入話、頭回。這可能是因為書坊在刊刻話本的時候將這兩部分刪落了，但是更合理的解釋是講史表演本身就沒有入話和頭回，因為小說體制短小，演出形式靈活，且多講時事，不要求藝人有太高的學識修養，可能對路歧藝人來說是一個比較合適的「說話」科目，路歧藝人的表演時間不固定，聽眾也是臨時從要鬧繁華之處拉來的散客，開講的時間完全要看聽眾聚集的多少而定，一方面穩定住已到的聽眾，一方面吸引更多的聽眾來加入，這對路歧藝人來說是十分重要的一項專業技能。就算是在固定的瓦舍中表演的小說藝人也不比講史藝人，每個小說話本篇幅都不會太長，一般不會講上幾日，而是「頃刻間提破」，聽話的客人流動性也很大，因此藝人必須要多準備一些入話和頭回的段子來拖延表演正式開始的時間。講史的情形就完全不一樣了，在瓦舍、酒樓、茶座中的講史的表演應該是有固定表演時間的，而且因為講史的篇幅很長，所以聽眾也會相對固定。因而藝人沒有太多的必要故意延耽時間，更何況像講史這種每日固定的表演過分的拖延時間反而會引起聽眾的不滿。

講史正文的基本故事情節依據正史，截取一個朝代的歷史按照時間的順序進行講說。最後也都要用一首詩作為收束。例如：

《五代唐史平話》

> 「堪笑鴉兒興後唐，四君三姓自相戕。誰知一十四年後，歷數

依前屬石郎。」

《五代晉史平話》

　　「衣到弊時生蟻虱，肉從腐後長蟲蛆。向非叛將爲歐役，安得
強胡敢覬覦？桀犬吠堯甘負主，失身事虜作戎奴。君看彥澤趙延壽，
國破家亡族亦誅！」

《五代漢史平話》

　　「晉君借援犬羊群，迫脅唐君赴火焚。誰料犬羊史吞噬，周還
圖漢不堪聞！」

《五代周史平話》原文缺失。

《宣和遺事》

　　「炎紹諸賢慮未精，今追遺恨尚難平。區區王謝營南渡，草草
江徐議北征。往日中丞甘結好，暮年都督始知兵。可憐白髮宗留守，
力請鑾輿幸舊京。」

第三節　「說話」正文的敘事結構

一、線性結構的敘事彈性與塊狀結構的相對獨立性

　　「說話」藝人或者書會才人在表演以前要對故事素材進行加工，從中提
煉出故事的情節框架，並配上相應的程式化套語，形成一個「說話」藝人表
演的提綱，以口頭或者書面的形式在藝人之間流傳。宋代「說話」多爲師
徒間口耳相傳，宋話本中提到的京師「老郎」流傳的話本當屬此類，但也有
形成文字的，這類話本是經過書會才人之手加工過的，也就是我們今天能夠
看到的話本，其內容大概包括主要故事梗概、人物名號以及一些描寫景物、
刻畫人物的韻文。這一傳統一直延續到了近代，後代的說書藝人稱之爲「梁
子」。「所謂『梁子』，就是舊時評書藝人說書的提綱，一般都是師徒口傳心
授的。筆錄成文的稱爲」『冊子』，寫得都比較簡明扼要。一部評書錄在『冊
子』上一般在一千字到一萬字之間……要求演員背得滾瓜爛熟，說時脫口而
出」〔註28〕「『腳本』大多是穿插著詩歌和其他固定段落的概要。然而也有一
些評話藝人受過很好的教育，有興趣把家傳的書目較全面地寫下來。其中一

〔註28〕汪景壽、王決、曾惠傑《中國評書藝術論》，經濟日報出版社，1997 年，北京，
　　　　頁 155。

些也允許別家的評話藝人抄去，但這種做法被視為特例，說明了成年藝人之間有不比尋常的交情，因為各家的書是藝人們的傳家寶。這些私人筆記很少用於傳統的師帶徒方式的藝術訓練。」〔註 29〕據揚州評話藝人王少堂和王筱堂回憶他們的學藝過程，都沒有用過任何書面的材料。

根據「說話」的表演程式來看「說話」藝人的表演可以分成兩部分，一是穩定性很強的「書路子」，即主要故事情節和一些韻語、套語。二是變異性很強的即興發揮部分，情形與後來評書中的「墨刻兒」和「道活兒」的關係差不多。因為一些著名書段中的主要故事情節已為聽眾所熟知，對聽眾來說沒有太大的吸引力，聽眾聽的就是每個藝人口技、身段、手法表演和藝人各顯神通對故事的「添枝加葉」。而這些對藝人來說是需要通過大量的藝術實踐來不斷摸索和完善的，即使技藝已達爐火純青的地步也仍然要根據現場觀眾的反映來進行調整。因而藝人沒有必要，也沒有興趣將自己的某次書場表演進行詳細的筆錄。

「說話」表演的創作程式在宋元時代就已固定下來了，我們今天能看到的一些宋元時代的話本應該就是筆錄成文的「說話」表演提綱。從這些話本來看，無論是長篇的講史、說經還是短篇的「小說」，「說話」作品基本都採用線性敘事結構，也就是說按照時間順序展開故事情節。這樣的敘事結構可能是受到了史傳敘事的影響，但更主要的還是為了滿足「說話」演出的需要。「說話」靠的是藝人現場的表演，聽眾沒有文本可以參照，也沒有圖像作為提示，所以「說話」作品必須結構清晰，首尾相應，線性結構是最便於聽眾把握情節發展脈絡的結構方式。

以長篇的「說話」作品《五代史評話》、《宣和遺事》、《大唐三藏取經詩話》來分析，情節的主線都十分明晰，《五代史平話》歷述五代時期頻繁的戰爭和動亂，梁、唐、晉、漢、周的盛衰始末。《宣和遺事》記北宋衰亡、金人入侵和南宋建都臨安期間的史事及傳說，兩者基本上都是按照歷史事件的時間順序來結構的。說經話本《大唐三藏取經詩話》也是按照取經路上經歷的各種艱難險阻來編排的。小說話本所表現的故事時間跨度要小得多，但絕大部分也都是以時間順序結構的。線性敘事結構使情節的脈絡發展清晰地呈現在聽眾面前，不會造成不必要的歧義和誤解，對於「說話」這門聽覺藝術是最理想的結構模式。

〔註 29〕易德波《揚州評話探討》，人民文學出版社，2006 年，北京，頁 33。

　　「說話」的線性敘事結構還有一個突出的特點，就是「說話」提綱一般比較粗疏，具有很大的敘事彈性，藝人隨時可以根據表演的需要加入其他成分。「說話」藝人雖然都要熟記表演的提綱，也就是話本所載的主要內容。但任何一個成功的「說話」藝人都必須對提綱的內容進行補充和加工。他們鋪敘敷演、設置場景環境，特別是通過增加細節來賦予「說話」真實感，設置曲折的小情節來吸引聽眾。後來的評書結構成篇的方法與之大略相同，「過去說書的藝人從師傅那裡學說某部評書，首先要掌握『梁子』（說書的提綱），根據『梁子』，運用說書的技巧加以敷衍發揮，這樣說書叫做『活口』；完全按照師傅教的一字一句學說，則叫『方口』，掌握『活口』是評書藝人的基本功，只按照『梁子』說書，缺乏敷衍發揮，是說書最忌諱的。」〔註 30〕而南方的揚州評話裏也有「方口」、「圓口」之分，「方口指一種有力、清楚、沉穩的發音方式。方口的段落裏多用文言語句、詩詞和詩句，如佔有主導地位的四言和六言，從而賦予相應的段落以強烈的節奏感。方口的特點使說書人即興發揮的餘地較少。」「圓口具流暢、快捷而且發音連續的特點，更接近日常口語（家鄉話），圓口中夾帶低俗的土話，說書者能根據情況做各種即興表演。」〔註 31〕「從『梁子』到評書的演出本，篇幅常常成倍甚至幾十倍的增加。」〔註 32〕雜劇《對玉梳》中有說「《五代史》至輕呵也有二百合」，《羅李郎》中也說「到家一千場《五代史》」，都說明表演本的確會與提綱內容豐富很多。

　　「一般認為，揚州評話表演得越長，書說得越好。二十世紀王家傳世的『水滸傳』內容大幅增加。大師王少堂，據說把傳到他的『水滸』『膨脹』成兩倍之多。『武十回』，大概占全部水滸的四分之一，王少堂的祖輩會說二十多天的；到他的父輩（父親、叔父）這一代說四十多天；到他，王少堂，就長達七十五天。」〔註 33〕「說話」表演雖有一個故事的主幹——「梁子」，但仍需「說話」人以底本為依據，各運匠心，隨時生發，為故事添枝加葉。「王筱堂和李信堂說的都是『打虎』故事，但是，其不同點在於長度、內容、敘

〔註30〕　汪景壽、王決、曾惠傑《中國評書藝術論》，經濟日報出版社，1997 年，北京，頁 154～155。

〔註31〕　易德波《揚州評話探討》，人民文學出版社，2006 年，北京，頁 101。

〔註32〕　汪景壽、王決、曾惠傑《中國評書藝術論》，經濟日報出版社，1997 年，北京，頁 156。

〔註33〕　易德波《揚州評話探討》，人民文學出版社，2006 年，北京，頁 44。

述結構,當然還有個人的詞語使用不同。李信堂的『打虎』壓縮到只跟老虎有關的一段情節,即,武松和老虎在山上相遇的這一段;王筱堂的書包括更多對周圍環境事物的描述,即酒館裏喝酒的場景,掌櫃的和小老闆之間為武松多給的銀子的爭吵等等。」〔註34〕

　　「說話」人各顯神通,對梁子進行個性化的補充發揮,這就使得同一「說話」故事出現多個演出版本。比如一些話本有兩個甚至三個題目,如《簡帖和尚》題目下又注「亦名胡姑姑,又名錯下書」,《刎頸鴛鴦會》題下注「一名三送命,一名冤報冤」這無疑是由於同一個話本被不同藝人敷演,因而出現了不同的版本。現代的揚州評話也是在表演中形成了不同的門派,如「李門三國」、「任門三國」、「鄧門水滸」、「宋門水滸」,著名的揚州評話藝人王少堂就是「鄧門水滸」的傳人。〔註35〕這些師承體現了諸多藝人對「說話」故事的個性化演繹。

　　「說話」結構的敘事彈性,使「說話」人完全可以根據自己演出的需要,將其拉長或縮短,這符合「說話」口頭文學創作的特點。《醉翁談錄・舌耕敘引》中有「冷淡處,提掇得有家數;熱鬧處,敷衍得越長久。」〔註36〕之說,「說話」的這種傳統恐怕也是來自於俗講,「一種是不唱經文的,……這一種則因為沒有唱經文的限制,對於經中故事可以隨意選擇。經短的便全講。經長的,便摘取其中最熱鬧的一段講。」〔註37〕「說話」藝人可以沿著敘事的情節主線,根據表演的需要比較隨意地增加敘事枝蔓,並且「說話」藝人還要運用「說話」技巧進行敷演和發揮,使「說話」作品真正充實豐富起來,成為鮮活的口頭表演藝術。這個過程最能體現藝人的功底,因為這不但要求藝人有良好的「說話」素養,場下要有充分的準備和積累,對表演提綱爛熟於心,掌握大量「說話」所需的「預製件」,更要看藝人臨場的發揮,熟練地運用各種材料,在簡單樸素的表演提綱中不斷加入曲折動人的敘事枝蔓的技藝。有的時候,特別是在講史一類的長篇「說話」表演中,「說話」人會以某個事件或人物為中心,設置大量的情節,從而在情節的主線之上形成了一連

〔註34〕 易德波《揚州評話探討》,人民文學出版社,2006年,北京,頁122。
〔註35〕 揚州評話研究組編《揚州評話選》上海文藝出版社,1980年,上海,頁365～368。
〔註36〕 羅燁《醉翁談錄・舌耕敘引》古典文學出版社,1957年,上海,頁5。
〔註37〕 孫楷第《中國白話短篇小說的發展》,《滄州集》(上),中華書局,1965年,北京,頁72。

串的塊狀敘事結構。每個塊狀結構自成體系，以主線中的一個人物為中心展開，糾集著眾多人物和事件，單提出來可以獨立成篇，但又與主線故事互為照應，層次分明，而不失為主線故事中的一個有機整體。《水滸傳》中的「武十回」、「宋十回」就是比較突出的例子。

我們今天能看到的長篇話本《五代史平話》和《宣和遺事》，其塊狀結構並不突出，這主要是因為話本只是「說話」的提綱本，而非演出本，所以記錄的只是一個故事的梗概，主要出「說話」人自由敷演而形成的塊結構很少能在話本中得到反映。這主要是由於講史話本往往是書會才人和粗通文墨的藝人參與創作的，將史書所記的內容與「說話」藝人的創作串聯在一起，拼湊的痕跡十分明顯，所以我們今天看到的話本的文體和風格都是參差不一的。其中既包括直接改寫自史傳的部分和前代文人志怪傳奇的改編，還有「說話」藝人直接創作的部分，「說話」人敘事口吻保留得很不完整。從存世的兩部宋代講史話本來看，這個特點都表現得比較突出。《五代史平話》歷述五代時期頻繁的戰爭和動亂，梁、唐、晉、漢、周的盛衰始末。其中敘述黃巢、朱溫、劉知遠、郭威等人的身事於史無載，完全是「說話」藝人根據民間傳說和自己的藝術想像創作的，也是用白話寫就的，因而也是最有研究價值的部分。《五代史平話》的其他部分則是依據《資治通鑒》、《續資治通鑒長編》節錄和改寫而成的，用的是文言，些許添加了「說話」敘事的成分，但敘事粗疏大略，主要還是史家口吻，研究價值不大。《宣和遺事》的編寫情況寫《五代史平話》大致相似，全書大半篇幅是文言部分，雜採野史、雜記、詩文而成，而書中敘述的楊志賣刀、智取生辰綱、宋江殺惜、三十六人聚義、征方臘這些梁山故事，以及徽宗和李師師的故事則是「說話」藝人用白話體進行創作的。上面已經提到話本只是表演提綱並不能與「說話」的演出本劃上等號，「說話」作品中真正鮮活靈動的部分都出自「說話」藝人的口頭創作。所以只有在這兩部話本的白話部分還能看出塊狀結構的雛形。比如《五代史平話》中黃巢、朱溫、郭威等主要人物的身事和發跡、《宣和遺事》中的梁山故事和徽宗與李師師故事都屬於比較明顯的塊狀結構。塊狀敘事結構貫穿在敘事主線之上，而又相對獨立，甚至可以脫離主線獨立成篇。

「說話」就是線性結構與塊狀結構的結合。元楊維楨《東維子文集》卷六《送朱女史桂英演史序》說：「演史於三國、五季，因延致舟中，為予說道

君民嶽及秦太師事。」〔註38〕徽宗建民嶽之事在《宣和遺事》中只是很簡略的一段文字，而在楊維楨記述的這段文字中卻成了一個專門的段子，說明藝人在演說時一定要增加很多情節內容。

藝人的文化水平普遍不高，但是生活經驗卻十分豐富，話本所提供的故事的框架具有很大的彈性，為「說話」藝人提供了現場發揮的空間。「說話」表演最忌諱按圖索驥死背話本，為了生計藝人必須要設計一些額外的內容為「說話」添枝加葉，使「說話」作品結構膨脹。這些額外的內容，是以故事中主要人物有關的一些情節，還有大量的細節描寫和穿插在故事中的評論、引文、詩詞、插科打諢等等。

二、「說話」演出本的擴展

（一）情節

基於「說話」特有的表演程式，按照時間順序結構故事的線性結構最具彈性，在「說話」線性時間序列上，每一時間點上的敘事量並不是平均的。「說話」人可以根據需要隨意將某一時間點放大，加入新的情節內容，使故事內容更加生動曲折，也就是所謂的「有話則長，無話則短」。因而「說話」人按照表演的需要，既可以隨意地跳過若干年的時間，也可以在某一點上將敘事時間拉長，使故事情節在某幾個時間點上糾結成塊。魯迅早就發現了《五代史評話》有這個特點，認為此書「大抵史上大事，即無發揮，一涉細故，便多增飾，狀以駢儷，證以詩歌，又雜諢詞，以博笑噱。」〔註39〕

《宣和遺事》中徽宗與李師師的故事是一個很好的例子，這個故事在宋元時代廣為流傳，而且有諸多個版本，有的是出自「說話」藝人的敷演臆測，有的是出自有閒文人的想像描摹。故事的基本情節都是一致的——荒唐天子偶幸青樓名妓，恰是一個瓦舍表演的好題目，藝人可以根據各人的想像力和常識任意編織這個故事。圍繞著中心情節《宣和遺事》中先後編排了：徽宗攜高俅、楊戩微服出遊、暮遊金環巷遇李師師、師師報官、賈奕寫詞、宋邦傑探賈奕、曹輔進諫遭貶、楊戩覽賈奕簡、賈奕惹來殺身之禍、張天覺救賈奕、徽宗納師師入宮、張天覺憤然辭官。前後十一個情節均出自藝人的

〔註38〕楊維楨《東維子集》卷六，送朱女士桂英演史序，文淵閣四庫全書，1221，集部，別集類，上海古籍出版社，2003年，上海，頁435。
〔註39〕魯迅《魯迅全集·中國小說史略》，人民文學出版社，1981年，北京，頁114。

創作，在《宣和遺事》的敘事主線上以徽宗和李師師為中心形成了一個塊狀敘事結構。

另一個小說話本中的例子也很能說明問題，《古今小說》收錄的《楊思溫燕山逢故人》，其故事本事來自於《夷堅志》丁集卷九的《太原意娘》，〔註40〕關於男主人公之死《古今小說》和《夷堅志》有不同的記載，《夷堅志》所載十分簡略：「後數年，韓無以為家，竟有所娶，而於故妻墓稍益疏，夢其來，怨恚甚切，曰：『我在彼甚安，君強攜我，今正違誓。不忍獨寂寞，須屈君同此況味。』韓愧怖得病，知不可免，不數日卒。」只有86個字，而在《楊思溫燕山逢故人》中，這一段情節卻被敷演成了兩千多字。這多出來的部分自然是出自於「說話」藝人的虛構。正如董乃斌所說：「長期充當子、史附庸的中國古代小說，由史的政事紀要式敘述轉變為小說的生活細節化敘述、由野史筆記式的忠實載錄轉變為借虛構以創造可以亂真的『第二自然』，邁出了文體獨立的第一步。」〔註41〕

（二）細節描寫

包括「說話」在內的說唱藝術都十分注重細節描寫，關於這一點前人已經有了很清楚的認識。程毅中在《宋元小說研究》中說：「說唱藝術注重細節描寫」〔註42〕「宋朝說書，大書如『說三分』即《三國》，大約是連續的。但小書，卻是採取《今古奇觀》的方法，只講一篇一篇的短篇故事，大約最多十幾天可以說完。」「如說《珍珠塔》描寫陳翠娥從樓上下樓送一盤點心給小方卿，點心下面藏著珍珠塔，這一節就可以說上五天。又如《武松打虎》描寫武松從舉拳到打下去，可以說上一個星期。」〔註43〕

藝人每一次的演出都不會是一成不變的，但是主要情節和關鍵性的對話一般不變。現存的宋講史話本目錄中的回目繁多而考其內容卻很簡略，這說明很多細節和情節都被略去了。在《五代史評話》和《宣和遺事》中有很多地方都可以加入細節性的內容，比如《五代史梁史評話》中寫盧攜上表唐僖宗，奏關東大旱，饑民無依，丞相路岩卻蒙蔽僖宗說四海無虞，禾稼豐登。

〔註40〕 洪邁《夷堅志》丁集卷九，「太原意娘」條，中華書局，叢書集成本，1985年，北京，頁65。
〔註41〕 董乃斌《中國古典小說的文體獨立》，中國社會科學出版社，1994年，北京，頁197。
〔註42〕 程毅中《宋元小說研究》，江蘇古籍出版社，1998年，頁347。
〔註43〕 趙景深《曲藝叢談》，中國曲藝出版社，1982年，北京，頁263。

並矯詔賜死了盧攜。這裡面可加的細節很多，比如關東饑荒，百姓流徙四方的慘狀、盧攜上表後僖宗及眾文武的反映、路岩的表現等等，可以增加很多細節描寫和情節。這樣的例子還很多比如《五代史梁史平話》中寫到宋威伐王仙芝，本應是「說話」人大書特書的一個在坨子，但話本中只簡簡單單地交待：「乾符三年七月，唐僖宗差宋威往沂州與王仙芝迎敵。鬥經五十餘合，那王仙芝力不敵，敗走。」「說話」藝人在表演時顯然不可能如此簡略了事。如果藝人只是簡單地按本宣科，很難想像聽眾能從話本簡略的敘事中得到滿足，因此必需要加入相關的細節。

　　爲了吸引聽眾話本的情節一般比較離奇，但是藝人們往往又在細節上精心雕琢，使作品呈現出細節上的眞實，從而使聽眾獲得身臨其境般的藝術感受。如《西山一窟鬼》的內容頗爲荒誕不經，但是小說中很多細節描寫又異常生活化，如寫吳洪與王七三官人途中遇鬼時的描寫：「脊膝展展，兩股不搖自顫。……地下又滑，肚裏又怕，心頭一似小鹿兒跳，一雙腳一似鬥敗公雞，後面一似千軍萬馬趕來，再也不敢回頭……」把人恐懼時的表現刻畫得活靈活現，十分傳神。

　　除了通過增加情節和細節來擴展「說話」內容外，「說話」表演本還會加入「說話」人的評論、引文及詩詞的解釋、插科打諢、以及讖語預兆等內容。關於這些本文將在後面的章節中單獨論述。

第四節　「扣子」的設置

一、「扣子」的作用

　　作爲一種商業演出，「說話」藝人最關心的事恐怕要數聽眾的上座率了，如何抓住已經入座的聽眾的好奇心，並吸引更多的聽眾，直接關係「說話」藝人的收入。藝人主要是通過兩個手段達到這個目的的：一是離奇動人的情節，二是動人心弦的「扣子」。關於情節前人的研究已相當完備了，本文將不作重點討論，這裡主要談有關「扣子」的設置。

　　李嘯倉認爲在《醉翁談錄》中就提到了關於「扣子」設置的問題，「《醉翁談錄》中又云：『或作挑閃』未明其意。以意解之……兩字合起來，便有：『把你引誘來，而又閃閃躲躲的吸引著你，不肯驟然令你遽去』的意味在，這正是業舌耕者吸引觀眾的方法，故有『或作挑閃』之說。這恰如今日說書

的『賣關子』。」〔註44〕藝人說到最熱鬧的地方戛然而止。「扣子」是由於「說話」伎藝興旺而發展起來的一種獨特的敘事文學創作手法，在第二節中我們已經提到「說話」作品的敘事是線性結構與塊狀結構的結合，在時間順序串連起來的軸線上，每一個塊狀結構都是一個人物為中心展開，糾集著眾多人物和事件的相對獨立結構，也就是後來評書中所說的「柁子」，用來標誌大的敘事段落。但其實每一個大的敘事段落都是數個小單筆書構成的，並由一個個「扣子」將小單筆書在時間鏈條上串接起來，形成一個完整的敘事單元。「說話」表演受到時間的限制，每次表演時間長短大體相似，藝人必須調整演出的節奏以適應聽眾的審美習慣。

從藝術結構上看「扣子」是「說話」藝人掀動情節波瀾的主要手段，這樣做當然主要是為了配合「說話」的收費模式。「說話」表演與後來的各種表演不同，觀眾不是先買票再看表演，而是藝人邊表演邊向觀眾收錢。關於這個傳統在很多小說作品中都有反映，如《水滸傳》五十一回：

> 「那李小二人叢裏撇了雷橫，自出外面趕碗頭腦去了。院本下來，只見一個老兒，裹著磕腦頭巾，穿著一領茶褐羅衫，繫一條皂條，拿把扇子上來開呵道：『老漢是東京人氏，白玉喬的便是。如今年邁，只憑女兒秀英歌舞吹彈，普天下伏侍看官。』鑼聲響處，那白秀英早上戲臺參拜四方，拈起鑼棒，如撒豆般點動。拍一聲界方，念出四句七言詩道：『新鳥啾啾舊鳥歸，老羊羸瘦小羊肥，人生衣食真難事，不及鴛鴦處處飛。』雷橫聽了喝聲采，那白秀英道：『今日秀英招牌上寫著這場話本，是一段風流蘊藉的格範，喚作《豫章城雙漸趕蘇卿》。』說了開話又唱，唱了又說，合棚價喝采不絕。那白秀英唱到務頭，這白玉喬按喝道：『雖無買馬博金藝，耍動聰明鑒事人。看官喝采是過去了，我兒且下來，這一回便是覷交鼓兒的院本。』白秀英拿起盤子指著：『財門上起，利地上住，吉地上過，旺地上行，手到面前，休教空過。』白玉喬道：『我兒且走一遭，看官都待賞你。』」

這裡白秀英「唱到務頭」就中斷了表演，開始拿盤子收錢，所謂「務頭」就是「扣子」，是故事情節中最緊張吸引人之處，藝人預先設置一些「扣子」，將表演切成一個個小段落，其間穿插著收錢的過程。又如《說岳全傳》第十

〔註44〕李嘯倉《說話名稱解》，《宋元伎藝考》，上雜出版社，1953年，上海，頁76。

回敘牛皋等人在相國寺聽評話：

> 「卻說牛皋跟了那兩個人走進圍場裏來，舉目看時，卻是一個
> 說評話的，擺著一個書場，聚了許多人坐在那裡聽他說評話。……
> 卻說的北宋金槍倒馬傳的故事。那牛皋仍舊跟了進來，看又是作什
> 麼的，原來與對門一樣說書的。……聽他說的是《興唐傳》……正
> 說到羅成獨要成功，把住山口，說到此處，就住了。」

《醒世恆言》卷三十八《李道人獨步雲門》一篇裏也有比較生動的描寫：

> 「只見那瞽者說一回，唱一回，正歎到骷髏皮生肉長，覆命還
> 陽，在地下直跳將起來。那些人也有笑的，也有嗟歎的，卻好是個
> 半本，瞽者就住了鼓簡待掠錢足了，方才又說。此乃是說平話的常
> 規。誰知眾人聽話時一團高興，到出錢時，面面相覷，都不肯出手。
> 又有身邊沒錢的，假意說幾句冷話，伴伴的走開了。」

不僅是長篇的「說話」中有此成例，就是短篇的小說中也是一樣，見於
《熊龍峰四種小說》中的《張生彩鸞燈傳》剛開篇不久就設了一個「扣子」。

> 「今日為甚說這段話？卻有個波俏的女娘子也因燈夜遊玩，撞
> 著個狂蕩的小秀才，惹出一場奇奇怪怪的事來。未知久後成得夫婦
> 也不？且聽下回分解。正是：燈初放夜人初會，梅正開時月正圓。」

「說話」中「扣子」的設置及藝人收錢的程式與張次溪對北京天橋茶館
的描述十分相似：「每過四五分鐘的工夫，就停上一會兒，算一段，用一小
方木在桌子上一拍，小夥計便拿著小笸籮嘴裏嚷著說，打第三會。都是先
打錢後聽書，打錢的數目有一定，每人一段五百元，茶葉錢另算，由兩點
到六點來鐘才完場。大概說個二十幾段，你有一兩萬元足可以聽個夠，假
設您手裏要有個錢，足可以天天上那兒泡去，又省錢，又舒服，比遛大街好
得多。」〔註45〕

露天的表演場所情況大同小異，「此項露天書館……每一回書斂錢一次，
坐客付以當十錢一文，說書的先生須自己繞場領取，打多少是多少，不得
懸定數目，更求增加，外圍子站著聽的，給就接著（用茶碗接），不給不許
要。」〔註46〕

揚州評話把「扣子」稱為「關子」，分「虛關子」和「實關子」。其表演

〔註45〕 張次溪《天橋叢談》，中國人民大學出版社，2006年，北京，頁192。
〔註46〕 張次溪《天橋叢談》，中國人民大學出版社，2006年，北京，頁193。

程式也大體相同：「評話表演分爲四個段子。第一個段子之後，有個小間休，這時場東把書臺左邊的大碗傳遞一周，收書茶錢。……到第四個段子的尾聲，說書人就使勁『賣關子』，說到引人入勝的情節，陡然停下來，以保持眾人的興致。如果聽眾聽上癮了，不想走，就邊鼓掌邊叫：『打轉！打轉！』於是，場東就拿起書臺右邊的大碗，到聽眾中傳遞。等藝人把後加的一段說完以後，茶房就喊一句：『明兒請早！』」〔註47〕

　　上面這幾個例子都能說明「說話」藝人是邊說邊收錢的，要想讓聽眾不在收錢時散走，藝人就要善於在矛盾衝突最緊張的時候截斷話頭，運用各種「扣子」吸引觀眾繼續來聽。現代著名評書藝人連闊如曾在《江湖叢談》中詳細談到「扣子」的運用方法。「比如說《東漢》吧，開書先說劉秀拜馬援爲帥，姚期不服，與馬援賭頭爭帥印，如若姚期用三千兵打破潼關，馬援將帥印輸給姚期，如若姚期打不開潼關敗了仗，姚期將人頭輸給馬援。聽書的人最喜愛忠臣，都替姚期擔心，怕他打不破潼關，將人頭輸了，都坐在凳子上不動，要聽姚期輸不輸，這樣便算書座入了扣兒，這就是說書演員使小扣兒。聽書的人不動了，說書的人往下說，姚期還沒到潼關，離城三十里就被王莽的兵將打敗了，岑彭給姚期打接應，掉到陷馬坑裏，岑彭被王莽兵將生擒活捉入潼關。聽書的座兒聽到這裡，又替姚期駭怕，怕回去腦袋沒了，又怕岑彭死在潼關，這樣就不走了，非聽個水落石出不止，這就叫碎扣兒，將座扣住了。這樣說，就是說書的演員用步步連環緊的法子，將書座兒吸住了，直聽到臨散場的時候聽出兩個岑彭來，書座兒更納悶了，怎麼會多出一個岑彭呢？真叫人納悶。離了書館，回到家中，吃飯、睡覺還是納悶，無法解決，只好明天早早的去書場，接著再聽去。這樣便是評書演員使用大扣兒。使用大扣兒爲的是吸住聽書的座兒明天再來聽書，聽到明天散書時，又聽到馬援巧使連環計，書座又納悶了，不知馬援使的是什麼計能得潼關，明天再接著往下聽。即是幾天的光景，才將潼關的事說完。四五天才說完，潼關這段書就是四五天的大桄子。說評書的沒有小扣兒，吸不住座兒，沒有碎扣兒，拉不住座兒，沒有大扣兒，吸不住回頭再聽的座兒，沒有大桄子就不能吸住聽五六天的書座兒。」〔註48〕連闊如的這段經驗之談充分說明了「扣子」對說書表演的重要性。《宣和遺事》中徽宗和李師師的故事應該可以算是書中的一

〔註47〕 易德波《揚州評話探討》，人民文學出版社，2006年，北京，頁35。
〔註48〕 雲遊客《江湖叢談》，中國曲藝出版社，1988年，北京，頁88～89。

個大柁子，圍繞這個大柁子「說話」人精心設置了很多大大小小的扣子，每一個扣子都用兩句或者四句韻語將敘事打斷。

「宣和五年七月，初一日昧爽，文武百官集於宮省，等候天子設朝。……見一人出離班部，倒笏躬身，口稱：『萬歲，萬歲，誠惶，誠恐，頓首頓首，死罪！臣有表章拜奏。』天子覽罷，驚唬得汗流龍體，半晌如呆，覷著蔡京道：『卿，這事如何？』道甚來？

錦宮樓閣漫金碧，一旦青青荊棘生。

……

「徽宗聽說罷，道：『方今盜賊四起，未能剗除；又現此星，何時寧息？』詔：『諸卿相誰人能厭禳此星？』俄有一大臣出班奏帝，唬的群臣失色。

啟開立國安邦口，盡說扶持社稷功。

……

忽聽甚處風送一派樂聲嘹亮。徽宗微笑曰：『朕深居九重，反不如小民直恁地快活！朕欲出觀市廛景致，恨無由！』有楊戩回奏云：『陛下若要遊玩市廛，此事甚易。』正是：

不因邪佞欺人主，怎得金兵入汴城！

……

師師聞道，唬得魂不著體，急離坐位，說與他娘道：『咱家裏有課語論言的，怎奈何？娘你可急忙告報官司去，恐帶累咱每！』李媽媽聽得這話，荒忙走去告報與左右二廂捉殺使孫榮、汴京裏外緝察皇城使竇監。二人聞言，急點手下巡兵二百餘人，人人勇健，個個威風，……急奔師師宅，即時把師師宅圍住了。

可憐風月地，番作戰爭場。

看這個官家怎生結束？

……

是時紅輪西墜，玉兔東生，江上漁翁罷釣，佳人秉燭歸房。酒闌宴罷，天子共師師就寢。高俅、楊戩宿於小閣。

古來貪色荒淫主，那肯平康宿妓家。

……

師師道：「你今番早子猜不著。官人，你坐麼，我說與你，休心

困者。」

　　師師說道傷心處，賈奕心如萬刀鑽。

　　……

　　賈奕覷了，認的是天子衣，一聲長歎，忽然倒地。不知賈奕性命如何？

　　三條氣在千般用，一日無常萬事休。

　　……

　　說未罷，高平章早入來，賈奕不能躲。高俅見，大怒，遂令左右將賈奕執了，使交送大理寺獄中去。賈奕正是：

　　才離陰府恓惶難，又值天羅地網災。

　　看賈奕怎結束？

　　……

　　淨鞭三下響，文武兩班齊。天子方才坐定，見一大臣急離班部，前進金階，紫袍簌地，象簡當胸，卻是諫官曹輔進表。諫個甚事？

　　只因幾句閒言語，惹得一場災禍來！

　　……

　　楊戩再三撫諭師師道：「夫人休怪，歇幾日了，天子須來也。」抬頭一覷，見師師卓子上有一小簡。楊戩展看時，卻是賈奕底簡。那簡中說個甚的？分明是：

　　風流喪命甘心處，恰似樓前墜綠珠。

　　……

　　徽宗道：「賈奕流言謗朕，合夷三族，餘者皆推入市曹，斬首報來！」

　　昨日風流遊妓館，今朝含恨入泉鄉。」

　　……

二、「扣子」的種類

　　在後來的評書中「『扣子』可以分為危局式的『扣子』、選擇式的『扣子』和預告式的『扣子』。」〔註49〕在宋代的「說話」中有沒有這樣的劃分已很難

〔註49〕汪景壽、王決、曾惠傑《中國評書藝術論》，經濟日報出版社，1997年，北京，頁169。

考訂了，但是在現存的話本仍然能看到這幾種「扣子」的運用實例：

危局式的「扣子」是書中人物至身於險境之中，生死未卜，聽眾對人物的命運滿懷關切，對情節的發展充滿了懸想。危局式的「扣子」大概是運用最多的一種，比如上面引的《宣和遺事》中就多處運用，圍繞著賈奕這個人物的命運，「說話」人前後設置了五個「扣子」，「說話」人每設一個「扣子」聽眾都不由自主地為人物懸心，從而不得不聽下去，待到解開一個「扣子」，「說話」人又會設下另一個「扣子」營造緊張氣氛，帶領聽眾體驗書中人物的心理歷程，吸引聽眾聽下去。

選擇式「扣子」是「說話」在敘事中把兩種可能的結局展示出來，讓聽眾去思索和判斷。

預告式「扣子」，這種「扣子」往往被放在故事的開頭，把最精彩動人的情節暗示給聽眾，在「說話」的一開始就製造了緊張的氣氛，使聽眾迫不及待地要把故事聽下去。《崔衙內白鷂招妖》中就設置了一個預告式的「扣子」作為開篇。

> 「衙內借得新羅白鷂，令一個五放家架著。果然是那裡去討！牽將鬧裝銀鞍馬過來，衙內攀鞍上馬出門。若是說話的當時同年生，並肩長，勸住衙內只好休去。千不合，萬不合，帶著這隻新羅白鷂出來，惹出一場怪事。真個是亙古未聞，於今罕有！有詩為證：
> 外作禽荒內色荒，濫沾些子又何妨？
> 早晨架出蒼鷹去，日暮歸來紅粉香。」

《熊龍峰四種小說》中的《張生彩鸞燈傳》也是開篇不久就設了一個「扣子」。

> 「今日為甚說這段話？卻有個波俏的女娘子也因燈夜遊玩，撞著個狂蕩的小秀才，惹出一場奇奇怪怪的事來。未知久後成得夫婦也不？且聽下回分解。正是：燈初放夜人初會，梅正開時月正圓。」

而且這種預告式的「扣子」幾乎是小說話本的一個程序，被廣泛地運用在小說話本的故事開頭，起到一種劇情預告的作用。1953 年，著名評書演員連闊如曾為中國社會科學院文史研究所錄製《東漢演義‧三請姚期》，並談到表演體會時說道：「我若按一般小說來說《三請姚期》，三言兩語就會把姚期請來，讓聽眾聽著放心，那就糟了。應該讓聽眾替書裏的人物擔心，時刻在懸念，這段書才能吸引人。說書的『道兒』就是結構上得加『扣子』。」也就

是俗話說的「書到險地，迴腸盪氣。」為的是要吸引聽眾。

　　對於「說話」人來說能否成功地運用「扣子」直接關係到他們的經濟收入，藝人都是使出渾身的解數要把聽眾吸引住，他們自然會格外注重「扣子」的設置。我們現在看到長篇作品中分出的回目就是「說話」人設置大書扣兒的地方，小說話本中的總結性韻語部分也常常就是「說話」人加扣兒的節點。

第六章 「說話」表現手法上的程式化

　　宋代話本創作中的程式化現象早就受到了研究者的重視，鄭振鐸最早注意到了《定山三怪》、《洛陽三怪》、《西湖三塔記》、《福祿壽三星度世》這四篇話本小說之間在結構上的雷同性。「自《定山三怪》到《福祿壽三星度世》，同樣結構的同樣情節的小說，乃有四篇之多；未免有些無聊，且也很是可怪。也許這一類以『三怪』為中心人物的『煙粉靈怪』小說，是很受著當時一般聽者們所歡迎，故『說話人』也彼此競仿著寫罷。總之，這四篇當是從同一個來源出來的。」在吳同瑞，王文寶，段寶林編的《中國俗文學概論》一書中，談到民間說書與話本文學的創作手法時，也提到了類型化人物的創作程式。〔註1〕後來蔡鐵鷹在他的《中國古代小說的演變與形態》中更把程式化作為話本小說最突出的特點來談：「話本小說最特殊的地方，就是它的形態的確定性，或者說程式化。在之前的小說發展進程中，似乎沒有見到這個問題，到宋人話本中卻突然表現得很真切。」〔註2〕

　　但可惜的是到目前為止研究者還只是限於對話本小說題材、結構形態、表演程式這些表面化的現象進行分析和研究，沒能更深一步地挖掘這種現象產生的原因，所以基本上還是對胡士瑩《話本小說概論》研究成果的延續和補充。

　　其實宋代話本所表現出來的程式化創作特徵，正是其作為大眾娛樂消費

〔註1〕 吳同瑞、王文寶《中國俗文學概論》，段寶林編，北京大學出版社，1997年，北京，頁151。
〔註2〕 蔡鐵鷹《中國古代小說的演變與形態》，中國文史出版社，2003年，北京，頁173。

產品所必備的特質，它既不是文人墨客消閒遣興之作，也不是民間藝人的自娛自樂。它是在兩宋城市化進程中爲了滿足城市人口的精神文化需求，而被職業藝人們批量生產出來的文化商品。這就必然導致「說話」作品在結構、敘事手法上具有標準化、公式化、可複製性的特點，從生產的角度來看，這是爲了滿足大量複製精神產品，縮短生產週期、降低生產成本；從消費的角度來看則是爲了迎合大眾娛樂消費習慣，使產品暢銷。

第一節　程式化創作手法的功能

一、商業化運作帶來的程式化創作和演出模式

　　「說話」作品在結構、人物、情節、語言上都有很強的程式化傾向，其原因大概有兩個：首先，作爲文化商品，衡量「說話」水平的標準是上座率和經濟效益，叫座的表演自然而然地成爲聽眾追捧的對象，也引來了藝人們的竟相摹仿，與經典文學作品的作者揚名立身、寄情遣興的創作目的不同，「說話」藝人或者書會才人不可能過分張揚藝術個性，因爲娛樂消費大眾的審美情趣不是靠閱讀經典文學作品得來的，而是靠消費大眾娛樂產品的經驗培養出來的，大眾化的審美程式一經形成，就很難輕易改變。爲了迎合聽眾的審美情趣，保證作品暢銷，藝人要小心地遵從一些「說話」業約定俗成的套數。

　　造成「說話」作品程式化的另一個原因是「說話」在宋代屬於廉價娛樂消費，出於降低成本、縮短工期的經濟上考慮，藝人們不可能像後來曹雪芹創作《紅樓夢》一樣，精雕細琢，嘔心瀝血地花費近十年的時光去完成一部作品。爲了賺錢糊口藝人們創造了一整套的創作程式，幾乎囊括了「說話」創作的方方面面，通過這套創作程式藝人們不但有章可循，有據可依，而且還有現成的程式化情節、人物、套語、韻語可供使用，他們可以比較輕鬆自如地創作、演出，甚至即興發揮。而且，雖然「說話」在宋代的城市娛樂業中佔有很大的份額，但是「說話」在兩宋卻始終爲正統文學所不齒，一直是作爲一種耍笑逗樂的通俗文藝而存在，沒有像戲劇發展過程中湧現出來那麼多著名的作家和不朽的名作，也就沒有機會經歷一個雅化的過程，所以其創作品味普遍不高，保有濃重的匠人氣息，具體的來說就是程式化傾向很明顯。

　　「說話」的程式化傾向體現在很多方面，首先是「說話」在長期的實踐積累中形成了比較固定的表演體制和結構模式，包括題目、入話、頭回、正話、篇尾五個部分，這一點前人已經有過比較系統的研究，本文在第五章中也已進行分析。本章主要是探討程式化在「說話」中的另一個重要、同時又很少有人注意到的表現，就是「說話」形成一整套的程式化的表現手法、話語模式和情節模式。也就是《醉翁談錄》在「小說開闢」中說到的藝人表演程式「說收拾尋常有百萬套，談話頭動輒是數千回。說重門不掩底相思，談話閨閣難藏底密恨。辨草木山川之物類，分州軍縣鎮之程途。」〔註3〕

　　「說話」表演內容十分繁雜，藝人記憶的壓力很大，特別是講史一類的長篇作品人物眾多，事件紛紜，場面恢宏。要求藝人記住每一個細節是不可能的事，完全由書會文人做筆錄成本又過高。爲了降低成本同時又保證高產，「說話」藝人或書會才人往往採用一些化繁爲簡的創作方法，要求藝人在熟練掌握口頭或者書面的話本的同時，在表現手法上大量運用各種『套子』，也就是所謂程式化的創作手法，對所要表現的生活內容作高度的類型概括，並將程式化的方法運用於作品創作的各個方面，如人物、情節、語言、景物描寫等。「在原始的口傳文化中，爲了有效特意地保存和回溯一些清晰的想法，人們必須用助憶句型來想，而這些句型應該符合口傳交流的本質。這樣，爲了把思想口傳，人們是用強烈的節奏以及對稱的方式，也用重複或對比的方式，用頭韻或母韻的方式、固定語句或其他固定措辭法的表達，用規範化的情節和場景，用人們所耳熟的諺語，即這種隨時可以聽、容易記住而且根本爲了記住和回溯創作的語句形式，或爲其他有助於記憶的形式。」〔註4〕「『定式語詞』被認爲是基本的記憶工具，藝人的腦海裏儲存著固定說法和語句，有助於其表演時進行再創作（creation-in-performance）。這些固定形式的語句具有常見的詩體特點（prosody）（節奏、韻律等），平行法則（parallelism）（各個定式的語法形式相對應，如對偶，排比），還有重複現象（repetition）（爲固定措辭法的本質特點）」〔註5〕這一點十分重要，藝人們通過長期的表演和創作實踐，總結和歸納出了大量的固定套語與韻語，並在表演和創作中廣泛地運用。

〔註3〕　羅燁《醉翁談錄・舌耕敘引》古典文學出版社，1957年，上海，頁5。
〔註4〕　Walter J. Ong: *Orality and literacy*，倫敦，1982（1988）：34。傳引自易德波《揚州評話探討》，人民文學出版社，2006年，北京，頁159。
〔註5〕　易德波《揚州評話探討》，人民文學出版社，2006年，北京，頁160。

二、程式化套子的特點

程式化的套子雖然種類繁多幾乎涵蓋了「說話」表演的各個方面，但是總起來看它們都具有一些共同的特點：

（一）替代性

採用乙事物代表甲事物，不僅意味著藝人可以把一個複雜事物用簡便的形式表現出來，而且意味著聽眾在接受「說話」中程式化的套語時更注意套語所包涵的象徵意義，而不會執著於每個套語所帶來的具體信息。比如《五代周史平話》中描寫「知遠軍下有一個使妖兵的人，喚做馬殷。」「說話」人並未花力氣去敘述他有什麼法術，做過什麼驚人之舉，書中只引用套語寫他「會藏形匿影，喝茅成劍，撒豆成兵。」沒有哪個有經驗的聽眾會真的去探究馬殷是不是真的會這三樣本事，但是每個有經驗的聽眾又都能通過這個套語瞭解到馬殷掌握著不同尋常的妖術。再比如寫到帝王降世時的套子都是「紅光滿室，紫氣盈軒。」如寫趙匡胤出生是：「當誕生時分，紅光滿室，紫氣盈軒。」寫韋妃生高宗也是：「顯仁皇后生皇子趙構。……及寤，而生皇子。蓋徽宗第九子也。其始生之時，宮中紅光滿室。」「紅光滿室，紫氣盈軒。」這個套語所包涵的象徵意義，讓聽眾聯想到貴人出世的祥瑞之象，有經驗的聽眾也不會過於計較其真實性。

（二）通用性

用藝術化的套語來替代對客觀世界的描摹，就必需要抽出客觀事物所普遍具有的共性，而忽視個體之間的差別。也就是說不對現實進行純粹客觀的複製，而只是賦予對象以一定的情感意義。例如寫老婦人的肖像是：「雞膚滿體，鶴髮如銀。眼昏如秋水微渾，髮白侶楚山雲淡。形如三月盡頭花，命似九秋霜後菊。」（《西湖三塔記》）而畫年少美貌女子則是：「綠雲堆髮，白雪凝膚。眼橫秋水之波，眉插春山之黛。桃萼淡妝紅臉，櫻珠輕點絳唇。步鞋襯那小小金蓮，玉指露纖纖春筍。」（《西湖三塔記》）這兩個肖像描寫套語因概括了人物普遍的共性，而沒有強調個體之間的差別，所以也可以被「說話」人安插在其他的「說話」表演中。再比如《宣和遺事》寫京師人四時的樂事是：「春乘寶馬，芳徑閑遊；夏泛畫船，長湖恣賞；秋辰採菊，龍山登高；冬月觀梅，獸爐暢飲。」這樣泛泛的敘寫「說話」人可以隨意地移植到任何一個承平朝代、任何一個富貴人家。將這段文字與《東京夢華錄》、《武林舊事》

等書中關於當時東京、臨安士庶人等四季消遣遊樂的文字比較一下就會知道，後者具體生動，具有深厚的時代氣息和文化含量，堪稱是兩宋市民生活的風俗史，不但是宋代所獨有的，而且只能是兩宋都城氣象，根本不可能隨便套用有其他地方。前者則浮泛空洞、完全反映不出時代特徵，方便「說話」人移植在其他「說話」表演中。

（三）系統評價性

「說話」藝人使用的套語可以處理構成系統的相關的事物，套語的形式可超越表象和感覺，依賴一定的語法規則進行判斷、推理和組合，藉此結構成為有序的系統。「說話」藝人不斷地運用套語幫助聽眾有效地把握新事物，並將新的意義和價值納入程式化的世界中去。在「說話」作品中，藝人很少表達「說話」人個人的感受，而主要是傳達娛樂大眾所普遍理解的情感信息。或是借用眾所周知的古語俗話來評價事物，或者引用前代名家、當代達人的見解來作為論據。這一點相信任何一個熟悉宋代話本的研究者都不會感到陌生，宋代的話本，無論是小說、講史還是講經都被這樣的套語所充斥，從閱讀的角度來看幾乎達到了令人生厭的程度。當然這其中也有「說話」藝人需要利用韻文來調整表演節奏，以便向觀眾收錢的因素有關。

（四）明晰性

套語所用的語言其能指與所指是統一的，「說話」是聽覺藝術，其傳播是線性的，也就說是不可重複的。聽眾不可能像讀者一樣有充裕的時間去反覆體會琢磨作者的深意，一些晦澀不明，似是而非的內容只能造成聽眾審美上的障礙，是不符合聽眾心理的。「說話」藝人都是本著知無不言，言無不盡的態度，儘量幫助聽眾跟上「說話」的節奏，完全理解「說話」的內容。所以「說話」所用的套語也無不體現了透徹直白的特點，用最濫俗的形式表現大眾普遍認可的內容，而不會像經典文學作品一樣運用一些象徵含蓄的表現方法。

第二節 情節設置程式

一、情節程式的發展歷程

情節上的程式化套路並不是宋代「說話」所獨有的，可以說這是古今中外通俗文學作品的通例。因此早在唐代，變文的情節就出現了機械重複的

現象。〔註6〕現存的宋代話本中的很多情節都及爲相似，有些甚至是驚人地雷同。

情節結構機械化程度最高的是宋代早期的講史話本《梁公九諫》。《梁公九諫》一卷，應當是宋人由唐五代時期說唱詞話改編而成的，《述古堂書目》、《讀書敏求記》著錄，清乾嘉間由黃丕烈刊入《士禮居叢書》。《梁公九諫》中的九個部分都是以狄仁傑進諫武則天立廬陵王爲儲君爲主要情節，甚至每一諫中的某些詞句都很相似，如前八諫中都有「東宮之位，合立廬陵王爲儲君；若立武三思，終當不得。」這樣一句套話，只是在個別字句上稍有變化。這體現了在「說話」發展的早期階段，藝人創作思路十分機械，只知一味地機械複製情節，而沒有考慮不露痕跡地設置情節套路，將其運用得更爲生動靈活。

另一早期話本《大唐三藏取經詩話》在情節的結構上也基本上是以「法師行程……」、「行次至……」、「登途……裏」、「僧行前去……」等字樣開頭，然後講述師徒一行人來到一個所在，遇到了什麼艱難險阻。因此也顯得比較生硬和枯燥。

後來的說話作品中情節結構上沒有這樣機械，複製程度也沒有這樣高，具體運用的手法也遠比早期高明。但如果仔細比較還是能發現不少頻繁出現的情節。比如《五代梁史平話》寫朱溫發跡前，與劉文政、霍存、白守信夜間潛行：

> 「是夜月光皎潔，撞著一陣軍馬，約三百餘人，將朱溫四人喝住，問道：『您是誰人？要從那裡去？』朱溫應聲道：『小人是潑朱三。敢問將軍姓氏？』爲首的人大喜道：『我前時見張占說道，有個朱三的雄勇過人，正要與弟兄同來蕭縣裏相探；不自意中夜相逢！咱是牛存節，青州博昌人氏，不得已而落草。』邀請朱溫，和那劉文政、霍存、白守信等四人，同入林中。」

這段情節與前邊黃巢、尚讓與王璠軍馬狹路相逢，王璠自願立黃巢爲軍長統領自己的軍隊很是相似，想是「說話」人的移花接木。

二、宋話本中常見的情節程式

總體上來看，話本中有一些情節「套子」使用頻率較高，經常被「說話」

〔註 6〕 鄭振鐸《中國俗文學史》，團結出版社，2006 年，北京，頁 166。

人套用在不同的地方，包括兩軍交戰、主人公發跡前的身世以及國家衰亡前的異相等等。下面將一一舉例說明。

（一）兩軍交戰情節

套用得最廣的是兩軍交戰的情節，《五代史平話》中有很多爭戰的描寫，比較一下就很容易看出其間的關係。

> 「兩處陣圓，皂雕旗開處，一員將軍出陣前，高叫：『咦！陣上有甚頭目出來相見？』朱全忠上馬出陣。問：『賊陣上將軍，願聞姓字！』全忠駐馬道：『我是大唐招討副使朱全忠，諢名喚做潑朱三。對陣將軍，願聞姓氏。』那將答曰：『咱是朱太守下部將賀環……』」（《五代梁史平話》）

> 「李可舉排一個方陣，李盡忠排一個圓陣。兩處陣圓，二將陣前打話了，勒馬便戰。」（《五代梁史平話》）

> 「弓箭炮石打不到處，兩處陣圓。一員將軍出陣，綽馬打話。那黃巢□□問道：『對陣有甚頭目？願聞姓字！』李克用出馬答道：『咱是沙陀□□射的兒子獨眼龍。黃巢反賊！您若會事之時，束手歸降，兩國□兵。若執迷不反，待擒汝赴軍前，斬汝萬段，以謝天下生靈！』……」（《五代唐史平話》）

> 「是時，王彥章將兵來攻鄆州，李嗣源遣李從珂戰，王彥章出陣打話道：『咱是梁將王彥章，今統大軍要取鄆州而後朝食，陣前將軍有通身是膽的，請出問話。』李從珂綽馬而出，答道：『咱是大唐皇帝的皇親，國家利害，死生以之，願借城下與將軍一決勝負，將軍莫待走休。』話訖，二將馬交，如二龍奪寶波心，似兩虎爭餐岩畔。鬥經幾合，彥章部下一員將劉全被從珂一箭射死。」（《五代唐史平話》）

> （董璋在陣前與石敬塘的對話）「……您會事之時，速爲退軍；若還不肯，就陣上生擒活捉，斬汝萬段，悔之無及！」（《五代晉史平話》）

> 「北漢主自將兵三萬人，宣白從暉做都部署，張元徽做先鋒使，與契丹趨潞州攻打。有潞州節度使李筠遣部下將穆令均的統軍迎敵，在上黨縣東下營。兩處陣圓，一箭炮石打不到處，一員將軍出陣，卻是張元徽。」（《五代周史平話》）

> 「是月，韓令坤寫著戰書索與陸孟俊廝殺，孟俊約日會戰。陸孟俊謂令坤曰：『您周軍退遁，獨守揚州孤城何耶？會事之時，舉城歸還；如或不然，擒汝來，取爾頭獻唐皇帝，博取節度使也！莫說咱不曾道來！』令坤曰：『中國百萬之師，您不量力，敢爾來鬥？今日授首陣前，鑿爾心肝，薦取一杯酒爲百姓伸冤』道罷，兩將便鬥。令坤躍馬馳突，孟俊敗走。」（《五代周史平話》）

這幾段兩軍對陣的場面描寫之間有很多相似之處應當不是巧合，說明在宋代當時這個情節已形成了固定的套子，常常被「說話」人引用。而另一個寫兩將對陣的例子其程式化的痕跡就更爲明顯：

《五代梁史評話》中寫朱全忠與賀環相鬥。

> 「如兩虎爭餐岩畔，如二龍奪寶波心。跨馬當鋒，玉斧斫來心膽碎；披袍臨陣，金槍刺動鬼神驚。二將馬交，鬥經三十餘合，不見輸贏」

《五代唐史平話》寫王彥章與李從珂交戰

> 「……二將馬交，如二龍奪寶波心，似兩虎爭餐岩畔。」

《五代晉史平話》中石敬塘與阿速魯比武

> 「兩個馬如岩畔爭餐虎，人似波心搶寶龍。」

在這三個例子中，主要的句子都基本一樣。實際上，兩軍對陣的情節套子在後來的「說話」和評書中還在使用，我們在《七國春秋評話》、《三國志評話》，甚至今天的《三國演義》評書中都能看到它的影子，這更能說明這個套語運用之廣，影響之大。

（二）發跡變泰的情節

再一個「說話」藝人常用的情節套子是主人公發跡前的身事。《五代史平話》中的黃巢、李克用的出生都有異相。而更離奇的是朱溫、劉知遠、石敬塘都是被雇傭的主人家看破頭上龍蛇護衛，預示將來有發跡的分，從而得到了主人家特別的對待：

> 「……第三子朱溫爲劉崇家放豬，伊母王氏爲劉崇機織。劉崇的娘，夜見朱溫，排行喚做朱三，睡後有赤光。一日自東岡回，見朱三在日中眠睡，有赤蛇貫從朱三鼻裏過。劉崇的娘與他的兒子道：『休教朱三放豬，此兒他日必定富貴。』」（《五代梁史平話》）

> 「那妻忒沒的渾家兀歹兒道：『適間咱在樓上，望著兩個比試武

藝,但見那小廝(指石敬瑭)頭上有一片紫雲蓋著,馬上有一條黑龍露出,爪角皆做金色,光明炫耀。這廝將來有發跡的分也。」(《五代晉史平話》)

　　「一日,只見群馬嘶鳴,李長者手攜藤杖,縱步到馬坊看覷。但見知遠在地上睡臥,有一條黃蛇,從知遠鼻孔內自出自入;旁有一人身著紫袍,撐著一柄涼傘,將知遠蓋卻。李長者歸向他的渾家道:『劉知遠在馬坊地上打睡,有這般物事在邊,委是差異!況昨來所夢的事,似與這事符合。向後這廝必有大大發跡分也!』」(《五代漢史平話》)

　　「(王琇)徑回來司房伏案而睡,見一條小赤蛇兒,戲於案上。王琇道:『作怪!』遂趕這蛇,急趕急走,慢趕慢走,趕至東乙牢,這蛇入牢眼去,走上貴人枷上,入鼻內從七竅中穿過。王琇看這個貴人時,紅光罩定,紫霧遮身。」(《史弘肇龍虎君臣會》《古今小說》)

　　上面這四段情節十分相似,特別是朱溫和劉知遠的故事,如出一轍。而在《五代史周史平話》中柴仁翁聽了相士之言,認為郭威「將來貴不可言」,故而執意將女兒嫁給郭威的情節與《五代漢史平話》中李敬儒希圖劉知遠來日富貴,招他入贅的情節也幾乎完全一樣。

　　「說話」中發跡變泰的故事反映的其實是當時人們的一種普遍迷信觀念,在宋代的文人和「說話」作品中反覆出現,如《鶴林玉露》曾載:「韓蘄王之夫人,京口娼也。嘗五更入府,伺候賀朔。忽於廟柱下見一虎蹲臥,鼻息齁然,驚駭亟走出,不敢言。已而人至者眾,往復視之,乃一卒也。因蹴之,起問其姓名,為韓世忠。心異之,密告其母,謂此卒定非凡人。乃約為夫婦。蘄王後立殊功,為中興名將,遂封兩國夫人。」[註7]這與《古今小說》《史弘肇龍虎君臣會》中閻越英看到史弘肇變成雪白異獸之相的情節十分相似,大概就是這個故事的本事。

　　程式化的情節套路在「說話」中的運用比較普遍,比如《五代史平話》中石敬瑭與郭威微賤時與人放牧牲畜的情節也頗為相類:

　　「得個妻忒沒家收拾去做小廝,教敬瑭去牧羊。敬瑭在曠野中將那羊群隨他大小的排做兩陣,喝令羊鬥,羊便以角自相觸抵,……

〔註7〕羅大經《鶴林玉露》,丙編卷二,《宋元筆記小說大觀》,上海古籍出版社,2001年,上海,頁5333。

忽一羊爲狼所噬，敬瑭直跳上狼背上，騎著狼，救得那胡羊再活，手搏生狼，歸獻妻忒沒。妻忒沒見了，心中大喜道：『您有這般勇力，咱教您學習武藝，休辜負了這氣力麼！』」（《五代晉史平話》）

「年至七八歲，他舅舅常武安使令郭成寶去看牧牛畜。有那大蟲要來傷殘牛隻，被成寶將大柴棒趕去，奪取牛回來。成寶歸家，說與舅舅得知。常武安道：『您年紀雖小，卻有膽智，我爲你改了名喚做郭威。您小年有這膽氣，他日可無負威之名也！」（《五代周史平話》）

（三）朝會情節

皇帝臨朝也有一定的套子：

「宣和五年七月，初一日昧爽，文武百官聚集於宮省，等候天子設朝。須臾，香毬撥轉，簾卷扇開，但見：明堂坐天子，月朔朝諸侯；淨鞭三下響，文武兩班齊。皇帝駕坐不多時，有殿頭官身穿紫窄衫，腰繫金銅帶，踏著金階，口傳聖敕道：『有事但奏，無事卷班。』言未絕，見一人出離班部，倒笏躬身，口稱：『萬歲，萬歲，誠惶誠恐，頓首頓首，死罪！臣有表章拜奏。』……」（《宣和遺事》）

「見一大臣紫袍拂地，象簡當胸，出離班部。此人是誰？乃諫議大夫張商英，表字天覺。這人知微識漸，見官家奢淫失政，數諫於君，天子信讒喜佞，終不聽從其言；當日見徽宗憂色，遂俯伏在地口，稱：『萬歲，萬歲，臣誠惶誠恐，頓首頓首，昧死奏上。』表云……」（《宣和遺事》）

「淨鞭三下響，文武兩班齊。天子方才坐定，見一大臣急離班部，前進金階，紫袍籤地，象簡當胸，卻是諫官曹輔進表。」（《宣和遺事》）

（四）賣劍的情節

而且同樣的情節套子也可以出現在不同的作品中，《五代史平話》中兩次出現了賣刀的情節，《宣和遺事》中也有楊志賣刀的情節：

「……（劉文政）遂入酒店連飲了數升。忽見一少年，將一口刀要賣。劉文政要買，問多少價。少年道：『要價三百貫。』文政道：

『恰有三百錢，問你買了。』少年人怒道：『您三百錢只買得胭脂膩粉！咱每這刀，要賣與烈士！』文政道：『您怎知我不是殺人烈士？』遂奪少年刀，殺了少年人。被地分捉了劉文政，解赴齊州。」(《五代梁史平話》)

「那漢將這寶劍出賣，郭威便問那漢道：『劍要賣多少錢？』那漢索要賣五百貫錢，郭威道：『好！只值得五百錢。咱討五百錢還你，問你買得。』那漢道：『俗語云：酒逢知己飲，詩向會人吟。我這劍要賣與烈士，大則安邦定國，小則禦侮捍身，您孩兒每識個甚麼？您也不是個買劍人，咱這劍也不賣歸您。』郭威道：『卻不叵耐這廝欺負咱每！』走去他手中奪將劍來，白乾地把那廝殺了，將身逃歸邢州路去。」(《五代漢史平話》)

「那楊志爲等孫立不來，又值雪天，旅途貧困，缺少果足，未免將一口寶刀出市貨賣，終日價沒人商量。行到日晡，遇一個惡少後生要買刀。兩個交口廝爭，那後生被楊志揮刀一斫，只見頭隨刀落。楊志上了枷，取了招狀，送獄推勘結案。」(《宣和遺事》)

（五）遇妖生禍的情節

在所有的篇目中《洛陽三怪記》與《西湖三塔記》的關係最爲密切，兩篇的結構相同，很多情節相同，甚至其中的很多韻語、套話一字不差，應該不是巧合，這兩部作品很可能出自同一藝人之口，至少也有直接的師承關係。兩篇開始的情節就幾乎完全相同：

「說這河南府章臺縣街上，有個開金銀鋪的潘小員外，叫名潘松。時遇清明節，因見一城人都出去郊外賞花遊玩，告父母，也去遊玩。」(《洛陽三怪記》《清平山堂話本》)

「今說一個後生，只因清明，都來西湖上閒玩，惹出一場事來。」(《西湖三塔記》《清平山堂話本》)

（六）道士做法的情節

道士做法除妖的情節也大同小異：

「徐道士見說，即時登壇做法，將丈二黃絹，書一道大符，口中念念有詞，把符一燒。燒過了，吹將起來，移時之間，就壇前起一陣大風。……那陣風過處，見個黃袍兜頭巾力士前來云：……」

（《洛陽三怪記》《清平山堂話本》）

「……天色將晚，（眞人）燒起香來，念念有詞，書道符燈上燒了。只見起一陣風。……風過處，一員神將，怎生打扮？……」（《西湖三塔記》《清平山堂話本》）

「眞君於香案前，口中不知說了幾句言語，只見就方丈裏起一陣風，……那風過處，只見兩個紅忆兜巾天將出現，甚是勇猛。……」（《陳巡檢梅嶺失妻記》《清平山堂話本》）

（七）異人、貴人出世的情節

異人、貴人的出生，也都有異相：

「黃宗旦妻懷胎，一十四個月不產。一日，生下一物，似肉球相似，中間卻是一個紫羅覆裏得一個孩兒，忽見屋中霞光燦爛。」

（《五代梁史平話》）

「一日，郭和出田頭耕耨禾苗，常氏將飯食送往田間，在中路忽被大風將常氏吹過隔岸龍歸村，爲一巨蛇將常氏纏住。不多時雷電頓息，天日開明。常氏吃這一唬，疾忙奔歸堯山，便覺有娠。懷孕一十二個月，生下了一個男孩，誕時滿屋祥光燦爛，香氣氤氳，郭和抱那孩兒一覷，見左邊頸上生一個肉珠，大如錢樣，珠上有禾穗紋，十分明朗。」

「當誕生時分，紅光滿室，紫氣盈軒。」（趙匡胤出生）（《宣和遺事》）

「顯仁皇后生皇子趙構。……及寤，而生皇子。蓋徽宗第九子也。其始生之時，宮中紅光滿室。」（韋妃生高宗）（《宣和遺事》）

（八）讖語預示的情節

一些讖語也經常以動物的形式出現。《五代梁史平話》黃巢射下一雁，雁口中銜得一紙文字：

「四邊雲霧迷，黃巢□□□。丈夫四方志，急急奔仙芝。」朱友裕在宴席中間射中一隻白兔，白兔變成一張白紙，紙上寫著：「河北雖平定，少陽重困危，崔公同舉事，趣向大梁歸。」（《五代梁史平話》）

「一日，（石敬塘）跟明宗出郊打圍，趕得一隻白狐，被軍卒拿

與敬塘面前，白狐或作人言道：『您休害我，他日厚報您恩德。咱的
女孩兒述律，見在朔方，有氣力。您是大唐皇帝的，他日做我的外
孫，善保富貴，他時異日休得相忘。』道罷，起一陣惡風，揚沙走
石，須臾間天地廓清，白狐或不知去向。」（《五代晉史平話》）

　　還有一個狐狸坐御榻的例子也是分別出現於《宣和遺事》和《五代晉史
平話》兩部話本中：

是時，萬歲山群狐於宮殿間設器皿對飲，遣兵逐之彷徨不去。
九月，有狐自艮嶽山直入中禁，據御榻而坐；殿帥遣殿司張山逐之，
徘徊不去。」（《宣和遺事》）

「六月，晉主將視朝，忽有小殿直奏道：『御榻上有一老狐拱坐
於上。』」（《五代晉史平話》）

　　雖然宋代的「說話」分工很細，不但有所謂「四家」之說，而且就是一
個講史也能分出「說三分」、「五代史」這樣的細目，但是上面的例子這說
明一些情節套子在不同門派的「說話」藝人之間已經通用，不存在門戶之
限了。

　　至於說算卦算出災禍、夫妻團圓、金榜題名的情節因為用得太濫都已經
成了俗套。例如：

「算卦有災，出百里之外才可免災。」《楊溫攔路虎傳》（《清平
山堂話本》）

「夫妻團圓盡老，百年而終。」《陳巡檢梅嶺失妻記》（《清平山
堂話本》）

「夫妻諧老，百年而終。」《合同文字記》（《清平山堂話本》）

「久後舜美生二子，前程遠大，不負了半世鍾情。」《張生彩鸞
燈傳》（《熊龍峰小說四種》）

（陳辛）「金榜題名，已登三甲進士。」（《陳巡檢梅嶺失妻記》
《清平山堂話本》）

「一路至京，連科進士。」（《張生彩鸞燈傳》《熊龍峰小說四種》）

　　套用情節的現象在一些重要的「說話」資料中也有反映，比如《醉翁談
錄》丙集卷之一〔寶媼妙語〕《黃季仲不挾貴以易娶》

「（黃季仲）生三子，長子年二十三，次子十九，兄弟同榜及第。
長子守倅，以朝奉大夫致仕。季子以父蔭見宣教郎。」

　　就是一個五子登科的熟套。《青瑣高議》中的熟套也不在少數，所以張兵說：「鑒於劉斧生活的歷史條件，《青瑣高議》中的部分小說，也存在著較為明顯的不足。作者差不多在每則故事中，都安上一個因果關係的套子，這不僅使小說情節雷同，缺乏新鮮感，而且讓封建說教充斥其間。取名『高議』，也反映了編著者的這種意圖。」〔註8〕實際上這些不足，正好表現出來套用情節是「說話」表演的一種創作程式。

　　從上面的這些例子可以看出「說話」藝人確實需要掌握一些固定的情節套子，但在演出時又不必拘泥，完全可以根據需要靈活運用，比如兩軍對陣情節的程式化程度很高，但根據人物的身份的不同，對陣將領打話的內容也會做出相應的調整。一些套用的情節只是大體上一相似，在細節上又會略有不同。如朱溫、劉知遠、石敬塘都被主人家認定來日會發跡，從而得到了主人家的青睞。但朱溫是受到了劉母的抬舉，不用再去放豬，改去做了劉文政的伴讀；石敬塘闖下大禍，卻被婁忒沒的渾家兀乃兒相救，得了一條生路；劉知遠則是被主人家招贅為女婿。又比如同是一個賣刀殺人的情節，劉文政和郭威都是買刀人，劉文正是酒後口角殺了賣刀人，郭威是激於意氣殺了賣刀人，而在《宣和遺事》中的楊志則是以賣刀人的身份出場，一怒之下殺了無端壓價的惡少。同一情節，經過這樣的不同的安排正是為了與前後的故事情節銜接，事件的前因後果也符合不同人物的性格。

　　還有一點，就是敘事情節的繁簡程度，也是由「說話」人來控制的，上面《宣和遺事》中天子臨朝的個兩例子，就是同一情節一繁一簡的兩個版本。「說話」藝人既可以將上朝的場面細節刻畫得細緻入微，使聽眾身臨其境，也可以簡單地一筆帶過，迅速地切入主要情節。並且有一些套語本身就是專門為簡化情節而設計的，如：「免不得饑餐渴飲，夜宿曉行。」（《五代梁史平話》）「晝則隱伏，夜則起行」（《五代梁史評話》）像這樣的套語已廣為「說話」人所使用。

第三節　程式化話語系統

一、「說話」的講談口氣

　　為了方便「說話」藝人的創作和演出，宋代「說話」業還逐漸形成了完

〔註8〕　張兵《宋遼金元小說史》，復旦大學出版社，2001年，上海，頁68。

備的話語系統,「說話」人必須熟練掌握,才能在演出時信手拈來,不露斧鑿痕跡。

這個話語系統包括兩個方面:首先是「說話」藝人在表演時敷衍開篇、起承轉合時所用一套用語,也就是鄭振鐸所說的「爲了『話本』原是『說話人』的著作,故其中充滿了『講談』的口氣,處處都是針對著聽眾而發言的。」〔註9〕

「說話」中的「講談」口氣與其表演方式有關,在「說話」表演中藝人經常扮作書中人物的聲態進行表演,關於這一點歷代的說書藝人都有深刻的體會。「彼所說書,皆前人精益求精,依次口授而來,苟一一識諸心,宣諸口,已屬能事。即所插之科白,亦係前人安排,最爲適當,說書者不必自矜才力,任意刪改。蓋說書之難,本不在記憶若干情節,而在狀物表情,手口相應、能移人於頃刻間耳。」〔註10〕著名說書藝人龔午亭的表演「微文誚詞,隱顯幽儁,若身爲其人,而出其心術神態以表於眾者;即聞者亦不復知爲十年前事,而喜怒哀樂隨之轉移於不覺。及聽罷,忽悟爲午亭評話,則又大笑。蓋午亭於人情物態,心領神會,遇事觸發,無不酷肖。」〔註11〕柳敬亭說書也是如此:「舟中休暇命柳生談隋唐間稗官家言,其言絕俚。柳生侈於口,危坐掀髯,音節頓挫,或叱吒作戰鬥聲,或喁喁效兒女歌泣態。」〔註12〕

「說唱文學中說唱者和敘述者是同一的,當他化作故事中人物時,就其敘述身份來說,他是代言的。說唱中敘事者化爲故事人物,給聽眾以設身處地之感。講故事時爲了感動聽眾,提高講的效果,必然要常常化作故事中人物,這是非常自然的事情,因而說唱文學中出現代言體也是必然的事情。……越是追求講得有聲有色,就越較多使用代言體」但是「說話」藝人除了潛身角色用代言體「演事」之外,還要需要藝人跳出角色,敘事狀物、寫景抒情、描摹品評等等,爲了在「演事」與敘事之間銜接轉換,並在敘事過程中不斷提示聽眾,幫助聽眾理解和感受,「說話」表演形成了一整套的話語系統。「任何『述事』之作,其敘事方式無論怎樣變化,有一點卻是變不了的,那就是它必須有一個敘述者。中國古代話本小說中的說書人,是一個最顯眼的敘述者。一切人物、人物的一切活動、經歷和心理變化,總之整個故事的因果原

〔註9〕 鄭振鐸《白話文學史》,團結出版社,2006年,北京,頁595。
〔註10〕 陳汝衡《說書史話》,人民文學出版社,1987年,北京,頁154。
〔註11〕 陳汝衡《說書史話》,人民文學出版社,1987年,北京,頁147。
〔註12〕 陳汝衡《說書史話》,人民文學出版社,1987年,北京,頁170。

委、方方面面，統統是由這位敘述者講出來的。」〔註13〕

二、套語分類

（一）開篇導語

「話說」、「話說裏」常用在故事的開關，如《五代史唐史平話》篇首詩之後就是：「話說後唐李克用，其先世出於西突厥，……」又如《五代漢史平話》「話說裏石敬瑭為後唐國戚……」《燈花婆婆》「話說大唐開元年間，鎮澤地方有個劉直卿官人……」

（二）韻文引導語

「曾有一詩道：……」、「古人有詩說這……」、「正是：……」、「真是……」、「真個是……」、「卻是：……」、「可謂是：……」、「分明是……」、「道是：……」、「不道是：……」、「詩曰：……」、「有詩為證，詩曰：……」

（三）情節轉換銜接用語：

「且說……」與「卻說……」一樣，也可以用來轉入另一話題，如《宣和遺事》「且說那晁蓋八個，劫了蔡太師生日禮物……」還能暫時截斷話頭插入解釋，如《五代史唐史平話》：「且說那王陵乃漢高祖時沛人……」又如《五代史梁史平話》「且說袁天綱這兩句是一個字謎……」

「卻說……」還可以用來轉入另一個話頭，如《五代史唐史平話》前文說李存勗即皇帝位，後文轉換話題：「卻說契丹屢進兵入寇，幽、衛二州皆為梁所取，潞州又復內叛。……」

「且休說……，卻說……」放下一個話頭，轉入另一話頭，例如：「且休說天子與師師歡樂，卻說賈奕這癡呆漢……」（《宣和遺事》）

「話且提過……」用來一筆帶過情節，轉入下一情節。如《宣和遺事》「話且提過，只說官裏當日設朝……」

（四）景物、場景描寫導語

常用「但見……」、「只見……」、「只聽得……」

（五）設問、提問用語

「說話」藝人時時運用設問的方式，虛擬與觀眾的現場交流。

〔註13〕 董乃斌《中國古典小說的文體獨立》，中國社會科學出版社，1994年，北京，頁47。

「且說話說裏怎生說馮異的事？……」（《五代史唐史平話》）

「回家去，卻得他的渾家一言救解。說個甚的？」（《五代晉史平話》）

「明日，有那吏部侍郎龍敏趨行朝見帝有事聞奏，百官班定，越班而出，執笏跪奏。怎道？」（《五代晉史平話》）

「見一大臣紫袍拂地，象簡當胸，出離班部。此人是誰？」（《宣和遺事》）

第四節　塑造人物、寫景狀物、抒情評論的套語

一、套語在「說話」中的廣泛運用

塑造人物、寫景狀物、抒情評論的套語在「說話」表演中得到了廣泛的運用，「說話」中套語、韻語的通用現象十分普遍，如《鄭節使立功神臂弓》中的詠雪詞《鷓鴣天》與《水滸傳》中林沖雪夜奔梁山時的詞僅有個別文字的變動。

《鄭節使立功神臂弓》
凜冽嚴凝霧氣昏，
空中瑞雪降紛紛。
須臾四野難分別，
頃刻山河不見痕。
銀世界，玉乾坤，
座中隱隱接崑崙。
若還下到三更後，
直要填平玉帝門。

《水滸傳》
凜冽嚴凝霧氣昏，
空中祥瑞降紛紛。
須臾四野難分路，
頃刻山河不見痕。
銀世界，玉乾坤，
座中隱隱接崑崙。

> 若還下到三更後，
>
> 彷彿填平玉帝門。

在「說話」話語系統中，藝人刻畫人物、描寫場景、評論抒情時使用的一些使用頻率較高的固定套語，按照用途的不同可以分成以下幾類：

（一）人物描寫套語

人物外貌描寫在「說話」表演中占很重要的地位，通常是在人物一出場時要對人物的面貌、衣著打扮和外在特徵進行描繪。將人物出場的瞬間突現在聽眾面前，強化人物給聽眾留下的第一印象，類似於京劇中的亮相。後來的評書一直延續了這一做法，並將之稱為「開臉」。「開臉」的作用與戲劇表演中的出場亮相大同小異，「說話」人在人物剛出現時就將人物最典型的外在特徵交待給聽眾，以加深聽眾對人物的印象。這樣做的用意本是好的，只可惜藝人們終日忙於生計，疲於應付，很少有精力對每一個人物進行個性化的塑造，往往是套用現成的外貌描寫程式了事，人物外貌未免臉譜化。故而「說話」中的人物多為類型化的人物，同類的人物有大致相似的外表、舉止、性格，看多了難免給人以千人一面的感覺。

從現存的宋話本看，外貌描寫大體上可分上兩種：一種是給類型化人物預設的「開臉」套路。如文生、武夫、官員、老婦、美女等都各有各的固定套子。如《宣和遺事》中對李師師的外貌描寫：

> 「……見翠簾高卷，繡幕低垂；簾兒下見個佳人，髮軃烏雲，
> 釵簪金鳳；眼橫秋水之波，眉拂春山之黛；腰如弱柳，體若凝脂；
> 十指露春筍纖長，一搦襯金蓮穩小。待道是鄭觀音，不抱玉琵琶；
> 待道是楊貴妃，不擘著白鸚鵡。悄似嫦娥離月殿，恍然洛女下瑤階。
> 真個是：
>
> 軃肩鶯髻垂雲碧，眼入明眸秋水溢。鳳鞋半折小弓弓，鶯語一
> 聲嬌嫡嫡。裁雲翦霧制衫穿，束素纖腰恰一搦。桃花為臉玉為肌，
> 費卻丹青描不得。」

這個外貌描寫，用寫意虛化的手法，籠統地概括了類型化人物的共性，用在任何一個美女身上都可以。講史的藝人們用它來描畫京師名妓，小說藝人也用它來形容小家碧玉，雖然同為美女，但人物的個性特點無形中被抹去了。《崔待詔生死冤家》中的璩秀秀的外貌描寫顯然與之出於同一個版本：

> 「雲鬢輕籠蟬翼，蛾眉淡拂春山。朱唇綴一顆櫻桃，皓齒排兩

行碎玉。蓮步半折小弓弓，鶯囀一聲嬌滴滴。」

雖然《崔待詔生死冤家》的時代不能十分確定，但至少能說明這個描寫美女外貌的套語在已經被宋代「說話」藝人廣泛使用了，而且有可能還流傳到了後代。這種固定的「開臉」套語，往往是用對偶的韻語編成的，目的可能是便於藝人記憶。如《五代梁史平話》中武將外貌的描寫也是用韻語編的：

> 「人材凜凜，有如大降鬼魔王；容貌堂堂，撼動天關藥叉將。」

《宣和遺事》中文官的外貌也是用的套語：「紫袍襯地，象簡當胸。」這樣的語言雖然精練且不乏文采，但是由於被用得太濫，未免讓人感味同嚼蠟，索然無味。聽眾也只是籠統地一聽，對人物的外表只有一個泛泛的概念，產生不了鮮明生動的個性化審美感受。

還有一種「開臉」的程式化程度沒有那麼高，人物的外貌按照從頭到腳的順序描寫，也就是後來的評書藝人所說的「頭上戴，身上穿，腰間圍，足下蹬。」但是具體的描寫語言程式化程度相對上面的例子要低一些。例如《五代唐史平話》中李克用和黃巢的出場用的就是比較個性化的「開臉」：

> 「李克用便打扮出陣：
>
> 頭盔金水鍍，金腦打正貌猻猻；介冑向銀妝，束身砌倒持獬豸。
> 箭叉玭珊，鳳凰微露尾梢翎；弓控壺鍾，龍在波藏露頭角。面上金
> 光閃閃，手中雪刃輝輝。鞍心一拍甲裙開，膀轉身橫靴入鐙。
>
> 那黃巢如何打扮？
>
> 三叉淡金冠，叩牙朱蹀躞。斜褐毛衫，鞔襠波褲。沙柳木捍箭，
> 手抱鐵槍，騎一匹豁耳破臂忙糞蹄戰馬。」

再如《五代梁史平話》中寫又一處寫黃巢外貌：

> 「身長七尺，眼有三角，鬢毛盡赤，齙牙無縫；左臂上天生肉
> 騰蛇一條，右臂上天生肉隨球一個。背上分明排著八卦文，胸前依
> 稀生著七星鷹。」

與外貌一樣，人物的性格塑造也有一套類型化的程式，人物的行為舉止與其性格、身份地位相符。如《五代梁史平話》寫人物武藝高強就是：「……拿起一張弓，滿如弦月，放一隻箭，快似流星……」「人人猛似金剛，個個勇如子路。」相似的套語又被用在刻畫劉知遠上：

> 「……（劉知遠）自投軍後，時通運泰，武藝過人，走馬似逐

電追風，放箭若流星趕月；臨陣時勇如子路，決勝後謀似張良。」
（《五代漢史平話》）

寫浮浪子弟又另有套語，如《五代史漢史平話》寫劉知遠：

「奈知遠是個辣浪心性人，有錢便愛使，有酒便愛吃，怎生留
得錢住？」

《五代史周史平話》中的郭威的脾氣與劉知遠如出一轍：

「郭威是個浪蕩的心性，有錢便要使，有酒便要吃，時常出外，
好使性氣與人廝打。」

《宣和遺事》中描寫的李師師性格可以看作是名妓的代表，類型化的痕
跡也比較明顯：

「這個佳人是兩京詩酒客，煙花帳子頭，京師上亭行首，姓李
名做師師。一片心只待求食巴謾；兩隻手，偏會拿雲握霧。便有富
貴郎君，也使得七零八落；或撞著村沙子弟，也壞得棄生就死；忽
遇俊倬勤兒，也交沿門教化。」

再比如刻畫昏君的性格，《宣和遺事》寫宋徽宗：

「說這個官家，才俊過人：口廣詩韻，目數群羊；善寫墨竹，
能揮薛稷書；通三教之書，曉九流之典。朝歡暮樂，依稀似劍閣孟
蜀王；論愛色貪杯，彷彿如金陵陳後主。」

元人編刊的《武王伐紂平話》描寫紂王的聰明也是：

「口念百家之書，目數群羊無錯。」

元代去宋不遠，「說話」伎藝當是傳承於宋。描寫人物的情感變化也形成
了一套固定的刻畫模式。寫恐懼就是「唬得××頂門上喪了三魂，腳板下走
了七魄。」（《五代梁史平話》）生氣是：「怒從心上起，惡向膽邊生。」（《五
代梁史評話》）受驚嚇是：「命如柳絮飄風，心似烏鳶中彈。」（《五代梁史評
話》）或是「唬得魂飛天外，魄散九霄」（《宣和遺事》）形容女子哭泣是：「玉
容寂寞淚闌干，梨花一枝春帶雨。」《五代梁史評話》用到了這個套語：

「張歸娘只管含羞不說淚珠似雨，滴滴地流滿粉腮。正是：玉
容寂寞淚闌干，梨花一枝春帶雨。」

《五代漢史平話》也用到了這個套語：

「……慕容三郎將劉知遠趕出門去。在後阿蘇思憶孩兒，終日
恓惶，淚不曾乾，真是：玉容寂寞淚闌干，梨花一枝春帶雨。」

（二）景物描寫套語

話本中的景物描寫基本上都是以韻文的形式出現的，這應該是為了方便藝人背誦。景物套語很多可以用來描寫不同的景致。

有繪高山峻嶺的：

> 「好座高嶺！是：根盤地角，頂接天涯。蒼蒼老檜指長空，挺挺孤松侵碧漢。山雞共日雞齊鬥，天河與澗水接流；飛泉飄雨腳廉纖，怪石與雲頭相軋。」（《五代梁史平話》）

有畫青樓風光的：

> 「但見門安塑像，戶列名花；簾兒底笑語喧呼，門兒裏簫韶盈耳；一個粉頸酥胸，一個桃腮杏臉。」（《宣和遺事》）

有勾勒鄉間大戶宅第的：

> 「黃巢四個弟兄過了這座高嶺，望見那侯家莊，好座莊舍！但見：石蓊閒雲，山連溪水。堤邊垂柳，弄風嫋嫋拂溪橋；路畔閒花，映日叢叢遮野渡。」（《五代梁史平話》）

有刻畫鬧市中的宅院：

> 「又前行五七步，見一座宅，粉牆鴛瓦，朱戶獸鐶；飛簾映綠鬱鬱的高槐，鄉戶對青森森兒瘦竹。」（《宣和遺事》）

還有寫強人聚集之所的：

> 「那樹林深處見一個小小地莊舍，僻靜田地裏，前臨剪徑道，背靠殺人堐，遠看黑氣冷森森，近視令人心膽喪！」（《五代梁史平話》）

還有描繪四季晨昏景色的：

> 「……遇見日晚，桐陰已轉，日影將斜；望遠浦幾片帆歸，聽高樓數聲角響。」（《五代漢史平話》）

> 「是時紅輪西墜，玉兔樂生，江上魚翁罷釣，佳人秉燭歸房。」（《宣和遺事》）

> 「銅壺催漏盡，畫角報更殘。」（《宣和遺事》）

> 「亂飄僧舍茶煙濕，密灑歌樓酒力微」（《宣和遺事》）

寫景的韻文抒寫的內容十分泛泛，可以隨意地用在「說話」敘事的過程中，比如《一窟鬼癩道人除怪》中寫到吳洪與王七三官人飲罷，看那天色時，早已：

> 「紅輪西墜，玉兔東生。佳人秉燭歸房，江上漁人罷釣。漁父賣魚歸竹院，牧童騎犢入花村。」

與《宣和遺事》用的是同一套語。再比如《五代梁史平話》寫黃巢落第後的景色很符合人物當時的心情：

> 「黃巢因下第了，點檢行囊，沒十日都使盡，又不會做甚經紀，所謂『床頭黃金盡，壯士無顏色。』那時分又是秋來天氣，黃巢愁悶中未免題了一首詩，道是：『柄柄芰荷枯，葉葉梧桐墜。細雨灑霏霏，催促寒天氣。蛩吟敗草根，雁落平沙地。不是路途人，怎知這滋味！』題了這詩後則見一陣價起的是秋風，一陣價下的是秋雨。望家鄉又在數千里之外，身下沒些個盤纏，名既不成，利又不遂，也只是收拾起些個盤費離了長安……」

《警世通言》卷三十七《萬秀娘仇報山亭兒》套用了這段描寫：

> 「這陶鐵僧小後生家，尋常和羅桿不曾收拾得一個，包裹裏有得些個錢物，沒十日都使盡了，又被萬員外分付盡一襄陽府開茶坊底行院。這陶鐵僧沒經紀，無討飯吃處。當時正是秋間天色，古人有一首詩道：『柄柄芰荷枯，葉葉梧桐墜。細雨灑霏微，催促寒天氣。蛩吟敗草根，雁落平沙地。不是路途人，怎知這滋味。』一陣價起底是秋風，一陣價下底是秋雨……」

這些寫景韻語意義固定，色彩鮮明，由於經常在不同的「說話」作品中出現，已經被符號化了。

（三）場景描寫

展現一些特殊場景，能夠起到烘托氣氛的作用，但「說話」藝人往往不會花力氣去雕琢，通常會使用現成的場景套語。

比如宴會是「說話」中經常出現的場景，描寫飲宴的套語也很豐富：

> 「滿座金鐘浮綠蟻，當筵歌拍捧紅牙。」（《五代史唐史平話》）
> 「筵中珠履三千客，座上金釵十二行。」（《五代史晉史平話》）
> 「勸君更進一杯酒，西出陽關無故人。」（《五代史唐史平話》）
> 「寶盤雕俎，玉斝犀瓶，滿筵珍果間新奇，裝釘嘉肴香馥鬱；
> □中噴金鼎龍涎，盞面上波浮綠蟻。」（《五代梁史評話》）

上面這幾個都是比較短的套語，還有一個較長的宴會套語，用得也更為廣泛：

「……置酒歡宴。正是：琉璃鍾，琥珀濃，小槽酒滴眞珠紅；
烹龍炮鳳玉脂泣，羅幃繡幕圍香風。吹龍笛，擊鼉鼓，皓齒歌，細
腰舞。況是青春日將暮，桃花亂落如紅雨。勸君終日酩酊醉，酒不
到劉伶墳上土。」（《五代梁史平話》）

《宣和遺事》中也引用了這個套語，且與此一字不差。而在《西湖三塔
記》也有類似的場景描寫：

「琉璃鍾內珍珠滴，烹龍炮鳳玉脂泣。羅幃繡幕生杳風，擊起
鼉鼓吹龍笛。當筵盡勸醉扶歸，皓齒歌兮細腰舞。正是青春白日暮，
桃花亂落如紅雨。」

只是個別字句有改動。

婚禮也是書中常見的場面，描繪花燭夜宴的套語也不在少數，如

「簫鼓喧天，笙歌聒地，畫燭照兩行珠翠，星娥擁一個神仙。」
（《五代梁史評話》）

「笙歌聒地，鼓樂喧天。」（《五代晉史平話》）

「錦帳牙床色色新，銷金帳幔綴同心。珊瑚玉枕屏山畔，交頸
鴛鴦浮又沉。」（《五代晉史平話》）

「門闌多喜色，女婿近乘龍。屏開金孔雀，褥隱繡芙蓉。」劉
知遠與三娘子成親（《五代漢史平話》）

還有就是描摹公堂或朝會的場面：

「無限朱衣當砌畔，幾多衛士立階前；龐眉獄子執黃荊，努目
杖家持法物。左邊排列，無非客將孔目通引官；右侍森嚴，盡是獄
級前行推款吏。法司檢條定法，獄子訊問釘枷。說不盡許多威嚴，
塑畫著一堂神道。」（《五代漢史平話》）

「宣和五年七月，初一日昧爽，文武百官聚集於宮省，等候天
子設朝。須臾，香毬撥轉，簾卷扇開，但見：明堂坐天子，月朔朝
諸侯；淨鞭三下響，文武兩班齊。皇帝駕坐不多時，有殿頭官身穿
紫窄衫，腰繫金銅帶，踏著金階，口傳聖敕道：『有事但奏，無事卷
班。』」（《宣和遺事》）

有些套語甚至被「說話」藝人代代傳承，可謂是源遠流長，如現代評書
《朱元璋演義》出現了一段套語：

「臺高三丈，按天地人三才，寬二十四丈，按二十四氣，將臺

的當中排列二十五人，各穿黃衣，手執黃幡豹尾，按中央戊巳土，以爲勾陳（北極星）之像；將臺的正東，排列二十五人，各穿青衣，手執青旗，按東方甲乙木，以爲青龍之狀；臺之正南，也是排列二十五人，各穿紅衣，手執紅旗，按南方丙丁火，以爲朱雀之狀；正西排列二十五人，各穿白衣，手執白旗，按西方庚辛金，以爲白虎之狀；將臺的正北，排列二十五人，各穿黑衣，手執黑旗，按北方壬癸水，以爲玄武之狀。臺有三層，各具祭品祝文，周圍排列三百六十五人，按三百六十五度，各執雜色旗幡，雜旗之外，再立七十二人，各執劍戟，按七十二侯，將臺由南到北左右兩旁排列文官武將，中間一條黃土的甬路直至臺下，臺的四面立著肅靜牌，牌下四員牙將，每個牙將帶二十名甲士，如有喧嘩者，按軍法處理。」（評書《朱元璋演義》第四十六回）

這段套語應當與《五代周史平話》中的套語出於同一版本：

「周廣順元年正月，漢太后下詔授監國郭威符寶，就南郊築登極壇，壇分三級，按天地人；每級十二梯，按十二月；壇側建大旗二十四面，按二十四氣。」（《五代周史平話》）

（四）評價

「說話」藝人在講故事的過程中，常常會跳出敘事，對故事中的人物、事件、場景進行評價，有些評價是引他人之說，有些是「說話」人現場發揮的個性化評論，但更多的是運用固定的套語進行評價。這類套語數量眾多，也很零碎，很難歸類，例如：

「特意種花栽不活，等閒攜酒卻成歡。」（《史弘肇龍虎君臣會》《古今小說》）

「將身投虎易，開口告人難。」（《楊溫攔路虎傳》《清平山堂話本》）

「鼈魚脫卻金鈎去，擺尾搖頭更不回。」（相如與文君同下瑞仙亭，出後園而走。卻似：）（《風月瑞仙亭》《清平山堂話本》）

「若還是說話的同年生，並肩長，攔腰抱住，把臂拖回，孫押司只吃著酒消遣一夜。千不合萬不合上床去睡。卻教孫押司只就當年當月當日當夜，死得不如《五代史》李存孝、《漢書》裏彭越。」（《三現身包龍圖斷冤》《警世通言》）

「斬草除根，萌芽不發；斬草若不除要，春至萌芽再發。」（《萬
秀娘仇報山亭兒》《警世通言》）

　　紙本小說是寫出來供讀者閱讀的，作者可以通過環境描寫、人物刻畫、
事件敘述等創作手法，細緻入微地描繪社會生活和人物性格，表現心理活動，
展示哲理層面。而「說話」表演則要求語言視覺性，人物動作性。「說話」受
現場表演的局限，不可能長篇累牘地描述環境、交待事件背景、刻畫人物心
理活動和外貌。必須緊扣情節發展的脈絡，用情節來吸引聽眾的注意力。「說
話」表演有不可重複、不可中斷、不可選擇的特點，使聽眾在傳播的過程中
沒有時間進行個性化的審美思考。聽眾對語音信息的理解程度與速度直接關
係到「說話」表演的效果，爲了幫助聽眾掃清接受過程中的各種障礙，除了
敘事，「說話」藝人還要時時從接受者立場出發，對故事內容進行評論，代替
聽眾進行的評價、思考，並抒發讚歎、惋惜等情感。「說話」人佔據著完全的
主動，不但控制著敘事的內容，而且要控制聽眾的反應和思考，這就是「說
話」中大量用作評價套語存在的主要原因。

二、宋話本韻語通用現象統計

　　在我們今天看到的話本中很多韻語其實是當時表演者廣爲運用的熟套，
爲了明確「說話」中韻語的通用性，現將話本中相近韻語分類摘出，並將其
中相同或相似的部分劃線標出：

（一）人物肖像

老婦：

「雞膚滿體，鶴髮如銀。眼昏如秋水微渾，髮白侶楚山雲淡。
形如三月盡頭花，命似九秋霜後菊。」（婆婆肖像）（《西湖三塔記》
《清平山堂話本》）

「雞皮滿體，鶴髮盈頭。眼昏似秋水微渾，體弱如九秋霜後菊。
渾如三月盡頭花，好似五更風裏燭。」（婆婆肖像）（《洛陽三怪記》
《清平山堂話本》）

美女：

「綠雲堆髮，白雪凝膚。眼橫秋水之波，眉插春山之黛。桃萼
淡妝紅臉，櫻珠輕點絳唇。步鞋襯那小小金蓮，玉指露纖纖春筍。」
（娘娘肖像，眞個生得：）（《西湖三塔記》《清平山堂話本》）

「綠雲堆鬢，白雪凝膚。眼描秋月之□，眉拂春山之黛。桃萼淡妝紅臉，櫻珠輕點絳唇。步鞋襯小小金蓮，十指露尖尖春筍。若非洛浦神仙女，必是蓬萊閬苑人。」（娘娘肖像）（《洛陽三怪記》《清平山堂話本》）

「雲鬢輕籠蟬翼，蛾眉淡拂春山。朱唇綴一顆櫻桃，皓齒排兩行碎玉。蓮步半折小弓弓，鶯囀一聲嬌滴滴。」（秀秀肖像）（生得如何）（《崔待詔生死冤家》《警世通言》）

「這冷氏體態輕盈，俊雅儀容。朱唇破一點櫻桃，皓齒排兩行碎玉。弓鞋窄小，渾如襯水金蓮；腰體纖長悄似搖風細柳。想是嫦娥離月殿，猶如仙女下瑤臺。」（美女）（《楊溫攔路虎傳》《清平山堂話本》）

「雲鬢輕梳蟬遠，翠眉淡拂春山。朱唇綴一顆櫻桃，皓齒排兩行碎玉。花生丹臉，水剪雙眸。意態自然，精神更好。」（《楊溫攔路虎傳》《清平山堂話本》）

「……見翠簾高卷，繡幕低垂；簾兒下見個佳人，髮軃烏雲，釵簪金鳳；眼橫秋水之波，眉拂春山之黛；腰如弱柳，體若凝脂；十指露春筍纖長，一搦襯金蓮穩小。待道是鄭觀音，不抱玉琵琶；待道是楊貴妃，不擎著白鸚鵡。悄似嫦娥離月殿，恍然洛女下瑤階。真個是：

軃肩鶯髻垂雲碧，眼入明眸秋水溢。鳳鞋半折小弓弓，鶯語一聲嬌嫡嫡。裁雲翦霧制衫穿，束素纖腰恰一搦。桃花爲臉玉爲肌，費卻丹青描不得。」（《宣和遺事》）

「女娘聽得問，啓一點朱唇，露兩行碎玉，說出數句言語來。」（《崔衙內白鷂招妖》《警世通言》）

「花生丹臉，水剪雙眸，意態天然，迥出倫輩。」（《錢舍人題詩燕子樓》《警世通言》）

青年男子：

「人材凜凜，掀翻地軸鬼魔王；容貌堂堂，撼動天關夜叉將。」（《萬秀娘仇報山亭兒》《警世通言》）

「兩處陳圓，陣前一員將，綽馬出陣，卻是人材凜凜，有如天降鬼魔王；容貌堂堂，撼動天關藥叉將。」（《五代梁史平話》）

貴人：

「抬左腳，龍盤淺水；抬右腳，鳳舞丹墀。<u>紅光罩頂，紫霧遮身。堯眉舜目，禹背湯肩</u>。除非天子可安排，以下諸侯壓不得。」（《史弘肇龍虎君臣會》《古今小說》）

「<u>堯眉舜目，禹背湯肩</u>。」（《史弘肇龍虎君臣會》《古今小說》）

「行時<u>紅光罩體，坐後紫霧隨身</u>。朝登紫陌，一條捍捧作朋儔；暮宿郵亭，壁上孤燈為伴侶。他時變豹貴非常，今日權為途路客。」（《史弘肇龍虎君臣會》《古今小說》）

神將：

「<u>面色深如重棗，眼中光射流星</u>。皂羅袍打嵌圍花，紅抹額肖金蝥虎。手持七寶鑲裝劍，腰繫藍天碧玉帶。」（《西湖三塔記》《清平山堂話本》）

「<u>面色深如重棗，眼中光射流星</u>。身披列火紅袍，手執方天畫戟。」（《洛陽三怪記》《清平山堂話本》）

壯士：

「<u>半千子路，五百金剛，人人有舉鼎威風，個個負拔山氣概</u>，石刃無非能錠，介冑盡使漿金。」（《楊溫攔路虎傳》《清平山堂話本》）

「<u>人人猛似金剛，個個勇如子路</u>。」（《五代梁史平話》）

「二人聞言，急點手下巡兵二百餘人，<u>人人勇健，個個威風</u>，腿繫著粗布行纏，身穿著鴉青衲襖，輕弓短箭，手持著悶棍，腰胯著鑲刀，急奔師師宅，即時把師師宅圍了。」（《宣和遺事》）

（二）人物的身份和才能

才子：

「<u>貫串百家，精通經史</u>。」（《風月瑞仙亭》《清平山堂話本》）

「<u>文欺孔孟，武賽孫吳；五經三史，六韜三略，無有不曉</u>。」（《陳巡檢梅嶺失妻記》《清平山堂話本》）

「<u>五經書史，無所不通</u>。」（《五戒禪師私紅蓮記》《清平山堂話本》）

「<u>舉筆成文，琴棋書畫，無所不通</u>。」（《五戒禪師私紅蓮記》《清平山堂話本》）

「吟詩作賦，琴棋書畫，品竹調絲，無所不通。」(《柳耆卿詩酒玩江樓記》《清平山堂話本》)

壯士：

「黃巢拿起一張弓，滿如弦月，放一隻箭，快似流星……」(《五代梁史平話》)

「敬塘只因見了這孤雁，與哥哥廝誓：各放一箭，射中翼翅者爲勝。誓訖，拽起弓如滿月，放去箭似流星，恰好當那雁左翼射中。」(《五代晉史平話》)

「……(劉知遠) 自投軍後，時通運泰，武藝過人，走馬似逐電追風，放箭若流星趕月；臨陣時勇如子路，決勝後謀似張良。」(《五代漢史平話》)

「如兩虎爭餐岩畔，如二龍奪寶波心。跨馬當鋒，玉斧斫來心膽碎；披袍臨陣，金槍刺動鬼神驚。二將馬交，鬥經三十餘合，不見輸贏」(《五代梁史平話》)

「……二將馬交，如二龍奪寶波心，似兩虎爭餐岩畔。」(《五代唐史平話》)

「兩個馬如岩畔爭餐虎，人似波心搶寶龍。」(《五代晉史平話》)

「馬敲金鐙響，人唱凱歌還。」(《五代唐史平話》)

「前軍人唱凱歌，後陣馬敲金鐙。」(《五代周史平話》)

孕婦：

「近日新荷眉低眼慢，乳大腹高。」(《陳可常瑞陽仙化》《警世通言》)

「那渾家身懷六甲，只見眉低眼慢，腹大乳高。」(《計押番金鰻產禍》)

法術：

「法籙持身不等閒，立身起業有多般。千年鐵樹開花易，一日酆都出世難。」(《陳巡檢梅嶺失妻記》《清平山堂話本》)

「禪宗法教豈非凡，佛祖流傳在世間。鐵樹花開千載易，墜落阿鼻要出難。」(《五戒禪師私紅蓮記》《清平山堂話本》)

媒人：

「開言成匹配，舉口合和諧。掌人間鳳隻鸞孤，管宇宙孤眠獨

宿。折莫三重門戶，選甚十二樓中？男兒下惠也生心，女子麻姑須動意。傳言玉女，用機關把手拖來；侍香金童，下說辭攔腰抱住。引得巫山偷漢子，唆教織女害相思。」(《張古老種瓜娶文女》《古今小說》)

「開言成匹配，舉口合姻緣。醫世上鳳隻鸞孤，管宇宙單眠獨宿。傳言玉女，用機關把臂拖來；侍案金童，下說詞攔腰抱住。調唆織女害相思，引得嫦娥離月殿。」(《志誠張主管》《警世通言》)

妓女：

「這個佳人是兩京詩酒客，煙花帳子頭，京師上亭行首，姓李名做師師。一片心只待求食巴謾；兩隻手，偏會拿雲握霧。便有富貴郎君，也使得七零八落；或撞著村沙子弟，也壞得棄生就死；忽遇俊俏勤兒，也交沿門教化。」(《宣和遺事》)

「只見眾中走出一個行首來，他是兩京詩酒客，煙花杖子頭，喚做王倩。」(《鄭節使立功神臂弓》《醒世恆言》)

（三）人物的情感

發怒：

「娘娘聽了，柳眉剔豎，星眼圓睜。」(《西湖三塔記》《清平山堂話本》)

「押司娘聽得說，柳眉剔豎，星眼圓睜。」(《三現身包龍圖斷冤》《警世通言》)

「月華仙子見了，柳眉剔豎，星眼圓睜，道……」(《鄭節使立功神臂弓》《醒世恆言》)

「怒從心上起，惡向膽邊生。雄威動鳳眼圓眼，烈性發龍眉倒豎。兩條忿氣，從腳底板貫到頂門。心頭一把無明火，高三千丈，按捺不住。」(《史弘肇龍虎君臣會》《古今小說》)

「韋諫議當時聽得說，怒從心上起，惡向膽邊生，卻不聽他說話，叫那當直的都來打那大伯。」(《張古老種瓜娶文女》《古今小說》)

「韋義方聽得說，兩條忿氣，從腳板灌到頂門，心上一把無明火，高三千丈，按捺不下。」(《張古老種瓜娶文女》《古今小說》)

「押司聽說，不覺怒從心上起，惡向膽邊生。」（《三現身包龍圖斷冤》《警世通言》）

「那計安不聽得說萬事全休，聽得說時，『怒從心上起，惡向膽邊生。』」（《計押番金鰻產禍》《警世通言》）

「朱溫未聽得萬事俱休，才聽得後，怒從心上起，惡向膽邊生。」（《五代梁史平話》）

「睜開眉下眼，咬碎口中牙。」（《萬秀娘仇報山亭兒》《警世通言》）

「睜開殺人眼，咬碎口中牙。」（《宣和遺事》）

驚嚇：

「驚得魂飛天外，魄散九霄。」（《陳巡檢梅嶺失妻記》《清平山堂話本》）

「頂門上不見三魂，腳底下蕩散七魄。」（《崔衙內白鷂招妖》《警世通言》）

「唬得五個人頂門上蕩了三魂，腳板下走了七魄。」（《萬秀娘仇報山亭兒》《警世通言》）

「頂門上走了三魂，腳板下蕩散七魄。」（《萬秀娘仇報山亭兒》《警世通言》）

「唬得尚讓頂門上喪了三魂，腳板下走了七魄。」（《五代梁史平話》）

「唬得魂飛天外，魄散九霄。」（《宣和遺事》）

「心頭一把無明起，怒氣咬碎口中牙。」（《陳巡檢梅嶺失妻記》《清平山堂話本》）

「分開八塊頂陽骨，傾下半桶冰雪來。」（《五戒禪師私紅蓮記》《清平山堂話本》）

「分開兩片頂陽骨，傾下半桶冰雪水。」（《洛陽三怪記》《清平山堂話本》）

「分開八片頂陽骨，傾下半桶雪水來。」（《萬秀娘仇報山亭兒》《警世通言》）

酒後：

「三杯竹葉穿心過，兩朵桃花上臉來。」（正是）（《崔待詔生死

冤家》《警世通言》）

「<u>三杯竹葉穿心過，兩朵桃花上臉來。</u>」（《萬秀娘仇報山亭兒》
《警世通言》）

流淚：

「張歸娘只管含羞不說淚珠似雨，滴滴地流滿粉腮。正是：<u>玉
容寂寞淚闌干，梨花一枝春帶雨。</u>」（《五代梁史平話》）

「……慕容三郎將劉知遠趕出門去。在後阿蘇思憶孩兒，終日
恓惶，淚不曾乾，真是：<u>玉容寂寞淚闌干，梨花一枝春帶雨。</u>」（《五
代漢史平話》）

盼望消息：

「<u>端的眼觀旌節旗，分明耳聽好消息。</u>」（《陳巡檢梅嶺失妻記》
《清平山堂話本》）

「<u>眼望旌節旗，耳聽好消息。</u>」（《風月瑞仙亭》《清平山堂話
本》）

情愛：

「<u>春為花博士，酒是色媒人。</u>」（《西湖三塔記》《清平山堂話
本》）

「<u>春為花博士，酒是色媒人。</u>」（道不得個）（《崔待詔生死冤家》
《警世通言》）

「<u>色色易迷難拆，隱深閨，藏柳陌；</u>足步金蓮，腰肢一撚，嫩
臉映桃紅，香肌暈玉白。嬌姿恨惹狂童，情態愁牽豔容。芙蓉帳裏
做鸞凰，雲雨此時何處覓？」（《鬧樊樓多情周勝仙》《醒世恆言》）

「色，色！難離，易惑。隱深閨，藏柳陌。長小人志，滅君子
德。後主謾多才，紂王空有力。傷人不痛之刀，對面殺人之賊。
方知雙眼是橫波，無限賢愚被沉溺。」（《崔衙內白鷂招妖》《警世通
言》）

「<u>雲淡淡天邊鸞鳳，水沉沉交頸鴛鴦。</u>歡娛嫌夜短，寂寞恨更
長。」（《計押番金鰻產禍》《警世通言》）

「繡幌低垂，羅衾漫展。兩情歡會，共訴海誓山盟；二意和諧，
多少雲情雨意。<u>雲淡淡，天邊鸞鳳；水沉沉，交頸鴛鴦。</u>寫成今世
<u>不休書，結下來生合歡帶。</u>」（《鄭節使立功神臂弓》《醒世恆言》）

「雲淡淡天邊鸞鳳，水沉沉交頸鴛鴦。寫成今世不休書，結下來生雙綰帶。」(《西山一窟鬼》《警世通言》)

「錦帳牙床色色新，銷金帳慢綴同心。珊瑚玉枕屏山畔，交頸鴛鴦浮又沉。」(《五代漢史平話》)

「我與師師兩個膠漆之情正美，便似天淡淡雲邊鸞鳳，水澄澄波裏鴛鴦。」(《宣和遺事》)

夫妻感情：

「夫妻團圓盡老，百年而終。」《陳巡檢梅嶺失妻記》(《清平山堂話本》)

「夫妻諧老，百年而終。」(《合同文字記》《清平山堂話本》)

死：

「身如柳絮飄風颭，命似藕絲將斷。」(《萬秀娘仇報山亭兒》《警世通言》)

「命如柳絮飄風，心如烏鳶中彈。」(《五代梁史平話》)

「劉知遠輸了三十貫錢，身畔赤條條地，正似烏鴉中彈，遊魚失波……」(《五代漢史平話》)

「豬羊入屠宰之家，一腳腳來尋死路。」(《福祿壽三星度世》《警世通言》)

「豬羊走屠宰之家，一腳一腳來尋死路。」(《十五貫戲言成巧禍》《醒世恆言》)

「未知性命如何，先見四肢不舉。」(《鬧樊樓多情周勝仙》《醒世恆言》)

「唬得迎兒大叫一聲，匹然倒地，面皮黃，眼無光，唇口紫，指甲青，未知五藏如何，先見四肢不舉。」(《三現身包龍圖斷冤》《警世通言》)

富貴：

「春如紅錦堆中過，夏若青羅帳裏行。」(《史弘肇龍虎君臣會》《古今小說》)

「碧油幢擁，皂纛旗開。壯士攜鞭，佳人捧扇。冬眠紅錦帳，夏臥碧紗廚。兩行紅袖引，一對美人扶。」(《史弘肇龍虎君臣會》《古今小說》)

「這個員外，<u>冬眠紅錦帳，夏臥碧紗廚。兩行珠翠引，一對美人扶</u>。家中有赤金白銀，斑點玳瑁，鶻輪珍珠，犀牛頭上角，大象口中牙。門首一壁開個金銀鋪，一壁開所質庫。」（《鄭節使立功神臂弓》《醒世恆言》）

（四）景物描寫

春光：

「<u>乍雨乍晴天氣，不寒不暖風光。盈盈嫩綠，有如剪就薄薄輕羅；嫋嫋輕紅，不若裁成鮮鮮麗錦。弄舌黃鶯啼別院，尋香粉蝶繞雕欄</u>。」（《西湖三塔記》《清平山堂話本》）

「<u>乍雨乍晴天氣，不寒不暖風和。盈盈嫩綠，有如剪就薄薄香羅；嫋嫋輕紅，不若裁成鮮鮮蜀錦。弄舌黃鸝穿繡卉，尋香粉蝶繞雕欄</u>。」（《洛陽三怪記》《清平山堂話本》）

「<u>不暖不寒天氣</u>，半村半郭人家。」（《崔衙內白鷴招妖》《警世通言》）

早晨：

「北斗斜傾，東方漸白。<u>鄰雞三唱，喚美人傅粉施妝；寶馬頻嘶，催人爭赴利名場。幾片曉霞連碧漢，一輪紅日上扶桑</u>。」（《西湖三塔記》《清平山堂話本》）

「漏玉聲殘，金烏影吐。<u>鄰雞三唱，喚佳人傅粉施珠；寶馬頻嘶，催行客爭名奪利。幾片曉霞飛海嶠，一輪紅日上扶桑</u>。」（《鄭節使立功神臂弓》《醒世恆言》）

「銅壺催漏盡，畫角報更殘。」（《宣和遺事》）

清明：

「家家禁火花含火，處處藏煙柳吐煙。<u>金勒馬嘶芳草地，玉樓人醉杏花天</u>。」（《西湖三塔記》《清平山堂話本》）

「<u>金勒馬嘶芳草地，玉樓人醉杏花天</u>。」（《鄭節使立功神臂弓》《醒世恆言》）

日暮：

「<u>金烏西墜，玉兔東升</u>。滿空薄霧照平川，幾縷殘霞生遠漢。<u>漁父負魚歸竹徑，牧童同犢返孤村</u>。」（《洛陽三怪記》《清平山堂話

本》）

「紅輪西墜，玉兔東升。佳人秉燭歸房，江上漁翁罷釣。螢火點開青草面，蟾光穿破碧雲頭。」（《萬秀娘仇報山亭兒》《警世通言》）

「煩陰已轉，日影將斜。遙觀魚翁收繪罷釣歸家，近睹處處柴扉半掩。望遠浦幾片帆歸，聽高樓數聲畫角。一行塞雁，落隱隱沙汀；四五隻孤舟，橫瀟瀟野岸。路上行人歸旅店，牧童騎犢轉莊門。」（《楊溫攔路虎傳》《清平山堂話本》）

「……遇見日晚，桐陰已轉，日影將斜；望遠浦幾片帆歸，聽高樓數聲角響。」（《五代漢史平話》）

「是時紅輪西墜，玉兔樂生，江上魚翁罷釣，佳人秉燭歸房。」（《宣和遺事》）

「紅輪西墜，玉兔東生。佳人秉燭歸房，江上漁人罷釣。漁父賣魚歸竹院，牧童騎犢入花村。」（《西山一窟鬼》《警世通言》）

「柄柄芰荷枯，葉葉梧桐墜。細雨灑霏微，催促寒天氣。蛩吟敗草根，雁落平沙地。不是路迷人，怎知這滋味。……一陣價起底是秋風，一陣價下底是秋雨。」（《萬秀娘仇報山亭兒》《警世通言》）

「那時分又是秋來天氣，黃巢愁悶中未免題了一首詩，道是：『柄柄芰荷枯，葉葉梧桐墜。細雨灑霏微，催促寒天氣。蛩吟敗草根，雁落平沙地。不是路途人，怎知這滋味！』題了這詩後則見一陣價起的是秋風，一陣價下的是秋雨。望家鄉又在數千里之外，身下沒些個盤纏，名既不成，利又不遂，也只是收拾起些個盤費離了長安……」（《五代梁史平話》）

風：

「風蕩蕩，翠飄紅。忽南北，忽西東。春開楊柳，秋卸梧桐。涼入朱門戶，寒穿陋巷中。嫦娥急把蟾宮閉，列子登仙叫救人。」（奚真人做法起風，怎見得？）（《西湖三塔記》《清平山堂話本》）

「風，風！蕩翠，飄紅。忽南北，忽西東。春開柳葉，秋榭梧桐。涼入朱門內，寒添陋巷中。似鼓聲搖陸地，如雷響振晴空。乾坤收拾塵埃淨，現日移陰卻有功。」（《崔衙內白鷂招妖》《警世通

言》）

「風來穿陋巷、透玉宮。喜則吹花、謝柳，怒則折木、摧松。春來解凍，秋謝梧桐。睢河逃漢主，赤壁走曹公。解得南華天意滿，何勞宋玉辨雌雄！」（《洛陽三怪記》《清平山堂話本》）

「無形無影透人懷，二月桃花被綽開。就地撮將黃葉去，入山推出白雲來。」（《陳巡檢梅嶺失妻記》《清平山堂話本》）

「無形無影透人懷，四季能吹萬物開。就地撮將黃葉去，入山推出白雲來。」（《洛陽三怪記》《清平山堂話本》）

「無形無影透人懷，二月桃花被綽開。就地撮將黃葉去，入山推出白雲來。」（神將就吳教授家裏起一陳風）（《西山一窟鬼》《警世通言》）

建築：

「金釘珠戶，碧瓦盈簷。四邊紅粉泥牆，兩下雕欄玉砌。即如神仙洞府，王者之宮。」（《西湖三塔記》《清平山堂話本》）

「金丁朱戶，碧瓦盈簷。四邊紅粉泥牆，兩下雕欄玉砌。宛若神仙之府，有如王者之宮。」（《洛陽三怪記》《清平山堂話本》）

「溪深水曲，風靜雲閒。青松鎖碧瓦朱薨，修竹映雕簷玉砌。樓臺高聳，院宇深沉。若非王者之宮，必是神仙之府。」（《鄭節使立功神臂弓》《醒世恆言》）

強人窩：

「前臨剪徑道，背靠殺人岡。遠看黑氣森森，近視令人心膽喪。料應不是孟嘗家，只會殺人並放火。」（《萬秀娘仇報山亭兒》《警世通言》）

「那樹林深處，見一個小小地莊舍，僻靜田地裏，前臨剪徑道，背靠殺人堈。遠看黑氣森森，近視令人心膽喪。料應不是孟嘗家，只會殺人並放火。」（《五代梁史平話》）

（五）特殊場景

婚禮：

「簫鼓喧天，笙歌聒地。畫燭照兩行珠翠，星娥擁一個嬋娟。」（《楊溫攔路虎傳》《清平山堂話本》）

「簫鼓喧天，笙歌聒地。畫燭照兩行珠翠，星娥擁一個神仙。」

《五代梁史平話》）

「盟約已定，無過是著定了下個追陪財禮，選取良辰吉日，慕容三郎取那阿蘇歸家。與那上下親情眷屬做個筵會，宴請諸賓。笙歌聒地，鼓樂喧天。」（《五代漢史平話》）

宴會：

「琉璃鍾內珍珠滴，烹龍炮鳳玉脂泣。羅幃繡幕生香風，擊起鼉鼓吹龍笛。當筵盡勸醉扶歸，皓齒歌兮細腰舞。正是青春白日暮，桃花亂落如紅雨。」（《西湖三塔記》《清平山堂話本》）

「……置酒歡宴。正是：琉璃鍾，琥珀濃，小槽酒滴眞珠紅；烹龍炮鳳玉脂泣，羅幃繡幕圍香風。吹龍笛，擊鼉鼓，皓齒歌，細腰舞。況是青春日將暮，桃花亂落如紅雨。勸君終日酩酊醉，酒不到劉伶墳上土。」（《五代梁史平話》）

「瑠璃鍾，琥珀濃，小槽酒滴眞珠紅。烹龍炮鳳玉脂泣，羅幃繡幕圍香風。吹龍笛，擊鼉鼓，皓齒歌，細腰舞。況是青春日將暮，桃花亂落如紅雨。勸君終日酩酊醉，酒不到劉伶墳上土。」（《宣和遺事》）

「廣設金盤、雕俎，鋪陳玉盞、金甌。獸爐內高爇龍涎，盞面上波浮綠蟻。筵間擺列，無非是異果、蟠桃；席上珍羞，盡總是龍肝、鳳髓。」（《洛陽三怪記》《清平山堂話本》）

《五代梁史評話》「寶盤雕俎，玉斚犀瓶，滿筵珍果間新奇，裝釘嘉肴香馥鬱；□中噴金鼎龍涎，盞面上波浮綠蟻。」（《五代梁史平話》）

《五代史唐史平話》「滿座金鐘浮綠蟻，當筵歌拍捧紅牙。」（《五代唐史平話》）

「幕卷流蘇，簾垂朱箔。瑞腦煙噴寶鴨，香醪光溢瓊壺。果劈天漿，食烹異味。綺羅珠翠，列兩行粉面梅妝，脆管繁音，奏一派新聲雅韻。遍地舞茵鋪蜀錦，當宴歌拍按紅牙。」（《錢舍人題詩燕子樓》《警世通言》）

公堂：

「皂雕追紫燕，猛虎啖羊羔。」（《崔待詔生死冤家》《警世通言》）

「有似皂鵰追困雁，渾如雪鶻打寒鴉。」（《萬秀娘仇報山亭兒》《警世通言》）

「官法如爐，誰肯容情。」（《陳可常瑞陽仙化》《警世通言》）

「官法如爐，人心似鐵。」（《五代梁史平話》）

（六）命運

「萬般皆是命，半點不由人。」（《陳巡檢梅嶺失妻記》《清平山堂話本》）

「曾觀《前定錄》，萬事不由人。」（《鬧樊樓多情周勝仙》《醒世恆言》）

「假饒千里外，難躲一時災。」（《楊溫攔路虎傳》《清平山堂話本》）

「禍出師人口，休貪不義財。會思天上計，難免目下災。」（《楊溫攔路虎傳》《清平山堂話本》）

「會思天上無窮計，難免今朝目下災。」（《楊溫攔路虎傳》《清平山堂話本》）

「青龍與白虎同行，吉凶事全然未保。」（《陳巡檢梅嶺失妻記》《清平山堂話本》）

「烏鴉與喜鵲同行，吉凶事全然未保。」（《計押番金鰻產禍》《警世通言》）

「從前惡欺天，今日上蒼報。」（《史弘肇龍虎君臣會》《古今小說》）

「作惡欺天在世間，人人背後把眉攢。只知自有安身術，豈畏災來在目前。」（《史弘肇龍虎君臣會》《古今小說》）

「從空伸出拿雲手，救出天羅地網人。」（《陳巡檢梅嶺失妻記》《清平山堂話本》）

「未曾伸出拿雲手，莫把藍柴一樣看。」（《楊溫攔路虎傳》《清平山堂話本》）

「袖口伸出拿雲手，提起天羅地網人。」（《史弘肇龍虎君臣會》《古今小說》）

「脫了天羅，又逢地網。」（《楊溫攔路虎傳》《清平山堂話本》）

「才離陰府恓惶難，又值天羅地網災。」（《宣和遺事》）

「金風吹樹蟬先覺，暗送無常死不知。」（《三現身包龍圖斷冤》《警世通言》）

「金風吹樹蟬先覺，斷送無常死不知。」（《計押番金鰻產禍》《警世通言》）

「金風未動蟬先覺，暗送無常死不知。」（《宣和遺事》）

「有分教做個失鄉之鬼，父子不得相見。」（《計押番金鰻產禍》《警世通言》）

「青雲有路，翻爲苦楚之人；白骨無墳，變作失鄉之鬼。」（《萬秀娘仇報山亭兒》《警世通言》）

「險些做個江邊失路鬼，波內橫亡人。」（《福祿壽三星度世》《警世通言》）

（七）時間

「迅速光陰，又是一年。」（《西湖三塔記》《清平山堂話本》）

「窗外日光彈指過，席前花影坐間移。」（《陳巡檢梅嶺失妻記》《清平山堂話本》）

「窗外日光彈指過，席間花影座間移。一杯未盡笙歌送，階下辰牌又報時。」（《宣和遺事》）

「光陰似箭，日月如梭。」（《五戒禪師私紅蓮記》《清平山堂話本》）

「光陰似箭，日月如梭，安住在張家村裏一住十五年。」（《合同文字記》《清平山堂話本》）

「時光似箭，日月如梭。」（《崔待詔生死冤家》《警世通言》）

「光陰似箭，不覺又早一年。」（《陳可常瑞陽仙化》《警世通言》）

「時光似箭，日月如梭。」（《崔衙內白鷮招妖》《警世通言》）

「時光如箭，轉眼之間，那女孩年登二八……」（《計押番金鰻產禍》《警世通言》）

「又過幾時，但見時光如箭，日月如梭，不覺又是二月半間。」（《鄭節使立功神臂弓》《醒世恆言》）

「光陰迅速，大娘子在家巴巴結結，將近一年。」（《十五貫戲言成巧禍》《醒世恆言》）

「百歲光陰如撚指，人生七十古來稀。」（《張古老種瓜娶文女》
《古今小說》）

「四時光景急如梭，一歲光陰如撚指。」（《鄭節使立功神臂弓》
《醒世恆言》）

「咽喉深似海，日月快如梭。」（《十五貫戲言成巧禍》《醒世恆
言》）

（八）旅途

「五里亭亭一小峰，上分南北與西東。世間多少迷路客，一指
還歸大道中。」（迷路）（《陳巡檢梅嶺失妻記》《清平山堂話本》）

「五里亭亭一小峰，自知南北與西東。世間多少迷途客，不指
還歸大道路中。」（《福祿壽三星度世》《警世通言》）

「多疑看罷僧繇畫，收起丹青一軸圖。」（《陳巡檢梅嶺失妻記》
《清平山堂話本》）

「青雲藏寶殿，薄霧隱迴廊。靜聽不聞消息之聲，回視已失峰
巒之勢。日霞宮想歸海上，神仙女料返蓬萊。多應看罷僧繇畫，捲
起丹青一幅圖。」（《鄭節使立功神臂弓》《醒世恆言》）

「少不得饑餐渴飲，夜住曉行」（《楊溫攔路虎傳》《清平山堂話
本》）

「饑餐渴飲，夜住曉行。」（《崔待詔生死冤家》《警世通言》）

「饑餐渴飲，夜住曉行。」（《鄭節使立功神臂弓》《醒世恆言》）

「免不得饑餐渴飲，夜宿曉行。」（《五代梁史平話》）

（九）評論、常理

「千金之子，不死於盜賊。」（《五代晉史平話》）

「萬夫之帥，深坐於油幢；千金之子，不鬥於盜賊。」（《宣和
遺事》）

「鹿迷鄭相應難辨，蝶夢周公未可知。」（《陳巡檢梅嶺失妻記》
《清平山堂話本》）

「鹿迷秦相應難辨，蝶夢莊周未可知。」（《三現身包龍圖斷冤》
《警世通言》）

「古人有詩說這夢：鹿分鄭相終難下，蝶化莊周未可知。縱使

如今不是夢，能於爲夢幾多時？」(《五代漢史平話》)

「徽宗在大內得一個夢，誰知那一場夢，引得一個妖術方士的來！眞是：鹿分鄭相終難辨，蝶化莊周未可知。」(《宣和遺事》)

「風定始知蟬在樹，燈殘方見月臨窗。」(《陳巡檢梅嶺失妻記》《清平山堂話本》)

「風定始知蟬在樹，燈殘方見月臨窗。」(《三現身包龍圖斷冤》《警世通言》)

「路見不平，拔刀相助。」(《楊溫攔路虎傳》《清平山堂話本》)

「路見不平，撥刀相助。」(《萬秀娘仇報山亭兒》《警世通言》)

「著意種花花不活，等閒插柳柳成蔭。」(《楊溫攔路虎傳》《清平山堂話本》)

「特意種花栽不活，等閒攜酒卻成歡。」(《史弘肇龍虎君臣會》《古今小說》)

「著意種花花不活，等閒插柳柳成蔭。」(《三現身包龍圖斷冤》《警世通言》)

「將身投虎易，開口告人難。」(《楊溫攔路虎傳》《清平山堂話本》)

「入山擒虎易，開口告人難。」(《萬秀娘仇報山亭兒》《警世通言》)

「上山擒虎易，出口告人難。」(《十五貫戲言成巧禍》《醒世恆言》)

「鼇魚脫卻金鉤去，擺尾搖頭更不回。」(《風月瑞仙亭》《清平山堂話本》)

「鼇魚脫卻金鉤去，擺尾搖頭再不回。」(《十五貫戲言成巧禍》《醒世恆言》)

「若還是說話的同年生，並肩長，攔腰抱住，把臂拖回，孫押司只吃著酒消遣一夜。千不合萬不合上床去睡。卻教孫押司只就當年當月當日當夜，死得不如《五代史》李存孝、《漢書》裏彭越。」(《三現身包龍圖斷冤》《警世通言》)

「若是說話的當時同年生，並肩長，勸住崔衙內，只好休去。千不合，萬不合，帶這隻新羅白鷂出來，惹出一場怪事。眞個是互

古未聞，於今罕有！」（《崔衙內白鷂招妖》《警世通言》）

　　「若是說話的同年生，並肩長，攔腰抱住，把臂拖回，也不見得受這般災晦，卻教劉官人死得不如：《五代史》李存孝，《漢書》中彭越。」（《十五貫戲言成巧禍》《醒世恆言》）

　　「斬草除根，萌芽不發；斬草若不除要，春至萌芽再發。」（《萬秀娘仇報山亭兒》《警世通言》）

　　「斬草除根，萌芽不發；斬草若不除要，春至萌芽再發。」（《五代梁史平話》）

　　「螳螂正是遭黃雀，豈解隄防挾彈人。」（《萬秀娘仇報山亭兒》《警世通言》）

　　「螳螂正是遭黃雀，黃雀提防挾彈人。」（《五代梁史平話》）

小　結

　　由於在農業社會中「說話」是以一種文化商品的身份出現的，與純文學作品有著本質的區別，其創作過程中的模式化和複製性傾向正好彰顯出「說話」所秉賦的獨特文學品質。程式化的創作手法種類繁多，幾乎涉及「說話」的方方面面，類似於戲劇中的「預製件」，在「說話」中用現成的套語來替代個性化的創作，不僅意味著藝人可以把一個複雜事物用簡便的形式表現出來，從而縮短了創作的週期、降低了創作的成本和表演的難度；而且意味著聽眾能夠方便地把握或抓住一種事物，從而減少了接受過程中的歧義。藝人在演出前除了要掌握一個「說話」的提綱，還要熟悉各種程式套語，這也就是《醉翁談錄》中要求「說話」藝人研習的內容：「幼習《太平廣記》，長攻歷代史書。煙粉奇傳，素蘊胸次之間；風月須知，只在唇吻之上。《夷堅志》無有不覽，《秀瑩集》所載皆通。動哨、中哨，莫非《東山笑林》；引倬、底倬，須還《綠窗新話》。論才詞有歐、蘇、黃、陳佳句；說古詩是李、杜、韓、柳篇章。舉斷模按，師表規模，靠敷演令看官清耳。只三寸舌，褒貶是非；略團萬餘言，講論古今。說收拾尋常有百萬套，談話頭動輒是數千回。」〔註14〕很顯然，做一個成功的「說話」藝人必須要經過學習和訓練，這不僅包括歷史和煙粉傳奇故事，也包括對前人詩詞文章、笑話趣聞、以及諸多「說

〔註14〕 羅燁《醉翁談錄》，古典文學出版社，1957 年，上海，頁 3。

話」套語的掌握。

只有熟練掌握了「說話」的套語，藝人在演出時遇到類似的情境，才能隨心所欲地將「預製件」拿來安插在恰當的地方。有了這些程式套子，藝人們編話本就極為方便，伎藝純熟的藝人甚至可以大膽出場，現編現演，即景生情。當然也有藝人伎藝不精，草草套用，露出破綻，例如《五代梁史評話》中寫到朱溫與劉文政等人相失一節引用了一個套語「相逢不下馬，各自奔前程」，其實在這段話中朱溫與劉文政等人並不是套語中說的偶然路上相逢，然後各奔前程，話本原文寫道：「奈楊巡檢統軍趕來緊急，朱溫墜身入澗，別尋路走，與劉文政、牛存節、霍存、白守信四人相失了。」顯然朱溫是由於被追兵所迫，落荒逃走，而與劉文政等人失去了聯繫，話本中卻緊跟著說：「真個是：『相逢不下馬，各自奔前程』」套語的內容與這個情節明顯不附合，看來是說話人未及細想，草草加上的。

從演出的效果上來看，一些描寫景物、場景和刻畫人物的套子使「說話」藝人在表演時避免了冗長的靜態描寫，不會讓聽眾昏昏欲睡。而且在描寫景物和人物肖像時，「說話」人通過在不同的敘事過程中重複使用相同的韻語，把固定的意義灌輸到韻語中去，使韻語部分符號化，所以在「說話」這個特定的語境之下韻語的符號的意義是自明的，而不是隱晦的，從而降低了受眾解讀的獨立性和多樣性。

程式化的創作手法給「說話」藝人帶來的方便和利潤，也在短期內生產出了一大批「說話」作品，成就了兩宋「說話」業的繁榮書面。但過度程式化也帶來了很多負面的影響，重複率過高的程式運用，常給作品帶來情節雷同、人物缺乏個性、形式陳陳相因等弊端。臉譜式的人物、類型化人物的際遇很難給聽眾以更高層次的美感享受，寫景、狀物韻文的大量機械複製令人感到味同嚼蠟，批量化、標準化生產出來的文化商品缺乏藝術個性，容易造成受眾的審美疲勞，這也是「說話」頗為經典作家所詬病的原因。

模塊化、標準化的核心是同一客體的複製和重複使用，它是與高效率、高速度和規範化密切相關的。模塊化、標準化的思維是工業化時代的產物，雖然宋代的社會經濟發展為話本小說的商品化進程提供了一個必要的環境，但「說話」伎藝繁榮的宋代仍處於前工業化時代，不具備大規模工業化生產的社會基礎，與現代「造夢工廠」出品的通俗文學作品還存在著明顯的差異。雖然宋代編纂了《太平廣記》這樣的大型類書，民間也有一些文人編輯了諸

如《綠窗新話》、《青瑣高議》、《醉翁談錄》一類的「說話」資料叢書，書會才人也為「說話」藝人收集和整理一些故事。但是總體上來說，由於缺乏一個對「說話」素材和資源的統一搜集與整理的機構，也不存在對話本設計、開發進行統一規劃的組織，藝人的表演只是個人行為，基本上靠師徒的傳承和個人經驗的積累，因此「說話」只是文化作坊生產出來的一種文化商品，其生產規模和標準化程度遠比不上現代社會生產出來的娛樂產品，只是在一個較低的水平上徘徊。

第七章 「說話」中的「書外書」

第一節 「書外書」的概念和功能

一、「書外書」的概念與分類

　　閱讀書面作品是個性化的審美行爲，讀者可以就艱澀難懂的部分反覆地研讀揣摩，對於精彩的部分可以仔細地回味體會，對於引人深思的部分也可以發出感慨品評。與之不同的是：「說話」在絕大部分情況下都是公眾審美行爲，必須顧及全體聽眾的感受，無法關照每個聽眾個性化的需求。而且「說話」的傳播模式是線性的，藝人的口頭敍述和身段表演稍縱即逝，且不可重複。作爲一種商業性質的演出，「說話」藝人必須使出渾身解數讓聽眾理解「說話」的內容，並始終牢牢地抓住聽眾的注意力，儘量保持聽眾對「說話」的興趣。所以依據情節將事件的原委過程、來龍去脈、前因後果盡可能地交代清楚是藝人的基本功，而故事中的人物活動、情感和心理也要由「說話」人講出來。

　　作爲一種娛樂產品，「說話」表現出其功能的多元性：認識功能、審美功能、娛樂功能、教育功能。爲了幫助聽眾理解，「說話」人常常會跳出故事之外，對其中的典章制度、歷史背景進行引證注釋，爲聽眾解惑；對故事中的事件人物指點評說，代替聽眾發表感想。而且爲了調整「說話」的節奏，防止聽眾產生聽覺疲勞，「說話」人還會偏離主題加入一些插科打諢的噱頭，以及一些或唱或白的韻文作爲調劑。這些其實都是「說話」人爲了吸引聽眾所採取的步驟，既是「說話」的特色也是其魅力之一。羅燁就說過：

　　「說話」藝人「幼習《太平廣記》，長攻歷代史書。煙粉奇傳，
素蘊胸次之間；風月須知，只在唇吻之上。《夷堅志》無有不覽，《秀
瑩集》所載皆通。動哨、中哨，莫非《東山笑林》；引伸、底伸，須
還《綠窗新話》。論才詞有歐、蘇、黃、陳佳句；說古詩是李、杜、
韓、柳篇章。舉斷模按，師表規模，靠敷演令看官清耳。只憑三寸
舌，褒貶是非；略□萬餘言，講論古今。說收拾尋常有百萬套，談
話頭動輒是數千回。」〔註1〕

　　這裡說的「動哨」、「中哨」指的就是話中的噱頭，「褒貶是非」、「講論古
今」指的是評論，而「歐、蘇、黃、陳佳句」、「李、杜、韓、柳篇章」應當
是指「說話」藝人引用前代或當代名篇名句。這說明評論、引證、噱頭等的
確是「說話」不可缺少的有機成分，也是「說話」藝人必須掌握的基本功。
這一特點在現代評書和揚州評話中依然很突出：「說書敘述的魅力特別體現在
說書人能圍繞常見的故事主線『添枝加葉』。威名四方的英雄武松空拳打死老
虎，聽眾喜愛聽這部書的原因很明顯，即前面所提到的，其興趣在於欣賞說
書人對故事的潤色和戲劇性的表演。一些潤色的部分具有遠離主線的題外話
的特點。」〔註2〕

　　「說話」正文中的引證、評說、注釋、噱頭和描寫的出現是與其口頭文
藝的演出形式分不開的，經過長期發展已經定型為「說話」的一個有機組成
部分，它們與主要故事內容有著一定的聯繫，但又相對游離於敘事主幹之外。
「話本或者說民間口述作品的交代則不同。由於現場氣氛的影響，說書人在
故事的講述過程中，往往會拋開故事轉而面對觀眾做出解釋、說明或說教，
並有相應的習用語，常用的如『看官聽說』之類作為標誌。變文中的說書人
語氣雖與後來的話本不完全相同，但也看出一種游離的自由狀態。」〔註3〕

　　前代研究者雖然發現了話本中這種獨特現象的存在，但還未就這個問題
進行過系統全面的研究。筆者認為，雖然在敘事作品中出現引文、評說、注
釋、噱頭、詩詞的現象並不是「說話」所獨有的，但是「說話」作品中的這
些成分無論是從文本形態上，還是從功能結構上看都已形成了自己的特色，
而且出現的頻率很高，有規律可循，不是摻雜在敘事文本中的偶然現象，而

〔註1〕　羅燁《醉翁談錄》，古典文學出版社，1957年，上海，頁3。
〔註2〕　易德波《揚州評話探討》，人民文學出版社，2006年，北京，頁239。
〔註3〕　蔡鐵鷹《中國古代小說的演變與形態》，中國文史出版社，2003年，北京，頁
　　　　151。

是「說話」結構中不可或缺的有機組成部分，所以有必要將其單獨提出來進行研究。

　　爲了科學地研究「說話」中大量存在的引文、評說、注釋、噱頭、詩詞這些與敘事正文相游離的部分，界定其外延和內涵，本文暫時將其定名爲「書外書」。要說明的是「書外書」指的是敘事正文中出現的引文、評說、注釋、噱頭、詩詞，並不包括話本正文之前的入話、頭回，也不包括話本正文之後的收場詩。雖然這兩部分在形態上與「書外書」有一定的相似之處，但因爲這兩部分在話本中是與正文並列的獨立成分，與正文的界限比較分明，從功能上看也與正文內部的「書外書」有著很大的區別。本文所論及的「書外書」是指穿插在正文敘事中的那些既游離於敘事主線之外的部分，具有相對獨立性，又是正文的有機成分之一，對正文敘事起到輔助和調劑作用的部分，無法從「說話」表演中分割出去。

　　「書外書」是對「說話」正文中游離於敘事主體之外其他成分的統稱，實際上無論從形態還是功能上來看，這些成分都不具備統一的特點，可以從不同的角度對其分類。從功能的角度來看非敘事成分可以分成引證、評說、注釋、噱頭和描寫幾類；從文體的角度來看又可以將其分爲韻文和散文兩大類；從表演的角度又可以將其分爲唱、白兩種。這三種分類互有交差，情況十分複雜。

二、「書外書」的功能

　　「說話」的主要功能是敘事，除了主體敘事結構之外，「說話」中還有起到引證、評說、注釋、噱頭和描寫作用的五類「書外書」成分。

（一）評說

　　在演出中帶評帶講是「說話」的一個傳統，這個傳統可以說由來已久，最早可以上溯到唐代的俗講。唐代寺院內的俗講原本就是給信眾傳道的一種通俗形式，變文的講經中就出現了「以評論摻入敘事」的情況，也就是孫楷第所說的「且此等講說，有時亦剖判文句，不盡演說事狀。」〔註4〕主講人一邊講述佛經故事，一邊宣揚佛法。例如：

　　　　「奉勸座下弟子，孝順學取目連。二親若也在堂，甘旨專須侍
　　奉。父母忽然崩背，修齋間法酬恩。莫學一輩愚人，不報慈親恩德。

〔註4〕 孫楷第《俗講、說話與白話小說》，作家出版社，1956年，北京，頁97。

《目連緣起》」「經書各有多般理，皆勸門徒行孝義；只怕因循不報
恩，故於經上明宣示。勸門徒，諸弟子，暮省朝參勤奉侍；永永交
君播好名，長長不見逢災累。」(《父母恩重經講經文》)

俗講敘事加評點的傳統在「說話」中保留了下來，但評點的內容和目的
已完全改變了。「說話」對於消費者來說是一種娛樂商品，對於藝人們來說
是一種謀生的手段。藝人在敘事中加入評點的目的是為了代替聽眾發表看
法，幫助聽眾更好地瞭解「說話」的內容，當然有的時候也兼有教化大眾的
目的。

聽眾在欣賞「說話」的過程中難免會產生一些感想，有對「說話」中的
事件和人物進行品評的願望，但是「說話」的表演方式卻無法為他們提供自
由評價的機會。除了在宮廷和私人宅第舉行的小型表演以外，「說話」通常是
在瓦舍、寺院、茶樓、酒館、通衢、鬧市之中舉行的，在這些公共表演場所
的表演是面向廣大聽眾的，屬於公眾娛樂行為，聽眾不可能隨時中斷表演，
對書中的內容做出評價。為了拉住生意，照顧到聽眾的發表議論的需求，「說
話」人在表演過程中形成了一整套敘事評價體系，以代替全體聽眾進行思考
和回味，彌補聽眾有感無處發的缺憾。

「說話」發展到宋代，在敘事中加入評論已經成為一個重要特色，而尤
以講史最為突出。今傳於世的《五代史平話》就是一個例子，很多研究者都
認為「平話」二字有評論的意思在裏面。陳汝衡說：「按評者，論也，以古事
而今說，再加以評論，謂之評書。」〔註5〕張兵也認為「書名《五代史平話》，
這『平話』兩字，既是一種文體，大約專指講史的話本之類，但也有對話本
講述的歷史事件和重要人物加以評論之意。『平話』之『平』即評論、評議、
評價和品評等。」〔註6〕以「平話」命名講史作品，說明其「評」的分量是很
重的。

「說話」中摻加評論的傳統，一方面是唐代俗講的餘緒，另一方面大概
也是受到了宋代學風的影響。程毅中在他的《宋元小說研究》中提到「如果
把《梅妃傳》和《翰府名談·玄宗遺錄》聯繫起來看，可以看出宋代小說家
比唐人更注重「史才」，更愛發表作者史識的『議論』。雖然《梅妃傳》非常
注重『詩筆』，在詞章上有突出的成就，但是在『史才』和『議論』方面更有

〔註 5〕陳汝衡《說書史話》，人民文學出版社，1987 年，北京，頁 157。
〔註 6〕 張兵《張兵小說論集》，中國文史出版社，2005 年，北京，頁 324。

鮮明的特色。這正是宋代作品的風格。」〔註7〕在宋代從事講史一家的「說話」藝人大多以學識豐富自相標榜，其中有些藝人就是科場失意的讀書人，他們在「說話」各家的藝人中文化水平最高，所以講史一家很可能也是受到文人作品中顯示史才的風氣影響，在敘事中加入了大量的評論。這一傳統在「說話」業內得到了繼承，宋元之後，明清兩代和近現代的北方評書、揚州評話中也保留了這個特色。

（二）引

為了支持自己的觀點，或者是證明自己講述的故事是眞實可靠的，「說話」人往往會中斷敘事，引證經史、典故、詩詞、著作。這樣就使得「說話」人講述的故事顯得眞實可信，旁證歷史上發生過的類似事件，博引前代或當代人的觀點，使「說話」內容有據可依，而不流於單純抽象的說教，豐富了藝術表現的內涵，加大了「說話」反映社會生活的廣度。在後來的北方評書表演中這個傳統演變成為一個重要特色，「旁徵博引是評書演員慣用的藝術手法，也是評書藝術的知識性和魅力的源泉。比如，書中說到某個皇帝既可以旁徵前朝或後世的帝王，又可以博引臣民的口碑，甚至可以引入外國的總統或帝王作為對比和襯托。評書所反映的社會萬象本已相當寬廣，而旁徵博引又如錦上添花，使之更加寬泛。」〔註8〕

更為重要的是，從「說話」的社會文化功能上來看，對於文化水平較低的聽眾來說，「說話」不只是一種娛樂形式，它還肩負了文化普及的責任。由於生產力水平還很低下，宋代城市中的中下階層和婦女教育水平還很低，很多人是目不識丁的文盲。據日本學者本田精一分析，宋代社會按教育水平可以分成三個階層：屬於第一階層的官吏、士人教育水平最高，大商人、僧侶、道士也大都得到過充分的教育。屬於第二階層的胥吏、牙人因工作的需要，也具備豐富的知識。而屬於下層的中等商人、手工業者、小地主、小買賣人、手藝人、算命先生則學習過一些開蒙讀物，能夠閱讀實用文體。至於屬於最低層次的小販、挑夫、傭工、乞丐等人則終生與教育無緣。〔註9〕「說話」的

〔註7〕 程毅中《宋元小說研究》，江蘇古籍出版社，1998年，杭州，頁22。

〔註8〕 汪景壽、王決、曾惠傑《中國評書藝術論》，經濟日報出版社，1997年，北京，頁64。

〔註9〕 參見（日）本田精一《〈清明上河圖〉中各階層人的識字與計算能力》，遼寧省博物館編《〈清明上河圖〉研究文獻彙編》，萬卷出版公司，2007年，瀋陽，頁638～641。

聽眾幾乎遍佈於宋代城市的中上階層，這些人中有相當一部分沒有受過完備的教育，在瓦舍中欣賞「說話」表演對於這些人來說不但是一種娛樂休閒，也是一個豐富知識的學習機會。宋張仲文的《白獺髓》載紹興間臨安有三個市井人，一個是皇城司快行，一個是屠夫，還有一個是傭書，好談古論今，而他們談論的依據就是當時的一個說史書的藝人王與之的講史內容。〔註 10〕這說明「說話」在中下階層中的教育作用是巨大的，這也就是後來馮夢龍說到通俗文學「諧於俚耳」的教化功用。

正因「說話」肩負著娛樂和教化的作用，「說話」藝人在關注「說話」的娛樂效果的同時，也十分注重自身才學的展示，《醉翁談錄‧小說開闢》中為「說話」人確定的標準頗高：

> 「幼習《太平廣記》，長攻歷代史書。煙粉奇傳，素蘊胸次之間；風月須知，只在唇吻之上。《夷堅志》無有不覽，《秀瑩集》所載皆通。動哨、中哨，莫非《東山笑林》；引倬、底倬，須還《綠窗新話》。論才詞有歐、蘇、黃、陳佳句；說古詩是李、杜、韓、柳篇章。舉斷模按，師表規模，靠敷演令看官清耳。只憑三寸舌，褒貶是非；略□萬餘言，講論古今。說收拾尋常有百萬套，談話頭動輒是數千回。」〔註 11〕

因此很多「說話」藝人，特別是講史藝人以才學自相標榜，《武林舊事》中記載的講史藝人很多以士人自居：

> 「喬萬卷、許貢士、張解元、周八官人、檀溪子、陳進士、陳一飛、陳三官人、林宣教、李郎中、武書生、劉進士、鞏八官人、徐繼先、穆書生、戴書生、王貢生、王貢元、李黑子、陸進士、丘機山、張小娘子、宋小娘子、陳小娘子。」〔註12〕

這裡邊的「貢士、貢生、貢元、解元、進士、宣教」當然不真的具有這些身份，但他們很可能就是一些流落江湖的讀書人，至少也是接觸過經史的藝人。這些藝人在敘說故事的時候不時地引經據典，一方面是為了豐富「說話」的表現形式，另一方面如同為市井小民開了一個通俗學術講座，起到了普及文化的作用，因而受到聽眾的歡迎。

〔註 10〕 張仲文《白獺髓》，叢書集成本，中華書局，1985 年，北京，頁 15。
〔註 11〕 羅燁《醉翁談錄》，古典文學出版社，1957 年，上海，頁 3。
〔註 12〕 周密《武林舊事》卷六，《諸色伎藝人》條，中華書局，2007 年，北京，頁 180～182。

（三）注釋

「說話」是口頭表演藝術，由於受其傳播模式的限制，藝人必須預想聽眾理解過程中可能出現的障礙，在「說話」中加入附帶解釋說明的內容來降低敘事內容的難度。「說話」聽眾來自社會的各個階層，他們之間的文化背景差異十分巨大，由於「說話」所表現的社會內容十分豐富，涉及的知識面非常廣闊，所以聽眾難免遇到自己不熟悉的事物，又不可能像閱讀作品時一樣去請教別人，或者查找資料，很需要「說話」藝人的當場解釋說明，這樣既不影響聽眾欣賞「說話」，又及時解答了聽眾存在心中的疑問，保證了聽眾藝術欣賞過程的流暢性。

「說話」中出現的歷史典故、特殊詞語、典章制度、行話市語、各地風俗對某些聽眾來說可能是陌生的，所以「說話」藝人有必要在自己的表演過程中特別進行解釋說明。

（四）使砌

羅燁在《醉翁談錄・小說開闢》中說到「說話」藝人的才能時說：「曰得詞，念得詩，說得話，使得砌。」這裡的「砌」指的就是插科打諢，也是「說話」中的一項重要特色。在宋代的社會文化中小說、戲曲一類通俗文化都處於以戲謔供人取樂的地位，而滑稽戲謔本來就是古人對通俗文學的一個定位，「俗本就是中國滑稽文學的特色，劉勰《文心雕龍・諧隱》中早就將其總結出來：『諧之言皆也。辭淺會俗，皆悅笑也。』」〔註13〕由於有這種文化傳統和文化定位，所以戲謔自然成了「說話」的又一特色。

有意思的是「說話」、戲曲中的通俗娛樂性雖為士大夫們貶為惡俗，但是包括士大夫在內的宋人無論社會地位高低，對「說話」又都表現出了廣泛的興趣，對「說話」的諧趣幽默表演出了相當的讚賞。在宋代以詼諧而聞名的「說話」藝人不少，大概也最得士大夫階層的青睞，故每每見於文獻記載：

> 「賈耐兒者，本歧路小說人，俚嘲詼諧以取衣食……」〔註14〕
>
> 「丘機山，松江人，宋季元初，以滑稽聞於時，商謎無出其
>
> 右。遨遊湖海間，嘗至福州，譏其秀才不識字。眾怒，無以難之。

〔註13〕范伯群主編《中國近代通俗文學史》，江蘇教育出版社，2000 年，南京，頁373。

〔註14〕脫脫等《金史》卷一百○四，《完顏寓傳》，中華書局，1975 年，北京，頁231。

一日，構思一對，欲令其辭屈心服。對云：『五行金木水火土』丘隨
口答云：『四位公侯伯子男。』其博學敏捷如此。」〔註15〕

「諢砌隨機開口笑，筵前戲諫從來有。」〔註16〕

「長短句中作滑稽無賴語，起於至和；嘉祐之前，猶未盛也。
熙、豐、元祐間，兗州張山人以詼諧獨步京師，時出一兩解。澤州
孔三傳者，首創諸宮調古傳，士大夫皆能誦之。」〔註17〕

「張山人，自山東入京師，以十七字作詩，著名於元祐、紹聖
間，至今人能道之。其詞雖俚，然多穎脫，含譏諷，所至皆畏其口，
爭以酒食錢帛遺之。」〔註18〕

「往歲有丞相薨於任者，有無名子嘲之，時出厚賞購捕造謗。
或疑張山人壽爲之，捕送府。府尹詰之，壽云：『某乃於都下三十餘
年，但生而爲十七字詩鬻錢以糊口，安敢嘲大臣？縱使某爲，安能
如此著題？』府尹大笑遣去。」〔註19〕

「張仲軻，幼名牛兒，市井無賴，說傳奇小說，雜以俳優詼諧
爲業。海陵引之左右，以資戲笑。」〔註20〕

這說明使砌在「說話」的非敘事成分中佔有十分重要的地位，這個特點
在現代的揚州評話中還表現得很突出。「(揚州評話的表演要素) 另一種說法
是：『說噱彈唱演』。嚴格地說，『彈唱』僅限於揚州弦詞。對於揚州評話，『說』
和『演』當然是最基本的，而非常有意思的是，『噱』，即『搞笑』，作爲單獨
的要素被提出來。這強調了幽默在評話裏的重要性。縱觀歷史，揚州評話藝
人，因能把眾人逗笑而常受稱讚。除了在評話表演中一般使用的幽默手法以
增添風趣之外，有些說書人習慣在真正開始說書之前講幾個笑話，而且在說
書當中還不時地加入笑話。二十世紀初，笑話經常是『葷的』，明顯地帶有性

〔註15〕 陶宗儀《南村輟耕錄》卷二十八，「丘機山」條，《宋元筆記小說大觀》六，
上海古籍出版社，2001年，上海，頁6494。
〔註16〕 張炎《山中白雲詞‧〔蝶戀花〕題末色褚仲良》卷五，文淵閣四庫全書，1488，
集部，詞曲類，上海古籍出版社，2003年，上海，頁510。
〔註17〕 王灼《碧雞漫志》卷二，叢書集成，中華書局，1991年，北京，頁10。
〔註18〕 洪邁《夷堅乙志》卷十八，「張山人詩」條，叢書集成，中華書局，1985年，
頁143。
〔註19〕 王辟之《澠水燕談錄》卷十，「談謔」條，中華書局，1981年，北京，頁125。
〔註20〕 脫脫等《金史》卷一百二十九《佞倖傳‧張仲軻》，中華書局，1975年，北京，
頁2780。

和下流笑話的陰晦語言，這些在政府五十年代以後對社會的道德改造中，都被清除掉了。」〔註 21〕揚州評話藝人在開始說書前說幾個笑話，在說書過程中也不時地加入笑話。這種做法很可能就是源自於宋代「說話」的表演傳統，因爲《醉翁談錄》中曾說：「動哨、中哨，莫非《東山笑林》」〔註 22〕這裡的「動哨」應該就是指「說話」正式表演前的噱頭，而「中哨」則應是指表演中插科打諢。

正是因爲插科打諢在「說話」中佔有十分重要的地位，所以當時就有一些收集砌話的專書出現，比如《醉翁談錄》中提到的《東山笑林》顯然就是一本通行的「說話」參考書。《醉翁談錄》卷之二丁集〔嘲戲綺語〕共收九則笑話：「嘲人好色、杜正倫譏任瓌怕妻、嘲人不識羞、嘲人請酒不醉、婦人嫉妒、夫嘲妻青黑、嘲人面似猿猴、王次公借驢罵僧、錯認古人詩句。」而日本所藏寫本《笑苑千金》四卷，題宋張致和撰。其第四卷題「新編古今砌話笑鈔千金卷之四」，應當是宋元時集的砌話，想來也是當時的書會才人所集，以供「說話」等表演之用。

使砌不同於單純的說笑話，還應該有動作表演在裏邊。胡適瑩曾說：使砌本身多帶動作表演，砌是中斷敘述而插科打諢開玩笑一類的滑稽話。〔註 23〕陳汝衡解釋得更爲詳細，（使砌）「也就是今天說書藝人的『耍噱頭』之類。很可能運用一般滑稽語言外，還有動作上的打諢，聲音上的打諢，臨機應變，全在藝人的靈活運用。《宋四公大鬧禁魂張》張員外雖然豪富，卻一文如命，慳吝得出奇驚人。話本指他在地上拾得一文錢時，他便

　　　　把來磨作鏡兒，捍作磬兒，掐做鋸兒，叫聲我兒，做個嘴兒，
　　放入筐兒（使砌至此）。人見他一文不使，起他一個異名，喚做『禁
　　魂』張員外。

以上一連串的順口溜，藝人表演時很可能邊做邊說，這就是使砌。」〔註24〕

（五）描寫

「說話」表演中時常需要刻畫人物、描寫環境、勾勒場景，但這些靜態

〔註 21〕　易德波《揚州評話探討》，人民文學出版社，2006 年，北京，頁 45。
〔註 22〕　羅燁《醉翁談錄》，古典文學出版社，1957 年，上海，頁 3。
〔註 23〕　胡士瑩《話本小說概論》，中華書局，1980 年，北京，頁 88。
〔註 24〕　陳汝衡《宋代說書史》，上海文藝出版社，1979 年，上海，頁 160。

的描寫與「說話」的表演特點產生了矛盾，「說話」主要是靠離奇曲折的情節來吸引聽眾，大量靜態的描寫只能令聽眾昏昏欲睡，這是「說話」表演最忌諱的。為了避免聽眾被冗長沉悶的描寫成分磨蝕興趣，「說話」藝人常常用韻文的形式來表現這一部分內容。

描寫部分（指用韻文表現的描寫部分）內容的通用性很強，內容包羅萬象，包括人物肖像、人物的七情六欲、人物的身份才能、各種場景、各種建築、四季晨昏景色等等。（詳見本書第七章第四節）

用韻文來進行描寫有它的實際作用，首先，能夠調整「說話」的節奏。聽眾為「說話」故事中的情節所吸引，注意力始終處於高度集中的狀態之中，「說話」藝人在故事講述中穿插韻文，對於聽眾來說是一種放鬆和休息。因為韻文部分具有通用性，所以用韻文描繪的人物、場景、風光都是類型的化的，沒有什麼個性，聽眾一聽到諸如「雲鬢輕梳蟬遠，翠眉淡拂春山。朱唇綴一顆櫻桃，皓齒排兩行碎玉。」就知道這是一個美女；聽到「怒從心上起，惡向膽邊生。就知道是人物發怒了；聽到「鄰雞三唱，喚美人傅粉施妝；寶馬頻嘶，催人爭赴利名場。幾片曉霞連碧漢，一輪紅日上扶桑。」就明白是天明了；聽到「金勒馬嘶芳草地，玉樓人醉杏花天。」便知是清明時節；聽到說「簫鼓喧天，笙歌聒地。畫燭照兩行珠翠，星娥擁一個神仙。」一定是在舉辦婚禮；而「皂雕追紫燕，猛虎啖羊羔。」無疑是衙役抓人；「前臨剪徑道，背靠殺人岡。遠看黑氣森森，近視令人心膽喪。料應不是孟嘗家，只會殺人並放火。」肯定是一個強人巢穴；「金釘珠戶，碧瓦盈簷。四邊紅粉泥牆，兩下雕欄玉砌。即如神仙洞府，王者之宮。」則必然是一個豪門大戶。由於韻語多用文言寫成，這些固定的套語對於聽眾來說更像是一些符號，大部分聽眾只聽「說話」人唱一遍或者白一遍，肯定無法理解其確切的內涵，更談不上欣賞了。但是由於這些「說話」的俗套被「說話」藝人反覆運用，使得「說話」一開口聽眾就已經理解其大概意思了，這樣「說話」人不必枉費心力地編織大段靜態的描內容，聽眾也將這些不時出現的韻文描寫當成是放鬆一下的信號。所以說描寫部分起到了調整「說話」節奏，避免聽眾審美疲勞的作用。另外，從演出程序上來看，藝人們也需要用韻語來分隔「說話」段落，提示聽眾，並利用兩段敘事之間的空當向聽眾收錢。從這一點上來看，穿插韻文也是商業表演的需要。

第二節 評論及引證

一、評論

「說話」中的「評」可以分成三類，一種是概括品評，這種「評」對「話」中的故事或主要人物做出一個總體的評價，往往出現在篇首或篇尾，這種「評」顯然都是經過了「說話」人比較成熟的思考，或者是引用了他人的評論。例如：

> 「且說梁、唐、晉、漢、周的五代，共得五十六年，大都有十二代人君。其間賢君之可稱者幾何？先儒曾說道：『五代之君，周世宗爲上，唐明宗次之，其餘無足稱者。』且說周世宗才登大位之後，便遭那北漢主劉崇舉兵伐喪，倘如馮道的說是，則退然自怯，保守一方，待他誘致強虜長驅而來，亦付之無可奈何而已。世宗天性英武聰明，銳意求治，憤然以親征爲第一事，是洞然見得大計之所繫，不區區爲兒女曹苟效目前計爾。」（《五代史周史平話》）

> 「今日話說的，也說一個無道的君王，信用小人，荒淫無度，把那祖宗渾沌的世界壞了，父子將身投北去也，全不思量祖宗創造基業時，直是不容易也！」（《宣和遺事》）

> 「茫茫往古，繼繼來今，上下三千餘年，興廢百千萬事，大概風光霽月之時少，陰雨晦冥之時多；衣冠文物之時少，干戈征戰之時多。看破治亂兩途，不出陰陽一理。中國也，君子也，天理也，皆是陽類；夷狄也，小人也，人欲也，皆是陰類。陽明用事底時節，中國奠安，君子在位，在天便有甘露慶雲之瑞，在地便有醴泉芝草之祥，天下百姓享太平之治。陰濁用事底時節，夷狄陸梁，小人得志，在天便有彗孛日蝕之災，在地便有蝗蟲飢饉之變，天下百姓有流離之厄。這個陰陽，都關係著皇帝一人心術之邪正是也。」（《宣和遺事》）

> 「後來呂省元做《宣和講篇》，說得宣和過失，最是的當。今附載於此：世之論宣和之失者，道宋朝不當攻遼，不當通女眞，不當取燕，不當任郭藥師，不當納張瑴。這個未是通論。何以言之？天祚失道，內外俱叛，遼有可取之釁，攻之宜也。女眞以方張之勢，斃垂亡之遼，他日必與我爲鄰，通之可也。全燕之地，我太祖、太

宗百戰而不能取，今也兼弱攻昧，可以收漢晉之遺黎，可以壯關河之上勢，燕在所當取也。……」（《宣和遺事》）

　　第二種「評」是就事論事，是「說話」人隨時插入的，有些評論是「說話」人提前準備好的，有些可能就是藝人當場「現掛」上去的。

　　　　「是他范質、竇儀兩個說這幾句話，全活了兗州一城百姓，積了多少陰隲也！」（《五代史周史平話》）

　　　　「只因劉二要去趁熟，有分教：去時有路，回卻無門。正是：旱澇天氣數，家國有興亡。萬事分已定，浮生空自忙。」劉二和妻子雙雙亡故，「福無雙至從來有，禍不單行自古聞。」（《清平山堂話本》《合同文字記》）

　　　　「天高寂沒聲，蒼蒼無處尋。　　萬般皆是命，半點不由人。」（《陳巡檢梅嶺失妻記》《清平山堂話本》）

　　　　「神明不肯說明言，凡夫不識大羅仙。早知留卻羅童在，免交洞內苦三年。」（《陳巡檢梅嶺失妻記》《清平山堂話本》）

　　　　「寧可洞中挑水苦，不作貪淫下賤人。」（《陳巡檢梅嶺失妻記》）

　　　　「世路山河險，石門煙霧深。年年上高處，未肯不傷心。」（《陳巡檢梅嶺失妻記》）

　　　　「夫妻會合是前緣，堪恨妖魔逆上天。悲歡離合千般苦，烈女真心萬古傳。」（《陳巡檢梅嶺失妻記》）

　　　　「話說宋朝失政，國喪家亡，禍根起於王安石引用婿蔡卞及姻黨蔡京在朝，陷害忠良，姦佞變詐，欺君虐民，以致壞了宋家天下。」（《宣和遺事》）

　　　　「且說世人遇這四季，尚能及時行樂；何況徽宗是個風流快活的官家，目見帝都景致，怎不追歡取樂！」（《宣和遺事》）

　　　　「如湯伐桀，武王伐紂，皆是以臣弒君，篡奪了夏、殷的天下。湯武不合做了這個樣子。」（《五代史梁史平話》）

　　　　「僖宗方在幼沖，縱有忠臣直諫，怎生省得？只靠那丞相路岩，排行喚做路十的，處置軍國大事。」「朝廷行著這般政令，無一人敢奏事進言。」（《五代史梁史平話》）

　　《梁史平話》在講述王仙芝等人的造反活動時評論道：

　　　　「這幾個秀才，皆是寒族，怨望朝廷，爲見蝗蟲爲災，天下飢

饉，遂結謀聚眾，在那鄆、曹、濮三州反叛，在那地名長垣下了硬
寨。眞個是：不向長安去看花，且來落草作英雄。……蓋是世之盛
衰有時，天之興廢有數，若是太平時節，天生幾個好人出來扶持世
界，若要禍亂時節，天生幾個歹人出來攪亂乾坤。」(《梁史平話》)

「若是押發人是個學舌的，就有一場是非出來。因曉得郡王性
如烈火，惹著他不是輕放手的。他又不是王府中人，去管這閒事怎
地。況且崔寧一路買酒買食，奉承得他好，回去時，就隱惡揚善了。」
(《崔待詔生死冤家》《警世通言》)

「郭立是關西人，樸直，卻不知軍令狀如何胡亂勒得。三個一
逕來到崔寧家裏，那秀秀兀自在櫃身裏坐地。」(《崔待詔生死冤家》
《警世通言》)

「若還是說話的同年生，並肩長，攔腰抱住，把臂拖回，孫押
司只吃著酒消遣一夜。千不合萬不合上床去睡。卻教孫押司只就當
年當月當日當夜，死得不如《五代史》李存孝、《漢書》裏彭越。」
(《三現身包龍圖斷冤》《警世通言》)

「包爺初任，因斷了這件公事，名聞天下，至今說包龍圖日斷
人，夜斷鬼。」(《三現身包龍圖斷冤》《警世通言》)

「說話的，當時不把女兒嫁與周三，只好休：也只被人笑得一
場，兩下趕開去，卻沒後面許多話說。」(《計押番金鰻產禍》《警世
通言》)

「夷方大磧號沙陀，部族驍雄勇力多；一自天朝賜名氏，赤心
報國義難磨。」(《五代史唐史平話》)

第三種「評」是借題發揮，寓事於理。這種評論離故事內容較遠，故事
的內容往往只是一個引子，「說話」借著其中的某一點伸發開去，論證評說，
或調侃、或教訓、或勸誡，體現了「說話」對大眾的教化功能。

「元來調光的人，只在初見之時，就便使個手段，便見分曉。
有幾般探討之法，說與郎君聽著。做子弟的牢記在心，勿忘了《調
光經》！怎見《調光經》法：

冷笑佯言，妝癡倚醉。屈身下氣，俯就承迎。陪一面之虛情，
做許多之假意。先稱他容貌無雙；次答應殷勤第一。常時節將無做
有；幾回價送暖偷寒。施恩於未會之前，設計在交關之際。意密緻

令相見少，情深番使寄書難。少不得潘驢鄧殢；離不得雪月風花。往往的倉忙多悞事；遭遭爲大膽卻成非。久玩狎乘機便稔；初相見撞下方題。得了時尋常看待；不得後老大嗟籲。日日纏望梅止渴；朝朝晃畫餅充饑。吞了釣，不愁你身子正；納降罷，且爲個腳兒稀。《調光經》於中蘊奧；愛女論就裏玄微。決烈婦聞呼即肯；相思病隨手能醫。情當好極，防更變；認不眞時，莫強爲。錦香囊乃偷期之本，繡羅帕乃暗約之書。撇情的中心汎濫；賣乖的外貌威儀。才待相交，情便十分之切；未曾執手，淚先兩道而垂。摟一會，抱一會，溫存軟款；笑一回，耍一回，性格癡迷。點頭會意，咳嗽知心。訕語時，口要緊；刮涎處，臉須皮。以言詞爲說客；馮色眼作梯媒。小丫頭易惑；歪老婆難期。緊提蒼，慢調雛，凡宜斟酌；濟其危，憐他困。務盡扶持。入不覷，出不顧，預防物議；擦不羞，訛不答，隄備猜疑。赴幽會，多酬使婢；送消息，厚賺鴻魚。露些子不傳妙用；令兒輩沒世皈依。見人時伴伴不採，沒人處款款言詞。如何他風情慣熟？這舜美是譴浪勤兒。」（《張生彩鸞燈傳》《熊龍峰小說四種》）

「後人評論此事，道計押番釣了金鰻，那時金鰻在竹籃中，開口原說道：『汝若害我，教你闔家人口，死於非命。』只合計押番夫妻償命；如何又連累周三、張彬、戚青等許多人？想來這一班人也是一緣一會，該是一宗案上的鬼，只借金鰻作個引頭。連這金鰻說話，金明池執掌，未知虛實，總是個凶妖之先兆。計安既知其異，便不該帶回家中，以致害他性命。大凡物之異常者，便不可加害。」（《計押番金鰻產禍》《警世通言》）

看官聽說，這段公事，果然是小娘子與那崔寧謀財害命的時節，他兩人須連夜逃走他方，怎的又去鄰舍人家借宿一宵，明早又走至爹娘家去，卻被人捉住了？這段冤枉，仔細可以推詳出來。誰想問官糊塗，只圖了事，不想捶楚之下，何求不得。冥冥之中，積了陰騭，遠在兒孫近在身，他兩個冤魂也須放你不過。所以做官的切不可率意斷獄，任情用刑。也要求個公平明允。道不得個死者不可復生，斷者不可復續。可勝歎哉！」（《十五貫戲言成巧禍》《醒世恆言》）

「說話」最忌諱給聽眾留下自我思索的空間，「說話」人為了時刻在左右聽眾的思想感情，盡量以明晰的價值判斷，直指式的語言代替聽眾作出評價，甚至不惜由「說話」人親自出面，用評論式的語言直接干預聽眾的價值判斷。

二、引證

「說話」中引證的內容可分為三種，一種是引用史書記載來印證自己記事的真實性，這是史傳敘事的強勢給通俗敘事文學帶來的影響，即使「說話」藝人明知自己講述的是虛構的故事，也想方設法地要證明故事的真實性。

> 「先儒曾說道：『五代之君，周世宗為上，唐明宗次之，其餘無足稱者。』」（《五代史周史平話》）

> 「這個大漢，姓史，雙名弘肇，表字化元，小字憨兒。開道營長行軍兵。按《五代史》本傳上載道：『鄭州榮澤人也。為人驍勇，走及奔馬。』」（《史弘肇龍虎君臣會》《古今小說》）

> 「這話本是京師老郎流傳，若按歐陽文忠公所編的《五代史》正傳載道：『梁末調民七戶出一兵，弘肇為兵，隸開道指揮，選為禁軍，漢高祖典禁軍為軍校。其後，漢高祖鎮太原，使將武節左右指揮，領雷州刺史。以功拜忠武軍節度使，侍衛步軍都指揮使。再遷侍衛親軍馬步軍都指揮使，領歸德軍節度使，同中書門下平章事。後拜中書令，周太祖郭威即位之日，弘肇已死，追封鄭王。」（《史弘肇龍虎君臣會》《古今小說》）

一類是引用經籍、著作、書信、奏章、檄文等來作為印證、補充和類比：

> 「說話的，錯說了。使命入國，豈有出來閒走買酒吃之理？按《夷堅志》載，那時法禁未立，奉使官聽從與外人來往。」（《楊思溫燕山逢故人》《古今小說》）

> 《宣和遺事》在講述林靈素得到徽宗寵幸之事時，「又按：《賓退錄》載：『祥符觀道士何得一，宣和間遊京師，遇方士陶光國，愛其人物秀整，語之曰：當為辦一事，故亟歸。無幾何，徽宗夢人曰：天上神仙鄭化基，地下神仙何得一。明日，命閱祠部帳，得諸新滏籍中：化基，其師也。遽命使宣召。是時得一方次鄂州，守貳禮請以往。既對，上大悅，賜號沖妙大師，主龍德太一宮，授丹林郎。』

靈素之進，亦緣夢而得，恰與此事相類，故附錄之。其與高宗之夢傳說者異矣。」（《宣和遺事》）

「故孟子道是：『孔子作《春秋》而天下亂臣賊子懼。』」（《五代史梁史平話》）

「君不見，張負有女妻陳平，家居陋巷席為門？門外多逢長者轍，丰姿不是尋常人。又不見，單父呂公善擇婿，一事樊侯一劉季？風雲際會十年間，樊作諸侯劉作帝。從此英名傳萬古，自然光采生門戶。君看如今嫁女家，只擇高樓與豪富。」（《史弘肇龍虎君臣會》《古今小說》）

「中和元年，朱溫攻鄧州。二月，鄭畋糾合党項羌、拓跋恭會兵鄜、延，與節度使李孝昌同盟討賊。乃傳檄天下，檄文云：

昔漢遭王莽之變，二十八將感會風雲，而開中興之業。晉罹五胡之亂，而祖逖擊楫中流，誓在興復；王導新亭之歎，亦欲戮力神州。何物黃巢，敢行稱亂？迫脅天子，屠戮城邑，俘我人民，掠我金帛，海內聞之，莫不切齒！今帥諸路兵馬勤王，遠近忠義之士，各思自奮，剪除巨賊，掃清中原，使園陵再安，鍾□如故，顧不偉歟？檄書到日，戮力功名，封侯圖王，在此一舉。布告中外，咸使聞知。故檄。」（《五代梁史平話》）

「乾寧二年正月，李克用再上表。表曰：

臣切見張浚以陛下萬代之業，邀自己一時之功，知臣與朱溫深仇，私相連結。臣今身無官爵，削奪已盡，身是罪人，漂流靡定，不敢復歸藩方；且就河中寄寓，進退行止，伏候指揮。」（《五代唐史平話》）

「才出，即得鳳翔節度使朱弘昭遺書與敬瑭道：

弘昭書奉駙馬都尉大使石公座下：安公近過鳳翔，館於府舍，備言入蜀之由，頗有怨君之意。舉措孟浪，謀略深沉，將至行營，必奪公兵柄，豈不使將士疑駭？為公之計，莫若奏聞朝廷，恐激軍變，乞早征還。則公之用兵，可無中制之患。不然，意向矛盾，動為安公掣肘，非公之利也。辱愛之厚，用陳此忱，幸明公留意！」（《五代晉史平話》）

還有一類是引用詩詞，以增加表演的文采，並能調整表演的節奏。

「春花秋月何時了？往事知多少！小樓昨夜又東風，故國不堪
回首月明中！雕欄玉砌應猶在，只是朱顏改。問君能有幾多愁？恰
似一江春水向東流。」(《柳耆卿詩酒玩江樓記》《清平山堂話本》)

「鳳兮，鳳兮，思故鄉，遨遊四海求其凰。時未遇兮無所將，
何悟今夕兮升斯堂？有豔淑女在閨房，室邇人遐在我傍。何緣交頸
爲鴛鴦？胡頡頏兮共翱翔。」(《風月瑞仙亭》《清平山堂話本》)

「凰兮，凰兮，從我棲，得託孳尾永爲妃。交情通體心和諧，
中夜相從知者誰？雙翼俱起翻高飛，無感我思使余悲！」(《風月瑞
仙亭》《清平山堂話本》)

「東南形勝，三吳都會，錢唐自古繁華，煙柳畫橋，風簾翠幕，
參差十萬人家。雲樹繞堤沙；怒濤卷霜雪，天塹無涯。市列珠璣，
戶盈羅綺，競奢華。　　重湖疊巘清佳。有三秋桂子，十里荷花。
絃管弄晴，菱歌泛夜，嬉嬉的釣叟蓮娃。千騎擁高牙，乘時聽簫鼓，
吟賞煙霞。異日圖將好景，歸到鳳池誇。」(《張生彩鸞燈傳》《熊龍
峰小說四種》)

第三節　注釋、使砌及描寫

一、注釋

「說話」中需要解釋說明的內容可以分成：

第一種對「說話」中涉及的歷史人物、事件的注釋，有的注釋比較簡略，
有的複雜一些，其實相當於在「說話」中加入了一個題外的小故事：

「彥章怒罵道：『人死留名，豹死留皮。大丈夫怎肯負人恩德！
咱學取漢將王陵，寧復以家人爲意？』……且說那王陵乃漢高祖時
沛人，聚黨居南陽，以眾歸漢。楚王捉卻王陵的娘東向坐，欲招王
陵迴心向楚。王陵的娘向使者道：『我聞漢王長者，終得天下。爲我
語陵，休爲我故持二心。』遂伏劍而死。王彥章也是這般肚腸，那
裡更顧惜家小也。」(《五代史唐史平話》)

「十一月，晉王聽得河冰合，大喜曰：『咱用兵數歲，爲一水限
斷，不得渡河；今河冰自合，正與漢光武滹沱冰堅相似，得非上天
先贊我興王之機會否？』說話裏，說那漢光武南馳，傳說王郎軍兵

在後，諸軍皆有恐懼的心。及至滹沱河，有候吏還報：『河水漸流，無舡怎生得渡？』官屬憂恐。光武遣那王霸馳至河探聽，霸恐驚動眾軍，託言冰堅可渡。光武因笑曰：『候吏果是謊說。』及到河次，河冰果合，光武諸軍乃得渡河；有數騎過未了，而冰解。王霸謝曰：『明公至德，獲神靈之祐，雖武王白魚之瑞，何以加此？』光武謂官屬言：『王霸權變以濟事，亦天瑞也。』晉王聞冰堅乃引此事自比。」

「……換個知縣，是廬州金斗城人，姓包，名拯，就是今人傳說有名的包龍圖相公。他後來官至龍圖閣學士，所以叫做包龍圖。」（《三現身包龍圖斷冤》《警世通言》）

「原來郡王殺番人時，左手使一口刀，叫做『小青』；右手使一口刀，叫做『大青』。這兩口刀不知剁了多少番人。」（《崔待詔生死冤家》《警世通言》）

第二種對一些文化含量高的詞語和讖語的解釋：

「非青非白非紅赤，川田十八無人耕。」「且說袁天綱這兩句是一個字謎：非青非白非紅赤，莫是個黃色的，這是『黃』字分曉；川田十八，這是個『巢』字分曉。」（《五代史梁史平話》）

「這一年四季，無過是春天，最好景致。日謂之『麗日』。風謂之『和風』，吹柳眼，綻花心，拂香塵。天色暖謂之『暄』。天色冷謂之『料峭』。騎的馬謂之『寶馬』。坐的轎謂之『香車』。行的路謂之『香徑』。地下飛起土來，謂之『香塵』。應乾草正發葉，花生芽蕋，謂之『春信』。春忒煞好。」（《清平山堂話本》《洛陽三怪記》）

「元來人困後，多是肚中不好了，有那與決不下的事，或是手頭窘迫，憂愁思慮。故困字著個貧字，謂之貧困；愁字，謂之愁困；憂字，謂之憂困，不成喜困、歡困？」（《史弘肇龍虎君臣會》《古今小說》）

第三種對文化風俗、典章制度、行話行規的解釋：

「皇都最貴，帝裏偏雄：皇都最貴，三年一度拜南郊；帝里偏雄，一年正月十五日夜，州里底喚做山棚，內前的喚做鰲山；從臘月初一，直點燈到宣和六年正月十五夜。為甚從臘月放燈？蓋恐

正月十五陰雨，有妨行樂，故謂之預賞元宵。」（《宣和遺事》）

「怎見得司理院的利害？

古名『廷尉』，亦號『推官』果然是事不通風，端的底令人喪膽。龐眉節級，執黃荊儼似牛頭；努目押牢，持鐵索渾如羅刹。枷分三等，取勘情重情輕；牢眼四方，分別當生當死。風聲緊急，烏鴉鳴噪勘官廳；日影參差，綠柳遮籠蕭相廟。轉頭逢五道，開眼見閻工。」（《史弘肇龍虎君臣會》《古今小說》）

「王黼平時公然賣官，取贓無數。京師謠言云：『三百貫，曰通判；五百索，直秘閣。』蓋言其賣官之爵之價也。」（《宣和遺事》）

「且問：何謂之五戒？

第一戒者，不殺生命。

第二戒者，不偷盜財物。

第三戒者，不聽淫聲美色。

第四戒者，不飲酒茹葷。

第五戒者，不妄言起語。

此謂之五戒。」（《清平山堂話本》《五戒禪師私紅蓮記》）

「元來茶博士市語，喚作『走州府』，且如道市語說：『今日走到餘杭縣』，這錢一日只捎得四五十錢，餘杭縣是四五十里；若說一聲『走到平江府』，早一日稍到三百六十足。若還信腳走到『西川成都府』，一日卻是多少里田地！」（《萬秀娘仇報山亭兒》《警世通言》）

「元來強人市語，喚殺人做『推牛子』。」（《萬秀娘仇報山亭兒》《警世通言》）

「原來這秦樓最廣大，便似東京白樊樓一般，樓上有六十個閣兒，下面散鋪七八十副桌凳。」（《楊思溫燕山逢故人》《古今小說》）

「這首詩，題著唐時第七帝，諡法謂之玄宗。古老相傳云：天上一座星，謂之玄星，又謂之金星，又謂之參星，又謂之長庚星，又謂之太白星，又謂之啓明星，世人不識，叫做曉星。初上時，東方未明，天色將曉，那座星漸漸地暗將起來。先明後暗，這個謂之玄。唐玄宗自姚崇、宋璟爲相，米麵不過三四錢，千里不饋行糧。自從姚宋二相死，楊國忠、李林甫爲相，教玄宗生出四件病來：內

作色荒，外作禽荒，耽酒嗜音，峻宇雕牆。」（《崔衙內白鷂招妖》《警世通言》）

「梁園歌舞足風流，美酒如刀解斷愁。憶得少年多樂事，夜深燈火上樊樓。樊樓乃豐樂樓之異名，上有御座，徽宗時與師師宴飲於此，士民皆不敢登樓。」（《宣和遺事》）

捕魚「捕魚有四般：攀繒者仰，鳴榔者鬧，垂釣者靜，撒網者舞。」（《福祿壽三星度世》《警世通言》）

第四種對「說話」中聽眾產生的疑問進行解釋：

「說話因何三四里路，走了許多時光？只為那女子小小一雙腳兒，只好在屧廊緩步，芳徑輕移，攀臺繡閣之中，出沒湘裙之下，卻又穿了一雙大靴，交他跋長途，登遠道，心中又慌，怎地的拖得動？」（《張生彩鸞燈傳》《熊龍峰小說四種》）

二、使砌

為了防止聽眾對「說話」表演產生厭倦情緒，「說話」中非常講究摻入一些幽默逗笑的噱頭，即使這些笑料與「說話」總體的藝術格調、敘事氛圍不符，甚至與話中的內容不甚關聯也無妨，聽眾並不十分挑剔，而是樂得暫時跳出故事之外，享受一下片時的輕鬆：

「連搠一兩刀，血流在地，眼見得老王養不大了。」（《十五貫戲言成巧禍》《醒世恆言》）

描寫一座高嶺：「怎見得高？幾年擲下一樵夫，至今未曾擲到地。」（《五代史梁史平話》）

「休道徽宗直恁荒狂，便是釋迦尊佛，也惱教他會下蓮臺。」（《宣和遺事》）

「天子道：『娘子休怕。我是汴梁生，夷門長。休說三省併六部，莫言御史與西臺；四京十七路，五霸帝王都，皆屬俺所管。咱八輩稱孤道寡，目今住在東華門西，西華門東，後載門南，午門之北，大門樓裏面。姓趙，排行第八。俺乃趙八郎也。』」（《宣和遺事》）

「天子道：『恐卿不信。』遂解下龍鳳鮫綃直系，與了師師，道：『朕語下為敕，豈有浪舌天子脫空佛？』」（《宣和遺事》）

「那漢言道：『昨日是個七月七節日，我特地打將上等高酒來，

待和你賞七月七則個。把個門兒關閉，閉塞也似，便是樊噲也踏不
開。……』」（《宣和遺事》）

　　「只見婆子取個大雞籠，把小員外罩住，把衣帶結三個結，吹
口氣在雞籠上，自去了。……不多時，只見婆子同女童來道：『小員
外在那裡？』婆子道：『在客位裏等待。』潘松在雞籠裏聽得，道：
『這個好客位裏等待！』」（《清平山堂話本》《洛陽三怪記》）

　　「開了房門，風兒又吹，燈兒又暗，枕兒又寒，被兒又冷，怎
生睡得？心裏丟不下那個女娘子，思量再得與他一會也好。你看世
間有這等的癡心漢子，實是好笑！」（《張生彩鸞燈傳》《熊龍峰小說
四種》）

三、描寫

　　各種作用的描寫韻語在「說話」中是廣泛存在的，種類繁多不一而足。
這一點早就引起了很多研究者的注意，「宋元之作的敘事韻語中，有著悠久狀
物傳統的賦贊所佔比重最大，詩和偶句次之，且使用較頻繁，藝術水平較粗
糙，在整體上給人冗繁粗糙之感。明前期話本小說敘事韻文所佔比重明顯減
少，文本趨於散文化，且體裁形式開始以偶句和詩詞爲主，賦贊次之，趨於
簡約、精緻，更有利於讀者的案頭閱讀。」〔註25〕這說明宋元話本更接近於
「說話」演出的形態。

　　描寫韻語大體上可以分成景物描寫、人物刻畫、場景描寫、器物描繪幾
類：

　　景物描寫的韻語很多，比如描寫日暮景色的就有下面幾種見於話本：

　　「金鳥西墜，玉兔東升。滿空霧照平川，幾縷殘霞生遠漢。漁
父負魚歸竹徑，牧童同犢返孤村。」（《洛陽三怪記》《清平山堂話
本》）

　　「紅輪西墜，玉兔東升。佳人秉燭歸房，江上漁翁罷釣。螢火
點開青草面，蟾光穿破碧雲頭。」（《萬秀娘仇報山亭兒》《警世通
言》）

　　「煩陰已轉，日影將斜。遙觀魚翁收繪罷釣歸家，近睹處處柴
扉半掩。望遠浦幾片帆歸，聽高樓數聲畫角。一行塞雁，落隱隱沙

〔註25〕　王慶華《話本小說文體研究》，華東師範大學出版社，2006年，上海，頁82。

汀；四五隻孤舟，橫瀟瀟野岸。路上行人歸旅店，牧童騎犢轉莊門。」(《楊溫攔路虎傳》《清平山堂話本》)

「……遇見日晚，桐陰已轉，日影將斜；望遠浦幾片帆歸，聽高樓數聲角響。」(《五代漢史平話》)

「是時紅輪西墜，玉兔樂生，江上魚翁罷釣，佳人秉燭歸房。」(《宣和遺事》)

「紅輪西墜，玉兔東生。佳人秉燭歸房，江上漁人罷釣。漁父賣魚歸竹院，牧童騎犢入花村。」(《西山一窟鬼》《警世通言》)

「紅日西沈，鴉鵲奔林高噪，打魚人停舟罷棹，望客旅貪程，煙村繚繞。山寺寂寥，玩銀燈，佛前點照。月上東郊，孤村酒旆收了。採樵人回，攀古道，過前溪，時聽猿啼虎嘯。深院佳人，望夫歸倚門斜靠。」(《崔衙內白鷂招妖》《警世通言》)

「暮雲籠帝榭，薄靄罩池塘。雙雙粉蝶宿芳叢，對對黃鸝棲翠柳。畫梁悄悄，珠簾放下燕歸來；小院沉沉，繡被薰香人欲睡。風定子規啼玉樹，月移花影上紗窗。」(《鄭節使立功神臂弓》《醒世恆言》)

描寫人物的也很多：

1. 老婦

「雞膚滿體，鶴髮如銀。眼昏如秋水微渾，髮白侶楚山雲淡。形如三月盡頭花，命似九秋霜後菊。」(《西湖三塔記》《清平山堂話本》)

「雞皮滿體，鶴髮盈頭。眼昏似秋水微渾，體弱如九秋霜後菊。渾如三月盡頭花，好似五更風裏燭。」(《洛陽三怪記》《清平山堂話本》)

「生得形容古怪，裝束清奇。頷邊銀剪蒼髯，頭上雲堆白髮。鳶肩龜背，有如天降明星；鶴骨松形，好似化胡老子。多疑商嶺逃秦客，料是磻溪執釣人。」(《張古老種瓜娶文女》《古今小說》)

2. 美女

「綠雲堆髮，白雪凝膚。眼橫秋水之波，眉插春山之黛。桃萼淡妝紅臉，櫻珠輕點絳唇。步鞋襯那小小金蓮，玉指露纖纖春筍。」(《西湖三塔記》《清平山堂話本》)

「綠雲堆鬢，白雪凝膚。眼描秋月之□，眉拂春山之黛。桃萼淡妝紅臉，櫻珠輕點絳唇。步鞋襯小小金蓮，十指露尖尖春筍。若非洛浦神仙女，必是蓬萊閬苑人。」（《洛陽三怪記》《清平山堂話本》）

「雲鬢輕籠蟬翼，蛾眉淡拂春山。朱唇綴一顆櫻桃，皓齒排兩行碎玉。蓮步半折小弓弓，鶯囀一聲嬌滴滴。」（生得如何）（《崔待詔生死冤家》《警世通言》）

「這冷氏體態輕盈，俊雅儀容。朱唇破一點櫻桃，皓齒排兩行碎玉。弓鞋窄小，渾如襯水金蓮；腰體纖長悄似搖風細柳。想是嫦娥離月殿，猶如仙女下瑤臺。」（《楊溫攔路虎傳》《清平山堂話本》）

「雲鬢輕梳蟬遠，翠眉淡拂春山。朱唇綴一顆櫻桃，皓齒排兩行碎玉。花生丹臉，水剪雙眸。意態自然，精神更好。」（《楊溫攔路虎傳》《清平山堂話本》）

「吳道子善丹青，描不出風流體段。蒯文通能舌辨，說不盡許多精神。」（《崔衙內白鷳招妖》《警世通言》）

「……見翠簾高卷，繡幕低垂；簾兒下見個佳人，髮軃烏雲，釵簪金鳳；眼橫秋水之波，眉拂春山之黛；腰如弱柳，體若凝脂；十指露春筍纖長，一搦襯金蓮穩小。待道是鄭觀音，不抱玉琵琶；待道是楊貴妃，不擎著白鸚鵡。悄似嫦娥離月殿，恍然洛女下瑤階。真個是：

軃肩鶯髻垂雲碧，眼入明眸秋水溢。鳳鞋半折小弓弓，鶯語一聲嬌嫡嫡。裁雲翦霧制衫穿，束素纖腰恰一搦。桃花為臉玉為肌，費卻丹青描不得。」（《宣和遺事》）

「女娘聽得問，啟一點朱唇，露兩行碎玉，說出數句言語來。」（《崔衙內白鷳招妖》《警世通言》）

「花生丹臉，水剪雙眸，意態天然，迥出倫輩。」（《錢舍人題詩燕子樓》《警世通言》）

「眉如翠羽，肌如白雪。振繡衣，被桂裳。穠不短，纖不長。毛嬙障袂，不足程式；西施掩面，比之無色。臨溪雙洛浦，對月兩嫦娥。」（《風月瑞仙亭》《清平山堂話本》）

「年方二八，生得如花似玉：比花花解語，比玉玉生香。」（《陳

巡檢梅嶺失妻記》《清平山堂話本》）

「鳳髻鋪雲，蛾眉掃月。一面笑共春光斗豔，雙眸溜與秋水爭明。檀口生風，脆脆甜甜聲遠振；金蓮印月，弓弓小小步來輕。縱使梳裝宮樣，何如標格天成。媚態多端，如妬如懵。嬌滴滴異香數種，非蘭非蕙；軟盈盈得他一些半點，令人萬死千生。假饒心似鐵，相見意如糖。」（《張生彩鸞燈傳》《熊龍峰小說四種》）

「桃源洞裏登仙女，兜率宮中稔色人。」（《張生彩鸞燈傳》《熊龍峰小說四種》）

「這個佳人是兩京詩酒客，煙花帳子頭，京師上亭行首，姓李名做師師。一片心只待求食巴謾；兩隻手，偏會拿雲握霧。便有富貴郎君，也使得七零八落；或撞著村沙子弟，也壞得棄生就死；忽遇俊俏勤兒，也交沿門教化。」（《宣和遺事》）

「只見眾中走出一個行首來，他是兩京詩酒客，煙花帳子頭，喚做王倩。」（《鄭節使立功神臂弓》《醒世恆言》）

「盈盈玉貌，楚楚梅妝。口點櫻桃，眉舒柳葉。輕疊烏雲之髮，風消雪白之肌。不饒照水芙蓉，恐是凌波菡萏。一塵不染，百媚俱生。」（《鄭節使立功神臂弓》《醒世恆言》）

「明眉皓齒，蓮臉生春，秋波送媚，好生動人。」（《十五貫戲言成巧禍》《醒世恆言》）

「輕盈體態，秋水精神。四珠環勝內家妝，一字冠成宮裏樣。未改宣和妝束，猶存帝里風流。」（《楊思溫燕山逢故人》《古今小說》）

「頂天青巾，執象牙簡，穿白羅袍，著翡翠履。不施朱粉，分明是梅萼凝霜；淡竚精神，彷彿如蓮花出水。儀容絕世，標緻非凡。」（《楊思溫燕山逢故人》《古今小說》）

「殺人壯士回頭覷，入定法師著眼看。」（《楊溫攔路虎傳》）

3. 俊男

「眉疏目秀，氣爽神清，如三國內馬超，似淮甸內關索，似西川活觀音，岳殿上炳靈公。」（《西湖三塔記》《清平山堂話本》）

「人材凜凜，掀翻地軸鬼魔王；容貌堂堂，撼動天關夜叉將。」（《萬秀娘仇報山亭兒》《警世通言》）

「兩處陳圓，陣前一員將，綽馬出陣，卻是人材凜凜，有如天降鬼魔王；容貌堂堂，撼動天關藥叉將。」（《五代梁史平話》）

4.貴人

「抬左腳，龍盤淺水；抬右腳，鳳舞丹墀。紅光罩頂，紫色霧遮身。堯眉舜目，禹背湯肩。除非天子可安排，以下諸侯壓不得。」（《史弘肇龍虎君臣會》《古今小說》）

「堯眉舜目，禹背湯肩。」（《史弘肇龍虎君臣會》《古今小說》）

5.老道和尚

「頂分兩個牧骨髻，身穿巴山短褐袍。道貌堂堂，威儀凜凜。料爲上界三清客，多是蓬萊物外人。」（《西湖三塔記》《清平山堂話本》）

「雙眉垂雪，橫眼碧波。衣披烈火，七幅鮫綃；杖柱降魔，九環錫杖。若非圓寂光中客，定是楞嚴峰頂人。」（《鄭節使立功神臂弓》《醒世恆言》）

「……忽值一人，松形鶴體，頭頂七星冠，腳著雲根履，身披綠羅襴，手持著寶劍，迎頭而來。」（《宣和遺事》）

6.神將

「面色深如重棗，眼中光射流星。皂羅袍打嵌圍花，紅抹額肖金蟲虎。手持七寶鑲裝劍，腰繫藍天碧玉帶。」（《西湖三塔記》《清平山堂話本》）

「面色深如重棗，眼中光射流星。身披烈火紅袍，手執方天畫戟。」（《洛陽三怪記》《清平山堂話本》）

「黃羅抹額，污髒皂羅袍光；袖繡圍花，黃甲束身微窄地。劍橫秋水，靴踏狻貓。上通碧漢之間，下徹九幽之地。業龍作過，白海波水底擒來；邪崇爲妖，入洞穴中捉出。六丁壇半，權爲符吏之名；玉帝階前，走天丁名號。搜捉山前爲怪鬼，拜會乾坤下二神。」（《洛陽三怪記》《清平山堂話本》）

7.壯士

「身長丈二，腰闊數圍。青紗巾，四結帶垂；金帽環，兩邊耀日。紵絲袍，束腰襯體；鼠腰兜，奈口漫襠。錦搭膊上盡藏雪雁，玉腰帶柳串金魚。有如五通菩薩下天堂，好似那灌口二郎離寶殿。」

（《楊溫攔路虎傳》《清平山堂話本》）

「半千子路，五百金剛，人人有舉鼎威風，個個負拔山氣概，石刃無非能錠，介冑盡使漿金。」（《楊溫攔路虎傳》《清平山堂話本》）

「人人猛似金剛，個個勇如子路。」（《五代梁史平話》）

「二人聞言，急點手下巡兵二百餘人，人人勇健，個個威風，腿繫著粗布行纏，身穿著鴉青衲襖，輕弓短箭，手持著閦棍，腰胯著鑷刀，急奔師師宅，即時把師師宅圍了。」（《宣和遺事》）

8. 卦師

「破帽無簷，籃縷衣裾。霜髯瞽目，傴僂形軀。」（《三現身包龍圖斷冤》《警世通言》）

「身長八尺，豹頭燕頷，環眼骨髭，有如一個距水斷橋張翼德，原水鎮上王彥章。」（《崔衙內白鷳招妖》《警世通言》）

「頭盔似雪，衣甲如銀。穿一鞘抹綠皂靴，手仗七星寶劍。」（《鄭節使立功神臂弓》《醒世恆言》）

「頭帶乾紅凹面巾，身穿一領舊戰袍，腰間紅絹搭膊裹肚，腳下蹬一雙皮皂靴，手執一把樸刀。」（靜山大王肖像）（《十五貫戲言成巧禍》《醒世恆言》）

9. 小吏

「裹背繫帶頭巾，著上兩領皂衫，腰間繫條絲條，下面著一雙乾鞋淨襪，袖裏袋著一軸文字。」（《三現身包龍圖斷冤》《警世通言》）

10. 將軍

「頭上裹著鏃金蛾帽，身上錦袍灼灼，金甲輝輝。錦袍灼灼，一條抹額荔枝紅；金甲輝輝，靴穿一雙鸚鵡綠。」（《崔衙內白鷳招妖》《警世通言》）

11. 差官

「頭頂纏棕大帽，腳踏粉底烏靴，身穿蜀錦窄袖襖子，腰繫間銀純鐵挺帶。行來魁岸之容，面帶風塵之色。從者牽著一匹大馬相隨。」（《鄭節使立功神臂弓》《醒世恆言》）

12. 員外

「背繫帶磚項頭巾，著斗花青羅褙子，腰繫襪頭襠袴，腳穿時樣絲鞋。」（《萬秀娘仇報山亭兒》《警世通言》）

「裹四方大萬字頭巾，帶一雙撲獸區金環，著西川錦紵絲袍，繫一條乾紅大區條，揮一把玉靶壓衣刀，穿一雙革寶靴。」（《鄭節使立功神臂弓》《醒世恆言》）

「裹一頂藍青頭巾，帶一對撲區金環。著兩上領白綾子衫，腰繫乾紅絨線條。下著多耳麻鞋，手中攜著一個籃兒。」（《鄭節使立功神臂弓》《醒世恆言》）

描寫場景的韻語：

1. 婚禮

「簫鼓喧天，笙歌聒地。畫燭照兩行珠翠，星娥擁一個嬋娟。」（《楊溫攔路虎傳》《清平山堂話本》）

「簫鼓喧天，笙歌聒地。畫燭照兩行珠翠，星娥擁一個神仙。」（《五代梁史平話》）

「盟約已定，無過是著定了下個追陪財禮，選取良辰吉日，慕容三郎取那阿蘇歸家。與那上下親情眷屬做個筵會，宴請諸賓。笙歌聒地，鼓樂喧天。」（《五代漢史平話》）

「門闌多喜色，女婿近乘龍。屏開金孔雀，褥隱繡芙蓉。」劉知遠與三娘子成親（《五代漢史平話》）

2. 宴會

「琉璃鍾內珍珠滴，烹龍炮鳳玉脂泣。羅幃繡幕生香風，擊起鼉鼓吹龍笛。當筵盡勸醉扶歸，皓齒歌分細腰舞。正是青春白日暮，桃花亂落如紅雨。」（《西湖三塔記》《清平山堂話本》）

「……置酒歡宴。正是：琉璃鍾，琥珀濃，小槽酒滴真珠紅；烹龍炮鳳玉脂泣，羅幃繡幕圍香風。吹龍笛，擊鼉鼓，皓齒歌，細腰舞。況是青春日將暮，桃花亂落如紅雨。勸君終日酩酊醉，酒不到劉伶墳上土。」（《五代梁史平話》）

「瑠璃鍾，琥珀濃，小槽酒滴真珠紅。烹龍炮鳳玉脂泣，羅幃繡幕圍香風。吹龍笛，擊鼉鼓，皓齒歌，細腰舞。況是青春日將暮，桃花亂落如紅雨。勸君終日酩酊醉，酒不到劉伶墳上土。」（《宣和

遺事》)

　　「廣設金盤、雕俎，鋪陳玉盞、金甌。獸爐內高燕龍涎，盞面上波浮綠蟻。筵間擺列，無非是異果、蟠桃；席上珍羞，盡總是龍肝、鳳髓。」(《洛陽三怪記》《清平山堂話本》)

　　「寶盤雕俎，玉斝犀瓶，滿筵珍果間新奇，裝飣嘉肴香馥鬱；□中噴金鼎龍涎，盞面上波浮綠蟻。」(《五代梁史平話》)

　　「滿座金鐘浮綠蟻，當筵歌拍捧紅牙。」(《五代唐史平話》)

　　「幕卷流蘇，簾垂朱箔。瑞腦煙噴寶鴨，香醪光溢瓊壺。果劈天漿，食烹異味。綺羅珠翠，列兩行粉面梅妝，脆管繁音，奏一派新聲雅韻。遍地舞茵鋪蜀錦，當宴歌拍按紅牙。」(《錢舍人題詩燕子樓》《警世通言》)

　　「幕天席地，燈燭熒煌。筵排異皿奇杯，席展金觥玉斝。珠罍妝成異果，玉盤簇就珍羞。珊瑚筵上，青衣美麗捧霞觴；玳瑁杯中，粉面丫鬟斟玉液。」(《崔衙內白鷂招妖》《警世通言》)

3.公堂

　　「冬冬牙鼓響，公吏兩邊排。閻王生死案，東嶽攝魂臺。」(《陳可常瑞陽仙化》《警世通言》)

4.朝會

　　「蝦鬚簾卷，雉尾扇開。晃旒升殿，一人端拱坐中間。簪笏隨朝，眾聖趨足將分左右。金鐘響動，玉磬聲頻。悠揚天樂五雲間，引領百神朝聖帝。」(《史弘肇龍虎君臣會》《古今小說》)

　　「呵殿喧天，儀仗塞路。前面列十五對紅紗照道，燭焰爭輝。兩下攢二十柄畫桿金槍，寶光交際。香車似箭，侍從如雲。」(《楊思溫燕山逢故人》《古今小說》)

　　「犯由前引，棍棒後隨，前街後巷，這番過後幾時回？把眼睜開，今日始知天報近。正是：但存夫子三分禮，不犯蕭何六尺條。」(《計押番金鰻產禍》《警世通言》)

　　「無限朱衣當砌畔，幾多衛士立階前；龐眉獄子執黃荊，努目杖家持法物。左邊排列，無非客將孔目引官；右侍森嚴，盡是獄級前行推款史。法司檢條定法，獄子訊問鉗枷。說不盡許多威嚴，塑畫著一堂神道。」(《五代漢史平話》)

「明堂坐天子，月朔朝諸侯。淨鞭三下響，文武兩班齊。」（《宣和遺事》）

5. 失火

「初如螢火，次若燈火。千條蠟燭焰難當，萬座糝盆敵不住。六丁神推倒寶天爐，八力士放起焚山火。驪山會上，料應褒姒逞嬌容；赤壁磯頭，想是周郎施妙策。五通神捧住火葫蘆，宋無忌趕番赤騾子。又不曾瀉燭澆油，直恁的煙飛火猛！」（《崔待詔生死冤家》《警世通言》）

描寫器物的比較少見：

1. 茶

「溪岩勝地，乘曉露剪拂雲芽；玉井甘泉，汲清水燒湯烹下。趙州一碗知滋味，清入肌膚遠睡魔。」（《楊溫攔路虎傳》《清平山堂話本》）

「玉蕊旗槍真絕品，僧家造化極工夫。兔毫盞內香雲白，蟹眼湯前細浪腴。斷送睡魔離几席，增添清氣入肌膚。幽叢自好岩溪畔，不許移根傍上都。」（《五代漢史平話》）

2. 酒

「酒，酒！邀朋，會友。君莫待，時長久，名呼食前，禮於茶後。臨風不可無，對月須教有。李白一飲一石，劉伶解醒五斗。公子沾唇臉似桃，佳人入腹眉如柳。」（《崔衙內白鷯招妖》《警世通言》）

3. 瓜

「綠葉和根嫩，黃花向頂開。香從辛裏得，甜向苦中來。」（《張古老種瓜娶文女》《古今小說》）

「西園摘處香和露，洗盡南軒暑。莫嫌坐上適無蠅，只恐怕寒難近玉壺冰。　　井花浮翠金盆小，午夢初回了。詩翁自是不歸來，不是青門無地可移栽。」（《張古老種瓜娶文女》《古今小說》）

4. 衣服

「黃草衣裳最不宜，肩穿袖破使人悲，領單色舊襆先卷，怎奈金風早晚吹。才掛體，皺雙眉，出門羞澀見相知。鄰家女兒低聲問，覓與奴糊隔帛兒。」（《萬秀娘仇報山亭兒》《警世通言》）

從現存的話本來看，用於描寫的各種韻語套語很多，遠遠超過了其他幾種「書外書」。

第四節　韻散相間的文體形態和唱白並舉表演形式

一、韻散相間的文體形態

從現在的話本來看，正文以散文為主，主要是用來敘事，時或間之以韻文。除了像《快嘴李翠蓮》、《張子房慕道》這樣的全韻文體作品外，話本中的韻文評、引、釋、噱、描寫基本上都採用了韻散結合的形式。

例如既有用散文的評論：

「且說梁、唐、晉、漢、周的五代，共得五十六年，大都有十二代人君。其間賢君之可稱者幾何？先儒曾說道：『五代之君，周世宗為上，唐明宗次之，其餘無足稱者。』且說周世宗才登大位之後，便遭那北漢主劉崇舉兵伐喪，倘如馮道的說是，則退然自怯，保守一方，待他誘致強虜長驅而來，亦付之無可奈何而已。世宗天性英武聰明，銳意求治，憤然以親征為第一事，是洞然見得大計之所繫，不區區為兒女曹苟效目前計爾。」（《五代史周史平話》）

「今日話說的，也說一個無道的君王，信用小人，荒淫無度，把那祖宗渾沌的世界壞了，父子將身投北去也，全不思量祖宗創造基業時，直是不容易也！」（《宣和遺事》）

「若還是說話的同年生，並肩長，攔腰抱住，把臂拖回，孫押司只吃著酒消遣一夜。千不合萬不合上床去睡。卻教孫押司只就當年當月當日當夜，死得不如《五代史》李存孝、《漢書》裏彭越。」（《三現身包龍圖斷冤》《警世通言》）

「若是說話的當時同年生，並肩長，勸住崔衙內，只好休去。千不合，萬不合，帶這隻新羅白鷂出來，惹出一場怪事。真個是亙古未聞，於今罕有！」（《崔衙內白鷂招妖》《警世通言》）

「若是說話的同年生，並肩長，攔腰抱住，把臂拖回，也不見得受這般災晦，卻教劉官人死得不如：《五代史》李存孝，《漢書》中彭越。」（《十五貫戲言成巧禍》《醒世恆言》）

更有大量以韻語形式出現的評論：

「平生不作皺眉事，世上應無切齒人。」（《崔待詔生死冤家》《警世通言》）

「勸君莫要作冤仇，狹路相逢難躲避。」（《萬秀娘仇報山亭兒》《警世通言》）

「日日行方便，時時發道心。但行平等事，不用問前程。」（《五戒禪師私紅蓮記》《清平山堂話本》）

「況且他妻莫愛，他馬莫騎。」（《十五貫戲言成巧禍》《醒世恆言》）

「爛柯仙客妙神通，一局曾經幾度春。自出洞來無敵手，得饒人處且饒人。」（《楊溫攔路虎傳》《清平山堂話本》）

「求人須求大丈夫，濟人須濟急時無。渴時一點如甘露，醉後添杯不若無。」（《楊溫攔路虎傳》《清平山堂話本》）

「羊祜病中推杜預，叔牙囚裏薦夷吾。堪嗟四海英雄輩，若個男兒識丈夫。」（《史弘肇龍虎君臣會》《古今小說》）

「休道男兒無志氣，婦人猶且辨賢愚。」（《福祿壽三星度世》《警世通言》）

「花枝葉下猶藏刺，人心怎保不懷毒。」（《計押番金鰻產禍》《警世通言》）

「做人莫做軍，做鐵莫做針。」（《五代漢史平話》）

「高人多慕神仙好，幾時身在蓬萊島。由來仙境在人心，清歌試聽《漁家傲》。此理漁人知得少，不經指示誰能曉。君欲求魚何處非，鵲橋有路通仙道。」（《福祿壽三星度世》《警世通言》）

「世路崎嶇實可哀，傍人笑口等閒開。白雲本是無心物，又被狂風引出來。」（《十五貫戲言成巧禍》《醒世恆言》）

「安樂窩中好使乖，中堂有客寄書來。多應只是名和利，撇在床頭不拆開。」（《計押番金鰻產禍》《警世通言》）

「天聽寂無聲，蒼蒼何處尋？非高亦非遠，都只在人心。」（《計押番金鰻產禍》《警世通言》）

「野花偏豔目，村酒醉人多。」（《十五貫戲言成巧禍》《醒世恆言》）

「啞子謾嘗黃蘗味，難將苦口對人言。」（《十五貫戲言成巧禍》

《醒世恆言》)

　　「言可省時休便説，步宜留處莫胡行。」(《鬧樊樓多情周勝仙》

《醒世恆言》)

　　引的內容也是或韻或散，引用前人的詩詞當然是韻文，而其他的內容則多爲散文，如：

　　　　「這話本是京師老郎流傳，若按歐陽文忠公所編的《五代史》

　　正傳載道：『梁末調民七户出一兵，弘肇爲兵，隸開道指揮，選爲禁

　　軍，漢高祖典禁軍爲軍校。其後，漢高祖鎮太原，使將武節左右指

　　揮，領雷州刺史。以功拜忠武軍節度使，侍衛步軍都指揮使。再遷

　　侍衛親軍馬步軍都指揮使，領歸德軍節度使，同中書門下平章事。

　　後拜中書令，周太祖郭威即位之日，弘肇已死，追封鄭王。」(《史

　　弘肇龍虎君臣會》《古今小説》)

　　運用散文的喙比較常見，但是用韻文的也不是沒有，比如：

　　　　描寫一座高嶺：「怎見得高？　　　幾年擷下一樵夫，至今未曾擷

　　到地。」(《五代史梁史平話》)

　　且宋代著名「說話」藝人張山人就是一個作十七字詩的高手，說明在「說話」中加入詼諧詩句的情況不在少數。

　　描寫中的韻文部分占壓倒優勢，但也有相當數量的描寫是用散文寫成的。例如《西湖三塔記》中卯奴的肖像描寫，《陳可常瑞陽仙化》中新荷的外貌描寫，還有《楊思溫燕山逢故人》鄭意娘的妝束描寫，都是用符合人物身份的個性化散文寫成的，沒有用現成的套語。

　　　　「頭縮三角兒，三條紅羅頭鬚。三隻短金釵，渾身上下盡穿縞

　　素衣服。」(《西湖三塔記》《清平山堂話本》)

　　　　「那新荷姐生得眉長眼細，面白唇紅，舉止輕盈。」(《陳可常

　　瑞陽仙化》《警世通言》)

　　　　「車後有侍女數人，其中有一婦女穿紫者，腰佩銀魚，手持淨

　　巾，以帛擁項。」(《楊思溫燕山逢故人》《古今小説》)

　　唯一的例外是注釋，只看到了散文的注釋，而沒有用韻文寫成的。這可能是由於我們現在能看到的「說話」資料有限，但更可能是由於注釋的作用是爲了說明問題，用韻語表現注釋的內容反而不利於說明問題。

二、唱白並舉的表演形式

關於「說話」中韻散結合一、唱白並舉的現象，葉德均有過比較細緻中肯的分析，他把宋元明的講唱文學分為樂曲系和詩讚系兩大類，「樂曲系一類，是採用樂曲為歌唱部分的韻文。」而詩讚係一類的韻文則與詩體的絕、律、歌、行相似〔註26〕「歌賦類一般能唱，如美人賦、披掛賦、算卦歌等，一般要求分上下句，講究合轍押韻，一韻到底，上仄下平。」〔註27〕他把講唱文學中的韻散結合分成三種形式：「第一是先用散文敘述故事一段，再用韻文重複敘述或歌詠、讚頌一番。……第二是韻文和前後散文銜接地應用，是承上啓下的和前面散文連接而不是重複。……第三是為了增加歌唱部分或『遊詞餘韻』的插用，它不是不可缺少的部分，而插入進去用它來抒情、寫景、藉以增加聽眾興趣的。這類大多數是放在篇首作為『入話』之用的，如嘉靖刊本《水滸傳》每回開首的一段詩讚，《京本通俗小說》的《碾玉觀音》篇首入話用詩詞十一首，《西山一窟鬼》入話用詠春詞十五首。這類的插用也是講唱文學中常見的方式，但性質上卻不能和上述兩種方法混而不分，它只是像衣服和人身一樣可多可少的。」〔註28〕

葉德均所說的第一種韻散結合方式是唐代變文和講經文通用的體例。第三種就「說話」的體例。至於「說話」中的韻文是用來唱的，還是用來吟的一直是一個懸疑。孫楷第認為「至宋以來話本之用偈贊體或說散體者，其所附小詞隻曲，當時是否倚聲歌之，今亦無從考究。大抵散樂全盛之時，伎藝人之知音者多，且歌場奏伎，非只一人，其說話時遇此等詞頗有倚聲歌之可能。至後世音多失傳，話本之附隻曲小詞者亦少，文中及開篇，偶見詞調，則徑以諷誦出之，與詩句及四六短文同科。則詞調之本可唱者，亦變為諷誦之詞矣。是故，同一詞也，有唱詞，有吟詞，有諷誦之詞，有本屬唱詞，因不能唱而出以諷誦之詞。」〔註29〕這大概也是一個比較切合實際的推斷，與我們今天看到的話本所反映出來的情況比較一致，而近現代的評話表演實踐也與之暗合。

〔註26〕 葉德均《宋元明講唱文學》，古典文學出版社，1957年，上海，頁2。
〔註27〕 汪景壽，王決，曾惠傑《中國評書藝術論》，經濟日報出版社，1997年，北京，頁187。
〔註28〕 葉德均《宋元明講唱文學》，古典文學出版社，1957年，上海，頁6。
〔註29〕 孫楷第《詞話考》，《滄州集》（上），中華書局，1965年，北京，頁106。

首先從淵源上看唐俗講就是唱白並舉的，〔註30〕而且有不少研究者認爲宋代「說話」中的小說一家在初期是有唱的表演的，因爲小說又被稱爲「銀字兒」，「所謂『銀字兒』，就是「說話」人講說煙粉、靈怪、傳奇和公案這類小說時，用這種管色（銀字觱篥）來歌唱話本中的歌詞，所以『小說』叫做『銀字兒』。」〔註31〕

由於沒有音像資料留存，絕大部分話本中的韻文部分，我們已無法確定其表演形式了，但也有極少數的話本可以確定當初就是用唱的形式來表現的，據葉德均考訂《吻頸鴛鴦會》中有《商調‧醋葫蘆》十首，第一首前有：「奉勞歌伴，先聽格律，後聽蕪詞。」以後每首都有「奉勞歌伴，再和前聲。」北宋趙令時《侯鯖錄》卷五收錄自著的《元微之崔鶯鶯商調蝶戀花》鼓子詞一篇，由韻散兩部分構成，韻文部分是十二首《蝶戀花》，第一首前有：「奉勞歌伴，先定格調，後聽蕪詞。」以後每首都有「奉勞歌伴，再和前聲。」葉德均認爲這類敘述故事的鼓子詞是「士大夫筵會和供市民娛樂的勾欄中並用的，現存兩種作品正代表這兩種類型。」〔註32〕很顯然《吻頸鴛鴦會》當初的表演形式就是有唱有白的。另兩個明顯的例子是《快嘴李翠蓮記》和《張子房慕道記》。《快嘴李翠蓮記》全用說唱體，《張子房慕道記》中人物用詩體對話。這兩部作品很可能也是唱白皆有的。

宋代小說話本中原來可能會有更多的韻文成分，但在明代刊印時被刪落了。至於原因，有學者推測後期的小說表演減少了唱的成分，主要爲了降低演出的成本，因爲除「說話」人外再加一個「歌伴」費用一定比較高，所以「說話」加唱的情況減少了。而葉德均認爲是明代小說散文化的結果，〔註33〕兩者都不無道理。

有研究者認爲在宋代小說中，詩詞部分也未嘗不可歌唱。「但至南宋後期，歌唱部分似漸減少，所以《醉翁談錄》中敘述小說伎藝，只說『日得詞，念得詩，說得話，使得砌』。可見這時的詩與詞都用念誦了。」〔註34〕在《清平山堂話本》《花燈轎蓮女成佛記》中有「卻才白過這八句詩」的字句，說明

〔註30〕 參見陳汝衡《說書史話》，人民文學出版社，1987年，北京，頁18。
〔註31〕 胡士瑩《話本小說概論》，中華書局，1980年，北京，頁110。
〔註32〕 葉德均《宋元明講唱文學》，古典文學出版社，1957年，上海，頁10。
〔註33〕 葉德均《宋元明講唱文學》，古典文學出版社，1957年，上海，頁8。
〔註34〕 中國藝術研究院曲藝研究所，《說唱藝術簡史》，文化藝術出版社，1988年，北京，頁45。

「說話」中的詩也可以是用念白的。現代的揚州評話和北方評書中也沒有了唱的表演形式，「在王筱堂說的『打虎』的一段書裏我們注意到有幾個片段是詩歌類的形式，遵循著中國傳統的詩詞歌賦的規律，是用加重的語氣誦讀的，而非吟唱出來的。『打虎』裏有詩、詞、賦各一首，一些對聯以及另外幾段類似詩句的詞。在近兩小時的說書表演中，詩歌為數不多，但是在散文性的表演裏，詩歌的存在符合於傳統的所謂『說書體』。在收集的說書錄音裏，詩詞普遍存在，各書段包括的數量大致相同，但也有一些書段沒有包括詩詞之類。」〔註35〕

　　當然這種且說且唱的形式在宋代以後很長時間內並沒有完全消失，到了清代說書藝人石玉昆在說《龍圖耳錄》時也還是有說有唱的。這很可能是由於一些藝人說唱俱佳，自然而然地將唱的形式帶到了「說話」中來。現代揚州評話和彈詞的關係就很能說明問題，雖然揚州評話本身並沒有唱的表演成分，話中的詩詞類韻文都是用念白來完成的，但是「揚州曲藝中，揚州弦詞（也稱揚州彈詞）與揚州評話的關係最密切。揚州弦詞說唱兼具，用三弦或琵琶伴奏，以說為主，所謂『七分說，三分唱』，說表和揚州評話相同。由於這兩種藝術的關係很密切，許多揚州藝人在評話和絃詞二方面都是大師。許多年輕人學徒時期是學弦詞的，後來改成評話，也有的先學的是說評話，後來改演弦詞。」〔註36〕

　　這其實也不足為奇，因為各種通俗文藝之間本來就多有借鑒，是可以互通有無的。孫楷第就認為「凡伎藝人說話，門庭甚多，或大同小異，或以意製作，出此入彼，原不可以一定形式概古今諸體。」〔註37〕宋代的不少「說話」藝人為了生計，掌握了一種以上的伎藝，說諢話的張山人以擅作十七字詩而聞名，丘機山商謎是一絕，「酒李一郎」甚至還是表演「打硬」（宋代的一種雜技表演）的好手。為了在「說話」演出時亮出絕活，壓倒同行，「說話」藝人很可能將自己擅長的其他伎藝引入到「說話」中來，從而形成自己的特色。「說唱既然以說話藝術為基礎，那麼一切說話藝術形式（包括說話的音樂化形式，輔助說話的表情動作的藝術化形式）就會很自然地被吸收進來，成為它的某種表現形式和有機組成部分，諸如民間故事、笑話、小令、民歌、

〔註35〕易德波，《揚州評話探討》，人民文學出版社，2006年，北京，頁162。
〔註36〕易德波，《揚州評話探討》，人民文學出版社，2006年，北京，頁19。
〔註37〕孫楷第，《詞話考》，《滄州集》（上），中華書局，1965年，北京，頁106。

時調、對聯、酒令、謎語、吟詩、指物題詠、踏歌耍唱、象生、雜爨、叫賣、口技等等，都能在諸般說唱文學中找到它們存在和變遷的軌跡。」〔註38〕

第五節　「現掛」手段存在的可能性

　　描寫一類的「書外書」在現存的話本小說中大量存在，會讓人覺得似乎描寫在非敘事成分中所佔的份量最重，其實，這只是話本給人造成的錯覺。因為描寫部分基本上都是採用韻文，是話本中最穩定的部分，也是「說話」藝人必須記憶的部分，話本的一個重要作用就是演出的腳本，所以話本中對韻語部分的記錄才格外詳細。其實在真正的「說話」表演中其他幾部分非敘事成分的作用也很重要，至少描寫和使砌、評論的作用是同等重要的。但為什麼使砌、評論卻沒有能更多地保留在話本裏呢。主要是因為這兩部分在「說話」中常常是「說話」藝人的即興發揮，也就說是「現掛」上去的，所以反而很少能在現在的說本中看到。

　　這裏說到的「現掛」是借用現代評書表演中的一種表演手法，它不是藝人事先依據書路子準備好的內容，而是藝人根據表演現場的時間地點和情境，臨場發揮，信口拈來，或指點評說，或嬉笑怒罵，不拘一格。清末民初的評書大師雙厚坪就以擅長「現掛」而著稱，他的「聽眾最愛聽這種『零碎兒』，有時甚至把評書正文倒當成了『藥引子』。」〔註39〕最出彩的一次是他在慶平軒書館說書，「一個世子戴著皇帝賞賜的大花翎到書館聽書」，正趕上雙厚坪說楊廣坐龍舟下揚州，他就勢當場「現掛」抓哏，諷刺世子的醜態。他說到楊廣坐在船上，一個老龜從水中跳出來討賞，沒想反驚了駕，楊廣一怒之下讓太監開弓射箭，正射在老龜後腦勺上，老龜回到龍宮對龍王說：「回王爺話，雖說我沒討著封，主子卻賞了我一支花翎子。」聽眾會意，引得全場鬨堂大笑。〔註40〕這個例子突出地表現了雙厚坪老到的說書功力和「現掛」手段獨特的藝術魅力，使得他在評書界的聲名大振。

　　「說話」作品的口頭傳播方式十分特殊，無法用紙本形式將它的內容凝

〔註38〕 吳同瑞、王文寶、段寶林編《中國俗文學概論》，北京大學出版社，1997年，北京，頁143。

〔註39〕 汪景壽、王決、曾惠傑《中國評書藝術論》，經濟日報出版社，1997年，北京，頁101。

〔註40〕 汪景壽、王決、曾惠傑《中國評書藝術論》，經濟日報出版社，1997年，北京，頁102～104。

固下來。不同時代的「說話」人都用自己的才智對其進行一遍又一遍的「拆洗」，都會不斷地將自己的靈感和發揮加入表演中，即使是同一個「說話」人也不可能終生使用同一個「說話」版本。「某說書人說一部書，每說一遍都有變化。或是一遍拆洗一遍新，精益求精，開拓新意或是；『把點開活』，根據聽眾的具體情況當場『現掛』；或是見景生情，隨機應變，發揮表演的隨意性。」〔註41〕

　　所以對於「說話」表演來說永遠是由臺下準備和臺上即興發揮兩部分內容構成的。臺下準備的部分包括「說話」的故事情節、主要人物、需要引證、注釋、評論和使砌、描寫的內容，各種韻文的背誦等。是「說話」人可以預見，可以準備的內容，也是「說話」的主幹。

　　但是僅僅作了臺下的準備還是遠遠不夠的，因爲「說話」是在舞臺上表演的，「說話」人需要時刻注意臺下聽眾的反映，並根據聽眾的反映隨時調整自己的「說話」節奏和表演內容。因爲在宋代熱衷於「說話」的消費群體其社會成分十分複雜，因而可以推測對於某類聽眾來說屬於難點和障礙的內容，對於其他聽眾來說可能根本就不是什麼問題。「說話」人需要根據不同聽眾的反映臨時做出調整，對聽眾看起來表示出困惑的部分加上注釋、解說，對聽眾可能產生感慨的部分進行評論、抒情，在聽眾表現出疲憊和厭倦時，加入插科打諢和吟唱的表演調劑聽眾的情緒。「說話」甚至會根據表演現場的一些氣氛和突發事件爲觸媒進行現場發揮。這些表演都應該屬於「現掛」。

　　在表演現場見景生情，隨機應變地使用現掛手段，是中國傳統戲劇、說唱文學的一種常見表演手段。張炎就曾談到了戲劇中的「現掛」表演：

　　　　「題末色褚仲良寫眞」云：「譚砌隨機開口笑，筵前戲諫從來有。」
　　（張炎《山中白雲詞・蝶戀花》）
　　《過庭錄》中的兩則趣聞也記錄了藝人現場抓哏的精彩表演：
　　　　「元祐間伶人丁線見教坊長以諧俳稱，宰相新拜，教坊長副庭
　　　　參即事打一俳戲之語，賜絹五匹，蓋故事也。
　　　　　元祐年呂汲公忠宣拜相，日以任重爲優容，色愁屬，未嘗少解。
　　　　丁生及副丁石參謝忠宣，丁線見言曰：『餓殺樂人也，相公！』丁石

〔註41〕汪景壽、王決、曾惠傑《中國評書藝術論》，經濟日報出版社，1997年，北京，頁91。

> 曰：『今時和歲豐，朝野歡樂，爾何餓爲？』線見指忠宣而言曰：「是
> 他著這幾個好打閑趁浪，我輩衣食何患？」忠宣亦爲一嗤。」

> 「丁石舉人也，與劉莘老同里，發貢，莘老第一，丁第四。丁
> 亦才子也，後失途在教坊中。莘老拜相，與丁線見同賀莘老，莘老
> 以故不欲廷辱之，乃引見於書室中再三慰勞丁石。丁石曰：『某憶昔
> 與相公同貢，今貴賤相去如此，本無面見相公，又朝廷故事不敢廢，
> 誠負慚汗。』線見因自啓相公曰：『石被相公南巷口頭擲下，至今趕
> 逐不上，劉爲大笑。」〔註42〕

　　這大概是對優孟戲諫傳統的發揚。在「說話」中雖然找不到現成的例
子，但是從一些材料也能從側面推測現掛手段的存在。如前文提到的張山
人，他作的十七字詩，都是即興表演，並不是臺下準備好的。而且由於他敏
捷穎悟，往往能準確地抓住對象的特點，且語帶譏諷，所以當時的達官貴人
都對他有所畏忌。他的詩大多於現場即性而作，且針對性很強，當屬「現掛」
一類。

> 「張山人，自山東入京師，以十七字作詩，著名於元祐、紹聖
> 間，至今人能道之。其詞雖俚，然多穎脱，含譏諷，所至皆畏其口，
> 爭以酒食錢帛遺之。」〔註43〕

何薳《春渚紀聞》卷五「張山人謔」條也記錄了張山人的一條逸聞：

> 「紹聖間，朝廷貶責元祐大臣及禁燬元祐學術文字。有言司馬
> 溫公神道碑乃蘇軾撰述，合行除燬。於是州牒巡尉，毀拆碑樓及碎
> 碑。張山人聞之曰：『不須如此行遣，只消令山人帶一個玉冊官，去
> 碑額上添鐫兩個『不合』字，便了也。』碑額本云《忠清粹德之碑》
> 云。」〔註44〕

　　文獻沒有說明張山人是在什麼場合說的這一番話，但既然被文人記錄了
下來，說明這則逸聞在當時傳播是很廣的，很有可能就是他在某次表演中的
「現掛」。

　　還有「說話」中雜入的合生表演，可能也是「現掛」的一種形式。《醉翁

〔註42〕 范公偁《過庭錄》，「丁線見俳優語」和「丁石俳戲語」，中華書局，2002年，
　　　　　北京，頁321。
〔註43〕 洪邁《夷堅乙志》卷十八「張山人詩」條，叢書集成本，中華書局，1985年，
　　　　　北京，頁143。
〔註44〕 何薳《春渚紀聞》卷五，「張山人謔」條，中華書局，1983年，北京，頁78。

談錄・小說開闢》〔註45〕中說：

> 「小說者流，出於機戒之官，遂分百官記錄之司。由是有說者
> 縱橫四海，馳騁百家。以上古隱奧之文章，爲今日分明之議論。或
> 名演史，或謂合生，或稱舌耕，或作挑閃，皆有所據，不敢謬言。」

這裡將議論、演史與合生並列，說明在宋代合生與「說話」的關係十分密切。關於合生是不是「說話」一家的問題，研究者在「說話」家數的討論中無法達成一致，只能存疑。但至少可以從兩種以上的文獻中看出兩者之間的關係是非常緊密的。筆者認爲合生可能與使砌、評論一樣也是「說話」中的一種「書外書」成分。因爲從合生的表演形式來看，藝人必須依據觀眾的要求，由觀眾出題，指物題詠，完全是現場即席之作。所以如果藝人在「說話」中加入合生，也只能是「現掛」上去的。

對「現掛」手段的火候掌握充分體現了一個「說話」藝人的藝術水平，也眞實地反映了一個藝人的敏銳觀察力和即時發揮的才能。因爲「說話」的藝術魅力完全不同於紙本的作品，作爲一項伎藝，聽眾非常看重藝人的表演功底，所以很多「說話」的常客關注的並不是他們早已爛熟於心的故事，而是藝人藝術才能的展示。所以如果一個藝人能不斷即興作出精彩表演，機智幽默地抓住生活中的可資利用的瞬間，令聽眾耳目一新，自然是令聽眾過耳不忘。這就是爲什麼很多「說話」的傳統篇目能久演不衰，也正是爲什麼張山人的表演能以詼諧獨步京師。

〔註45〕 羅燁《醉翁談錄・舌耕敍引》古典文學出版社，1957年，上海，頁2。

結　語

　　由於兩宋時期大中城市，特別是北宋的汴梁和南宋的臨安經濟發展超越
了以往，城市中居住著大批的消費性人口，這些社會中的少數人群掌握著大
部分社會財富，而且他們又因不事生產而擁有大量的閑暇，因而具有很強的
娛樂消費實力。城市坊郭戶中的中等人家，甚至經營小買賣的商人、小手工
業者、小吏也有承受日常娛樂消費的能力，再加上城市裏舉辦的各種活動和
年節經濟的刺激，都爲城市中「說話」業的興起提供了契機。

　　「說話」在兩宋的娛樂市場上呈現出了一派勃勃生機，這無疑爲我國通
俗小說的發展帶來了福音。由於「說話」在當時是一種商業性的娛樂表演，「說
話」人「說話」是爲了賺取酬勞，聽眾聽「話」是用錢來購買娛樂。這就使
得「說話」表演在當時閃爍著一種異端的光輝，與以往安身立命、寄懷遣興
的文人之作大異其趣。爲了吸引聽眾，「說話」藝人獨闢蹊徑，在繼承唐人俗
講傳統的同時，創造性地利用現成的文人小說、社會新聞和歷史故事等題材，
按照大眾化的審美情趣，將複雜的生活眞實簡化成單純的二元對立價值觀
念，並以出人意表的傳奇情節保持聽眾對「說話」的興趣。而且爲了控制聽
眾的情感，加強與聽眾的現場交流，「說話」藝人在以敘事爲主體的結構中加
入了大量評說、引證、注釋、使砌、描寫（韻文部分）這些「書外書」成分，
形成了獨特的藝術風格。

　　爲了適應高效、多產、低成本的通俗文藝生產規則，「說話」藝人從「說
話」的選材到創作、表演都貫徹了經濟性、複製性、通用性、程式化這些原
則。造就了「說話」突出的藝術個性，而且對後世的通俗小說創作產生了深
遠的影響，對一些諸如小說的結構、人物刻畫、摻入韻文的寫作程式之類的

民族化創作手法起到了範示的作用。

「說話」伎藝爲通俗文學發展所作的另一個重要貢獻，就是「說話」的副產品——話本小說的刊印和流傳，雖然話本在宋代的流行程度遠不及「說話」，但話本的刊行在文學史上具有開創性，它使得通俗文學第一次以紙本的形式在大眾中流行，並培養了第一批通俗文學的讀者，積累了最早的通俗文學審美經驗。這在通俗文學史上，特別是在我們這個史統敘事壓倒眾聲的國度具有劃時代的意義，是值得大書特書的。

當然，也應當看到雖然「說話」在兩宋時期的確是以文化商品的形態存在的，但是由於社會生產力水平的限制，「說話」在生產和消費環節中所表現出來的商品化程度還不可能超越宋代的封建經濟發展水平，它還只是一種處於初級階段的文化商品，尚無法與工業化社會的通俗文藝作品相提並論，所以我們必需本著實事求是的態度對它的進行客觀的評價，而不是對它無限撥高。

主要參考文獻

一、宋代歷史、社會、文化類

1. 脫脫等《宋史》，中華書局，1977 年，北京。

2. 李燾《續資治通鑒長編》，中華書局，2004 年，北京。

3. 徐松《宋會要輯稿》，中華書局，1957 年，北京。

4. 徐夢莘《三朝北盟會編》，上海古籍出版社，1987 年，上海。

5. 漆俠《中國經濟通史·宋代經濟卷》下，經濟日報出版社，1999 年，北京。

6. 姚瀛艇主編《宋代文化史》河南大學出版社，河南開封，1992 年。

7. 楊渭生等《兩宋文化史》，浙江大學出版社，2008 年，杭州。

8. 暨南大學中國文化史籍研究所，張其凡，陸勇強主編《宋代歷史文化研究》，人民出版社，2000 年，北京。

9. 徐吉軍《南宋都城臨安》，杭州出版社，2008 年，杭州。

10. 王聖鐸《宋代社會生活研究》，人民出版社，2007 年，北京。

11. 葛永海《古代小說與城市文化研究》，復旦大學出版社，2004 年，上海。

12. 楊萬里《宋詞與宋代的城市生活》，華東師範大學出版社，2006 年，上海。

13. 孫自鐸《中國歷史上的商品經濟發展與思考》，合肥工業大學出版社，2004 年，合肥。

14. 梁太濟《兩宋階級關係的若干問題》，河北大學出版社，1998 年，保定。

15. 魏天安《宋代東京工商戶數比率考》，《宋代歷史文化研究》，暨南大學中國文化史籍研究所編，人民出版社，2000 年，北京。

16. 魏天安、戴龐海主編《唐宋行會研究》，河南人民出版社，2007 年，鄭州。

17. 陳傅良《歷代兵制》卷八《歷代兵制淺說》，解放軍出版社，1986 年，北京。

18. 趙伯陶《市井文化與市民心態》，湖北教育出版社，1996 年，武漢。

19. 伊永文《宋代市民生活》，中國社會出版社，1999 年，北京。

20. 蔣和寶、俞家棟編著《市井文化》中國經濟出版社，1995 年，北京。

21. 徐吉軍、方建新、方健、呂鳳棠《中國風俗通史》，宋代卷，上海文藝出版社，2001 年，上海。

22. 葉德輝《書林清話》，上海古籍出版社，2008 年，上海。

23. 朱迎平《宋代刻書產業與文學》，上海古籍出版社，2008 年，上海。

24. 蕭東發《中國圖書出版印刷史論》，北京大學出版社，2001 年，北京。

25. 周寶榮《宋代出版史研究》，中州古籍出版社，2003 年，鄭州。

26. 王清原、牟仁隆、韓錫鐸編纂《小說書坊錄》，北京圖書館出版社，2002 年，北京。

27. 遼寧省博物館編《清明上河圖研究文獻彙編》，萬卷出版社，2007 年，瀋陽。

二、筆記資料類

1. 孟元老《東京夢華錄》，《東京夢華錄（外四種）》，上海古典文學出版社，1956 年，上海。

2. 周密《武林舊事》，中華書局，2007 年，北京。

3. 吳自牧《夢粱錄》，《東京夢華錄（外四種）》，上海古典文學出版社，1956 年，上海。

4. 灌圃耐得翁《都城紀勝》，《東京夢華錄（外四種）》，上海古典文學出版社，1956 年，上海。

5. 西湖老人《西湖老人繁勝錄》，《東京夢華錄（外四種）》，上海古典文學出版社，1956 年，上海。

6. 羅燁《醉翁談錄》，古典文學出版社，1957 年，上海。

7. 劉斧《青瑣高議》，古典文學出版社，1958 年，上海。

8. 皇都風月主人編《綠窗新話》，古典文學出版社，1957 年，上海。

9. 洪邁《夷堅志》，中華書局，1985 年。北京

10. 蘇軾《東坡志林》，《中國歷代筆記英華》上，京華出版社，1998 年，北京。

11. 趙升《朝野類要》，中華書局，2007 年，北京。

12. 李心傳《建炎以來朝野雜記》，中華書局，2000 年，北京。

13. 陸游《老學庵筆記》，《中國歷代筆記精華》上，京華出版社，1998 年，北京。

14. 陸游《家世舊聞》，中華書局，1993 年，北京。

15. 姚寬《西溪叢語》，中華書局，1993 年，北京。

16. 葉夢得《石林燕語》，中華書局，1984 年，北京。

17. 孫光憲《北夢瑣言》，中華書局，2002 年，北京。

18. 趙令畤《侯鯖錄》，中華書局，2002 年，北京。

19. 彭乘《墨客揮犀》，中華書局，2002 年，北京。

20. 錢易《南部新書》，中華書局，2002 年，北京。

21. 張邦基《墨莊漫錄》，中華書局，2002 年，北京。

22. 范公偁《過庭錄》，中華書局，2002 年，北京。

23. 張知甫《可書》，中華書局，2002 年，北京。

24. 范鎮《東齋記事》，中華書局，1980 年，北京。

25. 周密《齊東野語》齊魯書社，2007 年，濟南。

26. 羅大經《鶴林玉露》，《宋元筆記小說大觀》，上海古籍出版社，2001 年，上海。

27. 陶宗儀《南村輟耕錄》，《宋元筆記小說大觀》六，上海古籍出版社，2001 年，上海。

28. 周輝著，劉永翔校注《清波雜志校注》，中華書局，1994 年，北京。

29. 宋敏求《春明退朝錄》卷上，中華書局，1980 年，北京。

30. 范成大《范成大筆記六種》，中華書局，2002 年，北京。

31. 蔡絛《鐵圍山叢談》卷一，中華書局，1983 年，北京。

32. 沈括《夢溪筆談》，《中國歷代筆記英華》，京華出版社，1998 年，北京。

33. 王栐《燕翼詒謀錄》，《宋元筆記小說大觀》五，上海古籍出版社，2001 年，上海。

34. 王辟之《澠水燕談錄》，中華書局，1981 年，北京。

35. 歐陽修《歸田錄》，中華書局，1981 年，北京。

36. 何薳《春渚紀聞》，中華書局，1983 年，北京。

37. 李心傳《舊聞證誤》，中華書局，1981 年，北京。

38. 張世南《遊宦紀聞》，中華書局，1981 年，北京。

39. 文瑩《湘山野錄》，中華書局，1984 年，北京。

40. 文瑩《玉壺清話》，中華書局，1984 年，北京。

41. 岳柯《桯史》，中華書局，1981 年，北京。

42. 莊綽《雞肋編》，中華書局，1983 年，北京。

43. 蘇轍《龍川別志》，中華書局，1982 年，北京。

44. 蘇轍《龍川略志》，中華書局，1982 年，北京。

45. 葉紹翁《四朝聞見錄》，中華書局，1989 年，北京。

46. 鍾嗣成《錄鬼簿》，上海古籍出版社，1978 年，上海。

47. 郎瑛《七修類稿》，中華書局，1959 年，北京。

48. 李斗《揚州畫舫錄》，中華書局，1960 年，北京。

三、「說話」與小說研究類

1. 王國維《王國維戲曲論文集》，中國戲劇出版社，1984 年，北京。

2. 魯迅《中國小說史略》，《魯迅全集》第九卷，人民文學出版社，1995 年，北京。

3. 魯迅《中國小說的歷史的變遷》，《魯迅全集》第九卷，人民文學出版社，1995 年，北京。

4. 陳子展《唐宋文學史》，作家書屋，1947 年。

5. 徐士年《古典小說論集》，上海出版公司，1955 年，上海。

6. 胡適《白話文學史》，團結出版社，2006 年，北京。

7. 鄭振鐸《鄭振鐸古典論文集》，上海古籍出版社，1984 年，上海

8. 鄭振鐸《中國俗文學史》，團結出版社，2006 年，北京。

9. 鄭振鐸《插圖本中國文學史》，上海世紀出版集團，2005 年，上海。

10. 李嘯倉《宋元伎藝雜考》，上雜出版社，1953 年，上海。

11. 譚正璧《話本與古劇》，上海古典文學出版社，1956 年，上海。

12. 譚正璧《三言兩拍資料》，上海古籍出版社，1980 年，上海。

13. 譚正璧、譚尋《古本稀見小說匯考》，浙江文藝出版社，1984 年，杭州。

14. 葉德均《宋元明講唱文學》，古典文學出版社，1957 年，上海。

15. 戴望舒《小說戲曲論集》，1958 年，作家出版社。

16. 吳小如《中國小說講話及其他》，上海古典文學出版社，1956 年，上海。

17. 孫楷第《中國通俗小說書目》，人民文學出版社，1982 年，北京。

18. 孫楷第《俗講、說話與白話小說》，作家出版社，1956 年，北京。

19. 孫楷第《中國白話短篇小說的發展》，《滄州集》（上），中華書局，1965 年，北京。

20. 孫楷第《唐代俗講軌範與其本之體裁》，《滄州集》（上），中華書局，1965 年，北京。

21. 孫楷第《宋朝說話人的家數問題》,《滄州集》(上),中華書局,1965 年,北京。

22. 趙景深《中國小說叢考》,1980 年,齊魯書社。

23. 趙景深《曲藝叢談》,中國曲藝出版社,1982 年,北京。

24. 趙景深主編《中國古典小說戲曲論集》,上海古籍出版社,1985 年,上海。

25. 陳汝衡《說書小史》,中華書局,1936 年,北京。

26. 陳汝衡《宋代說書史》,上海文藝出版社,1979 年,上海。

27. 陳汝衡《說書史話》,人民文學出版社,1987 年,北京。

28. 陳汝衡《陳汝衡曲藝文選》,中國曲藝出版社,1985 年,北京。

29. 陳汝衡《說苑珍聞》,上海古籍出版社,1981 年,上海。

30. 陳汝衡《說書藝人柳敬亭》,上海文藝出版社,1979 年,上海。

31. 胡士瑩《話本小說概論》,中華書局,1980 年,北京。

32. 胡士瑩《彈詞寶卷書目》,古典文學出版社,1957 年,上海。

33. 周紹良、白化文編《敦煌變文論文錄》,人民文學出版社,1984 年,北京。

34. 許正揚《話本微時》,《許正楊文存》,中華書局,1984 年,北京。

35. 中國藝術研究院《說唱藝術簡史》,文化藝術出版社,1988 年,北京。

36. 青木正兒《中國文學概說》重慶出版社,1982 年。

37. 程毅中《宋元話本》,中華書局,1980 年,北京。

38. 程毅中《宋元小說研究》,江蘇古籍出版社,1998 年,杭州。

39. 程毅中《程毅中文存》,中華書局,2006 年,北京。

40. 董乃斌《中國古典小說的文體獨立》,中國社會科學出版社,1994 年,北京。

41. 歐陽代發《話本小說史》,武漢出版社,1994 年,武漢。

42. 張毅《宋代文學思想史》,中華書局,1995 年,北京。

43. 謝桃坊《中國市民文學史》,四川人民出版社,1997 年,成都。

44. 蕭相愷《宋元小說史》,浙江古籍出版社,1997 年,杭州。

45. 徐朔方《小說考信編》,上海古籍出版社,1997 年,上海。

46. 王水照主編《宋代文學通論》,河南大學出版社,1997 年,開封。

47. 程千帆,吳新雷《兩宋文學史》,《程千帆全集》,第十三卷,河北教育出版社,2001 年,石家莊。

48. 張燕瑾、呂薇芬主編《宋代文學研究》,北京出版社,2001 年,北京。

49. 陳桂聲《話本敘錄》珠海出版社,2001 年,珠海。

50. 張兵《張兵小說論集》，中國文史出版社，2005年，北京。

51. 張兵《宋遼金元小說史》，復旦大學出版社，2001年，上海。

52. 張兵《張兵小說論集》，中國文史出版社，2005年，北京。

53. 李忠明《十七世紀中國通俗小說編年史》，安徽大學出版社，2003年，合肥。

54. 譚耀炬《三言二拍語言研究》，四川出版集團巴蜀書社，2005年，成都。

55. 王慶華《話本小說文體研究》，華東師範大學出版社，2006年，上海。

56. 蔡鐵鷹《中國古代小說的演變與形態》，中國文史出版社，2003年，北京。

57. 邱紹雄《中國商賈小說史》，北京大學出版社，2004年，北京。

58. 張次溪《天橋叢談》，中國人民大學出版社，2006年，北京。

59. 雲遊客《江湖叢談》，中國曲藝出版社，1988年，北京。

60. 汪景壽，王決，曾惠傑《中國評書藝術論》，經濟日報出版社，1997年。

61. 易德波《揚州評話探討》，人民文學出版社，2006年，北京。

62. 揚州評話研究組編《揚州評話選》上海文藝出版社，1980年，上海。

63. 倪鍾之《中國民俗通志》，演藝志，山東教育出版社，2005年，濟南。

四、通俗文學理論類

1. 門巋，張燕瑾《中國俗文學史》，臺北文津出版社，1995年，臺北。

2. 范伯群，孔慶東主編《通俗文學十五講》，北京大學出版社，2003年，北京。

3. 中國俗文學學會編《俗文學論》，黑龍江人民出版社，1987年，哈爾濱。

4. 吳同瑞，王文寶《中國俗文學概論》，段寶林編，北京大學出版社，1997年，北京。

5. 王文寶《中國俗文學發展史》，北京燕山出版社，1997年，北京。

6. 陳必祥《通俗文學概論》，杭州大學出版社，1991年，杭州。

7. （英）多米尼克・斯特里納蒂《通俗文化理論導論》，商務印書館，2001年，北京。

8. 李勇《通俗文學理論》，知識出版社，2004年，北京。

9. 朱效梅《大眾文化研究——一個文化與經濟互動發展的視角》，清華大學出版社，2003年，北京。

10. 袁勇麟，李薇編著《文學藝術產業：趨勢與前瞻》，成都，四川大學出版社，2007年。

11. 范伯群主編《中國近代通俗文學史》，江蘇教育出版社，2000年，南京。

12. 陳平原主編《現代學術史上的俗文學》，湖北教育出版社，2004 年，武漢。

五、小說理論類

1. 吳士餘《中國文化與小說思維》，上海三聯出版社，2000 年，上海。
2. 陳平原《中國小說敘事模式的轉變》，北京大學出版社，2003 年，北京。
3. 石昌渝《中國小說源流論》，生活・讀書・新知三聯書店，1994 年，北京。
4. 王天定《中國小說形式系統》，學林出版社，1988 年，上海。
5. 孟昭連、寧宗一《中國小說藝術史》，浙江古籍出版社，2003 年，杭州。
6. 韓進康《中國小說美學史》，河北大學出版社，2004 年，保定。
7. 劉上生《中國古代小說藝術史》，湖南師範大學出版社，1993 年，長沙。
8. 郭箴一《中國小說史》，商務印書館，1998 年，北京。
9. 郭豫適《中國古代小說論集》，華東師範大學出版社，1985 年，上海。
10. 石麟《章回小說通論》，中州古籍出版社，1994 年，鄭州。
11. 魯德才《中國古代小說藝術論》，百花文藝出版社，天津。
12. 吳功正《小說美學》，江蘇文藝出版社，南京。
13. 何滿子等《古典小說十講》，中華書局，1992 年，北京。
14. 許並生《中國古代小說戲曲關係論》，文化藝術出版社，2002 年，北京。
15. 高小康《中國古代敘事觀念與意識形態》，北京大學出版社，2005 年，北京。
16. 俞曉紅《古代白話小說研究》，安徽人民出版社，2005 年，合肥。
17. 賴振寅主編《中國小說》，同濟大學出版社，2007 年，上海。
18. 葉朗《中國小說美學》，北京大學出版社，1982 年，北京。
19. 吳組緗《中國小說研究論集》，北京大學出版社，1988 年，北京。
20. 魯德才《古典小說戲曲探藝錄》，天津人民出版社，1982 年，北京。
21. 楊義《中國古典小說史論》，社會科學出版社，1995 年，北京。
22. 楊義《楊義文存・中國敘事學》，人民出版社，1997 年，北京。
23. 胡平《敘事文學感染力研究》，百花文藝出版社，1995 年，天津。
24. 畢盛鎮、劉暢《藝術鑒賞心理學》，吉林文史出版社，1990 年，長春。

六、作品類

1. 《大唐三藏取經詩話》，中國古典文學出版社，1954 年，上海。
2. 丁錫根點校《宋元平話集》，上海古籍出版社，上海。

3. 王古魯搜錄校注《熊龍峰四種小說》，古典文學出版社，1958 年，上海。

4. 洪楩編，譚正璧校點《清平山堂話本》，上海古籍出版社，1957 年，上海。

5. 《京本通俗小說》，《中國話本大系》，江蘇古籍出版社，1991 年，南京。

6. 《古今小說》，《中國話本大系》，江蘇古籍出版社，1991 年，南京。

7. 《警世通言》，《中國話本大系》，江蘇古籍出版社，1991 年，南京。

8. 《醒世恆言》，《中國話本大系》，江蘇古籍出版社，1991 年，南京。

9. 歐陽健，蕭相愷編訂《宋元小說話本集》，中州古籍出版社，1987 年，鄭州。

七、論文類

1. 董乃斌《現代小說觀念與中國古典小說》，《文學遺產》，1994 年第 2 期。

2. 姜東賦《中國小說觀的歷史演進》，《天津師大學報》，1992 年第 1 期。

3. 石昌渝《「小說」界說》，《文學遺產》，1994 年第 1 期。

4. 董乃斌《從史的政事紀要式到小說的生活細節化》，《文學評論》，1990 年第 5 期。

5. 董乃斌《敘事方式和結構的新變》，《文學遺產》，1991 年第 1 期。

6. 鄭明娳《通俗文學與純文學》，《通俗文學評論》，1994 年第 1 期。

7. 黃祿善《西方通俗小說：研究及其他》，《通俗文學評論》，1997 年第 1 期。

8. 鍾敬文《民間文學的價值和作用》，《杭州大學學報》，1983 年第 3 期。

9. 鍾敬文《談談民族下層文化》，《群言》，1986 年第 11 期。

10. 余江寧《論宋代京城的娛樂生活與城市消費》，《安徽教育學學報》，2004 年第 2 期。

11. 周寶珠《宋代東京城市的發展及其在中外經濟文化交流中的地位》，《中國史研究》，1981 年第 2 期。

12. 黃進德《論宋代的話本小說》，《揚州師院學報》，1990 年第 3 期。

13. 丁錫根《五代史平話成書考述》，《復旦學報》，1991 年第 5 期。

14. 王利器《〈宣和遺事〉題解》，《文學評論》，1991 年第 2 期。

15. 李時人，蔡鏡浩《〈大唐三藏取經詩話〉成書時代考辨》，《徐州師範學院學報》，1982 年第 3 期。

16. 吳世昌《〈草堂詩餘〉跋——兼論宋人詞集與話本之關係》，見《中國古典文學研究論叢》，《社會科學戰線》編輯部編，1980 年第 1 輯。

17. 王古魯《南宋說話人四家的分法》，附載於《二刻拍案驚奇》，古典文學

出版社，1957 年第 1 版。

18. 李曉暉《宋代『說話』藝人分類考辨》，《福州大學學報》（社會科學版），
2008 年第 3 期。

19. 于天池，李書《宋代說唱伎藝的演出場所》，《文藝研究》，2006 年第 2
期。

20. 于天池，《論宋代小說伎藝的文本形態》，《北京師範大學學報》（社會科
學版），2005 年第 3 期。

21. 于天池《宋代文人說唱伎藝鼓子詞》，《北京師範大學學報》（社會科學
版），1999 年第 5 期。

22. 劉曉明《『合生』與唐宋伎藝》，《文學遺產》，2006 年第 2 期。

23. 張兵《『準話本』芻議》，《蘇州大學學報》（哲學社會科學版），1998 年
第 1 期。